本书由南通大学人才引进项目资助

自然与诗境

中国新诗的自然书写

万冲 著

中国社会科学出版社

图书在版编目（CIP）数据

自然与诗境：中国新诗的自然书写 / 万冲著 . --北京：中国社会科学出版社，2024.8
ISBN 978-7-5227-3642-6

Ⅰ.①自… Ⅱ.①万… Ⅲ.①新诗—诗歌研究—中国 Ⅳ.①I207.25

中国国家版本馆CIP数据核字（2024）第110707号

出 版 人	赵剑英
责任编辑	慈明亮
责任校对	韩海超
责任印制	戴　宽

出　　版	中国社会科学出版社
社　　址	北京鼓楼西大街甲158号
邮　　编	100720
网　　址	http://www.csspw.cn
发 行 部	010-84083685
门 市 部	010-84029450
经　　销	新华书店及其他书店
印　　刷	北京明恒达印务有限公司
装　　订	廊坊市广阳区广增装订厂
版　　次	2024年8月第1版
印　　次	2024年8月第1次印刷

开　　本	710×1000 1/16
印　　张	18.75
插　　页	2
字　　数	318千字
定　　价	99.00元

凡购买中国社会科学出版社图书，如有质量问题请与本社营销中心联系调换
电话：010-84083683
版权所有　侵权必究

目　录

导　言 …………………………………………………………（1）
　第一节　研究缘起与问题意识 ……………………………（1）
　第二节　研究综述、研究价值与学术创新 ………………（4）
　第三节　本书的主要概念、研究思路、方法与章节结构 …（10）

第一章　如画与雕塑的风景——人与风景的互照 ………（18）
　第一节　如画的风景与自我的发现 ………………………（18）
　　一　焦点透视与风景的发现 ……………………………（18）
　　二　形似如画的风景与自我的发现 ……………………（33）
　第二节　作为人格象征的风景 ……………………………（38）
　　一　移情与雕塑的风景 …………………………………（38）
　　二　雕刻风景与整体性自我的寻求 ……………………（43）
　第三节　从出世的山水到入世的风景 ……………………（45）
　　一　天下、渔樵与出世的山水 …………………………（45）
　　二　民族国家、国民与入世的风景 ……………………（49）

第二章　想象的共同体——自然与民族国家建构 ………（53）
　第一节　自然与文化中国认同 ……………………………（53）
　第二节　乡村乌托邦的想象 ………………………………（59）
　　一　乡村与城市的对立 …………………………………（59）
　　二　劳动与乡土乌托邦 …………………………………（63）
　第三节　土地与民族国家的建构 …………………………（66）
　　一　土地与抗战时期的国家形象 ………………………（66）
　　二　祖国的象征：从山河到土地 ………………………（73）

第三章　人境的自然——天人合一之境的重构 …………（80）
　第一节　尚"动"的精神与动态化的自然 …………………（81）

一　生命之流的旋动与玄冥…………………………………………（82）
　　二　生命节奏的律动与交流…………………………………………（87）
　第二节　独立的个体与自然的融合………………………………………（92）
　　一　生命的显隐与韵律………………………………………………（93）
　　二　生命的决断与"死和变"………………………………………（110）
　第三节　生命的律动——个体、自然与社会的融合……………………（115）
第四章　生命共同体的建构——生命与自然的深度交织……………………（119）
　第一节　词语赋形与境界生成……………………………………………（119）
　　一　共在：人与物的关系……………………………………………（120）
　　二　用词语捕捉物的肉身：词与物之间的相互生成………………（127）
　　三　物的境界生成：澄明与遮蔽之间的生命世界…………………（132）
　第二节　自然的面容与心灵的境界………………………………………（137）
　　一　味觉与自然的元素性……………………………………………（140）
　　二　"亲亲"的情感与自然之家……………………………………（145）
　　三　"有大海的人"与自然的世界性………………………………（149）
　　四　自然的面容与心灵的境界………………………………………（155）
　第三节　自然的空境与历史的救赎………………………………………（163）
　　一　生命之气与汉字之势……………………………………………（165）
　　二　天人之际与语言的开显…………………………………………（171）
　　三　空无之境与本源之诗……………………………………………（177）
第五章　自由的创造——书写自然的美学原则………………………………（184）
　第一节　描写自然：从"呈现"到"发明"……………………………（184）
　　一　引真入美…………………………………………………………（185）
　　二　写景入微…………………………………………………………（198）
　　三　情景交融的过程性………………………………………………（205）
　第二节　自由的创造………………………………………………………（209）
　　一　"新感觉"与张力之美…………………………………………（209）
　　二　自由的想象与崇高感……………………………………………（215）
　　三　生命的共在与自由的表现………………………………………（220）
　　四　自由的创造：生命、自然与形式的统一………………………（231）

结语　感通于天人之际……………………………………（240）

附录一　静心、虚待与安时：论王学芯诗歌的自然与时间…………（262）

附录二　寻焦的眼镜与嘟囔的顽石：论桑克诗歌的身体与自然……（268）

　　一　作为一个交汇面的身体……………………………（268）

　　二　寻焦的眼镜：认知的身体…………………………（271）

　　三　嘟囔的顽石：行动的身体…………………………（275）

参考文献………………………………………………………（280）

后　记…………………………………………………………（291）

导　言

第一节　研究缘起与问题意识

作为人类的生活境域，自然为人类提供了安定感和秩序感；自然物色、气候的变动，也影响着人的情感状态。蕴含具象形体和内在精神的自然，常常成为诗人书写的对象，也濡养、提升了诗人的精神境界。蔚为大观的中国古典山水诗歌，便是这种影响的有力明证。它不仅作为一个诗歌门类，甚至被视为中国诗歌的典范；它的审美趣味和精神境界，也作为一种文化传统，成为华夏文化的重要组成部分。

进入20世纪，在社会危机丛生和民族危亡时刻，面对支离破碎的残山剩水，现代诗人难以怀着闲情逸致赏玩自然山水；在启蒙、革命、救亡等现代性追求之下，流连于自然之中被鄙夷为消极避世的行为。在从农耕文明到现代社会的转变中，诗歌中的自然书写，被放逐到了一个边缘位置①。但即便如此，自然作为重要的生命参照，激发人类的深度生命体验，参与现代诗人的精神建构，一直激发着现代诗人的创作。如促进新诗变革的郭沫若，借助自然景象表现情感的律动，确立抒情自我的位置与独立表达的意识；渴望重塑东方美学精神的宗白华，亦在自然书写中回溯天人合一之境；而久未创作诗歌的冯至，则在自然的启发下，重新开始诗歌

---

① "此等国民应用之文学之丑陋，皆阿谀的、虚伪的、铺张的贵族古典文学阶之厉耳。际兹文学革新之时代，凡属贵族文学，古典文学，山林文学，均在排斥之列。以何理由而排斥此三种文学耶？曰，贵族文学，藻饰依他，失独立自尊之气象也；古典文学，铺张堆砌，失抒情写实之旨也；山林文学，深晦艰涩，自以为名山著述，于其群之大多数无所裨益也。"陈独秀将"山林文学"放在被打倒之列。参见陈独秀《文学革命论》，《新青年》第2卷第6号，1917年2月1日。

创作，并臻于个人写作生涯的顶峰①。自然书写，以丰富的形态存在于现代诗歌中。较之于形式精练、境界圆熟的古典山水诗歌，现代书写自然的诗歌虽多有不及，但依然呈现出鲜明的美学风格和精神形态，深深根植于本民族的文化记忆和历史积淀中，铭刻着人的知识形态和精神情感结构，印刻着某一时代的诗人观物体事的方式。正是在此意义上，作为一条有效的路径，自然书写可以作为知识考古学的对象，探析人的心理精神状态，思索文学史演变的脉络。历史地看，诗人对自然风景的审美并非本质化，也并非一成不变，而是与某一历史条件下人们对事物的认识水平和思想境界密切相关。诚如李泽厚所言："不同的社会生活、制度、观念、信仰、文化传统、意识形态等等都影响、制约甚至决定着自然风景以及各种具体的自然景物（如不同的花、鸟、树木）是否和如何成为特定人们（一定的社会、时代、民族、阶级、集团）的审美对象或美学客体。"②

　　在生产力较为低下的古代社会，人更多地依赖自然的原始自在形态。古代诗人对自然的审美，表现为主体内部的和谐，即感性与理性的协调。在认识论意义上，感性是对事物现象的认知感觉，理性则是对事物本质的思维或全面把握；在伦理学的意义上，感性即指人的情感意欲，理性则是与之对应的道德意识。由于古代主体对对象客体性的依从，古代理性具有一种超越感性的客体化倾向，总是作为抽象的宇宙法则或伦理规范而显示其存在。在强调道德意识的古代社会里，感性与理性的认识论意义和伦理学意义常常是混同的，这就是古代诗歌美学中美善混同的内在依据。③古代诗人对自然的审美态度，建立在道德伦理和宇宙秩序之上，以儒释道精神与自然山水相互感通，让心中的德善修行与山水的圣姿庄颜相契合，俱融入一个静穆平淡的境界之中。而到了现代，主体性的崛起对人的内外关系产生了深刻的影响。科技水平和生产力的提高增进了人对自然的认识，

---

①　"1941年我住在昆明附近的一座山里，每星期要进城两次，十五里的路程，走去走回，是很好的散步。一人在山径上、田埂间，总不免要看，要想，看的好像比往日看得格外多，想的也比往日想得格外丰富。……有些自然现象，它们给我许多启示。我为什么不给它们留下一些感谢的纪念呢？由于这个念头，于是从历史上不朽的人物到无名的村童农妇，从远方的千古的名城到山坡上的飞虫小草，从个人的一小段生活到许多人共同的遭遇，凡是和我的生命发生深切的关联的，对于每件事物我都写出一首诗……"冯至：《冯至全集》第一卷，河北教育出版社1999年版，第213—214页。

②　李泽厚：《美学四讲》，生活·读书·新知三联书店2007年版，第297页。

③　邹华：《20世纪中国美学研究》，复旦大学出版社2003年版，第58—87页。

这种能力给人带来了对客体的对象意识和对主体的自我意识。主体性的崛起使人的内外关系发生了深刻的历史变动，在人与社会的外部关系上，它要求社会肯定人的个体存在和独有个性，在人的感性与理性的内部关系上，感性与理性的认识论和伦理学的双重意义也开始分化。感性的发展侧重于伦理学和心理学，即侧重于发展情感意欲方面，而理性则侧重于认知理智方面。"五四"时期，诗人或学者普遍感受到"自然"与"人为"、"理"与"趣"的分化，其内在的根源便是崛起的主体内部认知和情感的分化。渴望独立性、自主性的现代生命个体，从自然之中脱离而与之分道而行，精神和自然被区分开来。但人类依然有着回归自然的冲动，有着将自我和自然作为统一和谐的整体加以感受的冲动与意愿。在这种分离而又渴望融合的态势中，诗人如何再度书写自然、自然会以怎样的方式再次进入诗歌之中，的确是非常有意思的问题。

若将这个议题放置在古今之变①的视野下，则具有更加重要的参照意义。古典山水诗歌中有着大量耳熟能详的名句，诸如"池塘生春草，园柳变鸣禽"；而现代诗歌中的写景诗句，能被大家熟知者，则几近于无。在中国诗歌的转型过程中，山水诗歌的衰落，是不是一种必然的现象？如果答案是肯定的，其中原因何在？如果答案是否定的，那是否意味着现代诗歌在发展过程中，存在某种值得反思的误区或盲区？古典山水诗歌的另外一重参照意义在于：兴起于魏晋时期的山水诗歌，其逼肖自然的要求，对语言雕刻能力的追求，强化了古代汉语的描写能力②；对自然空间的表

---

① 当然首先面临的问题便是，中国书写自然的诗歌是否存在某种前现代的传统。实际上，现有的研究已经充分揭示了古典山水诗歌的复杂性，有学者将唐以前的山水诗歌分为"应感、喻志、缘情、玄思、游观、兴会"等几种不同的类型，参见蔡瑜主编《回向自然的诗学》，台湾大学出版中心2012年版，第1—65页。另有学者认为宋代的诗歌发生了较大的变化，和白话诗属于同一种性质的诗歌革命，而他所列举的很多例子也多为宋代的山水诗歌，其突出的特点是注重"自我"的表现与巧智。参见葛兆光《汉字的魔方》，复旦大学出版社2016年版，第177—203页。虽然书写自然的诗歌内部有如此联系与差别，但一个不争的事实是，现代人难以像古典诗人那样以"山水"的方式感受自然，也难以用现代汉语表达古典山水的意蕴。在此意义上，探究书写自然的古今之变，不仅是成立的，而且具有重要的意义。

② "'形似之言'对六朝诗的影响，是相当复杂的……就语言结构而言，由于媒介的特性使得形似的追求绝无凝滞刻板之虞，尤其当其欲迫肖自然之时，更能将语言的潜质充分逼诱出来，语言与形似之间乃形成一相互诱发的关系，语言越是要迫肖自然，愈是需以本身的多变性来修饰自然，就是在这种情形下，逐渐形成唐诗的风貌。"王文进：《咏怀的本质与形似之言》，蔡英俊主编《中国文学的巅峰之境》，黄山书社2012年版，第108页。

现，则促进了古典诗歌意境的生成①。这都启发我们思考：现代诗歌中的自然书写会为中国新诗带来何种影响呢？

第二节 研究综述、研究价值与学术创新

对中国新诗的自然书写进行研究的文献资料非常少，大多为零星的诗人研究。与之相比较，关于古典山水诗歌的论述则异常繁多。

在本书的写作过程中，参阅了萧驰、叶维廉等人的研究著作，获益良多。此处将这些研究古典山水诗歌的著作也纳入论述范围之内，作为研究的参照，似乎并无不妥之处。深受海德格尔和道家思想影响的叶维廉，对"无言独化"的审美境界情有独钟，他将王维等诗人的山水诗歌标举为诗歌之正宗。这种做法虽有失偏颇，但叶氏将中国古典山水诗放在中西比较文学的视野下，凭借深厚的哲学素养对其做了深邃的阐释，对山水诗的美感经验、表意策略和语言特征等理论命题均做出了深入探究②，却值得本书借鉴。叶维廉指出，山水诗"使它们原始的新鲜感和物性原原本本地呈现，让它们'物各自然'地共存于万象中，诗人溶汇物象，作凝神地注视，认可、接受甚至化入物象，使它们毫无阻碍地跃现"③。另一位旅居海外的学者萧驰，于2018年出版了《诗与它的山河》。此书真可谓耗费作者心血的集大成之作。他采用福柯式的知识考古学方法，结合案头研究与户外考察，对中古时期的诗歌审美话语进行考掘，涵摄了谢灵运、王维、杜甫、白居易等在内的重要的书写自然山水的诗人。萧驰这部书为探讨早期山水画和园林中的景观观念形成，为考察中国山水诗流变的历史提供了清晰的线索和值得信赖的论述。萧驰对中国古典诗歌话语中"山水""风景"各自出现的年代、背景、语义和美感经验等方面进行了令人信服

---

① 中国山水诗为什么独具意境美，其根本原因还在于从东晋时期形成的澄怀观道、静照忘求的审美观照方式，要求诗人在观照万物时具有清明、虚静的内心境界，使空间万象在心灵的镜子中变为一片澄明清澈的世界。葛晓音：《山水有清音》，北京出版社2018年版，第236页。

② 详见叶维廉的《中国古典诗中山水感意识的演变》《美感意识意义成变的理路——以英国浪漫主义前期自然观为例》《饮之太和——诗与自然环境札记》等文章，参见《叶维廉文集》第1—3卷，安徽教育出版社2002年版。

③ 叶维廉：《中国古典诗中山水美感意识的演变》，《中国诗学》，生活·读书·新知三联书店1992年版，第89页。

的爬梳与整理。萧驰很敏锐地意识到：古代中国人最早要将种种自然风景以山水的方式进行表述的原因就在于，"在古人心目中，对仗本身即是宇宙'一元双极'的体现，故而成为了'山水诗最适合的形式'"①。在此基础上，萧驰指出："它精致化了'山水'的书写，因为自然山水映现于望眼之中的样貌，皆取决于当下气象中的光照和空气的纯净度。……为彰显日光、气流的'风景'，明远将眼前山水风物置于天—地之中，以更广阔的构架书写山水。"② 风景则是更为细致的山水，一方面涵括了日光气流的变动，将山水更为精微细致化了；另一方面则在更广阔的天地框架之内感受自然，扩大了山水框架的范围。

相较于蔚为大观的古典山水诗歌理论著述，关于新诗与自然之关系的论述则显得相当少见。这恐怕与新诗薄弱的自然写作实践关系密切。与古典时期自然入诗的文化氛围和精神传统相比，在现代语境中，很难找出以道家思想为背景的纯粹山水诗歌，更遑论形成固定的山水诗歌流派。对自然的关注与书写，只是少数诗人的独特选择。

这些少量的研究，大体上可以分为两类。一类是论述诗歌书写自然的古今之变；另一类是对单个诗人的研究。

可能最早对这种古今之变进行论述的是废名的《新诗讲稿》。废名从自己的诗歌趣味出发，评价了包括胡适、卞之琳在内的诸多早期新诗诗人，多处涉及新诗书写自然的问题。比如废名在讨论冰心的《春水》时指出："大约诗人本是在那里喝凉开水，而窗外忽然看见一瓣花落，这真是千载一时，于是一首新诗顷刻成就。……旧诗都不是这样写出来的，好比唐人诗句：'兴阑啼鸟换，坐久落花多'，总未必是当时的即景，恐怕是平日的格物吧。"③ 依照这种古今对比的理路，废名对胡适的《一颗星儿》做了类似评述："这样的诗，都是作诗人一时忽然而来的诗的情绪，因而把它写下来。……这样的诗在旧诗里头便没有，旧诗不能把天上一颗星儿写下这许多的行句来。我前次说旧诗是情生文，文生情的，好比关于天上的星儿，在一首旧诗里只是一株树上的一枝一叶，它靠枝枝叶叶合成一种空气。……'星垂平野阔，月涌大江流'，'春山烟欲收，天淡星稀小，残

---

① 萧驰：《诗与它的山河》，生活·读书·新知三联书店2018年版，第114页。
② 萧驰：《诗与它的山河》，生活·读书·新知三联书店2018年版，第173—174页。
③ 废名：《论新诗及其他》，辽宁教育出版社1998年版，第118页。

月脸边明，别泪临清晓'，都是如此。"① 废名评述诗作，多为自己的诗歌理论张本，却道出了一个真知灼见：现代诗人写景时，不必受外在固定图式的制约（如古诗中日与月相对），只需自由地表达感情与体验即可。

另外，杨志的《论古今山水诗的衰变》和冯仰操《风景再现与诗歌变革：以新诗确立前后对西山风景的再现为例》等两篇论文，在古今山水诗两相比照的视野下，对新诗书写自然的特征进行了分析。

冯仰操以北京西山研究对象，选取了清末、民初、20世纪30年代等时期的写景诗歌，在比较中指出了书写风景范式的变化。如晚清多程式化的山水意象，而20世纪30年代的现代派诗人则表现想象的山水。冯仰操特意指出，周作人对风景的发现与周氏倡导的个人主义和平民主义有关，这使周作人得以用平民视角去发现日常生活中的生命风景，从而脱离程式化的风景描写范式。② 杨志则从语言、句式和修辞等角度论述了古今写景诗歌的不同特征。他认为，古代汉语的视觉性、句法的灵活性皆为现代汉语所不及，因此，新诗写景难以达到古典诗歌"状难写之景如在目前"的艺术效果。但逻辑性与流动性增强、易形成细腻语调的现代汉语，则更容易借助自然景物表现深度的内在体验。③ 在古今对比的视野之下，上述研究揭示了古今诗歌书写自然的差异。似乎可以这样来表述：古典诗歌按照自然的秩序呈现自然的本然，新诗诗人则依据诗人的情感体验表现自然。

虽然自然书写作为一个重要的因素，影响了中国新诗的生成与发展，但随着研究重心和方法范式的转移，这一研究脉络逐渐被忽略。学者李怡（《中国现代新诗与古典诗歌传统》，1994）较早重新关注这一重要问题，指出现代诗人在自然的兴发之下，创造了"以物起情、随物宛转"的诗歌表现模式。近年来学界也日益重视自然书写的重要性。宋夜雨（《近代"自然"的产生与早期新诗的兴起》，2020）指出近代"自然"的产生与早期新诗的兴起有非常紧密的关联。卢桢（《异国体验与文化行旅——新诗发生学研究的一个视角》，2022）从异国行旅的角度探讨新诗的发生问题，指出异国文化和风景体验，影响了现代诗人的知识结构、文化心态、身份认识和述景策略，确定了体验现代性对新诗的促进作用。

---

① 废名：《论新诗及其他》，辽宁教育出版社1998年版，第8—9页。
② 冯仰操：《风景再现与诗歌变革：以新诗确立前后对西山风景的再现为例》，《文学评论丛刊》2012年第2期，第87—94页。
③ 杨志：《论古今山水诗的衰变》，《中国现代文学研究丛刊》2001年第4期。

鉴于郭沫若在新诗发生期的重要地位，也有鉴于郭氏创作了大量书写自然的诗歌作品，学者们纷纷将郭沫若作为重点研究对象，也在情理之中。比如，朱自清在编选早期新诗时，对郭沫若的写景诗歌就推崇备至，将之放置在扭转风气的节点上加以评说："而对于自然，起初是不懂得理会，渐渐懂得了，又只是观山玩水，写入诗只当背景用。看自然作神，作朋友，郭氏诗是第一回。"① 朱自清明确地指出了郭沫若将自然神化、赋予其崇高感的特征。可能已经被朱自清意识到却尚未被明言的，是古典诗人以和谐的态度对自然进行审美，现代诗人则以崇高感去表现自然。

朱自清的这一判断，在后世学者的研究中，得到了更为清晰的说明。日本学者藤田梨那指出，郭沫若的诗歌在对风景的表现中，将内心的韵律与大自然的韵律契合，创造出一种表现内心自然而然的节奏，从而发出自己内心的声音，达到了"言文一致"的创作境地②。李怡则指出：留日时期，郭沫若对日本的"松"与"梅"的抒情，脱离了中国古典传统的"比德"模式，呈现出某种个人意志勃发的特征；郭沫若凭借自己的精神、思维和情感，从自然之中选取他需要的风景加以表现③。除了一些个案研究，还有深入的现象和思潮研究。方婷（《中国当代诗歌自然意象研究》，2015，博士学位论文）以自然意象为中国当代诗歌研究的基本视点，考察当代诗歌自然意象在不同历史阶段和社会语境下的演变轨迹。诗歌批评家一行（《中国当代诗歌植物意象研究》，2017，博士学位论文）以"植物意象"为中心，借鉴名物学、精神分析、神话学和广义现象学的方法，对新诗中植物意象的生成方式进行了研究和阐释。著名学者夏可君（《转向自然与境界里的芬芳——论李少君的诗歌写作》，2017）指出李少君的自然写作，内在契合了中国当代诗歌三十年以来发展的脉络，无论是诗歌创作还是理论自觉，都有着重要的意义。

上述这些研究成果，为我们认识中国新诗与自然的关系提供了丰富的实证资料和理论借鉴。但上述研究因主题有点宽泛，还存在继续深入和拓展的空间。从研究的问题而言，在古今转变、中外对比的视野之下，既要

---

① 朱自清：《中国新文学大系·诗集》，上海良友图书印刷公司1935年版，第5页。
② ［日］藤田梨那：《郭沫若新诗创作的历史意义——风景、内心世界的发现与言文一致的摸索》，《励耘学刊》（文学卷）2014年第1期。
③ 李怡：《骚动的"松"与"梅"——留日郭沫若的自然视野》，《兰州学刊》2015年第8期。

考察中国新诗与自然传统的关联，也要深入分析新诗有意识地创造与转化。从研究的方法而言，可以从跨学科的视角展开，结合历史、哲学、政治、科学、地理等广阔视野，研究现代诗人生命意识、自然观念的转变，由此探讨自然书写对中国新诗的重要影响。从研究的思路而言，对中国新诗自然书写进行研究，可以深入更加微观的层次，从感觉方式、自然与语言的关系等角度，细致分析新诗自然书写的内部肌理。

相较于对古典山水诗歌的研究，对新诗书写自然的研究尚未形成一种整体性视野，也未能对其作系统的观照，这极有可能与新诗书写自然的特征有关。中国现代诗人并没有统一而确定的自然观，对自然的感受和书写方式受多种思想的影响，西方浪漫主义、存在主义、柏格森生命进化论、科学主义、马克思主义等思潮，与中国传统思想相混合，影响着诗人的感受和体物方式，因此，很难对其进行定向追索，更遑论对之进行定型性的研究。另外，城市与自然是两种不同的形态；在自然与城市之间往来穿梭的中国现代诗人，对自然的审美感知与体验时时处于矛盾和混杂的状态，难以如古代诗人那样纯净和纯粹，这也为研究带来了难度。时下常用的研究诗歌的方法，往往按照思潮、现象、地域等依据，对诗歌进行分类研究。在这种研究体制之下，书写自然的诗歌被严格切分，难以对其进行整体研究就更在常理之中了。本书尝试在一种整体性的视野①中，对其进行

---

① 关于文学的整体性研究之思，诗人、学者叶维廉在《历史整体性与中国现代文学研究之省思》中提出的观点颇有启发性。叶维廉指出："当我们现在转向中国现代的文学，即五四运动以来的文学的研究时，更必须时时刻刻把握住上述的历史整体意识。……这是一个过去与现在、本土文化与外来文化各种层面互相渗透的过程，包括国人对这过程作出不同程度的迎拒。"叶维廉：《历史整体性与中国现代文学研究之省思》，《中国诗学》，生活·读书·新知三联书店1992年版，第188—189页。另外汉学家普实克也将现代文学作为一个整体加以思考："本文涉及的是中国现代文学、特别是晚清时期和第一次世界大战之后的中国现代文学。……这条脉络可以概括地称之为'主观主义和个人主义'。……儒家学说也信奉个人存在预定说，而且儒教还在个人利益之上多设置了一层对家庭和对社会的责任。它认为，人的天性本来是善的，只是后来才被社会所扭曲。……道教则主张完全融合于大自然之中，主张一种个人不复存在的状态。这种主张也不可能使个人生命和存在的意义受到更多的重视。一个现代的、自由的、自决的个性，自然只有在这些传统观念、习俗以及它们所赖以存在的整个社会结构被粉碎和清除之后才可能诞生。"普实克：《中国现代文学中的主观主义和个人主义》，陈国球、王德威主编《抒情之现代性："抒情传统"论述与中国文学研究》，生活·读书·新知三联书店2014年版，第322—323页。综上所述，若将现代文学作为一个整体来看待，可以得出如下特征：第一，一个自觉、自决的自我，从社会秩序和自然秩序解脱出来，而获得了独立性地位；第二，通过社会变革重建的民族国家和新国民；第三，虽然反对传统文化，但依然受到传统思想的影响。本书正是在此整体性框架之下，研究中国新诗书写自然的问题。

研究，以达到查漏和"拾遗"的目的。

有鉴于此，本书具有如下独到的学术价值。

（1）本书系统研究自然与中国新诗的关系，为后续的持续研究奠定了基础。自然与中国新诗的关系，虽然是一个非常重要的诗学命题，却至今没有得到系统整体的研究。本书从自然与自我、自然与家国、自然与世界、自然与生命等主题学角度，紧紧把握自然书写的发生学背景、美学特质、精神境界、语言表达方式、表现技艺等中心问题，对大量庞杂书写自然的诗歌进行了系统整理与研究，为后续的研究奠定了基础。

（2）本书从自然和中国新诗关系的角度，重新整理与研究中国新诗，能够为中国新诗的发生机制以及发展脉络，提出一个新的观察与反思视角，从自然的角度审视中国新诗发展史。从发生学角度研究中国新诗的发生机制，探究中国新诗的历史发展脉络，一直是诗歌研究界的热点和难点。现有的诗歌研究，往往从诗歌的形式革命、语言变革、现代经验等角度展开这一问题，虽然有所收获，却往往难以得到实证。现代诗人的"感物"方式，是一个足以深深切入诗歌研究的实证视角，在诗歌研究之中却一直是缺席的。本书即从感受和书写自然的视角突破中国新诗的研究局面。

（3）本书史论结合、内外兼顾的研究方法，为新诗研究方法提供了参考与借鉴。突破内部研究和外部研究、整体研究和个案研究相互割裂的局面，既能分析具体细微的形式结构和美学特质，又能将之放置在宏大的社会、历史和文化背景之下加以审视与解释，进而创造出一种从细微之处发现宏观意义的研究方法。

本书具有诸多创新之处。从学术思想方面而言，本书以"相似性"为线索，研究人与自然关系的变化，书写自然的技艺演变线索。在古典时期，以万物气感论为基础，人与自然具有同一性，古典诗人主要以"兴"的方式书写自然；在现代性转变之后，人与自然分化为主客关系，诗人将精神人格投射至自然，以移情的方式书写自然；在当代，人与自然虽有差异却同属于一个生命共同体，当代诗人以相似性建立人与自然的关系，以"面容"的相似性书写自然。本书首次揭示了这一发展脉络，并对各个阶段的美学原则进行了深入研究。从学术观点方面而言，本书清晰阐明了中国诗人书写自然的古今之变——从"气"到"力"，说明了古今转变的本体论基础。本书指出现代诗人在新的时空视野和感受力之下，容纳了海洋元素，创造出一个开放的"天人合一"的整体性世界，突破了古典诗歌以"山水"为本形成的封闭世界。从研究方法而言，本书将自然书写作为重要视角，对新诗发生进行整体性研究，牵动诗人主体的生成、感觉方式、语言表达、审美风格、意境生成等问题，关涉自然与地理、历史、文化传统等脉络。这一研究方法能突破以思潮、现象、地域等依据对诗歌进行的分类研究，对诗歌与自然的关系形成整体、系统的认识。

第三节 本书的主要概念、研究思路、方法与章节结构

首先需要对本书的概念"自然""新诗"进行简要说明，并顺带着在此过程中简要介绍本书的研究思路和基本方法。

在汉语中，"自然"是个语义复杂的重要概念，贯穿了中国两千五百年的历史。它的意涵随着中国思想史的进程而屡经变迁，重要的历史阶段有三个：先秦、六朝、清末民初。自老子提出"道法自然"，王弼解释"自然"为"无称之言，穷极之辞"以来，"自然"就被放在与"道"一样重要的位置，被视为中华文化的特色之所在。学术界一般认为，"道法自然"意指"道即自然"，它既表示"自然"是内在于"道"的属性；同时也显示"道"以"自然"的方式遍布于万物，万物之"自然"即"道"之"自然"。自老子之后，庄子极大地丰富了"自然"的意义。《庄子》中多次出现的"自然"，具有自己决定自己之意，强调万物自生自成，不受外物干扰。比如《庄子·应帝王》就说："汝游心于淡，合气于漠，顺物自然而无容私焉，而天下治矣。""自然"一方面是在于万物本身；另一方面至人也要有主体的修养，达到淡漠冥化的层次，才可真正体会其"自然"所在。庄子的"自然"理论，对后世六朝自然美学与山水精神的形成具有重要的影响。魏晋之后，因为江南风物山水陆续被发现，诗人大多以"自然"状写山川，"有若自然"成为美的最高标准。当生命个体要求内在于自己的和谐之境界时，"自然"便与个体精神自由有了非常重要而紧密的关联。美学意义上的"自然"便是在六朝形成的。在近代中国，严复引入了西方"Nature"一词的语义，与中国传统的"天"结合，扩大了中国思想中"自然"的原有语义。严复受到达尔文生物进化论和斯宾塞普遍进化论的双重影响，认为"自然"所遵从的是

"不可逆转的趋势和规律"①。

整体上，传统中国的自然观极具特色，是整体论、本体化的气化自然观。它以"气"为连续性的介质，将天地万物视为一个连续性整体。"气"不仅贯通天地万物，亦流布于精神与物质之间。这样的自然观是万物自然生成却又交互感通变化的天地图像。万物尽管有独立的形象，但绝非原子式的孤立存在，而是在气化的感通变化中彼此不断交相融入。意识与物质、内在与外在、身体与自然之间，永远存在气化的感通。在古代农耕社会中，在"天—地—人"的三才结构之内，人处于宇宙两极之间的能量流动系统之中。人在认识世界万物之先，早已与世界万物融为一体，人不是进行认识，而是始终处于对万物进行感知与品味的状态。"感物吟志，莫非自然。"②古代诗人在感受自然时，并没有形式与内容、表象与本质之别，而是以"气"为贯通的根本，注重自然与生命的相互生成、演化与变易。中国古人以俯仰往返的方式感受自然的空灵与流动，以"感物吟志"的方式与自然声气相应、融为一体。

晚清之际，中国古代的宇宙观受到西方科学的猛烈冲击，葛兆光用"天崩地裂"来描述这种剧烈的变化。③在古典时代的阴阳宇宙论和万物气感论裂解之后，人与自然的感应交融关系也遭到破坏。古典文化语境中那个混沌的天下境域便被清晰地世界化了。正如海德格尔所言，现代是"世界图像"的时代。④随着阴阳宇宙论和气感论的解体，人与自然失去了相融或同一性的思想基础。这个过程大体上可以这样概括：从宇宙论到历史观的演变。⑤在这个崩解的过程中，现代人在自然面前的主体地位逐

---

① 上述对"自然"意义的论述，参考了杨儒宾为《自然概念史论》所写的导言，参见杨儒宾编《自然概念史论》，台湾大学出版中心2014年版，第1—20页。

② （南朝梁）刘勰：《文心雕龙》，人民文学出版社1962年版，第65页。

③ 葛兆光：《葛兆光自选集》，广西师范大学出版社1997年版，第107—116页。

④ ［德］海德格尔：《林中路》，孙周兴译，上海译文出版社2004年版，第77页。

⑤ 古代与传统中的人，两者最大的差异在于：前者觉得自己与宇宙韵律完全缔结在一起，后者则坚持他自己只与历史相连。现代历史观的形成恰恰是个人脱离整体性的宇宙秩序的方式，通过历史观而确定正当性的基础与存在的最终意义。参见［美］耶律亚德《宇宙与历史：永恒回归的神话》，杨儒宾译，台北：联经出版公司2000年版，第11—12页。卡尔·洛维特有言："转向历史思想并不只是历史的唯物论（马克思）或形而上学的历史论（黑格尔）的专利品，而是黑格尔和马克思之后所有（德国）思想的特征。历史哲学的出现，表明思想已不再信赖自然宇宙的理性或上帝之国，而是信赖时代精神、'未来之轮'、'历史的命运'。"参见［德］洛维特《世界历史与救赎历史》，李秋零、田薇译，上海人民出版社2006年版，第8页。从宇宙观的减退到世界观与历史观的兴起，乃是现代性进一步展开的内在逻辑。在这个过程中，现代人获得了其自主性体验。

渐崛起，依据自身的尺度和自身设定的历史规律，来理解、感受与书写自然；人对自然的感受与理解也越来越清晰化了。

在现代性处境之下，人与自然的分离已然成为一个事实。随着主体性和自主性的崛起，人从自然秩序之中脱离而出，渴望获得自己的独立性；但这并不意味着现代诗人失去了与自然相融的渴望，或者是将自然完全放置在主体的对立面加以征服。与之相反，从自然中脱离而出的孤独个体，又渴望在与自然的融合之中获得稳定的生命秩序，重新思考人与自然相融的基础。中国古代"天人合一"思想传统，作为一种深刻的历史积淀和文化记忆，存在于现代诗人的脑海里，这或许为现代诗人接受外来的人与自然相融的思想①奠定了基础，也为现代诗人回归自然提供了一个理想的典范。现代诗人一方面成为这样矛盾的个体，感受到人与自然的分离，有着强烈的自我独立与决断的渴求；另一方面，他（或她）又渴望将人和自然作为一个统一的整体加以感受。现代诗人在承受人与自然两相分裂的情形下，强调在对自然深入认识之后②，重新建立人与自然的同一性基础，寻求人与自然融合的新模式。正如朱光潜所言："人既已与现实对立，又要追求与现实统一，所达到的就不复是素朴人的那种人与自然的天真的协调（'感性的和谐'），而是在既已失去协调之后努力恢复协调的

---

① 现代诗人接受外来思潮影响，而形成自己独特的自然观，是一个非常普遍的现象。如徐志摩接受英国浪漫主义自然观的影响，宗白华接受柏格森创造进化论的影响，冯至接受里尔克自然观的影响，都可以从深厚的中国传统哲学中找到源头。

② 徐蔚南指出，文学艺术作品中有两种对待自然的态度，一种是浪漫主义的态度，带着自己的憧憬与热情的眼光，以无限的爱意去看待自然，所观察到的自然只是自己创造的空中楼阁。另一种则是科学主义的态度，排除主观成见、尽力消除感情、废除想象，以冷静的眼光观察自然，所捕获的只是表面的、物质的自然。在明辨了上述两种不同的观察自然的态度及其结果之后，徐蔚南倡导一种新浪漫主义的态度，一种具有深刻洞察力和直感力的作家品质：受了科学洗礼的现代人，应该尊重自然的真理，从科学所教导的既知世界之中，引导出不可解的世界，能通过科学所教导的半面，洞察那引出其他神秘的半面。参见徐蔚南《文艺上所表现的自然》，《黎明》1926年第3卷第50期。徐蔚南的上述言论，暗含着以自然的真实为基础，创造出神秘的世界的文艺思想。这种文艺思想，更为清晰的表述来自有实际创作经验的王统照："与我自己的思想，感觉，观察，幻想融合之后，将自然的模型，用分析技艺，加以个性的兴感，或用全部的描写，或作部分的计划。""必浸润于'自然'的心灵之内，而加以人生解释的成分，使自然的景物有'我'的幻化在内，那末，深藏于中心也好，用艺术的文字写出也好，总之不可辜负了此二字的'真'与'美'。"王统照：《文学的作品与自然》，原载《晨报副刊》1923年第5期，《王统照文集》第六卷，山东人民出版社1984年版，第435、437页。

有意识的道德的行为（'道德的统一体'）；换句话说，在人就是自然时，这种协调是现实；在人追寻自然时，这种协调就只是一种理想或观念。"① 不妨这么表述：在古典诗歌中人与自然的融合，是作为一种现实而存在；在现代汉语诗歌（亦即新诗）中，人与自然的融合是作为一种理想而存在。

综上所述，"自然"是一个重要的概念，包括如下几个层次：首先是指对客观自然界的感受与描绘；其次是对具有文化意味的自然意象的感知与运用；最后是指由自然之中升华出的对生命哲学与精神境界的思考与表达。"山水"与阴阳宇宙论和万物气感论的历史语境有紧密的共生关系，代表着中国古典诗人对自然的认知方式。"风景"大致是一个现代概念，表征着现代人主体地位的确立，将自然对象化的本体意识，以视觉的方式感知自然的认识论视角。与"山水""风景"相比较，"自然"是一个更具包容性的概念，涵盖从古典到现代转变过程的混杂性与复杂性，能够更加精准地切中问题意识，探讨新的审美经验、言说方式和评价体系。

按照通行的现代文学史分期，中国新诗是指始自胡适《尝试集》以来的诗歌创作实践。这段历史时期的特殊性在于：它是天下中国向现代民族国家急剧变迁的过程。在这个转变过程之中，诗人从"家—国—天下"体系脱嵌而出，成为一个孤独的个体，作为一个现代民族的国民，重新寻求家国天下的价值认同。这种结构性的转变，影响了人对自然的感受方式。在天下中国时期，自然为人类提供着稳定的价值秩序。而在朝向现代民族国家转变的过程中，以往那种连续性的稳定价值秩序结构已然退场，一个自由的、自决的现代生命从大自然的秩序之中突破而出，而代之以个体生命的价值尺度感受自然，重新将自然与个体生命、家国秩序与天下之道贯通起来，令自然重新进入诗歌之中。

本书在中国古典山水诗歌的参照下，研究了中国新诗书写自然的问题，主要论述了新诗对自然进行赋形的方式，以及自然书写对新诗语言、形式发展与成熟的影响，尤其对提升新诗境界的重要作用。重点研究了自然进入新诗的方式以及变化过程，探究了现代诗人书写自然的美学原则，并对其存在的问题进行反思。本书分为五个部分，前四章依照

---

① 朱光潜：《西方美学史》，人民文学出版社2002年版，第452页。

纵向递进的顺序，分别从自我与自然、国家与自然、人境与自然、自然与心性等四个层次，论述了现代诗人书写自然的具体形态，指出新诗在阴阳宇宙论和天下观解体之后，如何将自然引入诗歌之中，并重新创造出天下境界的进程。第五章从词与物的关系、情景关系和感受力等角度论述了现代诗人抒写自然的美学原则。结论从整体上论述新诗自然书写的新向度。

第一章"如画与雕塑的风景——人与风景的互照"。在古典山水诗歌的比照下，以自我与风景的关系为基点，论述了风景进入新诗的方式与发展过程。首先以"五四"时期的写景诗歌为分析对象，阐明了现代诗人发现风景的机制。从伦理秩序之中挣脱出来的自我，以"透视法"观看风景，在"形似如画"的写景追求中凸显主体的力量。其次以20世纪40年代的写景诗歌为分析对象，论述了现代诗人书写风景的成熟风格。以整体性自我为追求，现代诗人在雕塑般的风景之中，创造了一个不断深入与超越的结构，令风景成为自由人格的象征。最后比较了古今诗人书写"山水"和"风景"的不同机制。在"家—国—天下"的体系之中，古代诗人在山水云烟流动的气势中感悟生命的生机，归向一个超越历史和社会之外的自由世界中。而现代民族国家中的现代诗人，肩负着社会责任和历史的重担，创造了深深扎根于大地的风景，令风景成为人在世的表述与象征。

第二章"想象的共同体——自然与民族国家建构"。以时间为线索，论述自然参与到现代民族国家建构中的方式。20世纪20年代，东西文化碰撞引发民族认同危机，现代诗人认领出具有独特性的自然风景，将它们视为文化中国的象征，获得文化认同与价值归属。30年代，资本主义侵入乡土中国，在城市与乡村的二元对立之中，现代诗人想象了以劳动为核心的乡土乌托邦。在民族处于危亡的抗战时刻，现代诗人通过"受难—新生"的感受方式，把个人与民族联结为一个命运共同体，将土地认领为现代民族国家的象征。

第三章"人境的自然——天人合一之境的重构"。在与古典诗歌的对比中，论述现代诗人在"主客分离"之后重构的天人合一之境——人境的自然。第一节选取郭沫若和宗白华为例，分析现代诗人在继承传统的基础上构建天人合一之境。在东方以"静"为主的传统文化遭遇危机时，现代诗人以"动"的精神为个体生命、自然和社会发展的规律，创造出一个动态化的天人合一之境。第二节以南星和冯至为例，论述了主客分离之后人与自然重新合一的方式。承担个体存在重量的现代诗人，以"扩张与收缩""显与隐"为人与自然、社会相联系的本质特征，创造了万物一体的境界。第三节在古典山水诗歌的比照下，论述现代诗人所创造的天人合一之境的特征。在自然美的参照下，现代诗人追求理想的人格实践和社会发展规律，创造出自然与社会融合的人境自然。

第四章"生命共同体的建构——自然与生命的深度交织"。在当代诗歌的自然书写之中，人与自然的关系、词与物的关系、美感经验都发生了深刻的变化。西渡的自然诗写作实践，对此进行了有效的探索。从观物方式而言，西渡立足于万物一体论，感受万物不可穷尽的内在活力；从写物方式而言，西渡以生命的源头为最终根基，令写物还原为最基本的命名活动，让词与物的意义在运动中相互赋予；从物的境界而言，西渡召唤出物的整体性生命境界，表现出生生不息的生命力量，聚集着个体乃至万物的命运。整体而言，西渡以诗歌之力拯救了物的生命，开辟了当代诗自然写作的方向。而李少君将自然作为精神资源引入诗歌之中，试图恢复自然在诗歌之中的崇高位置，并创造了感受和书写自然的成熟方法。李少君以"味"的方式触及自然的元素性，在自然可见的形象之中感知不可见的"道"；他以"亲亲"的情感与自然之间建立起亲密的伦理关系，并在吸纳海洋元素、扩展时空视野之后，创造出一个广阔的自然世界和生命境域。在现代性境域之中，李少君感受到人与自然相遇与交织的关系，在写作实践中创造出显现"自然面容"的美学法则——融合了消逝与永恒的生成性。更为重要的是，在自然的启示和指引之下，李少君令诗歌写作与心灵修行紧密联系，承续了中国以"心"为枢纽的诗歌写作传统，建立着中国新诗的内在温度与法度。赵野诗歌中的自然书写大概有三个阶段。一是表现自然的衰败与创伤。自然之中有历史的血污、种族的幽怨和末世的图景。自然在人类暴力之下，变得喑哑，但其中蕴含着希望之光和救赎的真理。二是以心性的修为和对天道的领悟，探寻世界的玄珠，亦即自然的灵根与种子，发现自然修复的潜能。方法是激发文化记忆，与诸如谢灵运、陈子昂等先贤对话，进入一个"绝对的时刻"——以山水精神超越残酷的历史，捕捉自然之中蕴含的力量，将自然从喑哑中拯救出来，也对历史进行了修复。这依据生命的强力和意志的决断，其中有着金石之音。三是进入一种空境，让自然重新恢复到纯净的状态，创造出独特的空间——"剩山"。这一方面是精神的废墟和人类的废弃之物，另一方面也提供了永恒的尺度——天下忧与万古愁。其中有着深刻的辩证法——"空"无一物而能容纳万物，"空"无一用而有大用。在"空"境中，赵野消除了历史的血污，打通了身心之间的堵塞，破除了自然与天道之间的阻碍，令词与物重新缔结新的关系，万物也能自由自如地生长，生命恢复了生机与活力。这种写作激活了中国山水精神传统，更有着新的创造，即以强力意志和生命的教义，将自然的潜能激发出来，并且令其焕然一新，也有着对历史的修复与拯救。

第五章"自由的创造——书写自然的美学原则"。在古典诗歌的参照下，分析了中国新诗书写自然的美学原则及其成因。主体意识觉醒的现代诗人，感性知觉能力解放，分辨自然之内丰富的感性细节与差异，以比喻的方式精微地传达对自然的深入认识与感受。随着主体意识的凸显，现代诗人感受到自由的追求与自然的必然性之间的矛盾，在诗歌中则体现为一种张力结构。在克服困难的理想追求之中，现代诗人通过想象创造自然意象，在创造与生成之中抵达自由的境界。现代诗人倾听生命与宇宙之间的节律，感受自然与自由的共感，并且将对内在节奏的感应，作为诗歌形式建构的依据，将生命、自然与诗歌形式融合在一起，从而创造了生命的自由感。

结语"感通于天人之际"。从整体上论述书写自然的古今之变，并对其中存在的问题进行反思。首先论述了现代诗人书写自然的崇高原则。从"家—国—天下"体系之中脱嵌而出的现代诗人，在将自然人化的过程中，在内心唤起战胜自然的力量，因而体会到崇高的内在力量，并在与自然主客分立之后再次获得和谐。其次，在当代诗歌之中，诗人创造了几种书写自然的精神境界：在骆一禾和西渡的诗歌之中，以修远的精神姿态，追慕旷远的自然之境；在昌耀的诗歌之中，追求生命意志的实现和高尚人格的铸成，创造了高迥的自然之境；在哑石和吕德安的诗歌之中，以细微的感觉表现了自然丰富的细节，呈现了自然的几微之境；在赵野的诗歌之中，既保持了生命的空灵，又蕴含着丰富的生机，创造了自然的空境，发展出一种将心性与自然融合在一起的"心性自然"。从百年新诗书写自然的过程来看，新诗对古典山水诗歌有了继承和发展：一是进入感官和知觉的微观层次，感受到人与自然基于元素的相似性；二是在对心灵秩序和历史秩序的求索之中，赋予了自然更为丰富的心灵内涵与历史境界。在阴阳宇宙论解体、天下自然观破碎之后，新诗寻找将自然纳入诗歌之中的方法，重新以自然开拓出广阔的天地境界。现代诗人将自然视为一种精神质素，感受到崇高的生命境界，从而为新诗和现代汉语的发展提供了参照。

第一章　如画与雕塑的风景——人与风景的互照

第一节　如画的风景与自我的发现

一　焦点透视与风景的发现

在新诗草创期，风景①入诗是个颇为普遍的现象。令写景诗歌获得鲜明、逼真的诗意效果，是不少诗人自觉努力的方向。② 胡适描写蝴蝶的诗篇揭开了新诗的序幕，热情未减的他又将目光相继投向了天空中的鸽子（《鸽子》）与星星（《一颗星儿》）。新诗史上的第一个诗歌社团"雪朝"，刊行的诗集《雪朝》也主要描写风景。许德邻在1920年编撰出版《分类白话诗选》时，将诗歌分为写景、写实、写情和写意等类型，并将写景诗篇放在首位。在风气大开之际，这些早期新诗人，纷纷摩拳擦掌，希望在语言和事物间建立新的联系，而描写眼前现成的风景，自然成为一个简便易行的首要选择。为早期新诗出谋划策的宗白华，就特别指明自然之于诗歌的重要作用："直接观察自然现象的过程，感觉自然的呼吸，窥测自然的神秘，听自然的音调，观自然的图画。风声，水声，松声，潮

---

① 日本学者小川环树考察过"风景"一词，发现"风景"这个独立词语，起于晋代，六朝诗中所见"景"字的含义，大体即汉人如《释名》所说的光所照临的空间。参见[日]小川环树《论中国诗》，谭汝谦编译，贵州人民出版社2009年版，第3—5页。本书所用的"山水"和"风景"都是自然的一部分，古典诗歌中描写自然的诗歌称为山水诗，现代诗歌中描写自然的诗歌称风景书写。这种命名，一方面是遵从既有的文化惯例，另一方面是命名背后的实质是两种不同的观照自然的方式。

② 姜涛：《公寓里的塔：1920年代中国的文学与青年》，北京大学出版社2015年版，第74页。

声，都是诗声的乐谱。花草的精神，水月的颜色，都是诗意诗境的范本。所以在自然中的活动，是养成诗人人格的前提。"① 自然不仅是诗歌取材的资料库，还为诗人提供了精神滋养。然而，此一时期的写景诗篇，并未完全符合诗人们的美好期待：它们大多文辞浅白、诗意粗鄙，仍不脱古典诗歌的感知方式和描述语调。② 与其说这些新诗的急先锋向古典诗歌趣味妥协，毋宁说传统诗歌对早期新诗人造成了巨大的影响。对早期新诗人而言，中国传统山水诗画中"先验的形而上学的场"③，严重制约了他们观看风景的方式。

在诗歌中如何描述风景，看似仅仅关乎诗人的写作能力，实则牵涉诗人内在的知觉型态。正如王夫之所言的"心目为政，不恃外物"④，陈嘉映也说"我们所能感知的现象，从来都是已经具有形式的现象，这些形式包括空间、时间和因果必然性等等。这些形式是属于主体的"⑤。调配着诗人感知和描绘风景能力的，其实是观看者内在的情志意结构。改变观看风景的方式，意味着人的感知形态的改变，而这无异于一场伤筋动骨的"哥白尼革命"。日本学者柄谷行人对此心领神会，他指出风景的发现是以内面自我的发现为前提，以新的认知性装置的产生为条件。由是观之，早期新诗书写风景的成败，系于这独立的内面自我的产生，以及与之配套的新感知方式和书写机制的生成。

在这呼唤着除旧革新的时代氛围中，康白情的诗集《草儿》尤为令人瞩目。包括朱自清、朱湘、胡适、梁实秋、废名在内的诗人或诗歌批评家，虽然对诗集《草儿》毁誉不一，却一致认同康白情的诗歌（尤其是其中的《江南》《晚晴》等）标志着新诗描写风景方面的重大成功。在强烈的赞赏之余，他们纷纷出具了对这份新兴技术的鉴定报告。

---

① 宗白华：《新诗略谈》，许德邻编《分类白话诗选》，人民文学出版社 1988 年版，第 16 页。

② 敬文东认为，以胡适为代表的早期汉语新诗仍然是"主心"而非"主脑"的诗学，根本上是对古典诗学的现代延伸，而现代诗学因现代经验的繁复和不透明性本该是"主脑"的诗学。参见敬文东《从唯一之词到任意一词》，民刊《诗歌与人》2017 年 11 月总第 47 期。

③ ［日］柄谷行人：《日本现代文学的起源》，赵京华译，生活·读书·新知三联书店 2003 年版，第 11 页。

④ （清）王夫之评选，张国星点校：《古诗评选》，河北大学出版社 2008 年版，第 275 页。

⑤ 陈嘉映：《从感觉开始》，华夏出版社 2016 年版，第 237 页。

朱自清认为康氏的诗"以写景胜"①。朱湘认为"康君别的都不能算作功劳，只有他的描写才是他对于新诗的一种贡献"②。胡适赞赏康白情敏捷的观察力和聪明的剪裁力，最能表现那最精彩的印象。③ 梁实秋认为，康白情是设色的妙手，把握了色彩的节奏。④ 废名则赞叹康白情的音乐性天才，能以心灵的琴弦应和外界的景色，表现出颜色的交响。⑤ 然而，在诸多好评之外，也有严苛的批评。梁实秋就以古典诗歌景缘情生的方法作标准，指摘康白情的写景手法只是匮乏情感的客观描绘，缺乏醇厚的诗境。如今重新审视这些围绕写景问题展开的讨论，不禁令人深思，康白情诗歌中以透视观察法描绘自然景物，到底是一种有效的技术发明还是负面的影响？面对古典诗歌成熟的情景交融的诗学方法和美学境界的压力，新诗如何利用新的语言规则、形式特征与历史文化语境，因地制宜地发明一套书写风景的方法，构建一种新的诗意生成机制呢？在这新旧转换的当口，一个诗学问题呼之欲出——新诗该如何发现并书写风景？

依柄谷行人之见，"风景的发现"是以认知性装置的颠倒为前提，即发现新的风景，须经过对此前程式化感受方式的革新与反叛。当我们探讨早期新诗发现和书写风景的问题时，有必要追溯风景发现的前史，探究依然制约着现代诗人的古典观看和书写自然的文化成规。

中国古典山水诗歌，发源于先秦，成形于魏晋，兴盛于唐朝。⑥ 诗歌中情景关系的演变历程，大体如蔡英俊所言：从"比兴"、"物色"发展到"情景交融"。深受儒释道精神濡染的古代诗人，将老庄"虚静"、孔孟"体仁"与佛禅"空观"结合互补⑦，形成了独具特色的观照自然山

---

① 朱自清：《〈中国新文学大系·诗集〉导言》，上海良友图书印刷公司1935年版，第3页。
② 朱湘：《中书集》，上海书店出版社1986年版，第384页。
③ 胡适：《评新诗集（一）》，《读书杂志》1922年第1期。
④ 梁实秋：《〈草儿〉评论》，《梁实秋文集》第一卷，鹭江出版社2002年版，第14页。
⑤ 废名：《谈新诗及其他》，辽宁教育出版社1998年版，第84页。
⑥ 王国璎：《中国山水诗研究》，中华书局2007年版，第9—64页。
⑦ 宋琳：《域外写作的精神分析——答张辉先生十一问》，《俄尔甫斯回头》，北京大学出版社2014年版，第291页。

水的方式。下文将以极具代表性的谢灵运的山水诗歌为典范①，探讨中国古典山水诗歌的普遍特征。

先秦时期，自然作为德行的象征而进入《诗经》之中。"以礼观物"②的创作者，用"以少总多"的方式呈现自然山水的局部，描写自然的目的乃是比德颂贤、抒情言志，刘熙载就曾评论过《诗经·采薇》结末几句"雅人深致，正在借景言情"③。诗人发现自然之美，在诗歌中全面地吟咏山水，则要等到玄学思想占据主流的魏晋南北朝时期④。

在政局混乱、社会动荡的魏晋南北朝时期，诗人纷纷避祸于山林，在山水间安顿忧惧的身心。在自在常性的山水中，有感于时间的流逝和生命的短暂，诗人生发出深沉的悲哀，这种浓烈的感情成为诗兴之源。此一时期的五言山水诗，铺展山水的声色，达到形似之巧，尤以谢灵运的诗歌为最。谢灵运描绘自然山水，一方面在大开大阖的空间中，展现山水整体的宏阔之美（"俯视乔木杪，仰聆大壑淙"）；另一方面又能描绘山水局部声色的细密之美（"初篁苞绿箨，新蒲含紫茸"）。正如白居易赞叹的，"大必笼天海，细不遗草树"（《读谢灵运诗》）。谢灵运将自然作为一个整体来观照的胸襟与气度，很可能受到了汉代"阴阳宇宙观""天人感应"思潮的影响。⑤ 龚鹏程指出，《吕氏春秋》《淮南子》《礼记》等汉代文献提出的"气类感应"关联图式，将个体生命与天地四时置入一个"同气"的宇宙空间，从而将"物我相感"提升为"类固相召，气同则合，声比则应"的宇宙原则，形成了一套感天应地、伤春悲秋的"感物机制"⑥。

---

① 虽然中国古典山水诗歌有着丰富的差异（谢灵运、王维、杜甫的山水诗歌分别代表了山水诗的不同类型），但本书的论述重点，是以古典山水诗歌为参照，探讨早期诗歌对风景的发现与书写，所以忽视了古典山水诗歌丰富的内部差异，而选取极具代表性的谢灵运的山水诗歌为典范。

② 《论语·颜渊》有言："非礼勿视，非礼勿听，非礼勿言，非礼勿动。"

③ （清）刘熙载：《艺概》，上海古籍出版社1978年版，第81页。

④ 王国璎：《中国山水诗研究》，中华书局2007年版，第9—64页。对魏晋玄学如何促进山水诗发生做出深刻理论说明的，则是学者萧驰。参见萧驰《郭象玄学与山水诗之发生》，《汉学研究》2009年第3期。

⑤ 龚鹏程：《中国文学史》上册，东方出版社2015年版，第80页。

⑥ 龚鹏程：《从〈吕氏春秋〉到〈文心雕龙〉——自然气感与抒情自我》，陈国球、王德威主编《抒情之现代性——"抒情"传统论述与中国文学研究》，生活·读书·新知三联书店2014年版，第594—612页。

郑毓瑜更将这种"气类感应"的感物模式，推衍至"引譬连类"的普遍感知方式。这种物类联结方式，基于一种天地人之间的共感相应，由物类的声气、形象与性质上的相似性，构成一个庞大的物类感应宇宙系统。① 在这种开阔的宇宙观和细腻物感模式的影响下，诗人胸次大开，与物为亲。宇宙在天地、山水等两极间形成的互动张力中，发散出一股扩散、互动而感通的气息和能量②，令身处其中的诗人也成为这个能量奔突环节中的一种"此时此刻的状态"。经由"气"的流通，人冥化为宇宙大化中的一部分，与宇宙浑然一体，达至一种"弥贯万物而玄同彼我"的境界。

由此可见，纯然写景的山水诗的美感和意境的生成，与古人独特的宇宙观和感知方式密切相关，也与特有的表达媒介和表达形式相适应，下面将对其进行更加深入的探讨。

古人所处的是一个整体性的气类感应世界，他们认为充塞于天地万物之间的"气"，是一切生成变化与感应沟通的基础③，"气"的观念有很多层次，可以是生理上的体动之"气"，可以是心理上的冲动之"气"、心志之"气"，也可以指整个生命的生动之"气"，乃至延及宇宙间的天行之"气"。如此，人与自然万物从外在的形体到内在的心理、精神生气等各个层面的交流就有了本体基础。

古人感知包括山水在内的自然万物，是以一种统摄于心、以触觉化的味觉为主的感物方式④，正所谓"圣人含道映物，贤者澄怀味象"⑤，触觉化的味觉，并不止于对世界或自然气味的感知，亦可以感觉自然的声气

---

① 郑毓瑜：《引譬连类：文学研究的关键词》，生活·读书·新知三联书店2017年版，第160—166页。
② [法]朱利安：《山水之间：生活与理性的未思》，卓立译，华东师范大学出版社2016年版，第76—78页。
③ 《周易·说卦》："故水火相逮，雷风不相悖，山泽通气，然后能变化，既成万物也。"另有日本汉学家小野泽精一编著的《气的思想》一书，来探讨中国的"气"这一独特的宇宙观和生命观。参见[日]小野泽精一编《气的思想——中国自然观与人的观念的发展》，李庆译，上海人民出版社2007年版。
④ 夏可君：《无余与感通——源自中国经验的世界哲学》，新星出版社2013年版，第310—313页。
⑤ （晋）宗炳：《画山水序》，俞剑华编《中国古代画论类编》，人民美术出版社1998年版，第583页。

而生"味"。不同的感官皆可得"味"——"味"成为各种感官、心灵与世界万物相互作用的共同方式。这种以触觉化的味觉为主的感物方式，将自然世界的特征转变为可供人玩味的味感。这即从源头决定了人和自然万物的和谐融合关系：人对自然采取的态度不是冷静理智的认知，而且是愉悦欣然的玩味；追求的是世界或自然对"我"意味着什么，而不是自然的本质是什么。

以气类感应的宇宙观为基础，以全身心的味感为方式，诗人能以一种多层次、多角度的观照方式玩味自然山水。置身于山水包围之中的诗人，在俯仰、上下和前后的节奏化运动中，形成流动转折的、多层次、多视点的看视方式，与天地万物兴来往返，令"天地供其一目"①，达至对自然山水的整体性感受。这种感思方式，不仅仅是纯粹视觉的观看，对自然山水作简单的"镜式反应"，而是独特的"味感—呼吸型"感受方式，是宗炳所谓的"应目会心"②。万物在诗人眼睛中投影，即刻在心中呈现出图像：宇宙万物动静变化的节奏与人的心胸呼吸的节奏相联系，自然山水的圣姿与庄颜，与心中的德善修行相契合，此即所谓"视觉所及之处，心灵必能到达"③ 或"目击其物，便以心击之"。

与这种全方位的感受方式相适应，古人用以表达感受的符号系统是"象"。从基本的构成而言，"象"，以象形、指事的汉字为基础，以分而变的构成为结构，以直观的领悟为特征。从表达范围来看，"象"有"直观外推"与"向内反思"④ 的能力，能通彻天、地、人三界，内表人情意志，外连物理事变。⑤ 从表意的内部机理而言，"象"作为一种能变动的符号，在呈现自然山水变化时，并非作机械呆板抽象式提取，而是带着丰富饱满的肉身性细节，并且含着变易与转换之道，直观地呈现出事物变动的生机。综合上述特征，"象"的思维，不像推理思维一样，要将事物切

---

① （清）王夫之：《姜斋诗话》，《船山全书》第十四册，岳麓书社1996年版，第736页。
② （晋）宗炳：《画山水序》，俞剑华编《中国古代画论类编》，人民美术出版社1998年版，第583页。
③ ［德］汉斯·乔纳斯：《高贵的视觉》，转引自［美］卡罗琳·考斯梅尔《味觉：食物与哲学》，吴琼等译，中国友谊出版公司2001年版，第31页。
④ 葛兆光：《禅宗与中国文化》，上海人民出版社1986年版，第140—143页。
⑤ 《周易·系辞下》："古者包牺氏之王天下也，仰则观象于天，俯则观法于地，观鸟兽之文，与地之宜，近取诸身，远取诸物，于是始作八卦，以通神明之德，以类万物之情。"

割开来，一一描述其间各个部分，说明其性质色彩，然后再试图组合起来，描述、辨明其关系，而是一种整体性思维，它能让人认识到发生在知觉领域中各种力的交互作用。

以"象"为呈示方式的中国古典山水诗，能直观地呈现山川的声色，但又不同于对山水静态的模拟和仿写，而是在"象"的变易和变动中，呈现了山水变动的生机和生趣，在由意象呈现的山水运作的姿态里，诗人的精神姿态和心灵图景也一并呈现了。

中国古典山水诗歌达至的美学姿态和伦理精神，均可以在"虚怀若谷"这一形象中得到直观的呈现。"虚怀若谷"，道出了生命的内在胸怀与山谷形象相互感触、融为一体的关系。

谷是蕴含着大块噫气而发出天籁之音的场所，是生命之门和气感源头，保持着开启、更新、接纳和回归的潜力。它与整个宇宙相感触，是一个可以无限倾空和注入的世界，具有无垠性和天下性。这个以宇宙天下为依托的谷壑，也向内对应着诗人的襟怀和胸次。人的心胸，以儒家的体仁、道家的心斋和佛家的虚空去接纳谷壑的给予，抓取其内在的运动气势，积聚饱满的流动气息，达至与谷壑相感通的状态。[①] 心胸呼吸的气息、收回和伸缩的节奏，与谷壑的开启和回归的姿态相互契合。以相通的气息、节奏为贯通，人的胸次、有形的山水与无形的宇宙紧密联系在一起，成为一个形神兼备、盈虚变幻的生命整体。在山水诗创造的世界里，胸次和谷壑相互映照，形成了充满音乐性的内外交感的节奏化空间[②]。

古人以"味感"的方式感受自然山水，谷壑与胸次形成相互契合的同构关系，这是古典诗歌书写自然山水产生美学境界的重要基础。正如高友工指出的，美感经验乃是借由一种"同一关系"来综合万象。"同一关系"可以是自我此刻与现象世界的感应，亦可以是现象世界自有的感应[③]。在强调"主客不分""物我冥合""情景交融"的传统文化语境中，中国古典山水诗歌中的"同一性"境界，更有可能是人与世界在那本源的发生处相互构成的自然生命之原发精神。[④] 正是以这种原发精神为依

---

① 夏可君：《平淡的哲学》，中国社会出版社 2009 年版，第 116—119 页。
② 宗白华：《艺境》，北京大学出版社 1989 年版，第 212—213 页。
③ 高友工：《美典：中国文学研究论集》，生活·读书·新知三联书店 2008 年版，第 12 页。
④ 张祥龙：《从现象学到孔夫子》，商务印书馆 2001 年版，第 188—189 页。

托，从广阔的时空背景之中孤立出来的自然山水，才有了丰富的意味，它与诗人的主体精神相互参照与契合，共同映现了宇宙间生命生生不息的生机。

在中国古典山水诗歌中，阴阳对偶的宇宙图景、山水的动静变化与诗人外感于物生发的心灵姿态和呼吸节奏，形成了整体的同构性关系，共同置入山水诗的有意味的形式（联对与声律）中，构成了一个浑融完整的"寓目同感，在天合气，在地合理，在人合情，不用意而物无不亲"① 的艺术世界。中国古典山水诗人的美学追求，是以自然的本然性为宗，以虚静或空静之心，凝神专注于当下时刻，呈现出自然的本然美和当下美，令呼吸的节奏与自然的变化相一致，令心中的德善修行与山水的圣姿庄颜相契合，让生命物化为与山水草木平等的生命有机体②，用以忘却时间的流逝和生命的短暂引发的焦虑，达至平淡静穆的境界③。

面对古典山水诗歌的压力，新诗该如何在这影响的焦虑下，别开生面地开启书写风景，建立起新的美感经验呢？为了便于清晰地呈现早期新诗书写自然风景的面貌和特色，现将《分类白话诗选》④ 中重要的写景诗歌呈示如下：

  山这边，红烟含着青烟，/青烟含着红烟，/一齐的微微动转，/似明似暗，/山色似见不见；——/描不出的层次和新鲜。（傅斯年：《深秋永定门城上晚景》）

  啊啊！/四山都是白云，/四面都是山岭，/山岭原来登不尽！/前山脚下，有两个行人，/好象是一男一女，/好象是兄与妹。/男的背着一捆柴，/女的抱的是甚么？/男的在路旁休息着，/女的在兄旁站立着。/哦，好一幅画不出的画图！（郭沫若：《登临》）

---

① （清）王夫之评选，张国星点校：《古诗评选》，河北大学出版社 2008 年版，第 184 页。
② 周策纵：《弃园诗话》，世界图书出版公司 2013 年版，第 166—172 页。
③ 有诸多理论家将"平淡"视为中国古典文化中独具特色的美学境界。参见夏可君《平淡的哲学》，中国社会出版社 2009 年版；[法] 余莲《淡之颂：论中国思想与美学》，卓立译，台北：桂冠出版公司 2006 年版。
④ 该书于 1920 年 8 月由上海崇文书局出版，笔者参照的是由人民文学出版社于 1988 年出版的增订版。

哦哦，光的雄劲！/玛瑙一样的晨鸟在我眼前飞纷。/明与暗，刀切断了一样地分明！/明的是浮云，暗的也是浮云，/同是一样的浮云，为甚么有暗有明？/我守着看那一切的暗云……/被亚坡罗的雄光驱除尽。/我才知四野的鸡声别有一段的意味深湛！（郭沫若:《日出》）

一忽儿，山头上吐出了太阳；/金闪闪的光，照得北京城隐约可望。/一般都是太阳照的地方，/何以城里那样烦热，/乡下这样清凉？（沈兼士:《香山早起作，寄城里的朋友们》）

雪光！闪着浅红淡紫的朝阳。……/屋上，地上，一霎时光明万丈！照眼透过了玻璃窗，/正映着壁炉子里活融融的火光。……/有一个脱笼鹦鹉，绕着满屋飞翔！/呀的一声，正撞在窗子上——/血淋淋的望着遮不断的光！——/但是谁给他当上？（沈玄庐:《玻璃窗》）

鹅绒毯铺满地上了，/绣球花开满树上了，/金盖儿装满屋上了，——/昨日的尘寰，今日的玉海！/怎么这们可爱哟，/你这天然的景致？/那松树一经装饰，/好象怕掉了珍珠似的，/连动也不敢动了。/雪啊！你有这样艺术的天才，/为甚么却只一年一降？（易漱瑜:《雪的三部曲》）

这些描写山色、日出、雪景的诗歌，虽然诗意粗率，却表现出与古典山水诗迥然不同的特征，足以充当分析的材料，探究早期新诗书写风景的特征。有别于古典山水诗歌中自然物象的自动呈现，上引诸诗充满人称、时间、位置和说明性、分析性的语法。与之相比较，沈玄庐的《春晓》便是一个很典型的失败例子：

登高一望平原。
一片鹅黄的油菜花、衬着碧绿的菜叶、铺到天边。
深蓝的天。擎起一朵红云、一轮红日、现出春景新鲜。
软软的风、吹得人好爽快也、不费半文钱。

在这首诗中，诗人登高望远，铺陈出一幅由"鹅黄的油菜花""红云""软风"等画面构成的自然图景。然而诗人感受景物的方式，依然深深烙刻着古代诗歌的影响，以阴阳两极的对应模式表现自然风景。以至于诗歌中头两句，可以改换为"黄花衬叶铺天边，蓝天擎云见春景"的联对，以便更为清晰地表达诗歌的意味。因为丧失了古典山水诗歌赖以成立的文化语境（阴阳宇宙论的形而上的基础，建立在气感论基础上的人与自然和谐相融的关系，用意象呈列体现出生命生机的表达优势），这类仿古诗歌的美感基础也消失殆尽，无法深入传达出风景的美感。更为深刻的原因是，人的感官和知觉在风景之外徘徊，没有深入风景内部，以至于仅仅被诗人印象式呈现出的风景，无法与人的心理精神发生深层次的关联。由此可见，诗人尚未找到将风景纳入审美视野之内的方法，风景也并未真正进入诗歌之中。

与这类依然受到古典诗歌制约的诗人相比，康白情展现了较为成熟的观看和书写风景的技巧。他依据目光的连续移动，将风景分割为许多单元，再用现代的时空秩序（如以因果律为据的时间观念，或者相似性为准的空间组合原则）加诸风景之上，利用逻辑思维和语言的分析能力，精确深入地描绘出风景的细微变化[①]，激发读者的审美反应，比如康白情的《日观峰看浴日》。

> 要白不白的青光成了藕色了。
> 成了茄色了。
> 红了——赤了——胭脂了。
> 鲤鱼斑的黑云
> 都染成了一片片的紫金甲了。
> 星星都不知道哪里去了；
> 却展开了大大的一张碧玉。
> 远远的淡淡的几颗平峰，
> 料必是那海陆的交界。
> 记得村灯明处，
> 倒不是得几点村灯，是几条小河的曲处。

---

① 王泽龙、钱韧韧：《现代汉语虚词与新诗形式变革》，《中国社会科学》2014年第9期。

湿津津的小河，
　　随意坦着的小河，
　　蜿蜒的白光——红光，
　　仿佛是刚遇了几根蜗牛经过。
　　山呀，石呀，松啊。
　　只迷迷濛濛地抹着这莽苍底密处。

　　哦，——一个峰边底两滴流晶，红得要燃起来了！
　　他们都火燌燌地只管汹涌。
　　他们都仿佛等着什么似地只粘着不动。

　　这首描写日出的诗歌，按照视觉接触风景的时空顺序，特别表现了云彩颜色的细微变化（"青光""藕色""茄色""红了""赤了""胭脂了""黑云"），还有日出时太阳的外形变化（"凹凸不定""扁""圆"）。在这个过程中，诗人深入风景的内部，精确地凸显了风景变化过程中微小的差异，令描述内容与描述对象精确对应，展现了人的理性认知能力与精细的描绘能力。再如康白情《晚晴》中的句子："红日从西北角上射过来/偌大一块蓝玉都给她烤透了。……/红脸红手的兵，带着红帽子，很严肃地在红影子上排立着。"这首诗以红色作了通篇的骨子，由"红日"联想到"红脸红手""红帽子""红影子""红墙""红楼"，串联起一个红色的世界。在这两个写景片段中，诗人彻底采用分行的形式结构①，依据物象的形体和颜色等属性，对风景进行自由的切分、排列与组合，极为逼真地展示出眼前所见之景。

　　在上述写景诗歌中，康白情不仅表现了"看什么"，而且表现了"怎么看"②。他完整地呈现出主体观察、思考和情绪流动的细微过程，令人感受到"世界不再被表述为漂浮于人们眼前的一个一个物品的连缀体，

---

　　① "行"成为新诗的基本单位，而"联"却是中国古典格律诗的基本单位。由声音、词性和形象上的对偶关系构成的"联"，其实是一种阴阳二元论的宇宙图景在诗歌形式上的投射，而"行"成为汉语诗歌的基本单位则表明一种更为自由的组合事物的方式。参见一行《论分行：以中国当代新诗为例》，《诗蜀志》，成都时代出版社2016年版。

　　② 唐宏峰：《风景描写的发生——从〈老残游记〉谈起》，《艺术评论》2009年第12期。

而是一个正在发生的事件"①。由此不难看出，如诸多同辈诗人一样，康白情以视觉化的感知方式观察风景；而比其同辈人更进一步，他按照稳定的透视法②原则组织风景的秩序，将中国古代山水诗画中超越论式的"场"颠倒了过来，形成了稳定的描述与写实的时空平台，捕捉到了现代风景之形。

除了依照有形稳固的时空框架观看风景，康白情还以一种动的精神观照风景，赋予风景以动感。比如"扁呀，圆呀，动荡呀……/总没有片刻底停住；/总活泼泼地应着一个活泼泼的人生；/总把他那些关不住了的奇光，/琐琐碎碎地散在这些山的，石的，松底上面。"日出的动态变化，被认为是由一种隐秘的力量推动着，被视为生命力和"动的精神"的象征。

对于"动的精神"，康白情这样申说："我们要成一个社会化的完人，就不能不着手于社会化的修养——动的修养，活的修养——就不能不有事于社交。"③ 在"五四"时期，"动的精神"不仅是力的直接后果，还被认作农耕中国能够登堂入室于现代社会的首要条件。④ 在"动的精神"的加持下，康白情为风景注入了"力"的精血和骨架。风景的局部变化过程，都在"动的精神"的统摄之下并成为其外在显现。由此，风景的外在形貌与内部精神便统一了起来，并与人的情思状态相依偎。正如康德所言，"对于自然之美，我们必须在我们自身之外去寻求其存在的根据，对于崇高则要在我们自身的内部，即我们的心灵中去寻找，是我们的心灵把崇高性带进了自然之表象中的"⑤，康德把优美与崇高对立起来的审美理论未必适合中国文化，但其观点却富有启发意义：人类能欣赏到自然美，将原本陌生的自然纳入人类的审美体系之中，必须经过人的心灵赋予自然以某种内在的精神。对于"五四"时期的康白情而言，心灵中强烈涌动

---

① 瓦尔特·昂语，转引自王宇根《〈文心雕龙·物色篇〉与中国古典诗歌景物描写从象喻到写实之范式转型》，《中国比较文学》2014年第2期。
② 柄谷行人认为，为了看到作为对象的风景，存在于山水画中超越论式的"场"必须被颠倒过来。正是在这里出现了透视法。参见［日］柄谷行人《日本现代文学的起源》，赵京华译，生活·读书·新知三联书店2003年版，第10页。
③ 康白情：《一个社交问题：八分钟的闲谈》，《少年中国》1919年第1卷第6期。
④ 敬文东：《论垃圾》，《西部》2015年第4期。
⑤ 康德语，转引自［日］柄谷行人《日本现代文学的起源》，赵京华译，生活·读书·新知三联书店2003年版，第1—2页。

着的"动的精神",为风景注入了动态美,令风景进入现代诗人的审美视野之内。

应对旧有的宇宙观和自然秩序失落之后出现的空白,新诗诗人以透视为主的感知方式领受自然风景的形质,既是一种被动的适应,也是一种主动的选择。一方面,诗人回应着新的物质(如图画、摄影、显微镜与望远镜等)带来的实在影响①;另一方面,诗人也在尝试着建立新的感知风景的方式。在如今看来习以为常的视觉透视的感知方式,对"五四"时期的诗人而言却是一项新兴的感觉技术。首先,透视的首要条件是主客的分离以及稳定的距离。它的内在要求是:人与自然分裂甚至对立起来,这与古人和自然亲密无间的关系迥然有异。其次,视觉性的感知方式具有选择性和主动性。恰如约翰·伯格所言:"我们只看见我们注视的东西,注视是一种选择行为。注视的结果是,将我们看见的事物纳入我们能及——虽然未必是伸手可及——的范围内。"② 人在运用视觉时,来到能发现各种事物的地方,扫描它们的表面,勘测它们的边界,探寻它们的本质。如此,现代诗人将自然作为一个有待分析、认知与把握的对象,这与古典诗人仅仅感受自然对人的意味的追求已大为不同。再次,以透视观看风景,从一个定点向高山、海洋等望去,其结果很有可能是视觉无法完整地把握客体,自然也呈现未知的一面。如此这般,人对自然风景的感受便有了形与质、表象与本质、有限与无限等种种分野,而且人并不满足于事

---

① 晚清时,西方的图画和摄影等传入中国,为中国人带来了一种以透视法为主导的新的观看方式。参见唐宏峰《风景描写的发生——从〈老残游记〉谈起》,《艺术评论》2009年第12期。香港学者彭丽君对这一问题有着考证翔实而又阐释精准的研究。学者以兴起于19世纪中叶的新式版画技术为例指出,图像中的故事并非单单为了称颂哪个希腊画家的卓越技巧,它亦提倡这份儿童画报所公开跟随的西方模仿式的视觉系统。参见彭丽君《哈哈镜:中国视觉现代性》,张春田、黄芷敏译,上海书店出版社2011年版,第54页。而关于望远镜与显微镜对人的观察方式的影响,可参见20世纪初著名的科学家丁文江的言论:"只有拿望远镜仰察过天空的虚漠,用显微镜俯视过生物的幽微的人,方能参领得透彻,又岂是枯坐谈禅,妄言玄理的人所能梦见。"参见张君劢、丁文江等《科学与人生观》,山东人民出版社1997年版,第54页。而由科技给诗人的观物方式带来影响的实证则是郭沫若。见宗白华1920年给郭沫若的信件:"你在东岛海滨,常同大宇宙的自然呼吸接近,你又在解剖室中,常同小宇宙的微虫生命接近,宇宙意志底真相都被你窥着了。你诗神的前途有无限的希望啊!"参见宗白华《宗白华全集》第一卷,安徽教育出版社1996年版,第225—226页。

② [英]约翰·伯格:《观看之道》,戴行钺译,广西师范大学出版社2005年版,第2页。

物的有限感性形式，而是尝试着去探求隐藏其后无限的形式与真理。① 总而言之，视觉透视的感知方式能主动地选择、介入、消化对象，为人的认知行为形塑了事物的空间形式②，表征的是人与自然风景之间的认知型关系。而这种感知方式与古典诗人感受自然的方式形成了显著的差异。在中国古典山水诗歌中，对自然的观照方式是流动的、俯仰往返的；古典诗人在描写广阔无边的自然时，虽然有无限之感（如王维的"江流天地外，山色有无中"），却并不会感受到认知的困惑与惶恐，更不会去探究表面之后的本质是什么，而是停留在对自然的玩味之中。由此可见，与古代诗人相比较，早期新诗人感受自然的方式，经历了从"味觉"到"视觉—认知型"的转变，这看似微小的变动，自有其丰富的内涵——它引发了早期新诗书写风景以求真为美③的追求，因而有资格充当新诗发现和书写风景的起点。

　　与新诗的视觉透视原则相对照的，乃是古典诗歌之中常用的三远法④。不同于新诗用"单点透视法"看风景，中国古典山水诗歌观看的方式，遵循着"瞥视的逻辑"而不是"凝视的逻辑"⑤。古代山水诗画中"三远"的空间布局，其实是为了把握宇宙阴阳开阖、高下起伏的节奏，把宇宙自然引入庭院庐舍之内，从而达到人与自然合一的静谧境界。这种方式是对宇宙自然普遍规律、逻辑和秩序的再现。风景是依托人的某个视角而给的，山水的视点或主体性就不是经由人给出的，而是从宇宙或世界的角度给出的。风景服从观者的主动性，观者是根据自己的视角行动的施事者。一边是把风景呈现如客体的自然，另一边是作为自由主体的观察者。风景得以产生的关键是：一个具有丰富生命感觉经验的生命体从自然之中摆脱出来，由自己的视角从自然中截取一部分；这个从整体中截取出来而又能自成一体的部分，就是风景。

---

① ［美］鲁道夫·阿恩海姆：《视觉思维——审美直觉心理学》，滕守尧译，四川人民出版社 2005 年版，第 64 页。

② 敬文东：《感叹诗学》，作家出版社 2017 年版，第 182 页。

③ 钱玄同指出："新文学以真为要义，旧文学以像为要义。"钱玄同：《随感录》，《中国新文学大系·文学论争集》，上海良友图书印刷公司 1935 年版，第 266 页。

④ "三远"始出自"山有三远：自山下而仰山颠，谓之高远；自山前而窥山后，谓之深远；自近山而望远山，谓之平远"。参见（宋）郭熙《林泉高致》，中华书局 2010 年版，第 69 页。

⑤ 方闻：《心印：中国书画风格与结构分析研究》，李维琨译，陕西人民美术出版社 2004 年版，第 260 页。

康白情等人采用透视性的观看目光与分析性的语言①，令风景得以精确地呈现，于此之中，一种新的美学原则诞生了。古典山水诗歌在平淡的语调之中，创造了一个印象式的无我世界，诗人与自然共融于一个冥冥之境。中国现代诗人则是在对风景的精确表现中，确证了自我与自然的精确在场，使之成为一个独一无二的存在性事件。早期书写自然的新诗在看似描述性的语调中，虽然只有语言对变动的自然风景的精确吻合，没有强烈的抒情，却依然透露出主体把握和认识这个世界的意志，以及主体获得确定性认识之后的欣喜与满足。现代诗人引入的科学组织风景的写实方法，改变了古典山水诗歌书写自然的方法论，以及与之相关的宇宙论和认知论。值得一提的是，这种变化并非孤例，而是几乎成为一种艺术共识。比如，中国20世纪初的山水画也引进定点透视的方法，有向写实主义发展的趋势。②

---

① 至于为什么是康白情、傅斯年等人按照透视法观看风景，这大体上可以归结为他们对传统文化的批判、对西方文化的崇拜。康白情虽自幼接受传统文化教育，也曾新旧诗文双修，但康白情对国粹中的糟粕大加批判与摒弃。康白情曾在"新潮社"的同人刊物上撰文称："古代野蛮思想所结晶，装满了phallicism的原则的'太极图'，辗转瞎传了几千年，直到如今科学万能的世界，还有人敬奉他，阐扬他，这是我国学术界怎么大的一个污点呀！"康白情指出太极图的本质即生殖崇拜，本来初民面对太阳与雨露等自然想象，想起天地交合本是一种惯常的思维，而彼时的中华民族依然将其视为国粹而大加推行，则有违道理了。可见康白情是竭力按照科学和理性分析的方法来面对传统文化，揭开笼罩在文化中的神秘面纱。这种思维方式和文化立场，有可能促成康白情以新的眼光来观看风景。参见康白情《"太极图"与Phallicism》，《新潮》1919年第4期。康白情对真和美的分际已经有了明确的意识。对真的强调，未必不是以西方的逻辑学知识和科学精神武装之后，对客观知识的追求。与康白情的情况类似，傅斯年曾发表出这样一番感慨："这宗儒道合成的不自然的思想，寄寓在古文中间，几千年来，根深蒂固，没有经过廓清。所以这荒谬的思想，与晦涩的古文，几乎融合为一，不能分离。我们随手翻开古文一看，大抵总有一种荒谬思想出现。便是现代的人做一篇古文，既然免不了用几个古典熟语，那种荒谬思想已经渗透了文字里面去了，自然也随着出现。……如今废去古文，将这表现荒谬思想的专用器具撤去，也是一种有效的办法。"参见傅斯年《白话文学与心理的改革》，《新潮》1919年第5期。采取科学的眼光，精细地描写自然，呈现出如画的风景，似乎成为一种必然。

② 康有为的《万木草堂藏画目序》、陈独秀的《美术革命》、蔡元培的《在北大画法研究会之演说词》、鲁迅的《论"旧形式的采用"》、徐悲鸿的《中国画改良论》这类檄文构成了20世纪初画革新的主流方案，它的基本逻辑是：宋元以来的文人写意为旧文化的代表，它的衰落与中国文化、社会在近代的整体衰落相伴随。拯救这种衰落的办法与拯救文化衰落的武器一样，就是西方近代科学，在这种方案看来，采用西洋科学写实造型方法改造国画是这种拯救的唯一选择，蔡元培甚至具体指出"采用西洋画布景写实之佳，描写石膏物象及田野风景"是"用科学方法以入美术"的最佳办法。参见黄专《山水画走向"现代"的三步》，《新美术》2006年第4期。

二　形似如画的风景与自我的发现

这种变革的发生有着深刻的背景。正如米切尔所言："风景言说方式的每一次改变或者发展，都表现为一种历史的转变——从古代到现代，从古典到浪漫，从基督教的到世俗的，无论这种转变是突变的，还是渐进的。"①"它不仅是一处自然景观，也不仅是对自然景观的再现，而是对自然景观的自然再现，是在自然之中自然本身的痕迹或者图像，仿佛自然把它的本质结构烙印并编码在我们的感觉器官上了。"② 依柄谷行人之见，"只有在对周围外部的东西没有关心的'内在的人'（inner man）那里，风景才能得以发现。风景乃是被无视'外部'的人发现的"③，如果暂且悬置柄谷行人谈论风景发现问题的日本文学语境，他想说的无非是：风景的发现以主客体的分离为前提；新的感受风景的方式，须以新的感受自我的方式为依据。王凌云的睿见可以支持这种判断："我们经验到了什么，世界和事物在经验中呈现出何种图景和样态，都取决于我们自身'如何经验'的方式。这种'如何经验'的方式不是任意的，相反，在每一经验的发生中，它都受到先行尺度的引导、定向和规定。我们称这种引导、定向和规定着经验的先行尺度为我们人类的'生命尺度'。"④ 这一潜藏在我们感知结构中的生命尺度，是感知内部生命和外部世界的依据，随着历史文化语境的变化，也会做出调整以适应新的生活要求。在现代人发现风景的过程中，经由逻辑的推论和事实的证实，生命尺度也潜在地发生了变化。

在古代社会，人在"家—国—天下"的伦理体系之中，遵循"天道"和"天理"，以"修仁""体静"达至生命的不朽。以此为生命尺度，古人在以"天下""甲子"为形态的时空模式下感知山水⑤，他们习惯在山

---

① ［美］W. J. T. 米切尔编：《风景与权力》，杨丽、万信琼等译，译林出版社2014年版，第13页。
② ［美］W. J. T. 米切尔编：《风景与权力》，杨丽、万信琼等译，译林出版社2014年版，第16—17页。
③ ［日］柄谷行人：《日本现代文学的起源》，赵京华译，生活·读书·新知三联书店2003年版，第15页。
④ 王凌云：《来自共属的经验——现象学与哲学文集》，中国社会科学出版社2017年版，第3页。
⑤ 敬文东：《皈依天下》，天地出版社2017年版，第146页。

水的形体中辨认出阴阳对偶的宇宙图式；在山水的云烟流动的气势中感悟生命的生机；在山水的常性变动和恒定不变之中，感知生命的不断流逝而依凭德性达至不朽的本质。最终，人和山水都融入更高的宇宙大化的流行之中。

在"五四"时期，一个觉醒的自我从伦理秩序之中挣脱出来，成为看待世界、把握经验的基本依据。① 这个自我形象是杂糅了"认知我"与"情意我"的自由主体。"情意我"包含着五四时期狂飙突进的乐观态度和自由精神，"认知我"则蕴含着以科学认知周围世界的理性精神。理性认识能力与乐观的态度相互助长，进而演化为一种强烈的创造意识，能创造新的世界，推动社会的不断进化。如陈独秀所言："创造就是进化，世界上不断的进化只是不断的创造，离开创造便没有进化了。"② 与古代人对自然秩序的服从不同，现代人强调对世界的改造，在创造世界的过程中释放主体的力量。正是以力量和创造为核心的追求，给中国人的精神结构注入了前所未有的动力式过程。它展开为两翼，一是对人类征服自然力量的强烈追求，二是社会改造的热情持续高涨。③ 现代人将自我确立为意义的创造者与生产者，令无尽的创造活动成为确证自我的基本方式。一个自诩为拥有无尽创造能力的现代性自我便诞生了。

这个现代性自我，甫一诞生，便脱离了传统的"伦理我"所受到的束缚，拥有了自我规定性以及彻底的孤独性④，而处于一种欲望难以满足

---

① 正如黑格尔所言，只有历史逻辑中的个人主体出现之后，作家才有可能站在传统、历史、环境之外，对客观世界进行一种细致的描写。转引自李杨《抗争宿命之路》，时代文艺出版社1993年版，第98页。有大量文献与研究都说明了这一点。"有我就是要表现著作人的性情见解，有人就是要与一般的人发生交涉。"（参见胡适《国语文学史》，北京文化学社1927年版，第287页）"文学为有精神之物，其精神即发生于作者脑海之中。故必须作者能运用其精神，使自己之意识、情感、怀抱，一一藏纳于文中。而后所为之文，始有真正之价值，始能稳立于文学界中而不摇。否则精神既失，措辞虽工，亦不过说上一大番空话，实未曾做得半句文章也。"（参见刘复《我之文学改良观》，《中国新文学大系·建设理论集》，上海良友图书印刷公司1935年版，第65—66页）
② 陈独秀：《新文化运动是什么》，《新青年》第7卷第5号，1920年4月1日。
③ 高瑞泉：《中国现代精神传统》，东方出版中心1999年版，第54页。
④ 敬文东：《艺术与垃圾》，作家出版社2016年版，第10—15页。

的永恒流动性①之中。这个诞生自反叛传统的新的自我，拥有了新的经验内部自我的生命尺度，进而带来新的感知外部世界的方式。眼明手快的胡适准确地把握了这一规律，在总结包括康白情在内的早期诗人的创作特征时，他曾言："我现在看着这些彻底解放的少年诗人，就像一个缠过脚后来放脚的妇人望着那些真正天足的女孩子们跳来跳去，妒在眼里，喜在心头。"② 在感知方式的颠倒之中，风景随着内面自我的诞生而诞生了。

以理性认知力和创造意识为内蕴的现代自我，在自然面前拥有了主体性地位，成为自然的理性立法者。与古典社会人服从于自然秩序不同，现代人成为自然秩序的发明者；与盈虚变幻象征宇宙秩序的古代山水不同，现代的风景便不再具有自明性，而须通过主体的认识并假以观念和逻辑方能建构起来。风景被带入人的认知和分辨状态之中，风景中事物存在的依据在于认知的真实确切性，风景的意义在于人对它们的感受、分类定位与情感赋予等。正如现代人感受到自身内部无尽的创造力量一样，被现代人感知的风景，也由某种力量推动着，在时间的流逝中，不断地经历着创生与变化，而处于朝向未来的无限运行之中。如果我们赞同柏格森的观点，认为时空决定了事物的性质和特征③，那么，早期白话诗人看到的"流动的风景"与古代山水诗人感悟到的伦理山水，则是面貌相似而内在质地不同的两种事物。正是山水与风景的内在差异，决定了两种迥然不同的书写自然的方法和美感经验的生成机制。

虽然康白情等人的风景诗歌，在诗歌技艺上难说成熟，但他们处于转型期的风景书写，所展现出的新的美感经验，的确有待进一步分析与研究。写景诗歌中美感经验的生成，与某一历史条件下人们对事物的认识水平和思想境界密切相关。诗人对自然风景审美过程的兴发与完成，在于诗人在自然风景的客观形式与规律中，深切感受到了情志结构的内在和谐，以及情志与外部风景的深度契合，感受到了形式与价值、合规律性与合目

---

① "现代性欲望的内涵刚好是欲望的实现并不在于它的完成和充分满足，而在于欲望自身的繁殖，在于欲望的循环。"［斯洛文尼亚］齐泽克：《斜目而视》，季广茂译，浙江大学出版社2011年版，第7页。

② 胡适：《胡适全集》第二卷，安徽教育出版社2003年版，第824页。

③ 柏格森认为时间的概念会在思想中赋予事物一个本质的地位，或至少制造出事物的实质，时间改变了事物的本质。参见［法］朱利安《论"时间"：生活哲学的要素》，张君懿译，北京大学出版社2016年版，第135页。

的性的统一。

在生产力较为低下的古代社会，人的情感更多地依赖自然的原始自在形态。人对自然的认识受到价值感的抑制，诗人对自然的审美态度建立在道德伦理和宇宙秩序之上，诗人不必将诗中的山水与自然的客观形象严格对应，而是追求"以神写形"和"不求形似"的艺术效果。以这种审美态度为基础，诗人以儒释道精神与自然山水相互感通，让心中的德善修行与山水的圣姿庄颜相契合，俱融入一个静穆平淡的境界之中。

而到了五四时期，人的主体意识觉醒。主体性的崛起对人的内外关系产生了深刻影响，在人对自然和社会的外部关系上，它要求人对自然和社会进行认识、改造与征服；在人情志结构的内部关系上，感性和理性也开始分化，感性侧重于发展情感意欲方面，而理性则侧重于认知理智方面。五四时期诗人普遍感受到的自然与人为、理与趣的分化，其内在根源便是崛起的主体内部认知理性和情感意欲的分化。正如一行所言，浓厚的道德意识对诗人的认知理性的压抑退场之后，诗人的才智、爱欲和好奇心得到解放，基于人的认知知觉而对自然的感受开始深化，正是知觉给出了自然的实存依据。① 这意味着人的认知理性和情感意欲，渴望突破道德秩序的限制，而获得独立性与优先地位。在这种深刻的历史变动中，古典中国时期建立在抽象的道德原则或宇宙节律之上的自然审美法则，已不能适应自然审美现代形态的要求，需要建立一个新的自然审美机制。

在五四时期，崇尚科学理性、凸显独立自我的诗人，从自然风景中脱离出来，将自然作为观察和认知的对象，这充当了现代诗人发现和书写风景的前提和起点。这引发的连锁反应是：诗人书写风景产生的美感经验，也须以人与风景的分离为基础，重新建立人与风景之间的默契关系。此一时期的写景诗歌中出现的"如画"追求，正是诗人建立新的默契关系的尝试。与古典山水诗歌中的"诗画相似"（描摹山水的气势和气韵，以"神似"为要求②）差别甚大，它以精确的"形似"③为旨归。"形似"为

---

① 王凌云：《比喻的进化：中国新诗的技艺线索》，《江汉学术》2014年第1期。
② 这个观点，有较多专著都进行了论述。尤以徐复观和法国汉学家朱利安的论述为精彩。参见徐复观《中国艺术精神》，华东师范大学出版社2001年版；[法]朱利安《大象无形：或论绘画之非客体》，张颖译，北京大学出版社2017年版。
③ 这一"形似"要求，相比南北朝时期刻画山水的"形似"之巧，有更加严格的要求，更加深入风景的细部和深处。

美的追求，看似是将客观真实性作为最高的美学原则，实则是诗人的自我意识觉醒、成为运用理性认知事物的独立主体后，渴望用"精确的度量而不是共感"清晰地分析自然风景，并将其井然有序、逼真地表现出来，进而在风景的描绘中凸显出主体的力量。

有学者指出："对写事能力的看重与追求，也可能是20世纪中国文学追求真实（现实）的重要源头。重新定义人与自然之间的关系，也就是正视人与科学之间的关系，毫无疑问，科学也是成就人之自由与独立的重要前提。"① 康白情等人按照科学的透视法观察风景，以现代汉语描绘风景，其意义已经溢出了风景的发现这一命题，而具有普遍性的诗学意义。在中国古代文化传统中，大自然之中的事物根据相似性②建构起来。相似性是天地万物之间的交感，是身心、天地、人神之间的诗性映照关系，从一点出发可以拓展到无穷的关系。在中国文化传统中，相似性的文化根基其实是阴阳宇宙论、万物气感论和引譬连类的思维方式。在相似性关系的统摄之下，词语对物象的标记紧密而牢靠。而在20世纪初，随着科学技术在中国的传播，古典原始的相似性思维被五四先贤认为无法打开通向科学的真理，无法把握和建构这个世界的内在秩序。③ 分析取代了类推，事物之间的差异取代了相似。与传统将自然领受为神奇的地域相比，现代出现的是将物与物并置在一起的清晰空间。自然物依照各自的共同特征而被集合在一起，在新的方式中被有序地呈现出来。在新的命名法则之中，自然获得了新的表现形式。而在这个过程中所引发的诗学变革则是词

---

① 胡传吉：《现代白话诗与"人的发现"》，《北方论丛》2017年第6期。

② 相似性指的并不是那种可见的表面相像或形似，而是特指一种被制造出来的事物之间、主体客体之间的内在的必然关联和有序性，它们共同构建着所有存在的某种看不见的归基性。正是相似性才组织着符号的运作，使人们知晓许多可见和不可见的事物，并引导着表象事物的艺术。参见［法］福柯《词与物：人文科学考古学》，莫伟民译，上海三联书店2001年版，第23页。

③ 钱玄同说得很决绝："中国文字，字义极为含混，文法极不精密，本来只可代表古代幼稚之思想，决不能代表Lamark、Darwin以来之新世界文明。"（钱玄同：《中国今后之文字问题》，《新青年》第4卷第4号，1918年4月）王力认为："古人说话，往往不能精密地估计到一个判断所能适用的范围和程度。古人所谓'不以辞害意'，就是希望听话人或读者能了解所下的判断也容许有些例外。但是，今天我们的语言要求具有科学性……因此，在句子里面表示某一判断（某一叙述、某一描写）的范围和程度，是加强语言的明晰性的必要手段。"（王力：《汉语史稿》，中华书局2004年版，第555页）所谓"科学性"就是"辞"不能有歧义，是对"辞"之味的摒除，要让"意"处于失味状态。

语与事物的精确对应关系。

如果将早期新诗诗人的风景书写放置在广阔的诗歌史视野下来考量，则更有一番深远意义。晋宋时期的诗人出入于玄学思想，摒弃了儒家以德观照山水的眼光，发现了掩藏在观念之下山水的形体之美，又经由儒释道精神的濡染，赋予了山水内在精神，从而创造了中国古典诗歌史上光彩夺目的山水诗歌。而早期新诗诗人经由科学主义的理性眼光，涤除了自然山水中的形而上色彩，揭开了风景的面纱，发现了风景的形体之美，从此风景而非山水进入现代诗歌之中。在发现风景的形体之美之后，诗人又该如何在科学精神的淡出中赋予风景新的精神质地呢？

第二节 作为人格象征的风景

随着自我的发现，早期新诗人以透视的眼光观看自然，捕捉自然的形体之美。这种方式作为传统在现代诗歌之中延续下来，如20世纪30年代的任常侠在《太湖》中写道："我们午后归去的太湖，／太湖是在闪耀的阳光里。／浪花推进着浪花，／向着岩石不停地冲击。／想将这险峙的古老的山，／使其没落于极深的潭底。"当然，这类诗歌还停留在粗浅的层次，并没有赋予风景深厚的精神质地。在40年代，冯至、九叶派有大量书写风景的诗歌，其质地则更为圆熟。相较于20年代的诗歌注重描写自然风景的形态，冯至等人更侧重于对自然进行观察与冥思，自然的外部细节与形体之美往往不是表现的重点，而是有意突出风景的姿态和动作，以风景象征某种精神境界、暗喻某种哲理。如果说，早期新诗人是以"肉眼的看"观察自然，捕捉自然以外在性、确定性为特征的"形"；在后续诗人的探索之中，则是以"精神性的看"观察外物，从对风景的体察中发现它的性质与特征，并与自己的主观意念、情感、人格相契合，深入以内在性、整全性为基本特征的"体"。由"形"到"体"的过程，是一个向自然深处不断推进的过程。总而言之，在早期新诗人发现风景之后，40年代的诗人为风景注入了坚实的内在质地，将自然作为人格的象征，形成了书写风景的成熟方式。本节将对这种风景的特征和成因进行论述。

一 移情与雕塑的风景

在中国现代诗歌中，出现了大量书写风景的佳作，尤以九叶诗人为最。辛笛在《湖上，又是一番月色》中写道：

　　湖上，又大又黄的圆月
　　在青黝黝的柏林后面升起，
　　这鲜明而粗放的笔触
　　不就是梵·高或高庚的画意？

　　不像"可怜半圆月，
　　先出照黄昏"那样青嫩憔悴；
　　……
　　那一片圣洁的清辉，
　　又一次该为我
　　奏起贝多芬的《月光曲》，
　　正如我当年苦读
　　密尔顿的《失乐园》和《复乐园》
　　光明就顿时来在心中！
　　感谢这一双聋瞽人，
　　有多少次啊
　　唤起我通体对光明的膜拜和颂歌！

　　在这首诗中，首先对月亮的形状、位置等进行了简明扼要的刻画之后，一轮缓缓升起的圆月形象便跃然纸上。但辛笛的着眼点并不在风景的外在形象，而是进入月亮的精神寓意中。紧接着，辛笛否定了积淀在月亮之上的传统意味——伤感、恋情等形象，根据自己的审美体验，赋予月亮高尚圣洁的情操，为月亮注入光明的文化意味，令"梵·高或高庚的画意"的月亮有了具体的内涵。那月亮缓缓升起的动作便是心灵内部油然产生的清亮、高尚节操的显形。再如郑敏的《树》：

　　我的眼睛遇见它
　　屹立在那同一的姿态里。
　　在它的手臂间星斗转移
　　在它的注视下溪水慢慢流去，

> 在它的胸怀里小鸟来去
> 而它永远那么祈祷，沉思
> 仿佛生长在永恒宁静的土地上。

郑敏从树的声音之中，辨识出树的灵魂向度。在看似安静的姿态里，蕴含着悲伤、忧郁、鼓舞、多情等种种情绪。既有树木随着节令的变化而暗自生长变化的生长之音，也有承担责任、静看历史变迁而兀自独立的沉思之音。陈敬容的《雨后》也表现出类似的特征：

> 树叶的碧意是一个流动的海
> 烦热的躯体在那儿沐浴。
> ……
> 当一只青蛙在草丛间跳跃，
> 我仿佛看见大地睒着眼睛。

陈敬容采用通感的手法，将视觉性的树叶想象为流动着的清新凉爽的海。陈敬容具有点石成金的力量，令每一个细微的动作，都具有丰富的精神意味。在微小的世界里，她能冥想出一个广阔的精神世界，令草丛中青蛙的一跃，朗现生命灵动不息的活力。

上述几首描写风景的诗具有鲜明的共性。就感受方式而言，诗人设置了观看者与风景的距离，以定点观看的方式描写风景的外部形态。这种距离保证了相对客观和独立的立场，能较为清晰地表现风景的客观形态。然后，诗人以有距离的观看为基础，以风景的形态为质料，沉思着形体丰富的精神意味，由对风景的外形描写进而移情于物，深入自然意象的深处去沉思与体验，最后将自然意象雕刻为形质具备、血肉具足的精神风景。从这种描述过程之中可以感受到一种由目及心的过程，渐次刻画出风景的形体和精神之美。而在风景之外，几乎可由描写的风景推断出观看者的精神品格。他们拥有强烈的自我意识，对一切事物均做出分析和思索，似乎唯有经由自身感受和分析的事物，才具有合法性的依据。诗人犹如一个雕刻家①，在自然之中寻找工

---

① 如陈敬容就将雕刻视为一种精神姿态。她在《雕塑家》中这样写道："有时万物随着你一个姿势/突然静止；/在你的斧凿下，/空间缩小，时间踌躇，/而你永远保有原始的朴素。"

作的质料，在对风景的拆分、组合与拼装之中，按照自己的生命尺度创造风景，将自己内心强烈的精神意志赋予风景，令风景成为主观情感体验的表象，为自己铸就一座精神雕像。这片风景是内在精神世界与外在自然相遇的结晶。就诗人与风景的关系而言，则是一种既相离又相融的映照关系。整体而言，这些诗人笔下的风景体现了形质统一的过程。而使外形具有丰富质地的，在世界之中得以独立为风景的，是诗人的主观情调和生命精神。如将这类风景与古典诗歌中的自然作比较，更能说明其主观性。比如温庭筠的"鸡声茅店月，人迹板桥霜"，将六个表面上并无联系的意象并呈在一起，便可以获得丰富的意味。这与中国传统文化的特性有关。法国学者朱利安分析了中国元典《易经》的首句"元亨利贞"后指出，中国文化对事物的关注，不是真理与表象的对立，不是存在与实有的分裂，而是满足于分别与串联。每一个事物自身便展开自明性，如是流行、自我援引而不引证其他事物。① 在强调"主客不分""物我冥合""情景交融"的传统文化语境中，中国古典山水诗歌中的"同一性"境界，更有可能是"在本源的发生中获得自身的相互缘构和相互构成"②的原发精神。正是以这种原发精神为依托，从广阔的时空背景之中孤立出来的自然山水便有了丰富的意味，它与诗人的主体精神相互参照与契合，共同映现了宇宙间生命生生不息的盎然生机。在古典诗歌中，自然意象主要体现着宇宙不息的生机而获得自身的独立性；在新诗中，自然意象的独立性则来自主体精神情感的赋予。正如齐美尔所言：

> 只有当具有众多的观念和丰富的感觉的生命完全脱离自然的统一性的时候，只有当由此而变成全新的特殊物象重新展现在众生面前，同时又吸收无限之物于自己不可突破的界限之中的时候，才产生"风景"。③

---

① ［法］朱利安：《进入思想之门：思维的多元性》，卓立译，北京大学出版社 2014 年版，第 43—47 页。
② 张祥龙：《从现象学到孔夫子》，商务印书馆 2001 年版，第 189 页。
③ ［德］齐美尔：《桥与门——齐美尔随笔集》，涯鸿、宇声等译，上海三联书店 1991 年版，第 163 页。

现代诗歌主要以移情①的方式赋予风景独特的精神意味。诗歌中所形成的雕塑般的风景，便是移情方式的表现。人从与自然和谐的秩序之中脱离出来，将个体生命视为存身和体验的依据，按照自己给自己设定的目标塑造、雕塑自己，在取舍与裁夺之中选择他们所遵循的，放弃他们所鄙弃的。因此，他们雕塑风景，亦是雕塑自己。"关于陌生人格的认识不仅教导我们把我们自己变成客体，而且通过对'有亲缘关系的自然'，即我们这种类型的人格的移情，在我们身上'打盹'的东西得到展开。通过对其他人格结构的移情，我们知道了，我们所不是的东西；我们知道了，与他人相比，我们更是什么或更不是什么。因此，除了自身认识之外，自身评价的一个重要的辅助手段也被给予了。既然价值体验构成我们的固有价值的基础，那么通过在移情中获得的新价值，我们对自己的人格所不熟悉的那些价值也被揭示了出来。"② 古典诗歌基于人与自然本质的同一性③，采取"比德"的方式，赋予高山流水以君子人格，充满了伦理道德的教化意义。而在新诗中，比德被移情置换。移情意味着人对自我的塑造，以及对人自身价值和本质属性的创造性认同。这一发展过程可与前述五四时期对风景的书写接续起来。现代诗人根据主体的精神内涵，重新赋予已被祛魅的自然以意义。

---

① 与移情相比，古典诗歌在书写自然时，大体上采用的是"感—情"的方式。正如《礼记·乐记》所言："人生而静，天之性也。感于物而动，性之欲也。"将"静"理解为"天之性也"，其表达的就是"情"的不完满性质。人之情来源于"感"，即与万物的交感、交互作用，简言之，感而生情。参见贡华南《论中西"移情说"之形上基础——以"感—情"与"移—情"为中心的考察》，《文史哲》2008 年第 6 期。

② ［德］艾迪特·施泰因：《论移情问题》，张浩军译，华东师范大学出版社 2014 年版，第 163 页。

③ 据学者奚密考察，中国传统中的比喻是建立在一元论的世界观上，视万事万物为一体。在类比并置中，两件事情在本质上是和谐的，"比"所呈现的一对意象，示范了本质的对应，示范了有机宇宙中万物之间的神秘共鸣，事物属于不同的类别，但这些类别基本上是相通的，因为它们之间存在互动与互补关系。参见奚密《中西诗学中的"比"与"隐喻"》，李达三、罗钢主编《中外比较文学的里程碑》，人民文学出版社 1997 年版，第 136 页。这种类比原则，其哲学根基与传统儒学有关。如《朱子语类》所言："如理会得亲亲，便推类去仁民，仁民是亲亲之类。理会得仁民，便推类去爱物，爱物是仁民之类。"爱仁之心，人与物之间的类同性，提供了人与自然相类比、君子比德的哲学基础。

二 雕刻风景与整体性自我的寻求

20 世纪 40 年代的诗人以移情的方式书写雕塑般的风景，与抒情主体所处的生存环境和心理状态紧密相关。上述诗人大多处于抗战的环境之中，普遍感受到自我在宇宙间的孤独状态。陈敬容写道："我时常看见自己/是另一个陌生的存在/独自想着陌生的思想"（陈敬容：《陌生的我》，1947 年），辛笛则说："人似在涧中行走/方生未死之间上覆一线青天……/你站不开就看不清摸不完全/呼喊落在虚空的沙漠里/你像是打了自己一记空拳"（辛笛：《寂寞所自来》，1946 年）。生命隔离于时空之中，犹如一个孤独的原子占据着一个渺小的位置，感受到一种彻底的孤独和无根的漂泊状态。

生命的孤独感本来是现代人性中不可移除的一部分。[①] 正如帕斯卡尔所言："当我思索我一生短促的光阴浸没在以前的和以后的永恒之中，我所填塞的——并且甚至于是我所能看得见的——狭小的空间沉没在既为我所不认识而且也并不认识我的无限广阔的空间之中；我就极为恐惧而又惊异地看到，我自己竟然是在此处而不是在彼处，因为根本没有任何理由为什么是在此处而不是在彼处，为什么是在此时而不是在彼时。"[②] 在战火纷飞、政治时局混乱的 20 世纪 40 年代，残酷黑暗的现实，令人感受到人与世界、人与国家、人与人之间的距离更加遥远，令自我的孤独感更加强烈，正如张松建敏锐的观察："比之于 30 年代，40 年代是一个不折不扣的'分裂的时代'。……而现代主义诗歌中的主体则陷于历史性的自我分裂状态：一方面，感受个人被异己的外部力量所宰制，面对支离破碎的宇宙，体味一己之'丰富的痛苦'，……另一方面，出于传统的感时忧国精神、现代知识分子之国民意识以及英国社会诗人奥登的影响，这批中国诗人在吟诵苦闷情绪的同时，把自我引向社会议题的思考。"[③] 身处抗日战争环境中的九叶派诗人感受到自我内部的分裂和自我与社会的分裂。虽然诸多的分裂令九叶诗人痛苦不堪，但他们并没有在其中沉沦下去，而是渴

[①] 孤独可以算作一种无可遁形的现代人性，在现代性的笼罩下，现代中国人的几乎所有情绪范形，都将以孤独打底。参见敬文东《感叹诗学》，作家出版社 2017 年版，第 84 页。
[②] ［法］帕斯卡尔：《思想录》，何兆武译，商务印书馆 1985 年版，第 101 页。
[③] 张松建：《现代诗的再出发——中国四十年代现代主义诗潮新探》，北京大学出版社 2009 年版，第 126 页。

望一个完整的自我。

　　风景给注视它的人提供了一座熟悉的精神雕像，人可以认出自己而无须亲自构成这副面容的存在。首先，诗人在创造风景的时候，将自我客体化了。这个客体的风景又源于诗人的精神创造。人与风景之间形成了一种既相离又相融的关系。其次，诗人创造的风景大多具有有限的形式和无穷的意味。这种被创造的风景在自然之中有着客观性，它作为一个独特的生命，承担着历史与社会的压力，却显示出一种整全性的生命形态，投射着生命的理想与愿望。"它从一开始就作为客体矗立在我们面前。……我通过我的肉体性的表达看到了那个在其中显示的'更高的精神生活'，看到了在其中被揭示的精神属性。"① 风景既是由"我"创造而存身于外界的东西，又是"我"生命愿望的一个投影。"我"以旁观者的身份观看自己成形的精神生活。这种结构也暗示了永远无法达到的距离，提供了一个不断深入、超越的结构，能够超出自己的控制，而深入更高的精神层次，令自我和风景达到更高程度的和谐。

　　也许正因为如此，杜运燮的《山》才有这样的句子：

　　　　你追求，所以厌倦，所以更追求；
　　　　你没有桃花，没有牛羊，炊烟，村落；
　　　　可以鸟瞰，有更多空气，也有更多石头；
　　　　因为你只好离开你必需的，你永远寂寞。

　　山体高耸入云、云雾缭绕、瀑布高悬、隐士遁迹、困兽长嚎等，展现出一幅丰富的自然景观。山摆脱喧嚣尘世的束缚以及人间俗人的崇拜，而以永恒的沉默姿态和向上的精神，执着于自己的精神追求。在杜运燮那里，山既容纳一切、宽容一切，又摆脱一切。它倾心于更为孤独的自由之境，它朝向更高的精神风范。辛笛的《山中所见——一棵树》也表现了同样的超拔境界：

　　　　你锥形的影子遮满了圆圆的井口

―――――――――
① [德] 艾迪特·施泰因：《论移情问题》，张浩军译，华东师范大学出版社2014年版，第130页。

你独立，承受各方的风向
你在宇宙的安置中生长
因了月光的点染，你最美也不孤单
风霜锻炼你，雨露润泽你
季节交替着，你一年就那么添了一轮
不管有意无情，你默默无言
听夏蝉噪，秋虫鸣。

辛笛选取树木最具代表性的精神姿态——站立，对其作了精细的描绘之后，随之沉思这一姿态的精神意义。在空间维度上，树在茫茫的宇宙中占据一个位置，显出绰约而独立的精神风姿；在时间维度上，树承受风霜雨电、季节更迭，而持续地生长着。在辛笛那里，树木承受着生命有限性的压力，成为坚韧、笃定、坚守生命根基的精神象征。树木的外在形象与内在精神质地紧密统合在一起。正如巴什拉所言："树木被归还给想象的力量，被倾注了我们的内在空间，因而它和我们一起投入追求巨大的自我超越。……这两个空间，内心空间和外在空间，永无止境地互相激励，共同增长。"① 这些被创造的诗中风景提供了一个不断增长、不断超越的精神形象，激励着诗人超越有限而尽可能深入事物的无限之中。

人对风景的观看与感受以感受自我的方式为依据。如果说，20世纪20年代的诗人以清新自然的眼光，去观察和感受透明清晰的流动风景；那么，40年代的诗人普遍存身于残酷的社会境遇，向外实践的热情渐渐缩减，以审视的目光捕捉凝定的雕塑般的风景。如前所述，这种转换似乎暗示了新诗自身的运行逻辑，因而具有普遍的诗学意义。

第三节　从出世的山水到入世的风景

一　天下、渔樵与出世的山水

在中国文化中，"山水"是描述自然的特殊形态，具有丰富的文化意

---

① ［法］加斯东·巴什拉：《空间的诗学》，张逸婧译，上海译文出版社2013年版，第259—260页。

味。它不仅是对地理状态的描绘，更是一种认识和感受自然的方式。山水是自然世界的两个物象，以隆起和下陷的形态存于地表，以静立与流动对举，并逐渐形成了以动与静、流动与固定、阴与阳等二元范畴来描述世界的方式。山水的这种内涵与意蕴，与中国古典时代的阴阳宇宙论和万物气感论紧密联系在一起。《周易·系辞上》有言："一阴一阳之谓道，继之者善也，成之者性也。"万物的基础是相互转化的阴阳之气。阴阳之间是一对相互转化的两极力量，它们在宇宙之间此起彼落、此消彼长地交替，既没有绝对的起点，也没有绝对的终点。在这种协同而非隶属式[①]的逻辑之中，同类事物能感应共鸣而交相互动，进而达到一种内在意志的和谐。正如方东美所言："自然是宇宙生命的流行，以其真机充满了万物之谓。在观念上，自然是无限的，不为任何事物所局限，也没有什么超自然，凌驾乎自然之上，它本身是无穷无尽的生机。它的真机充满一切，……人和自然也没有任何间隔，因为人的生命和宇宙的生命也是融为一体的。"[②]在这种宇宙论的影响之下，中国古典诗人构思的山水，不是世界的一隅，而是整体性的世界部署。天地成为整体作用的框架，东西方向展开为天地之间的距离，该间距产生张力并使天地万物生成。山水中所体现的两极之间的相互作用（如高与低、垂直与水平、晦暗与透明、静止与移动等），正是阴阳两极之间互动关系的象征，而人则沉浸在由两极构成的世界里，以其充满变动的活力，参与世界的大化流行之中。谢灵运是这种山水观的杰出实践者。他在《过始宁墅》诗中写道："山行穷登顿，水涉尽洄沿。岩峭岭稠叠，洲萦渚连绵。白云抱幽石，绿筱媚清涟。"山水之间相互映照、彼此激活。在随后的展开过程中，层叠的山石与回流的流水打开了一个广阔的空间，在远方消失而流向无穷的天际。石与涟是对最初的山水的进一步细化，石头的坚固稳定与水涟的波动流转相互对照，形成了一个互动互生的空间。初月与落日对照，打开了丰富流转的时间。就诗歌技法而言，谢灵运的山水诗与宇宙图示和感物系统相适应，形成了一种与之相宜的五言诗的形式结构，发明了一套"同时的描写"[③]的手法。他善用工整对仗的笔法，按照目光的俯仰、山色的阴阳和水色的动静等秩

---

① 钱新祖：《中国思想史讲义》，东方出版中心 2016 年版，第 216 页。
② 方东美：《方东美文集》，武汉大学出版社 2013 年版，第 586 页。
③ 孙康宜：《抒情与描写：六朝诗歌概论》，钟振振译，上海三联书店 2006 年版，第 70 页。

序，上联写山景、下句写水景，在严密的组织结构中，将变动互补的自然山水一一呈现，令平行并置、互补互参的山水风光呈现"类固相召，气同则合，声比则应"的宇宙图式。就创造的意境而言，谢灵运的山水诗营造了一个充盈饱满的世界。人沉浸其中，消除了尘世的烦恼，与无限的自然浑然融化，体会到深沉静穆的精神境界。

在古典中国，山水是一个自足、饱满的空间，因此，它在想象中成为一个独立于社会之外的桃花源，成为诗人游目畅怀、实现自由的世界。山水的这种功能与山水诗兴起的历史背景紧密联系在一起。在魏晋纷乱的政治秩序和社会环境之中，诗人们纷纷退隐于山水林木之间，在山峦溪流营造草庐茅舍。流连山水成为一种躲避战乱、逃避政敌的方式，进而发展为一种修身养性的生活方式。他们在穿越山水的途中被山水穿透，沉浸在山水之势创造的能量流动之中，疏解心中郁积的烦恼与苦闷，抚平在尘世尚未得到驰骋的志向。他们在山水中欣赏自然之美，陶醉于天人合一之境，获得生命的自由。吕正惠认为，中国诗人是以藏身和隐居的方式来保持人格的完整，以不行动来显现自己的内心完全无视社会的一切名利，因此也就具有最大量的自由。① 陶渊明的名句耳熟能详："采菊东篱下，悠然见南山。山气日夕佳，飞鸟相与还。"他在"东篱"与"南山"营造的空间张力之中，由此处张望彼处；在"日夕"与"飞鸟"映照的时间张力之中，由具体的凡尘时间向往与自然无言独化的超脱时间。在简约冲淡的山水之中，不满于现实的情绪纷纷得到化解。

依宗白华之见，"晋人向外发现了自然，向内发现了自己的深情"②，诗人在混乱的社会之外，在山林之中获得了生命自由，但这种自我觉醒和解放，只是从社会群体之中解放出来，尚未获得完全的精神独立。③ 这种在社会秩序之外、山水之间获得自由的思想，可追溯至对山水诗影响较大的道家哲学。道家哲学虽与强调群体道德伦理的儒家思想相对立，看重个体的独立与自由，但这种自由并不是以个人为体，而是以天地为体，更多

---

① 吕正惠：《抒情传统与政治现实》，华中师范大学出版社 2011 年版，第 94 页。
② 宗白华：《宗白华全集》第二卷，安徽教育出版社 1996 年版，第 273 页。
③ 学者张世英认为："自我的觉醒大体上都要经历双重解放的过程：其一是超越社会群体的束缚，使个体性自我从原先湮没于社会群体的状态中突显出来；其二是超越包括社会群体在内的宇宙自然之整体，使个体性自我从中突显而出。"参见张世英《中西文化与自我》，人民出版社 2011 年版，第 234 页。

地体现为"独"的精神形态，并不强调个体在宇宙自然面前的独立自主。庄子对此早有明训："出入六合，游乎九州，独往独来，是谓独有。独有之人，是之谓至贵。"（《庄子·在宥》）"天地与我并生，而万物与我为一。"（《庄子·齐物论》）庄子强调个体必须融于天地之间，个体并没有在世界之中获得独立自足的位置。

此外，这种山水思想还可归因于中国独特的政治结构——天下结构。钱穆有言："中国人言身家国天下，进则有国有天下，退则有身有家。亦有进至于天下而忘其国者，亦有退至于一身而忘其家者。……身家国天下，一体相通，进退自如，斯止矣。"① 幅员辽阔的中国形成了一个"家—国—天下"的政治结构，形成了与自然和谐的生活方式，中国人基本上保持了顺势而为的自在心态和开阔畅达的心胸，能够在多重视域之内看待自己的生命处境，不必在极度的争执中实现自己的政治理想。正如老子所言："故贵以身为天下，若可寄天下；爱以身为天下，若可托天下。"（《老子》第十三章）在身—家—国—天下的领域中，诗人能够进退有据，山水则为这种进退转换提供了一种良好的中介。诗人在乱世之中可藏身于山水，保全生命于乱世；又可以旁观之眼观看天下大势，在适当时机出山以求显达。整体而言，山水构成了一个整体性、超越性的精神世界，具有超越历史和社会的意义，为怀才不遇者、感时忧世者提供了一个回避与归向的整体世界。"山水是历史激荡所不能撼动的存在，王朝兴衰，世家成败，人才更替，财富聚散，红颜白发，功名得失，以青山度之，皆瞬间之事，所以青山依旧在，浪花淘尽英雄。历史为人事之变迁，山水为自然之自在，皆为道的运行。"② 通过寄情于山水超越世事、超越社会，诗人达于"天人合一"的自由理想境界。

这种奠基于"与天地并生，与万物合一"以及"家—国—天下"体系的山水思想，虽然为古代中国人提供了一套在乱世之中保全生命的生活方式，但也有着值得反思的缺陷。因为它将自然看作必须遵从的最高秩序，所以，主体沉浸在自然之中，并没有获得现代意义上独立的自由，并没有获得反观式的自我意识。而当主体从家国天下体系之中脱嵌而出，现代诗人对自然的感受会发生何种变化呢？

---

① 钱穆：《晚学盲言》，生活·读书·新知三联书店2018年版，第236页。
② 赵汀阳：《历史、山水及渔樵》，《哲学研究》2018年第1期。

二　民族国家、国民与入世的风景

"家—国—天下"的结构在外国列强入侵之下破碎，中国被迫向现代民族国家转变，列文森对此早有高论："近代中国思想史的大部分时期，是一个使'天下'成为'国家'的过程。"① 在这个过程中，原来处于"家—国—天下"体系中的自我，经历了个体意识的觉醒。② 郁达夫说得很清楚："五四运动的最大的成功，第一要算'个人'的发见。从前的人，是为君而存在，为道而存在，为父母而存在的，现在的人才晓得为自我而存在了。我若无何有乎君，道之不适于我者还算什么道，父母是我的父母；若没有我，则社会，国家，宗族等那里会有？"③ 对人的发现，并不是强调个人对社会伦理关系的逃避，而是指个体的独立性是承担家国责任的基础。虽然近现代以来，对自我和个人的内涵有所变迁，但大体强调个体的自由意志，对社会和国家责任的承担："个人不仅要发展自己的个性，而且必须对社会和人类担当责任。……个人无法独善其身，个人无法自证其人生意义，小我只有在大我之中才能完善自我，实现自我之价值。……个人的小我只有融入人类进化的历史大我之中，才能实现永恒，获得其存在的意义。"④ 相较于晋代人对自我的发现，五四时期对自我的发现更加注重人在自然秩序之中的独立地位，也更加强调人承担的社会和历史责任。这一个人位置和功能的转变，大体上可以概括为从"家—国—天下"的臣民到现代民族国家中国民的转变，而这一深刻的转变，影响了诗人感知自然的方式。

身处天下中国时期的诗人，可以在山水与山野之中，以渔樵者的旁观

---

① ［美］列文森：《儒教中国及其现代命运》，郑大华、任菁译，中国社会科学出版社2000年版，第87页。

② 有学者指出："五四新文化运动，从中国思想史发展的角度看，它与近代思想家不同之处，便是把思考的重心从'群'移向'己'，即突出个体、更新个体。因此，五四新文化运动中便完成了中国近现代第二个重大意识的觉醒，即人的意识的觉醒，特别是个体意识的觉醒。"参见刘再复《百年来三大意识的觉醒及今天的课题》，《华文文学》2011年第4期。

③ 郁达夫：《〈中国新文学大系·散文二集〉导言》，《郁达夫文集》第六卷，花城出版社1991年版，第261页。

④ 许纪霖：《大我的消解：现代中国个人主义思潮的变迁》，许纪霖编《现代中国思想的核心观念》，上海人民出版社2011年版，第228页。

者身份出现①,旁观一姓一朝之衰亡与更迭;而在现代民族国家中的新诗诗人,作为承担历史责任的国民,却难以自外于现代民族国家的种种现实,听凭国家民族的衰亡而置若罔闻。他们必须把对现实和社会的关注,输入对自然风景的感受与书写。俞平伯1922年在《山居杂诗》中写道:

>山中的月夜,
>月夜的山中:
>露华这样重,
>微微凝了,霜华也重;
>有犬吠声破那朦胧。
>……
>凭倚在暗的虚廊下,
>渐能相忘于清冷之间;
>……
>我不禁依然如有失了。

俞平伯在诗歌中反复渲染朦胧的氛围,如"山中的月夜,月夜的山中",极力营造一个封闭的空间和场所,令自己忘情于其中,"渐能相忘于清冷之间",但这种物我两忘的心境短暂而易逝,最终还得回到一种怅然若失的情绪之中。闻一多则在1926年的《春光》中写道:

>静得像入定了的一般,那天竹,
>那天竹上密叶遮不住的珊瑚;
>那碧桃;在朝暾里运气的麻雀。
>春光从一张张的绿叶上爬过。
>……

---

① "渔樵是个隐喻,代表历史的绝对旁观者,因此是历史的无偏心评论人。渔樵的历史哲学属于道家传统,是一种'易道史观',试图理解一切沧桑的历史之道。"参见赵汀阳《渔樵与历史哲学》,《人文杂志》2018年第11期。中国古典诗歌中,有大量以渔樵之道旁观历史的诗歌。如"滚滚长江东逝水,浪花淘尽英雄。是非成败转头空。青山依旧在,几度夕阳红。白发渔樵江渚上,惯看秋月春风,一壶浊酒喜相逢,古今多少事,都付笑谈中"(杨慎:《临江仙》);"大江东去,浪淘尽,千古风流人物"(苏轼:《念奴娇》);等等。

忽地深巷里迸出了一声清籁：
"可怜可怜我这瞎子，老爷太太！"

诗人对社会的责任感和对苦难者的怜悯，令他无法沉醉于和谐的自然风景之中。即便身处幽静的山林之间，辛笛也难以忘情于此，如《熊山一日游》（1946）：

八百万的人烟外
何意竟得有此幽居
流水渐濯我情怀清浅
……
我但愿常有这一刻过客的余闲
可是给忧患叫破了的心
今已不能　今已不能

在诗的前半部分，抒情主体还沉浸在"野棠花落无人问/时间在松针上栖止"的清幽静谧之境中；因为个体对民族国家必须承担的责任，这种幽谧的心境在最后终究化为泡影。这种心境的变化，固然可以由某种外部的现实来解释，例如深陷战争的祖国与人民令诗人忧心忡忡，难以沉浸到超然于人境之外的自然世界之中。但就整体而言，在自然世界之中达到物化之境的情况，在新诗史上是非常少见的。与其说是某种社会境遇所致，不如理解为一种结构性的变迁。山水世界在现代性语境之中已经解体了。作为一个承担着社会责任的现代诗人，难以超脱地欣赏自然山水之美，却也看到了一个融合自然与社会的杂糅风景。

如果历史地来看，将视野放得更为开阔，便不难发现："自然"在汉语中的意义变迁自有一番丰富的意味。那亘古未老的山川明月，在逐渐转化为人的、社会的心灵的对象；超越于社会之外的山林世界，在逐渐转化为与社会相融的风景。而推动这一行程变化的是个人在世界中地位的逐渐提升。在古典社会中，以道家自然观为内蕴的山水，具有超越于人伦关系之外的意义，成为一个独立自足的世界。而"使归于禽虫卉木原生物，复由渐即于无情"[①] 的道家哲学，

---

① 鲁迅：《摩罗诗力说》，《鲁迅全集》第1卷，人民文学出版社2005年版，第70页。

却又把人的情感限制在与自然的统一状态之中。这种被鲁迅称为"污浊之平和"① 的统一体，也必然要打破，主体必然要凭借自身做再次的解放。到了五四时期，从儒释道精神传统中解放出来的个人，以自由独立的眼光看待自然，赋予了自然以科学的精神；而到了20世纪40年代冯至等诗人那里，则以在社会中磨砺忍耐而形成的人格力量，去看待身外的风景，令自我的深层精神能量和自然世界的美好表象相遇，赋予了风景以人格的象征，具有了独特的意义。

　　风景不是自然物，而是存在于自然和人类生活的交接面上；而交接不是融合，而是人与景分别处在不同位置上，互作观照，不分彼此。如果说古典诗歌中的山水，呈现了一个超越于社会之外的可居可游的精神世界；那么，汉语新诗则创造了深深扎根于大地的风景，成为人生在世的表述与象征——在茫茫宇宙和世界之中锚定于一点，在个体化的根基之处发现自己，令自我在与世界的关系之中更能意识到自我的存在。风景作为创作主体精神的象征，而确证着诗人的存在。

---

① 鲁迅：《摩罗诗力说》，《鲁迅全集》第1卷，人民文学出版社2005年版，第70页。

第二章 想象的共同体——自然与民族国家建构

家国天下体系破裂之后，新诗诗人的国民意识觉醒，试图至少在诗歌写作中寻求新的国家认同。在五四时期，以闻一多和郭沫若为代表的诗人，以"太阳""菊"等民族文化符号，隐喻文化中国；在20世纪30年代，资本主义侵入乡土中国时，改变了人与人、人与自然的关系，以蒲风、王亚平等为代表的诗人则以自然为乡土中国的象征，渴望建构一个自由、平等的乌托邦；而在抗日战争期间，艾青和七月派诗人以土地的受难和新生，隐喻民族国家的复活与新生。

第一节 自然与文化中国认同

被朱自清称为"爱国诗人"①的闻一多，在西化风气盛行之时，不无激愤地说道："现在的新诗中有的是'德谟克拉西'，有的是泰果尔，亚坡罗，有的是'心弦''洗礼'等洋名词。但是，我们的中国在那里？我们四千年的华胄在那里？那里是我们的大江，黄河，昆仑，泰山，洞庭，西子？"② 在表达了对西化风气的不满之后，闻一多表达了强烈的民族自豪感："我所想的是中国的山川，中国的草木，中国的鸟兽，中国的屋宇——中国的人。"③ 黄河、昆仑、泰山等独特的自然景观，被视为最具中国特色的民族象征。闻一多渴望建立本土民族文化尊严的呼吁，隐约透露出民族认同危机与民族自豪感并存的复杂心态，这其实也折射出现代诗

---

① 朱自清这样称许闻一多："抗战以前，他差不多是唯一有意大声歌咏爱国的诗人。"朱自清：《新诗杂话·爱国诗》，《朱自清全集》第二卷，江苏教育出版社1988年版，第357页。

② 闻一多：《〈女神〉之地方色彩》，《闻一多全集》第二卷，湖北人民出版社1993年版，第119页。

③ 闻一多：《致吴景超》，《闻一多全集》第十二卷，湖北人民出版社1993年版，第77页。

人所处的境遇发生了变化——不再以天朝上国为中心自居，而是在世界中寻求民族国家的认同，经受着一个由天下转为国家的创作过程。处于建构期的现代民族国家，并不是一个已然存在的形象，而是一个化无形为有形的过程。① 在现代民族国家的建构过程中，独具民族地理特色的自然承载着历史积淀、文化记忆以及民族美德，扮演着重要的角色。在现代诗歌写作中，自然（风景）如何参与到民族国家的建构之中，正是本节着力解决的问题。

在五四时期，将自然与国家认同紧密联系在一起的，主要有郭沫若、闻一多、康白情等诗人。郭沫若在《观画——Millet 的〈牧羊少女〉》中，有这样的句子：

> 你左手持着的羊杖，
> 可便是他脱了旄的汉节么？胡妇！
> 背景中好像有一带迷茫的水光，
> 可便是贝加尔湖，北海么？胡妇！

对着一幅描绘牧羊少女的画作，郭沫若将贝加尔湖认领为北海，并与持节守义的苏武联系在一起，爱国之情热情强烈到无以复加的地步。在强烈的爱国热忱的驱使下，郭沫若采用粗暴简单的比附方式，将自然景观与国家民族联系在一起。而同样具有深沉爱国情感的闻一多，在自然之中寄托家国之思，采取更为圆熟的抒情方式，表现出更为深厚的文化内蕴。闻一多旅居海外，身处异域文化中，饱受思乡思国之苦，他在《太阳吟》中寄寓了思国思乡之情。本没有地理属性和民族属性的太阳，被闻一多强行赋予了鲜明的民族特色。太阳被认领为从中华传统文化中到来的"神速的金乌"：

> 太阳啊——神速的金乌——太阳！
> 让我骑着你每日绕行地球一周，
> 也便能天天望见一次家乡！

---

① "诗人是时代的前驱，他有义务先创造一个新中国在他的诗里。"朱自清：《新诗杂话·爱国诗》，《朱自清全集》第二卷，江苏教育出版社 1988 年版，第 359 页。

《白虎通》有"炎帝者，太阳也"的记载；《山海经》有所谓的"汤谷上有扶木，一日方至，一日方出，皆载于乌"的神话传说。由此可知，在中国远古神话中，太阳代表华夏民族的先祖之一——炎帝，它由名为三足乌的神鸟载着在天空中飞行。闻一多将太阳比作神鸟，与中国的神话传说联系在一起，唤起的民族感情不言而喻。闻一多和郭沫若将普适性的自然认领为中华民族的文化象征，一方面暗示了"天朝上国"的潜意识作用；另一方面也暗示这种方式难以为继，以自我为中心的意识遭遇了危机。

闻一多在《忆菊》中敏锐地察觉到了这种转变，因此很自觉地选取带有鲜明民族文化特色的"菊花"形象，象征民族国家：

　　镶着金边的绛色的鸡爪菊；
　　粉红色的碎瓣的绣球菊！
　　懒慵慵的江西腊哟；
　　倒挂着一饼蜂窠似的黄心，
　　仿佛是朵紫的向日葵呢。
　　长瓣抱心，密瓣平顶的菊花；
　　柔艳的尖瓣攒蕊的白菊
　　如同美人底蜷着的手爪，
　　拳心里攫着一撮儿金粟。

作为一种固定的文化符号，菊花极易与中华文化联系起来，它既有梅兰竹菊的文化积淀，又与陶渊明等高洁之士的精神形象相连。但闻一多并不满足于这种抽象的精神类比，而是对菊花的形体和色彩进行精雕细琢。在对菊花"形体"不厌其烦的雕刻和书写中，闻一多潜在的精神动机可能是通过刻画唯一的"菊花"形象，对心中唯一的祖国进行赋形。如此这般，在"形"和"质"两个层面，菊花便成为民族国家的象征：

　　啊！自然美底总收成啊！
　　我们祖国之秋底杰作啊！
　　啊！东方底花，骚人逸士底花呀！

这首诗表达出强烈的民族自豪感。这种民族热忱同样出现在康白情身上。《别少年中国》中动身前往美国留学的康白情，回望浩浩荡荡的黄浦江时，发出了如许感叹：

> 黄浦江呀！
> ……
> 我只看见黑的，青的，翠的，
> 我很舍不得她，
> 我连声呗出几句
> "山川相缪，
> 郁乎苍苍"

在黄浦江畔的风景之中，康白情感受到披发行吟的屈原、为民高呼的杜甫、以苦为乐的苏轼等形象。在描写黄浦江时，他并没有对其进行细节刻画，而是优先将眼前之景与独特的文化记忆关联，个体的表达意志让位于共同的文化记忆。积淀在自然风景之中的文化记忆和美学趣味，已如文化基因一样嵌入风景之中。再如《动身归国的时候》中，身处异国的王独清，生活极度贫困，在异族他乡受尽凌辱，在将要遗忘自己的民族身份时，发出强烈的呼喊：

> 哦！好伟大的山！好壮丽的河！
> 好动人的那些在慷慨悲歌的英雄！
> ……
> 我，我，我现在急欲想要管的
> ……
> 只是黄河，扬子江！

诸如黄河、扬子江等河流，不仅是一种自然景观，而且留存着鲜明的文化印记，记录着民族的先祖与自然搏斗的痕迹，塑造着民族的精神品格，而具有极高的辨识度，塑造着现代诗人的民族认同。一个身处异国他乡的游子，在坎坷屈辱的经历之中，在黄河和扬子江及其承载的文化记忆中，唤起强烈的民族认同感，化解在异国时的民族身份危机，承担国民责任的勇气和决心。

一个值得注意的现象是，上述将自然景观与民族国家紧密联系的诗人，多为留学异国的青年学生，他们诗歌中的自然，除了作为本民族文化想象的载体，还在与其他民族的比照之中，显示出丰富的独特性与优越性。如在《忆菊》中闻一多将高洁的菊花与异族的蔷薇等进行对照：

>你不像这里的热欲的蔷薇，
>那微贱的紫萝兰更比不上你。
>你是有历史，有风俗的花。
>啊！四千年的华胄底名花呀！
>你有高超的历史，你有逸雅的风俗！

闻一多以此来显示菊花在文化和历史方面的深厚积淀，表达强烈的民族自豪感和深厚忠诚的爱国热情。

正如有的学者指出："作为国族的中华民族的诞生，首先需要有绝对的'他者'的出现。"① 天下时期的中国，华夏一族的我者和他者的界限都是相对的，他者可以转化为我者，原本只是中原一支的华夏一族，凭借自身较强的文明力量，将周边的族群逐渐融合进来。而在近代中国，一个绝对的他者出现，真正刺激了作为整体的中华民族的自我觉悟，许多留学生，置身异邦的环境之中，于是有了近代国家的觉悟，也产生了国族的自我意识。在天下时期的中国，"我"可以通过怀柔政策将"你"化为内部的一员，所以内外差异和对立并不明显；而在现代民族国家关系之中，"我"和"你"的差异则是绝对的。只有通过确立一个他者，才能建构起民族内部的一致性。对确定民族身份至关重要的，是民族认同的差异性和排他性原则。自然风景作为一种具有差异性的视觉化形象，具有直接的视觉刺激性和独特的文化属性，所以能够很轻松地被用来作为现代民族国家的象征。

除了表现出排他性和差异性，作为民族象征的自然景象还常常表现出一种延续性，河流则常常成为标志性意象。河流具有地理的延续性，也具

---

① 许纪霖：《家国天下——现代中国的个人、国家与世界认同》，上海人民出版社2016年版，第50页。

有伸向未来的潜在性。大江大河在民族之初，便沉淀在文化记忆之中，并且延伸到渺远的未来。另外，河流拥有生动的外观，其时而迟缓，时而沉潜，时而激越的流动状态，不断转弯迂回而又一往无前向前奔流的气势，与一个饱经沧桑、历经劫难而不断复兴的民族形象具有高度的同构性。河流形象与延续性、神圣性的民族国家形象相符，表明了一种拥有丰富历史渊源的正当性，也表明了一种无限延续的连续性和不朽的梦想。作为身处茫茫宇宙之内的人，作为一个具有自我意识的物种，人（比如中国古人）拥有战胜生命的偶然性以获得不朽的远大理想。在神圣的时代，宗教等思想形式以种种不同的方式将宿命转化为生命的连续性，暗示生命不朽的可能性。在现代世俗社会之中，现代民族国家提供了一种不朽的精神想象，这种想象将从传统家国天下秩序之中脱离而出的自我整合在有意义的连续体中，获得无限延续的不朽意味，大江大河正好为之提供了便捷而醒目的隐喻。

正如费希特所言："各个国家最初的、原始的和真正天然的疆界，毫无疑问是它们的内在疆界。讲同一种语言的人们早已在一切人为以前，通过自然的天性，靠许多不可见的纽带联结在一起了……假使他们很幸运地能够拥山河而聚居在一起，那也是因为他们事先已经在一种更高的自然法则下形成了一个民族。"① 由于共同的地理环境和负载其上的文化记忆，自然风景被赋予了中华民族的精神色彩。作为一种独异性的美学趣味，一种人格精神境界的象征，一种传承有自而具有延续至未来的文化想象，自然风景在现代民族的认同与建构过程中发挥着重要的作用。"自然是神性所在，道德只是自然神性的转现；同样，诗词也为自然之道之印证，其所赞美的日月、河山或草木也意不在风景之美学效果，而在于自然神性，或者在于带有自然神性负荷的生命、家国、故土。"② 自然不仅参与着现代民族国家的重构，而且提供了一套价值标准和感觉体系。新诗诗人们将眼前的自然景观与负载其中的精神价值和文化记忆联系在一起，将破碎、无序的经验整合在一套价值感觉体系之中，将过去的经验与未来的期许联系在一起，使自己处于一个连续的体系之中，这在一定程度上缓解了自己的

---

① 转引自［日］柄谷行人《民族与美学》，薛羽译，西北大学出版社 2106 年版，第 27—28 页。
② 赵汀阳：《天下的当代性：世界秩序的实践与想象》，中信出版社 2016 年版，第 162—163 页。

价值失序状态,增强了文化认同感与民族自信心。

第二节 乡村乌托邦的想象

20世纪20年代,留居海外的青年学生主要是在具有文化意味的自然风景之中,寻求文化中国的认同,表达强烈的民族自豪感。而20年代末30年代初,当资本主义侵入乡土中国时,遭遇生活和感受方式双重冲击的中国现代诗人,如何在城市与乡村的二元对立格局之中想象一个乡土乌托邦,寄托美好的想象,正是本节要解决的问题。

一 乡村与城市的对立

在古典农业社会,虽然远在战国时期,中国的城市已经成形[①],但城市并没有对农业文明造成压力和挑战,乡村也没有在与城市的对照中形成一个具有独特意义的文化空间。虽然有山林与堂庙之别,但城市与乡村的区别并不明显,它们同属于一套宗法体系。古代诗人创作的山水田园诗,并非真实的农民生活图景,主要表现士大夫阶层的审美趣味与恬淡的生活情趣,并未将批判残酷的社会作为主要目的。即便有表现农民艰难生活的诗歌,也主要作为一个旁观者表达对被剥削农民的同情,寄予着讽谏君主施行王道的政治诉求。

进入现代社会之后,五四时期的诗人表现出强烈的反传统倾向,他们标举"自然""童心"的旗帜,用以反对儒家的伦理道德秩序。在这种背景下,自然书写并未表现出迥异于以往诗歌的气象。以童心和清新之眼来感受和描写自然,依然是五四时期诗人写作的普遍方式,如冰心、潘漠华等人就有大量描写清新自然的诗篇。乡土自然作为一种奇特景观被新诗表达,则大致上始于资本主义侵入乡土中国,时在20世纪30年代。很显然,资本扩大了城市和乡村的差距,极大地改变了乡村的生活面貌,以及农人的生存现实,并催生了一个新的诗歌群体——无产阶级诗人。正如苏珊·桑塔格所言:"资本主义消费社会比专制主义统治更具有毁灭性。资

---

① 公元前4世纪至公元前3世纪,宏伟的城市出现了,城墙合围的面积达到了数十万平方米。参见[美]段义孚《恋地情结》,志丞译,商务印书馆2018年版,第153页。

本主义在很深的程度上真正改变人们的思想和行为。"① 在这种视野之下，一方面，被资本主义侵入的自然进入现代诗歌之中；另一方面，作为一种乌托邦想象，象征和睦、平等、自由的乡土也进入汉语新诗之中。

在资本主义入侵乡土中国时，有大量的新诗作品表达了对农民的同情，对资本主义的批判。毕奂午的《春城》中有如下诗行：

> 过高高的城垣，
> 到杂遝的街头，
> 见那花岗石，水泥
> 各样的建筑物之间
> ……
> 没有一棵苜蓿花！
> 没有一棵金凤花！
>
> 一个鞋匠，
> 以麻缕维系其生命，
> 摸索于人类之足底，
> 向炎夏走去。

这首诗描写棉麻农民赶车进城售卖棉麻的情景。乡土中国自给自足的小农经济遭到破坏之后，人的命运寄托在一丝微小的棉麻之上。在微末的个体与宏大的城市生活之间形成了一种鲜明的对比，更加凸显了人物的卑微与无可奈何的艰辛命运。与毕奂午从农民命运的角度描写自然乡村之变不同，骆方的《两世界底中间》则从景观的角度展现城市与乡村的对立：

> 林立在天空里的
> 烟囱里的黑烟
> 冲散茅屋顶上晚炊底白烟，
> ……

---

① ［美］苏珊·桑塔格：《重新思考新的世界制度——苏珊·桑塔格访谈纪要》，贝岭、杨小滨译，《天涯》1998年第5期。

> 我不能忍受
> 狂笑与哀号在耳中隆隆——
> 默默地
> 咽下眼泪
> 站在两世界底中间。

工业生产的黑烟与农舍的炊烟相对照，机器的轰鸣声与鸟鸣的和谐之声相对照，讽刺了城市对和谐优美的乡村景观的破坏。当然，这种讽刺和批判还停留在风景的表层，而较为深入地涉及城市对农村生活改变的，很可能是王亚平[①]的《农村的春天》一诗：

> 田间也冷落了……
> 阡陌里，蝼蛄自由地挖掘穴洞，
> 纵有妇孺驱着瘦牛春耕，
> 但租税的苛繁，使他们不敢望秋日的收成。

秋日的收成本是农民命之所系，繁重的税收则令他们命悬一线，过着朝不保夕的生活，而使成年男子不得不涌入城市谋求生计。城市和资本主义对乡土最为致命的改变，并不在于自然景观的破坏，而是破坏了小农经济的自足性，并且异化了农民的劳动。在小农经济时期，劳动维系着人的基本物质生存需要，劳动与生活的意义具有直接的同一性，为生活提供了自己的价值和意义。而在资本主义侵入之后，劳动与生活之间的同一性被打破，劳动的主体不再具有主体性，被迫成为大机器工厂中的工人，出卖自己的劳动力。劳动受到资本主义的控制，农民失去了基本的生活根基。

如果说这还只是对个人境遇和局部景观的呈现，那任钧的《黄浦江》，则表现了一幅当时中国整体的画面：

> 黄浦江——
> 你是中国最真切的写照！

[①] 学者段从学对王亚平的生平和诗歌写作有详细介绍，参见段从学《时代与心灵的交响》，《诗探索》2007年第1期。

你是中国最压缩的形相!

在八十年前,
在那古铜色的时光——
你的神情
是多么安恬,舒畅:
整日夜挟着江南的轻风,
静静地溜过和平的上海滩上。
……
万里长城到底挡不住
帝国主义的铁掌,
上海马上变成了红尘十丈的洋场,
黄浦江,你呀,也就改了往日的模样。

这首诗歌选取黄浦江畔之景,透视中国的社会状况。江南风情和渔舟唱晚的乡土中国形象,被资本主义奴役,成为尔虞我诈、阶级对立的殖民地。感到耻辱和愤怒的诗人呼唤祖国在反抗中崛起:

啊啊,黄浦江哟!
你被蹂躏压迫已经将近一世纪了!
难道你还愿意继续当奴隶,
还不打算起来跟人家算总账?

很显然,这是在批判资本主义的奴役,同时也表达重建平等自由的中国的愿望。这种强烈的意愿,也出现在王亚平的《黄浦江》中:

黄浦江!黄浦江!
你不是圣人所赞扬的,那么仁慈、和平!
汹涌的波涛,浮载着,枪炮的血腥向江心流动。

在对黄浦江的今昔之对比中,寄托着诗人对和平之乡的怀想,对资本主义的强烈批判。上述诗歌还仅仅局限在资本与乡土之间的对立,一种更

为激进的态度和表达则来自诗人柳倩,在《雾》中他将城市与乡村的对比上升到文明批判的高度:

> 交错的畴野之岖崎。祖国哟,
> 往昔你的光荣与伟大,
> 你荷锄归去,农人自由的和歌,
> 樵夫牧童之野语,日中集市的交易,
> 你富有人性的和平……
> 而今竟随白雾隐退
> 再寻不出世界的踪迹,
> 寻不出一切:一朵花,一株树……
> 而只是浑濛濛苍茫的一片。

柳倩把乡土与城市的对比,放置在中华民族文化与资本主义文明的对抗中来表达,乡村的语义和内涵因此扩大到民族文化的层次。以和谐安详的乡土中国控诉资本主义帝国。在二元对立之中,热爱和眷恋之情不可谓不强烈,而控诉不可谓不沉痛。在这种对农耕文明的想象里,乡土中国本身的愚昧、停滞等均被忽略了;在救亡图存的呼声中,原先处于精英阶层的启蒙让位给救亡图存的革命。

整体上,上述诗人大多出身农村,亲身经历了资本主义对乡土的经济侵略,而表现出强烈的屈辱感与疏离感。在强烈的民族情感的驱使下,上述诗人指责资本主义对于乡土中国文明的侵害。在"城市/乡村"的二元对立关系之中,在都市的罪恶、黑暗和污浊的映衬下,乡村被理想化,成为幸福、光明和清洁的家园。

二 劳动与乡土乌托邦

一方面,在乡村与城市的二元对立之中,当大自然被人类的活动所破坏,诗人却依然向往着统一和谐的乡村世界。另一方面,在屈辱感的刺激之下,诗人蓄积了大量的革命能量,渴望建立一个改变了剥削关系、摆脱真实社会焦虑的地方,获得一个和睦平等的世界。这两种力量结合,则很自然地产生了乡土乌托邦的想象。

这类乌托邦想象大量出现在这一时期的新诗之中。比如蒲风《秋天的歌》：

> 我歌赞秋天：
> 不是芙蓉满开，
> 不是菊花盛放，
> 也不是桂花争芳；
> 是久经风雨雷电的战斗树
> 已结下了果实金黄，
> ……
> 通过严冬，我们要战取新的宇宙，
> 哦，我们要战取新的宇宙！

蒲风描述了一个通过斗争而建立的新世界。再如："春天更不在那棵棵花树；/春在我们的农村合作社，集体农场，/春在我们的城市，首都；/春象愉快的太阳/天天渲染我们的国土全部。"（蒲风：《春天的歌》）蒲风在渴望建立新世界后，逻辑性地想象了春天的光明景象。这些诗作中充满了"新宇宙""战争""集体""光明"等极具情感冲击力的词语。这些词语的含义本来极为模糊，即使一大堆词语也不足以确定它们的所指；然而，当它们与一种征服自然的力量紧密联系在一起，它们就有了神奇的力量，成为一种美好的未来想象，充满了改天换地的激情与号召力。

使建立在自然之上的乡土乌托邦具有强烈精神感召力的，除了上述心理作用之外，更为重要的是他们想象的乡土乌托邦其实与劳动紧密联系在一起。上文已经提及，资本主义对劳动的破坏最为核心的是对劳动的异化，而这在根本上改变了农民与自然的审美关系。农人对自然的审美，首要的不是在高山流水、松柏荷菊中欣赏高洁的品性和伟岸的人格；而是在最基本的层次上与劳动紧密联系。自然的晓月星辰、春华秋实提供了生产劳动的节律，以及劳有所获的欣喜、希望与满足。一旦劳动遭受异化之后，自然丰美的意象，便失去了审美意义。既然资本主义以异化劳动的方式异化了自然，那诗歌最为核心的应对方式，便是想象一种新型的劳动关系。这些诗人在想象乡土乌托邦时，在破除剥削关系的基础上重构自然的意义，试图在自然中寻找与落实自身的自然形象，通过劳动塑造和想象新的主体。在一种集体劳动之中，创造丰厚的果实，享受自己的劳动成果，令生活和劳动重新获得同一性的意义。如王亚平的《星的歌》：

> 黄昏，西天染出赭色的云霞，
> 我们从暮霭里升上天座，
> 追随那娟好的月娘，
> 愉快地开始了辛勤的工作。
> 就这样在黑夜举起灯笼，
> 永远没有疲倦，畏怯，
> 愚人的忧伤，和可怕的死生，
> 我们的名字叫做星，在无止息的
> 运行里培植起生命的永恒。

抒情主体以劳动者自居，在黑暗中启示光明，肩负起永恒，充满了强烈的进取精神。正如马克思所言："他抓住了劳动的本质，把对象性的人、现实的因而是真正的人理解为他自己的劳动的结果。"[①] 在这个以劳动为核心要素的乌托邦世界里，诗人不仅通过劳动创造着世界，也创造着确证自我的生活方式。这个以劳动为核心的乡土乌托邦世界，与古典文人所想象的黄金三世或世外桃花源迥然有别[②]，也与同时期现代派诗人比如何其芳等的乌托邦想象大不一样[③]，它充满了强烈的解放和斗争意识。它以历史的进步为目标，以未来的光明前景为指向，是一个包容了底层苦难者的精神世界，是一个充满了运动之力和劳动之美的自由世界。

在这种乡土乌托邦想象里，原先被资本主义破坏的自然景观，具有了

---

① ［德］马克思：《1844年经济学哲学手稿》，中共中央马克思恩格斯列宁斯大林著作编译局译，人民出版社2000年版，第101页。

② 陶渊明所构想的桃花源形象，有着复古的倾向，寻求一种历史的回归。这种乌托邦其实是作为隐士自身的生活环境，是在不满于黑暗现实、遭受打击与挫折之后，成为摆脱烦恼、忘却忧愁、渴望恬静、追求安逸的精神家园。参见孟二冬《中国文学中的"乌托邦"理想》，《北京大学学报》（哲学社会科学版）2005年第1期。

③ 如何其芳、戴望舒等现代派诗人。在这些诗人笔下的乡村田园景观，呈现为轻柔明净的梦幻气质，为在污浊的精于算计的都市生活之外提供了失落的精神的栖息地。何其芳笔下如梦的自然，主要以南国自然为蓝本，在荒凉的北京城的衬托之下，想象一个梦幻的精神家园。这些诗人表现出的田园化乡村是在都市的对照之下构想出来的精神乌托邦。

重新审美的可能性:"我们又回到乡村/原来,都从这儿长大,/我们爱那每棵树,每茎草,/……犬声吠走了黄昏,/晨鸡啼醒了太阳;/更爱那一张张忠实典型的脸,/泥腿,赤足,铁臂膀,/锄头镰钯挥走流年,/风霜里终年奔忙。/他们才真是中华的主人呢,/驮起万种灾害,苦困,/把历史的生命继续,增长。/归来了,我们归来了……"(王亚平:《我们又回到乡村》)这首诗塑造了一种在革命的洪流之中重新将自然乡村审美化的方法。农民不再是旧时代的农民,而是经过启蒙之后具有反抗意识的大众,他们为争取自己的合法利益和阶级权利而奋起抗争。自然和乡村重新归于农民所有,宁静的乡村重新具有了审美的可能性。人欣赏自然是从中感受到社会目的性,感受到社会劳动成果以及社会的前进,也就是前进的社会目的性成了合规律性的形式。在这个想象的世界里,原先仅维持自身生计的劳动具有了推动历史进步的意义。乡村在想象的空间里确立了自己的位置,重新变成和谐的世界。

第三节　土地与民族国家的建构

在抗日战争时期,在民族危亡时刻,相较于此前的文化中国、乡土中国所遭遇的危机,民族国家遭遇的危机更为剧烈,甚至达到了灭族绝种的地步。在这一时期,个人与民族的关系更为紧密。很多诗人在其作品中,表达了家国认同之感。如何在自然书写之中建构起民族国家认同,亦表达个人情感,正是本章着力解决的问题。

一　土地与抗战时期的国家形象

在抗日战争时期,有大量书写季候循环的诗歌,这点从标题中便可以得到直观的呈现,如艾青的《春》《冬天的池沼》、彭燕郊的《冬日》等。蒋锡金的《中国的春天》写道:

> 象是山峰在一点一点披上新的光辉的
> 象是干涸的河床一点一点在涨满着的
> 象是枝头的嫩芽一点一点在萌发着的
> 是光明胜利真理,
> 以及我们的新的平和的日子,

也一点一点在显现。
呵，中国的春天！

以春天欣欣向荣的情景象征个体生命的希望，以及民族的光明未来。这种"春天—光明"的象征图式，还停留在简单粗浅的层次，其他更为重要的诗人逐渐进入更深层次的生命体验。彭燕郊的《冬日》有如下诗行：

萧瑟的
风雪的冬日呵
使大地沉默
使雷雨初歇
使草木复归到泥土里去了
——而，末月的花朵
带着蜡色的容颜
终于
在行将呜咽的池边
绽放了
一年间最后的花瓣

在冬日的严寒里，草木承受、抵抗寒冷，以更坚韧的姿态体现了承受与绽放的生命逻辑。这种以生命历程与季节循环相联系的抒情模式，在艾青《风之歌》那里发展到更为圆熟的阶段。艾青甚至具体到每一个月份，似乎更加具有恢宏的气势：

我是季候的忠实的使者
报告时序的运转与变化
奔忙在世界上
……
等一切生物经过长期的坚忍
经过悠久的黑暗与寒冷的统治
……

为金色的阳光所护送

向初醒的大地飞奔……

春天孕育着希望，冬天降临着死亡，生命处于持续运转之中。抒情者既游历于土地和人间之上，俯瞰着生命的生死荣枯和大道周行；又表现出对生命的深厚同情，介入生命的困苦之中，促进生命的发展。在生命结束一轮周期之后，又开始新的传播希望之旅。在生命周期的持续循环之中，艾青呈现的是直线向前的时间观念，表现自然生命不可更改的发展进程。艾青等现代诗人诗歌中的季节循环，一方面继承了"死亡—新生"的象征意味，另一方面又以自由、解放等丰富了季节循环的意义。他们作为一种推动力量，主动介入季节的变迁之中，表现出强烈的改造意识，令季节的更迭象征历史和社会的进步，预示着民族国家的新生。

除了体现生命运行的季节循环，空间的迁徙也被纳入民族国家新生的历程之中。穆旦《赞美》写道：

走不尽的山峦的起伏，河流和草原，
数不尽的密密的村庄，鸡鸣和狗吠，
接连在原是荒凉的亚洲的土地上，
在野草的茫茫中呼啸着干燥的风，
在低压的暗云下唱着单调的东流的水，
在忧郁的森林里有无数埋藏的年代
……
我有太多的话语，太悠久的感情，
我要以荒凉的沙漠，坎坷的小路，骡子车，
我要以槽子船，漫山的野花，阴雨的天气，
我要以一切拥抱你，你，
我到处看见的人民呵，
在耻辱里生活的人民，佝偻的人民，
我要以带血的手和你们一一拥抱，
因为一个民族已经起来。

在祖国大地漫长的迁徙途中，像考古勘探家认领民族的苦难与记忆那样，与深埋在地层中的文化记忆紧密联系。邹荻帆在《走向北方》中写道：

> 我们将以粗粝的脚趾
> 快乐而自由地行走在中国底每一条路上，
> 吻合着祖先们底足迹。
> ……
> 我们以红色的笔
> 勾写着明天的计划与行程，
> 在明天啊，
> 我们更将坚决勇敢地走向北方的北方。

在由南方走向北方的征途中，由沦陷区朝向抗日前线的运动中，邹荻帆获得了对祖国国土和文化记忆的深切感受。"北方的北方"作为一个并非实在处所的想象之地，提供了一种对未来的憧憬，激发出不竭的激情与行动力。现代民族国家作为拥有辽远边界线的庞大空间，很难让人直观地去体验它。这些诗人在一步步的迁徙之中，认领土地上的文化记忆，获得崇高感和仪式感，去贴近想象中的祖国形象。

上述的时间运行和空间迁徙，还停留在个人与民族国家关系的表层。真正令个人与现代民族国家紧密联系在一起的是受难意识。彭燕郊的《雪天》吟道：

> 我爱祖国
> 这被清洁的雪所掩盖的土地呵
> 从那仅有的溪涧
> 跨过冰块的阻碍
> 我们横渡而过
> 祖国呵
> 我爱你
> 我们的艰苦的战斗……

被雪花覆盖的洁净土地是国土的象征，却在异族的践踏之中变得肮脏不堪。使土地重新恢复洁白的艰苦行动，具有了解放民族的意义。在这方面，艾青的诗《雪落在中国的土地上》中有更为突出的表现：

> 中国的苦痛与灾难
> 像这雪夜一样广阔而又漫长呀！
> 雪落在中国的土地上
> 寒冷在封锁着中国呀……
>
> 中国
> 我的在没有灯光的晚上
> 所写的无力的诗句
> 能给你些许的温暖么？

以承受雪花的降落为受难的隐喻，依托于土地的死亡与复活的想象，艾青在土地"死亡—复活"的永恒循环之中，把日本侵略者带来的暴力和苦难转化为一种必然的光明与复活。而令"死亡—复活"的情感逻辑得以成立的，正是诗人的受难意识。正如王凌云所言，苦难"隐秘地包容在灵魂的深层空间中"①，对苦难的感受是一种依赖并寻求意义的感受，涉及神或终极关怀的问题。基于共同的生存感受和生命境遇，苦难将个人、时代与民族国家联系起来。基于强烈的意义感受或终极关怀，受难被放置在新生与救赎的意义链条之中获得意义。正如学者萌萌指出的那样："中国现代史，从传统进入现代的一个重要标志就是接受了科学进化论或历史进化论的时间观，放弃了封建王朝'五世而斩'的轮回说。本来在中国的天道自然观中，苦难只是'天命向善，人命伪之'的一个从属的偶然的负面，它是应该而且可以在'扬善惩恶'中消除的。近代以来转向历史进化论，原来苦难可指望在周期轮回的'太平盛世'中的缓解，也就推向永无休止的未来期待中。换句话说，为了将来的幸福，现在的苦难变成了应该的付出即奉献的自我享受了。"② 在古典时代，天道具有最

---

① 王凌云：《词的伦理》，上海书店出版社2007年版，第91页。
② 萌萌：《时间和意义——重负、轻负、感受的生成性》，《情绪与语式》，上海人民出版社2016年版，第161—162页。

高的正当性，王朝的更迭是天道运行的结果。在天道轮回之中，苦难并不具备正面的意义，而是在秩序的好转中得以解脱，以证明天命的正当性和合理性。而在现代进化论式的历史观中，历史变化的合法与否在于其是否符合历史前进的方向。在一个向前进化的历史架构中，个人的挫折被转换成强大的社会力量，个人的出路与国家民族的出路合而为一。受难被当作庄严而有意义的过程，具有了道德伦理意义，能够推动社会和历史的进步、民族国家的新生。

除了保留这种延续与进步的时间规律，土地还提供了一个阔大的空间，将大地上的人民联系起来。正如艾青在诗歌《树》中表现的：

> 一棵树，一棵树
> 彼此孤离地兀立着
> 风与空气
> 告诉着它们的距离
> 但是在泥土的覆盖下
> 它们的根伸长着
> 在看不见的深处
> 它们把根须纠缠在一起。

土地正好提供了这样的想象：在受难的大地上，各个阶级的人被统合在"人民"这一集体概念之下，形成了一个承受苦难与迎接新生的共同体。比如穆旦的诗《赞美》就很准确地说：

> 我要以一切拥抱你，你，
> 我到处看见的人民呵，
> 在耻辱里生活的人民，佝偻的人民，
> 我要以带血的手和你们一一拥抱，
> 因为一个民族已经起来。

在大地上有着承受苦难而依然挺立的人民，他们正是历经劫难而依然灿然如花的民族精神的象征。正如本尼迪克特所言："民族被想象为一个共同体，因为尽管在每个民族内部可能存在普遍的不平等与剥削，民族总是被设想为一种深刻的,平等的同志爱。"① 现代民族国家建立的重要基础,便是对互不相识而被整合到一个共同体之内的国民的热爱。

与土地建构起来的国家民族形象相适应,现代诗人则以燕子、鹰等为国民形象的象征。在艾青《我爱这土地》中,国民形象是一只至死热爱祖国的鸟:

> 假如我是一只鸟,
> 我也应该用嘶哑的喉咙歌唱:
> 这被暴风雨所打击着的土地

艾青将从生到死的过程均献身给唯一的祖国,表达对祖国绝对的忠诚。或者如冯雪峰,在《燕子们》中自喻为在雨中飞翔的燕子:

> 它们活泼地升飞高空,直穿入云层。
> ——小小的鸟儿!你们也能抵挡暴风雨?
> ……
> 我和你们在同一时代,
> 在同一地带!
> 我和你们有同样的胆力和心情,
> 你们是我的志趣,
> 你们有这自由!……

冯雪峰以具有历史责任感和乐观信念的战士形象自居,毫无保留地献出自己的热忱,克难奋进,追求光明,争取民族独立。这些以燕子、海燕为喻的国民形象,既独立于土地之上,又接受着大地重力的牵引;既有自主选择的权利,又保持着对国家的高度忠诚,表明了一种新型的人与国家的关系——作为拥有自身意志的历史主体,去促进民族国家的诞生;不再是服从于王朝的臣民,被迫承担天命和天道的运行。

综上所述,土地在现代诗歌中具有了丰富的意义。在时间上,它脱离

---

① [美]本尼迪克特·安德森:《想象的共同体:民族主义的起源与散布》,吴叡人译,上海人民出版社2016年版,第7页。

了春夏秋冬的四季循环时间,而与解放、进步、自由、人民等概念联系在一起,在"受难—新生"的模式之中,拥有一种线性的进步时间观。在空间上,它确定了一个国土范围,将深藏在地层中的文化记忆与天降的苦难联系起来,把祖先与我们组织在一起,形成了一个承受苦难而迎接新生的命运共同体。在这个意义上,土地成为现代民族国家的象征。

二 祖国的象征:从山河到土地

在古代中国,天下是华夏文化世界的空间想象,山河则是标显它的重要地理形象。山河显出华夏民族世代居住繁衍的空间含义,承载着丰富深厚的文化记忆和历史积淀,它比一姓之社稷的江山更为宽广。杜甫在大历四年清明,从眼前的洞庭春光中想到长安和整个神州大地,就以"汉主山河锦绣中"称赞祖国的大好山河。杜甫在山河之中认领的并非自己身处的唐朝,而是象征华夏的大汉。

在古代中国,高耸入云、直插云霄的高山,是空间中的多层次事物,充满了超越性的意义,具有神圣性和崇高性。《诗经·崧高》有言:"崧高维岳,骏极于天。维岳降神,生甫及申。"高山大河的神圣性和崇高性,来自天和受命于天的君主。就诗人与祖国的关系而言,山河所表征的人与祖国的关系,是拥有个体意识的臣民与君主的关系。诗人对山河的热爱与崇拜之中,寄托着对君主的忠贞与热忱。就时空观念而言,古典时代的中国人,以"仰以观于天文,俯以察于地理"的方式观看宇宙与自然,所感知的世界是一个循环往复的时空结构,所追求的理想是在循环之中回归到原初的起点。这种观看方式也影响了古人的历史观。古人并不肯定一种直线式的历史进步论[1],而倡导回到原初起点的历史循环论,指向过去德位一致的黄金时代——尧舜盛世。

在天命的授予下,在垂直形象的支撑下,山河便具有了超越一姓之社

---

[1] 这种循环的历史论可能与中国古典的阴阳宇宙论有紧密关系。中国古代思想中的阴和阳虽然分别象征黑暗和光明,并且是此消彼长的轮替,但不如西方文化中黑暗和光明分别代表恶和善,两者之间的关系不是势不两立的斗争关系(参见钱新祖《中国思想史讲义》,东方出版中心2016年版,第31—34页)。这可能影响了现代诗人并非以黑暗与光明的对峙象征历史的前进与发展。

稷的意味，而体现出一种循环往复的历史观①，成为天下中国的象征。在古典时代，当国破家亡、江山易代之时，诗人可以在山河之中，追忆家国之思，感发历史兴亡之叹。正如杜甫的"国破山河在，城春草木深"所表现的，山河具有大于朝代更迭之外的天下含义。

与山河相比较，土地也具有神性。在以农耕安身立国的中国，土地在历史和文化层面的重要性不言而喻。中国古代神话中，就有盘古开天辟地、女娲造人的传说。这些神话传说，大多将土地视为生命之起源、繁殖延续的象征。诚如耶律亚德所言："凡是自然界的事物如土、石、树、水、阴影等所展现出来的神圣质性，无不被它聚拢在一起。我们不妨说：土地这个宗教'形式'最根源的洞见是：丰富的神圣力量之大宝库——它是任何存在的'根基'。凡存在皆在土上，它与万物相联带，它们联结成为大的整体。"② 整体而言，土地作为造物与母亲形象，得到人们的依恋与崇拜。土地的如许含义都为它成为现代民族国家的象征提供了必要条件，但它替代山河成为祖国的象征，则需要更丰富的内涵。现代民族国家是一个完整理想的概念，一个超越性的抽象意念，一个要求绝对忠诚的形象。在这种要求之下，形成一种与祖国相适应的象征形象，土地则需要承载理想、抽象理念等诸多内涵。

在现代诗歌之中，以土地为象征，祖国开始了新的意义之旅。

戴望舒的爱国语调显得深沉厚重。他在《我用残损的手掌》中这样写道：

> 我用残损的手掌
> 摸索这广大的土地：
> ……
> 无形的手掌掠过无限的江山，
> 手指沾了血和灰，手掌黏了阴暗，
> 只有那辽远的一角依然完整，
> ……

---

① 山水端坐于天地之间，像不断循环的甲子一样恒常恒新，具有令人羡慕的无所不在性。参见敬文东《皈依天下》，天地出版社2017年版，第143页。

② 转引自杨儒宾《吐生与厚德——土的原型象征》，《中国文哲研究集刊》2002年总第20期。

> 我把全部的力量运在手掌
> 贴在上面，寄予爱和一切希望，
> ……
> 因为只有那里我们不像牲口一样活，
> 蝼蚁一样死……那里，永恒的中国！

在手掌抚摸土地的过程中，戴望舒将土地袖珍化和抽象化①了，将土地塑造为一个为受难者提供精神庇护的祖国形象。在戴望舒这里，人与祖国的联系，建基于对隐秘精神家园的渴求之中。真正令土地的象征意义得以强化，令土地成为现代民族国家的象征形象，则是艾青的诗歌，时在抗日战争时期。

艾青在《雪落在中国的土地上》中这样写道：

> 雪落在中国的土地上，
> 寒冷在封锁着中国呀……
> ……
> 雪落在中国的土地上，
> 寒冷在封锁着中国呀……

他一落笔，便以厚重的笔触刻画出土地与中国相连的画面。在一片广阔的视野内，在象征着苦难的雪花笼罩下，土地和中国获得了同一性，结成了牢不可破的共同体。随着雪花缓慢降落带来的视觉和心理效应，艾青也参与到土地和中国受难的过程之中。在对雪花的感受中，艾青以旁观者身份感受祖国遭受的暴力，更为深入的是，在行走之中以承受姿态感受大地的宽广与深厚。这在他的《旷野》中体现得尤为明显：

> 我走过那些不平的田塍，

---

① 汉娜·阿伦特指出："只有现在，人们才完全掌握了他凡间的居所，才把先前时代诱惑着又禁锢着人们的无边的疆域尽收于一个球体当中，他熟悉它辽阔的边缘和细微的表面，就如同他熟悉自己的掌纹一样。"参见［美］汉娜·阿伦特《人的境况》，王寅丽译，上海人民出版社2009年版，第200页。这种将土地抽象化的视角，将土地从具体的形象之中抽象出来，是形成现代国土概念的重要步骤。

荒芜的池沼的边岸，
和褐色阴暗的山坡，
……
而雾啊——
灰白而混浊，
茫然而莫测，
它在我的前面
以一根比一根更暗淡的
电杆与电线，
向我展开了
无限的广阔与深邃……

作为一个身影渺小的行者，艾青在土地上艰难而不知疲倦地行走，在对每一寸土地、河流与道路的丈量之中，领悟土地深刻的记忆、民族徘徊而多舛的命运。艾青利用回环往复、深沉厚重的音节形式，令多灾多难的土地国家形象得以显形；在这种噪音和音质之中，艾青也将个体与祖国的命运紧密联系在一起。除了以一种忧郁的语调诉说民族沉重的苦难，艾青还以一种崇高的语调表达期待民族光明未来的理想。在《吹号者》中，他这样写道：

他倒在那直到最后一刻
都深深地爱着的土地上，
然而，他的手
却依然紧紧地握着那号角；
……
而太阳，太阳
使那号角射出闪闪的光芒……

听啊，
那号角好象依然在响……

在沉重而铿锵的音响之中，艾青塑造了一个这样的形象：站在土地尽头呼唤并引领民族新生的吹号者。诚如许纪霖所言："近代的国家非古代的王朝，它是一个有着政治自主性的民族国家（nation-state）共同体，政治正当性的来源不再是超越的天命、天道、天理，而是回归为人的自身意志和历史主体；另一方面，国家的法律从礼治秩序和宗法关系中剥离出来，具有了自主性的性格。因而，国家的崛起是一次重大的历史事件，它重新塑造了个人与家国天下的关系，也颠覆了家国天下秩序本身。"① 在艾青笔下的国民，承担着民族的苦难命运，又以坚强的意志为民族的新生而奋斗。段从学指出："当艾青通过具体而实在的'土地'意象，把个人的受难和民族国家的受难联结为一个整体之后，个体生命的受难和死亡，也就从被动屈从于自然时间节奏的宿命，变成了一种为了民族国家的新生与复活的神圣献祭。"② 整体而言，在艾青的诗歌中，土地形成了一个时空结构形式，令个人与祖国形成一个命运共同体。在空间形式上，它营造了一种空间纵深感，为国民的民族激情提供了一个可供释放的空间。在时间维度上，土地形塑了一种死亡与新生的时间进程，为民族的光明提供了一份必然性的确证，为承担当下苦难的国民，昭示了一个必然来临的精神远景，一种承受苦难而必然迎来新生的生命图景。

现代民族认同，除了建基于命运共同感之外，更为重要的是对民族精神品性的深刻认同。许纪霖说得很清楚："近代的国家与传统帝国不同，不仅需要理性的、有效率的政治制度，而且需要一个可以整合国家内部不同民族和族群、有着共享的文化和命运共同感的'国族'。"③ 艾青便在土地之中领悟了中华民族的精神根性。他在《北方》中深情地咏叹道：

> 我爱这悲哀的国土，
> 它的广大而瘦瘠的土地
> 带给我们以淳朴的言语
> 与宽阔的姿态，

---

① 许纪霖：《家国天下——现代中国的个人、国家与世界认同》，上海人民出版社2016年版，第7页。

② 段从学：《论个人与民族国家同一感在艾青诗歌中的建立》，《现代中国文化与文学》2010年第1期。

③ 许纪霖：《家国天下——现代中国的个人、国家与世界认同》，上海人民出版社2016年版，第49页。

>我相信这言语与姿态
>坚强地生活在大地上
>永远不会灭亡；
>我爱这悲哀的国土，
>古老的国土
>——这国土
>养育了为我所爱的
>世界上最艰苦
>与最古老的种族。

艾青感受到土地如许精神品格：宽广能普及万物，深厚才能承载万物。植物春生、夏长、秋收、冬藏的四季循环，民族共同体的血缘乡土情感，种种因素汇聚而成的生命、自然结构，构成连绵一片的永恒连续体。土地不仅是一个容纳生命的场所，更是一个象征道统秩序的天地境界；土地上的生命则是以土地为连接点、以天为朝向的共同体，而具有了生生不息的空间辽阔感以及时间的永恒感。领悟了这种民族的精神根性之后，艾青对土地献出了最真挚的感情——一种诞生在最沉重的苦难之中最深沉的热爱，一种深深认同之后毫无保留的忠诚。

地理学家段义孚指出：现代国家是一个处于地方与帝国之间的形态，需要与之合适的情感认同尺度。[①] 艾青的诗歌完整地呈现了一个化土地为国土的过程，塑造了与现代民族中国相匹配的精神征象。在"家—国—天下"体系解体之后，以现代民族为中心的认同，成为个人获得国家认同的唯一合法性追求。这意味着必须找到一个兼具唯一性和整全性的形象，作为现代民族国家的形象。在这个意义上，承载着民族生存资料、文化记忆和历史积淀的土地，相较于山河，既能提供当下的认同经验，又能整合过去的历史记忆，并投射出远方和未来的美好理想，更具有象征国家的功能。更重要的是，在抗日战争、民族受难的危亡时刻，个人难以置身民族国家之外，而是将民族国家与个人的命运紧密联系在一起。一方面，命运跌宕的个体，在土地之中寻求终极庇护，在土地所提供的精神形式之中容纳个体的生命与希望；另一方面，个体对土地表现出完全献身的忠

---

① [美]段义孚：《恋地情结》，志丞译，商务印书馆2018年版，第148—151页。

诚，个体与土地结成了命运共同体。正如朱自清所言："抗战以来，第一次我们获得了真正的统一；第一次我们每个国民都感觉到有一个国家——第一次我们每个人都感觉到中国是自己的。"① 在这种命运共同体之中，个体难以用兴亡循环的历史观，来旁观祖国的兴衰荣辱，而是对祖国保持着高度的忠诚与热爱，以受难促进土地的复活与新生，对光明的未来表达强烈的憧憬，以历史的承担者促进民族的新生。相较于受命于天的山河作为天下中国的象征，倾注了人类意志和力量的土地，更适合成为现代中国的象征。

---

① 朱自清：《新诗杂话·爱国诗》，《朱自清全集》第二卷，江苏教育出版社1988年版，第359页。

第三章　人境的自然——天人合一之境的重构

天人合一之境是诗歌写作的高远境界。中国古典诗人在"天人合气"的基础上，以虚静之心感受人与自然之间气的流动与交融，融入以自然为宗的天人合一之境。这种天人合一之境指向抽象的宇宙情怀与远离社会的荒寒之境。以宗白华、郭沫若、冯至等为代表的中国现代诗人，则在人与自然分离的处境之中，对此进行了创造性转化，构建超越前主客关系的天人合一之境。他们感悟人与自然的本质属性和必然规律，以生命的律动为本体，融合了个体、自然与社会，重构了天人合一之境，并为其注入了强烈的社会关切维度，指向情感意志和人格精神强烈旋动的未来世界，具有锻造人格精神、塑造社会秩序的典范作用。

本章主要讨论自然书写对新诗意境生成的影响。与古典诗人所处的农耕社会相比，现代诗人进入现代工业和城市社会，面对的精神处境更加复杂和琐碎，自然书写作为一种触发装置，令情、物、事进入诗歌之中，将自然伦理、生命现象和社会现实融合在一起，生成了一种新的境界——人境。自然为诗人形而上的精神探寻提供了一个中介和终极的价值秩序，为诗人的精神层次和诗歌提供了高迈的境界。

中国文学的独特优秀之处是"天人合一"思想，未来的文学研究需要有意识地探求这种思想。目前学界对此思想及其在文学中的表现进行了诸多层面的研究和探讨，但这些研究主要集中在古典哲学和文学方面，而对中国现代的"天人合一"思想，则缺乏足够的重视与研究。现代文学对"天人合一"思想的继承和发扬，以及创造性转化，是一个重要的课题。本章将主要在与古典诗歌的对照之中，梳理中国现代诗歌对"天人合一"之境的重构，以期加深对这一议题的认识。

第一节　尚"动"的精神与动态化的自然

在中国古代文化传统中，所谓的"天人合一"思想，具有丰富的文化内涵，对其做详细的考究和分疏，不在本书的探讨范围之内。这里仅列举现代大儒熊十力的观点，以便清晰直接地理解其思想内核。熊十力将"天人合一"思想称为"四与之德"的文化。所谓"四与"，即《周易·乾卦》所言，"夫'大人'者，与天地合其德，与日月合其明，与四时合其序，与鬼神合其吉凶"，令"小己的生命与宇宙大生命为一"[1]，达至"尽人道以完成天道"[2] 的境界。

"天人合一"思想在传统诗文中的主要表现是达至情景交融的宇宙境界。它的主要立论根基是阴阳宇宙论和"天人合气"[3] 论。万物的基础是相互转化的阴阳之气。阴阳之间是一对相互转化的两极力量，它们在宇宙之间此起彼落、此消彼长、相互交替，既没有绝对的起点，也没有绝对的终点。在这种协同而非隶属式的逻辑之中，同类事物能感应共鸣而交相互动，进而达到一种内在意志的和谐。在这种宇宙论的影响之下，中国古典诗人构思的自然山水，不是世界的一隅，而是整体性的世界部署。天地成为整体作用的框架，东西展开为天地之间的间距，该间距产生张力并使天地万物生成。山水中所体现的两极之间的相互作用（如高与低、垂直与水平、晦暗与透明、静止与移动），正是阴阳两极之间互动关系的象征，而人则沉浸在由两极构成的世界里，以其充满变动的活力，参与到世界的大化流行之中。谢灵运的《过始宁墅》、陶渊明的《饮酒（其五）》，均是经由自然山水的感发，参与天地之气的流行，达至天人合一之境的佳作。

---

[1] 胡晓明编：《大海与众沤——熊十力集》，上海文艺出版社1998年版，第384页。
[2] 胡晓明编：《大海与众沤——熊十力集》，上海文艺出版社1998年版，第410页。
[3] 宋代理学家张栻说："夫人与天地万物同体，其气本相与流通而无间。"朱熹说得很形象："天地之间，二气只管运转，不知不觉生出一个人，不知不觉又生出一个物。即他这个斡转，便是生物时节。"又说："屈伸往来者，气也。天地间无非气。人之气与天地之气常相接，无间断，人自不见。"明代高攀龙也说："天地间充塞无间者，惟气而已，在天则为气，在人则为心。"

传统"天人合一"思想赖以存在的阴阳宇宙论和天人一气说,将天地万物视为一个连续性的整体,而将气看作连续性的介质。气不仅贯通天地万物,而且流布于精神与物质之间。意识与物质、内在与外在,身体与自然之间永远存在气化感通。但到了19世纪下半叶,传统中国的自然观受到较大的冲击。西方的"nature"被引入中国,透过语言翻译的影响,一个强调主客对立、物质化的"自然观",也悄然诞生了①。受西方科学观的影响,现代性视域下的人与自然的关系,由共融关系转变为主客对立模式——自然是外在的被认知者,主体是内在的认识者。在这种文化处境之中,现代诗人如何重新书写自然,创造恢宏的天人合一之境,是一个重要的诗学命题和难题,值得加以特别的重视和研究。

一 生命之流的旋动与玄冥

草创时期的新诗在书写自然这一方面,宗白华和郭沫若占据着显要的位置。他们各自对生命和自然本质进行追问,寻求自然和生命更为深刻的本源。相较于传统中国以"气""道"等神秘之物解释和领悟自然,他们结合了西方的科学、哲学思想以及深切的感受,对自然和生命的认识与理解深入一个新的层次,实现了自然观的现代转型。当然,他们的诗思尚未完全摆脱古典诗歌重直觉体验的特征,在书写自然的古今转换维度上处于过渡阶段。

从少年时代起,宗白华便在独处与静思之中,感受到大自然神秘的启示。②正因为自然蕴含着神秘的情调,能够启发和激发人的生命感受,宗白华才合乎逻辑和情理地认为,自然为艺术提供了美的源泉与对象,艺术家的使命就在于用语言、图画、雕刻等艺术形式,将自然美准确地表现出

---

① 对中国文化语境中"自然"语义的演变,参见杨儒宾《导论——追寻一个不怎么自然发生的概念之足迹》,杨儒宾编《自然概念史论》,台湾大学出版中心2014年版,第1—3页。

② "一种罗曼蒂克的遥远的情思引着我在森林里,落日的晚霞里,远寺的钟声里有所追寻,一种无名的隔世的相思,鼓荡着一股心神不安的情调;尤其是在夜里,独自睡在床上,顶爱听那远远的箫笛声,那时心中有一缕说不出的深切的凄凉的感觉,和说不出的幸福的感觉结合在一起;我仿佛和那窗外的月光雾光溶化为一,飘浮在树杪林间,随着箫声、笛声孤寂而远引——这时我的心最快乐。"参见宗白华《我和诗》,《文学》第8卷第1期,1937年1月1日。

来。大量表达人对自然神秘感应的《流云小诗》，便可看作对这种写作纲领的实践。《生命的流》如是放言：

> 我生命的流
> 是海洋上的云波
> 永远地照见了海天的蔚蓝无尽。
>
> 我生命的流
> 是小河上的微波
> 永远地映着了两岸的青山碧树。
>
> 我生命的流
> 是琴弦上的音波
> 永远地绕住了松间的秋星明月。
>
> 我生命的流
> 是她心泉上的情波
> 永远地萦住了她胸中的昼夜思潮。（宗白华：《生命的流》）

以"生命的流"为基础，将"我"的生命、海洋云波、小河的微波、青山碧树等联系起来。基于共同的"生命的流"，宗白华感受到心灵与宇宙自然相冥合的神秘体验，自我融入自然界的大化流行之中，宇宙也因为心灵的映照而与自我交融在一起，达到了"宇宙便是吾心，吾心便是宇宙"的玄冥之境。在宗白华的诗中，心灵与世界、情感与物象、内与外双向会通，构筑了一个泯灭物我之别、心物化合为一的空灵而又充实之境。正是在此意义上，宗白华对古典自然诗歌进行了有效的继承，创造出沉静玄冥的意境。但这并不意味着，宗白华一味进行复古，而是对此进行了有效的修正。

这首先体现在宗白华的自然观和艺术观之中，宗白华极力倡导动态的生命观。受中国传统文化和柏格森创造进化论等思潮的影响，宗白华形成了以"生命冲动"为核心的自然观和生命观①:生命和自然都由生命冲动构成;生命冲动具有发展、创化的能力,能从低级朝向高级发展,由小朝大处扩充;正是基于生命之间的同根同源性,生命虽然有大小、高低的差异,却可以通过发展、创化融合在一起。与这种动态的生命观相适应,宗白华认为,动态精神是美的源泉,是艺术的根基。② 宗白华对动态精神的强调,具有极强的现实针对性和文化判断力,体现了改造传统文化的焦虑与雄心。他曾不无焦灼地指出:

> 中国的学说思想是统一的、圆满的,一班大哲都自有他一个圆满的人生观和宇宙观。所以,不再有向前的冲动,以静为主。这种思想在闭关以前,"中国为天下"的时代,实可以满足我们中国人生观的欲望。但是,现在闭关的梦已经打破,以前的人生观太缺乏实际的基础。……我们中国人现在乃不得不发挥其动的本能,以维持我们民族的存在,以新建我们文化的基础。③

在宗白华看来,虽然能安顿心灵的"静观""圆融"文化极其伟大,但这种以静为主的文化是天下中国时期圆满自洽的产物。而在现代民族国家之时,为了在世界之中求存图新,必须引入竞争与动的精神。基于这种

---

① 宗白华的这种生命观,吸收了叔本华的意志论、歌德的泛神论和柏格森的绵延创化论,并与中国传统哲学融合在一起。叔本华视世界的本质为生命意志:"它呈现于一株或千百万株橡树,都是同样完整的,同样彻底的。"(参见[德]叔本华《作为意志和表象的世界》,石冲白译,商务印书馆1982年版,第189页)宗白华在论述歌德时有言:"当他纵身于宇宙生命的大海时,他的小我扩张而为大我,他自己就是自然,就是世界,与万物为一体。"(参见宗白华《歌德之人生启示》,《宗白华全集》第二卷,安徽教育出版社1996年版,第8页)另外,对宗白华影响较大的是柏格森的创造进化论思想。宗白华在论述柏格森的哲学时说道:"他从这心象的'绵延创化'推断生物现象的'绵延创化'以至于大宇宙全体的绵延创化。……他所说的'直觉'就是直接体验吾人心意的绵延创化以窥测大宇宙的真相。"(参见宗白华《读柏格森"创化论"杂感》,《宗白华全集》第一卷,安徽教育出版社1996年版,第78页)生命就是一种由动态精神推动的由内向外的创造进化。

② 宗白华受到罗丹、歌德等德国艺术家的影响,认为动的精神是美与宇宙的真相,唯有动者可以表示生命和精神。参见宗白华《看了罗丹雕刻之后》,《宗白华全集》第一卷,安徽教育出版社1996年版,第309页。

③ 宗白华:《自德见寄书》,《宗白华全集》第一卷,安徽教育出版社1996年版,第321页。

判断，宗白华渴望将动的向外探求的精神，与中国本有的静谧自足的文化相融合，创造一种新的文化精神，最强烈的旋动显示出最幽微的玄冥。这种最幽微的玄冥，以圆融深沉涵纳扩张的生命冲动，以生命冲动充实圆融静穆，体现为向内或深处的拓展与深化。宗白华这种引动入静而创造玄冥之境的文化战略，亦体现在他的诗歌主张之中。① 宗白华肯定了新诗的如许规则：诗人当以真实、丰富、深透的精神生活为诗歌书写的基础；以分析的手段和尚实的精神对世界和生命做出深刻剖析与深入表现。为了表现这种动静相宜的生命状态，宗白华在诗歌中发展出独特的感受力——"夜"②：

  伟大的夜
  我起来颂扬你：
  你消灭了世间的一切界限，
  你点灼了人间无数心灯。

  在消弭了万事万物之界限和差距的夜晚，诗人得以用直觉的方法，突破宇宙和人之间的界限，感受到生命之流的涌动——既流动至微小的生命细胞，又流溢为广阔的宇宙。这种在夜中的感受力和心境，并非古典诗学传统之中的空静或虚静之心，而蕴含着主体跃动的生命意志。夜成为令最深层的生命意识得以无碍表达的空境。它突破了中国传统以静为主的表现

---

① 他对草创时期的新诗有一番明确而敏锐的把握。"中国人旧文学底精神已流于空泛，笼统，因袭，虚伪的一途，非根本改革不可。所以现在新文学底创造，就是一方面打破中国人旧式的文学脑筋，根本改造，一方面创造新文学底精神内容，做新文学底实质基础。……改造旧文学脑筋为新文学精神最好的途径，我以为有两个步骤：（一）科学精神的洗涤；（二）新精神生活内容底创造。以科学底精神，使旧文学脑筋底笼统、空泛、虚伪、因袭等弊，完全打破，改成分析的眼光，崇实的精神。用深刻的艺术手段，写世界人生的真相。……文学的实现，就是一个精神生活的实现。文学的内容，就是以一种精神生活为内容。……这种文人诗家的精神生活，应当怎样呢？我以为要具以下的三种性质：（一）真实；（二）丰富；（三）深透。"（参见宗白华《新文学底源泉——新的精神生活内容底创造与修养》，《时事新报·学灯》1920年2月23日）对中国古典文学艺术深有研究的宗白华，此番针对中国古典文学的言论，并非无知虚妄之言，而是在深入把握了古典文学特征的基础之上，并结合了时代精神和历史境遇，对新诗的发展方向做出的战略规划。

② 宗白华有大量包含"夜"的诗歌，单就诗题而论，便有《深夜倚栏》《雨夜》《夜中的流云》，由此可见"夜"在宗白华诗歌感受力中的重要位置。

形态，凸显了动态的自由进取精神。这在宗白华《夜中的流云》中有鲜明表现：

> 流云啊！流云！
> 天宇寥阔，天风怒吼。
> 你一刻不停地孤飞，
> 是要向黑暗么？要向光明呢？
> 满天的繁星，
> 燃着无数情爱的灯，
> 指点你上晨光的道路了！
>
> 晨光！晨光！
> 你携着宇宙的音乐来了！
> 你在鸟语花鸣中，
> 也听见我的祈祷声么！

诗中的流云富有旺盛的生命力，饱含主动进取的精神，有自己的道路和目标，不是反向消解自己以适应自然，而是在狂风中奋力挣扎。再如《冬景》：

> 莹白的雪
> 深黄的叶
> 盖住了宇宙的心。
> 但是，我的朋友，
> 我知道你心中的热烈，
> 在酝酿着明春之花。

冬天的冷寂覆盖了生命，而在这种冷寂之中，依然蕴含着强烈的生命涌动。由此可见，在夜的意境之中，宗白华所强调的动态精神终于开拓出一个广阔而幽微的生命空间。

于是，在"夜"之中，诞生了一种新的自然感受力，既有着对生命整体的静穆之境的观照，又能感受生命幽微深处的涌动与进取。正如宗白华在《生命之窗的内外》中所说：

> 生活的节奏，机器的节奏。
> 推动着社会的车轮，宇宙的旋律。
> ……
> 黑夜，闭上了生命的窗。
> ……
> 大地在窗外睡眠！
> 窗内的人心，
> 遥领着世界深秘的回音。

在最幽微的内心空间和最广阔的宇宙空间之间，宗白华感应到神秘的应和，感受到贯穿在自我、社会与宇宙之间的动态化节奏，达到了天人合一境界。

二 生命节奏的律动与交流

在书写自然时，宗白华尚以传统文化中的静穆圆融之境对动态化的精神进行节制；被宗白华称为"中国新文化中有了新诗人"的郭沫若，对自然的感受与书写则表现出更为恢宏开阔的境界。

郭沫若留学日本学医时所居住的博多湾，正处于优美的海滨。面对波涛汹涌的大海，郭沫若感受着大自然的呼吸节律；而在医学实验室里，他接近了微观的细胞世界。生命在宏观和微观两个层次，给了郭沫若深刻的刺激，促成了郭沫若思考世界与自然的本质：生命在广袤的宇宙中的位置何在？正如郭沫若在《凤凰涅槃》中所表现的那样：

> 宇宙呀，宇宙，
> 你为什么存在？
> 你自从哪儿来？
> 你坐在哪儿在？
> 你是个有限大的空球？
> 你是个无限大的整块？
> ……

> 你到底还是个有生命的交流？
> 你到底还是个无生命的机械？

郭沫若在对宇宙和生命本体连续的追问之中，建立起对生命本体的思考："一切物质皆有生命。无机物也有生命。一切生命都是 Energy 底交流。宇宙全体只是个 Energy 底交流。"① 如同宗白华一样，郭沫若亦将宇宙和自然本体归结为一种流动的生命能量。在郭沫若这里，生命的节奏不是指具体的生命现象，它超出了有形的生命存在，具有形而上的本体意义，是全部宇宙存在的共同本体。这种生命无终无极，生生不息，不断地收敛，不断地发散，周而复始，永无止境，永恒无限地律动。与这种生命本体论相关，郭沫若建构起一种泛神论的思想，以及自我表现的文艺观："一切的自然只是神的表现，自我也只是神的表现。我即是神，一切自然都是自我的表现。人到无我的时候，与神合体，超绝时空，而等齐生死。"② 这就不难理解郭沫若的诗歌创作在人与自然中感受到同体律动的精神状态。如《立在地球边上放号》：

> 无数的白云正在空中怒涌，
> 啊啊！好幅壮丽的北冰洋的晴景哟！
> 无限的太平洋提起他全身的力量来要把地球推倒。
> 啊啊！我眼前来了的滚滚的洪涛哟！
> 啊啊！不断的毁坏，不断的创造，不断的努力哟！
> 啊啊！力哟！力哟！
> 力的绘画，力的舞蹈，力的音乐，力的诗歌，力的 Rhythm 哟！

在这首诗中，没有对于浪涛的具体描绘，而是以动态的力量贯穿下来，白云、太平洋都振奋、奔涌起来，呈现的是一个翻滚的力量世界。郭沫若心中涌动的力量与大海相互激发，形成一种不可遏制的身体痉挛，完全动荡化为一股力量，消弭了自我与大海之间的距离。近乎宗教情操般对自然的颂赞，遨游于天际和宇宙的时空格局，直面宇宙的宏阔感受力，足

---

① 郭沫若：《生命底文学》，《郭沫若论创作》，上海文艺出版社 1983 年版，第 3 页。
② 郭沫若：《〈少年维特之烦恼〉序引》，《郭沫若全集·文学编》第十五卷，人民文学出版社 1990 年版，第 311 页。

以令一个人激情昂扬、热血沸腾。时隔多年之后，郭沫若对此有一番辩解："没有看过海的人或者是没有看过大海的人，读了我这首诗的，或许会嫌它过于狂暴。但是与我有同样经验的人，立在那样的海边上的时候，恐怕都要和我这样的狂叫吧。"① 这种辩白却不完全站得住脚。不妨想想同样身处大海面前的曹操，此人如此表达自己的感受：

> 东临碣石，以观沧海。
> 水何澹澹，山岛竦峙。
> 树木丛生，百草丰茂。
> 秋风萧瑟，洪波涌起。
> 日月之行，若出其中；
> 星汉灿烂，若出其里。
> 幸甚至哉，歌以咏志。

曹操依然在以"星汉"的运动，感叹其伟大。与郭沫若同时代的朱湘是另一个例证，他在书写大海时虽然常常作惊叹之语，却依然清晰可辨大海的形体等动态细节。如郭沫若这般，将自然的本质抽离与提取为律动的节奏，其实是将自然纳入人的认识和感受范围之内，"是为了消灭具体时空以求超越有限"②，与人的动态感受力和进取精神相适应的结果。古代诗人书写自然时，指向高古邈远的过去世界，指向那值得追慕的圣人德行和大同理想；古代诗人感受到的是一个一体化的平淡和谐的自然世界，体悟到的是人与自然冥合时平淡静穆的理想境界。而现代诗人书写自然时，创造的是一个多样化的、有差异性的崇高自然世界，表现的是一种从过去向未来突进的力，体验的是创造的自由。正如高尔泰所言："为什么人能够欣赏岩石的坚强和火焰的热烈，并且在其中直观自己的意志与情感呢？这是因为他作为自由的主体，已经从自然必然性的盲目支配下解放出来，征服了自然，使自然成为人的本质的对象化之故。"③ 崇高的自然取代静穆平淡的自然成为现代人自然审美的新形式，这是因为，在崇高的自

---

① 郭沫若：《论节奏》，《郭沫若论创作》，上海文艺出版社1983年版，第251页。
② 沃林格语，转引自李泽厚《华夏美学》，生活·读书·新知三联书店2008年版，第290页。
③ 高尔泰：《美是自由的象征》，人民文学出版社1986年版，第54页。

然中，有着人类感性的强烈震荡，人的主体理性的勃然激发，体现着人类自由创造的力量。在郭沫若的诗歌中，汉语迎来了如此崇高的风景，真令人惊叹。依康德之见，"美是通过想像力在对象中发现合目的性而获得的一种快感，崇高则相反，是在怎么看都不愉快且超出了想像力之界限的对象中，通过主观能动性来发现其合目的性所获得的一种快感"①，与其说是海洋本身的动感触发了郭沫若的激情，毋宁说是主体的崇高激情赋予了大海以动感。

如果说，宗白华将动态旋动的生命力量导向和谐、圆融，以开拓生命内在的深度；郭沫若则将动态化的生命力量导向外界的扩充与实现，以拓展生命的广度。与宗白华将传统文化认定为静穆圆融不同，郭沫若竭尽全力在传统文化之中寻求动的精神元素，将动态视为人类、自然发展的道理，以自我在社会中的实践与发展为最终的完成之道。正如郭沫若在阐释王阳明的思想时所言："天理的运行本是无善无恶，纯任自然，然其运行于自然之中有一定的秩序，有一定的历程，它不仅周而复始，在作无际的循环，……它在不经意之中，无所希图地化育万物。万物随天理之流行是逐渐在向着完成的路上进化。……无目的、无打算地随性之自然努力向完成的路上进行，这便是天行，这便是至善。"② 郭沫若倾向于将自然运行发展的规律与人类社会发展的道德法则统一起来，正如郭沫若在诗歌《笔立山头展望》中表现过的那样：

　　大都会的脉搏呀！
　　生的鼓动呀！
　　……
　　黑沈沈的海湾，停泊着的轮船，进行着的轮船，数不尽的轮船，
　　一枝枝的烟筒都开着了朵黑色的牡丹呀！

郭沫若以乐观自信的态度展望20世纪，将动的精神视为自我、自然与社会发展的根本规律。

---

① 康德语，转引自［日］柄谷行人《日本现代文学的起源》，赵京华译，生活·读书·新知三联书店2003年版，第1页。

② 郭沫若：《王阳明礼赞》，《郭沫若全集·历史编》第三卷，人民出版社1984年版，第295页。

在郭沫若那里，人与自然交融的形式达到了一个新的阶段。美感体现了合规律性和合目的性的统一，美感对象反映了人对自然的审美。人对自然的审美需与某一时代的文化心理结构相适应。一方面，人对动态精神的感悟，习惯将自然作动态化的呈现，突破原有的纤巧细腻的形式，以粗犷破碎的形式表现自然的崇高美；另一方面，令自然的动态化蕴含着社会发展的规律，表达着对社会发展的灼热愿望。

20世纪初，中国遭受西方列强侵略，这迫使中国知识分子对传统文化进行反思，动静之辨便是其中重要的一个方面。在这种背景之下，宗白华和郭沫若将动态化的精神作为贯通自我与自然的依据，塑造自然与社会的融合——这对于塑造现代人对自然的感受力，其历史性的意义不言而喻。

郭沫若和宗白华的诗突破了古典诗歌中静穆的生命境界，更加强调建立在进取精神之上的动态之美。就表达的思维方式而言，郭沫若和宗白华的诗依然是直觉式或体悟式的，似乎缺少对自然进行理性的分析与思辨。虽然他们的诗中也有对生命本体的思考与书写，但将其直觉性地、体悟性地抽象为力。他们的诗中基于直觉体验而以动态化的生命韵律所达到的天人合一之境，依然是浑然一体的圆融境界。而在表现形式上，因为过于强调以动和力为核心的生命一元论，将自然和生命抽象为一种动态之力，作为人与自然相融合的基础，则缺少古典诗歌中以阴阳二元为基础所形成的动静相生、虚实结合①的美学形式。因此，他们的诗无法在有限的形式中富于无穷的意味，显得平直浅白②，以至于人与自然的单向度关系在残酷现实的打击下，缺乏足够的调适能力而失去了延续下去的活力。

---

① 《老子》有言："天下万物生于有，有生于无。"清布颜图《画学心法问答》云："大凡天下之物莫不各有隐显。显者阳也，隐者阴也。显者外案也，隐者内象也。一阴一阳之谓道也。"道虽是"有"与"无"的统一，但"无"居于矛盾的主宰方面，"有"是以"无"为基础的。这种有无、虚实的宇宙本体论，也影响了中国艺术中虚实相生的有机统一。

② 这种变化或许可以归因于人对自然感受力的变迁。正如方东美所言："幼童天性真纯，对于世界上事事物物，都要触发深情，去体验它们的生意，觉万象纷纭，兀自蕴蓄活泼的性灵，包藏深厚的意义，细心观察，同情嘘摄，可以产生无限美感。……可惜到了十七、十八世纪，科学家挟持冷酷镌刻的理智，哲学家拥抱渺茫幽玄的冥想，纵横驰骋于广漠无涯的宇宙，雕劖穿凿，表里洞澈，不能再含藏生命之浓情蜜意，转觉宇宙寂寥廓落，窅然无趣。"方东美：《方东美文集》，武汉大学出版社2013年版，第473页。郭沫若、宗白华等诗人将自然抽象为力和生命的流动，缺乏那种与自然深入观察、接触、体悟之后的幽微、深刻与含蓄。

第二节　独立的个体与自然的融合

在郭沫若、宗白华之后，卞之琳、废名、何其芳等人，在 20 世纪 30 年代写了一些思辨人与自然关系的诗作，如卞之琳《距离的组织》探讨时空的相对性，在这些诗歌之中，"天人合一"的和谐模式逐渐被打破，人感受到与自然的深刻疏离，那种热烈自信的外向探索也骤然紧缩，直至缩回到内心的小宇宙之中。废名和戴望舒的诗歌便是其中的代表。"灯光里我看见宇宙的衣裳，/于是我离开一幅面目不去认识它，/我认得是人类的寂寞，/犹之乎慈母手中线/游子身上衣——宇宙的衣裳，/你就做一盏灯罢……"（废名：《宇宙的衣裳》）废名将宇宙缩小为微小的灯盏；在这种转化之中，化解对宇宙的认知困惑。"我不懂别人为什么给那些星辰/取一些它们不需要的名称；/它们闲游在天上，无牵无挂，/不了解我们，也不求闻达。……//让世人算不出轨迹，瞧不透道理，/然后把太阳冲成碎火，把地球撞成泥。"（戴望舒：《赠克木》）戴望舒承认人类在宇宙中地位卑微，承认宇宙和自然的神秘和难以索解。这种对自然不求甚解的态度，尊重自然本身的神秘性，这与中国古典诗歌对自然的玩味态度迥然有异。古代诗人是以虚静、空观之心，去体味自然的整全性，以便最大程度地与自然融合在一起。而戴望舒诗歌中人与自然相互自在、两不相扰的状态，便从源头上断绝了在自然中求索真理的烦恼与忧虑，从而沉浸在个人微小的情绪里。经过这个阶段的停顿之后，中国现代诗人开始重新探讨人与自然的关系、寻求人与自然的融合，则是在 40 年代的战争环境之中，南星和冯至是其中的代表。他们创作的共同旨趣是，在个体性的基础上[①]作为一个独立的个体与自然交流与对话；将自然作为一个探究生命真理、培养人格和意志的媒介，保全生命的价值与信仰，达到了人与自然的融合，重新构造着堪与古典诗歌媲美的天人合一之境。

[①] 吴晓东指出："从政治气氛上说，日本侵略者的高压统治和严密的文网制度使得沦陷区诗人们无法直面现实……从生活环境上说，求生存已经成为几乎每个诗人都面临的最迫切的问题。这使朝不保夕的诗人们空前强烈地体验到生命的个体性。"吴晓东：《〈中国沦陷区文学大系·诗歌卷〉导言》，吴晓东选编《中国沦陷区文学大系·诗歌卷》，广西教育出版社 1998 年版，第 8 页。

一　生命的显隐与韵律

南星（1910—1996）是一个被中国新诗史忽略的诗人，他的田园诗创作达到了很高的艺术造诣，与陶渊明的田园诗有内在汇通之处，具有重要的文学史价值和诗学意义。他以倾听的方式感知自然的"有—无"结构，并将其以"韵"的形式加以呈现，既在残酷的抗战岁月保存了生命的温暖情调，又具有超越时空的悠远感。南星在诗歌中创造出一个庇佑生命的田园时空体，并形成了既执着于人世间的温情，又能超脱世俗的诗境。对南星田园诗的研究，不仅能够丰富20世纪三四十年代的诗歌版图，而且能为田园诗的现代转换提供一个典型的示范，为深入思考现代诗歌与传统的关系带来深刻启迪。

南星的文学活动主要集中于20世纪40年代，他曾出版过《石像辞》、《离失集》和《春怨集》等三本诗集，也曾在那一时期的杂志报纸上发表过多篇诗歌、评论和译作。① 南星不仅创作活动丰富，而且成就斐然。眼界甚高的诗人批评家吴兴华，就认为这位同时代的诗人，开拓了现代田园诗的写作。② 这种评价不仅是对南星创作风格的辨识，更是对他创作才华的认可，暗示他有开风气之先的才能。但遗憾的是，目前对南星诗歌的研究还不太充分。陈芝国先生较早关注南星的诗歌创作，对南星的诗歌创作、文学交流、精神旨趣作了梳理③，为进一步的研究奠定了基础。近来则有陈子善先生借重新出版南星散文集《甘雨胡同六号》的机会，呼吁加强对这位生前无比寂寞的诗人进行研究。④ 本书重点阐释南星的田园诗创作，以及田园诗的现代转化问题，以阐明南星诗歌的诗学价值。在田园诗的转换过程之中，需要面对这样几个诗学问题：如何在中国古

---

① 封世辉主编：《中国沦陷区文学大系·史料卷》，广西教育出版社2000年版，第397—398页。

② 吴兴华认为："新诗继旧诗而起后，田园诗十分衰替，一大部分诗歌，都是恋爱和说理的，刘复的《一个小农家的暮》可以算比较使人满意的作品。然而除了那篇儿歌似的诗以外，就没有一首够得上称为田园诗的作品了，直到后来湖畔社的冯雪峰和潘漠华写了《若迦夜歌》《温静的绿情》后，中国才算有了比较像样的田园诗。"吴兴华：《谈田园诗》，《新诗》1937年第2期。

③ 陈芝国：《现代田园诗的奠基石——论南星的诗歌创作》，《海南师范大学学报》（社会科学版）2011年第2期。

④ 南星：《甘雨胡同六号》，海豚出版社2010年版，第4页。

典的万物气化论和阴阳宇宙论解体之后，打破人与自然之间的壁垒，重新营造人与自然浑然同一的感觉？如何在现代都市分割之后的残山剩水之间，营造一个完整自足的精神世界，以便安顿漂泊无依的灵魂？如何在强调启蒙与进化的现代性进程之中，给予自然一个合适的位置？南星的诗歌对此进行了多方面的探索。对南星田园诗的阐释，不仅有利于丰富20世纪三四十年代的文学版图，而且能为探索田园诗的现代转换提供思路和实践路径。

南星于1932—1936年就读于北京大学西语系。在此期间，他在《现代》《文学季刊》《水星》等刊物上发表了大量的诗歌，并出版了《石像辞》《离失集》两本诗集，与金克木、辛笛等建立了良好的友谊。南星于1936年从北京大学西语系毕业之后，先在北平的中学短暂任教，后辗转去贵州花溪任教一年，终因水土不服而返回北平。1940年之后，他在周作人主持的北京大学文学院英文系任教，定居于北平的甘雨胡同六号。

时值抗日战争，北平沦陷于日本侵略者之手。在高压管控政策之下，文人的生命和言说空间都被严重压缩，专注于书写个人生活以避祸，成为当时诗坛的一种创作倾向。在这种生存处境和创作氛围之中，南星为自己营造了一个隐逸的精神空间——"庭院"，用以抵抗外界的喧嚣与晦暗。在《家宅》一文中，南星就如此表达了庭院对于生命的重要意义："里面的房屋会对着阳光，窗格上没有彩色，但窗纸之严密给人以安适的情调。屋顶会禁得住风雨的侵袭，瓦缝中生长着一些杂草。院里必有几个移砖而成的花坛，与一棵高大的枣树，夏天，枣实落地之声做了不扰人的音乐。"① 容纳有大量自然物象的庭院，为心灵营造了一个堡垒，并强化了内心空间的精神价值。

这种退居于庭院之中，以一种隐逸者的心态在目之所及的自然物象中品味人与自然和谐相处的乐趣，以此为消极的抵抗方式，并非南星所独有，而是沦陷区诸多诗人的共同选择。在严酷的生存氛围下，这些诗人向内感受到更幽深的生命情趣，切实地把握了本能性的生命存在。正如学者王泽龙指出的那样："他们都是在对社会现实失望后转而追求传统理想、崇尚自我性灵，躲进书斋、山林，试图做一个不问世事的现代隐者，创作了大量的以自我为中心，以闲适为格调的诗文，呈现出冲淡平和、幽静闲

---

① 南星：《家宅》，《文学季刊》1935年第1期。

适的风貌。"① 虽然难以细致地追索他们具体的造园活动和游园行为，但从他们兴寄情志的诗文中，还是可以鲜明地感受到这种心游于物的隐居心态。可以作为证明的是，窗成为这批诗人的常用意象，它沟通着心灵与外界，暗示诗人退居一隅自守而又与外界保持联系的精神姿态。路易士（1913—2013）在《灯》中这样写道："小小的窗，嵌着山的风景绘……//远方的恋人啊，在你的窗外，也有山吗？也有山顶上的六盏灯吗？"② 由窗外山间的灯盏，寄托幸福美满的寓意，而联想到远方的恋人，纾解孤独的情绪。丁景唐（1920—2017）有诗云："倚窗凝向落日：/正半江红树，/一天流霞。……//却不带来北国的音讯。/嘹唳声声，/江岸的芦荻/连头颅也愁得斑白的了。"③（《雁》）暮晚时分，倚窗凝望，由落日大雁而引发无尽的思乡之情。相较于这些触景生情的诗歌，朱英诞（1913—1983）则在窗棂前玄思妙想："月啊，残缺的山口/你通往另一个世界；/天外将有未知的生，已知的死？/也有美丽的手摘星犹如摘果？"④（《窗》）以孩童的心理视角，巧妙地引发出对另一个世界的好奇，对天外有天的探问，对天上仙境的美妙向往。

这些诗人所表现的精神取向，大抵是在俗世与隐居之间，即白居易所言的"中隐"，但就诗歌艺术效果而言，这些诗歌局限在借景抒情等浅显直白的层次。与之相比较，南星的诗歌显得尤为成熟。除去语言才华外，更为重要的则是成熟的生命情调和精神心境。在其他诗人那里，隐逸并未提供一种稳定的精神价值，而是一种暂时安身的权宜之计。而南星则在长久的庭院生活中，退居到内心的堡垒之中，形成了一种温暖的生命情调，并在对外界残酷环境的抵抗之中，将之培育为热烈与持久的精神人格。

南星曾经梦想编辑一部以"温情"为主题的诗选，便是这种温暖生命情调的体现。⑤ 虽然这部诗集最终出于各种原因而流产，还是可以从中

---

① 王泽龙：《论朱英诞的诗》，《文学评论》2017 年第 6 期。
② 路易士：《三十前集》，诗领土社 1945 年版，第 207 页。
③ 丁景唐：《星底梦》，湖南文艺出版社 1986 年版，第 8 页。
④ 朱英诞：《窗》，《文学集刊》1943 年 9 月第 1 辑。
⑤ 南星说："如果我们在寒冷的暗夜中徘徊，望见一个小小的窗子，其中透出淡红的灯光；如果我们走在远乡的道路上，临近自己的村庄，亲切地看着道旁的一草一木，听着几声虫叫或蛙鸣；如果我们在春天黄昏的细雨中，打一把伞在林道上散步；我们不会觉得心里充满了'温情'吗？然而，这些情景是我们愿意常常有而不能的，只余下对于充满'温情'的新诗之渴望了。"南星：《谈"温情"诗选》，《晨报副刊》1938 年 11 月 26 日。

看出南星的精神旨趣——以温暖抵抗寒冷的环境,为生命保存希望。不仅如此,温暖的情调也常常成为南星诗写的主题:"心思和记忆都在庭院里,/繁花满阶的时候从窗中/送出稚弱的读书声的是/温暖的灯光。"① 南星的诗歌也营造了温暖的氛围。南星如此强调温暖的重要性,具有深刻的内在原因。孤独和寒冷是现代人的基本体验。其中的原因非常复杂,大体可以从两点加以说明。一是特定时代家国等共同体的几近解体和个人的原子化,导致人在空间维度失去了归宿感;二是历史对个人感受的消解和遗忘,导致人与历史失去了深度关联,生命在时间维度孤独无依。尤其是在抗日战争年代,残酷环境所造成的人与人、人与自然的隔离,更加深了人的孤独体验。沦陷区小说家毕基初对诗人刘荣恩的评价——"诗人刘荣恩的心上已是萧索的秋风"②,其实可以看作沦陷区诗人的共同情感基调。正如吴晓东指出的那样:"所谓'萧索的秋风'其实构成的是一代'现代派'诗人对整个沦陷时代的总体感受。因此他们的诗中,'对于现实的情感总不免含着伤感的渲染'。故国的缅怀,飘零的感喟,远人的思念,寂寞的愁绪,诸般心境之中总透露出一种'压得人喘不出气'的沉重感。"③ 南星以温情为选诗的标准,以温情为书写对象,无疑是为了应对人的寒冷处境。温暖的情调具有流动性,它在人与人之间相互给予、相互传递,将人们连成一个共同体;温暖具有庇护性,它能营造出一种整体性的感觉和氛围④。与完全绝世的冷漠不同,温暖是一种既能适俗又能保持本真的生命情态。

南星的这种生命姿态与陶渊明的精神有汇通之处。顾随对陶渊明的精神有明确的指认:热烈是一种消耗,这种情感平常禁不起,盖亦不能持久。这并非意味着陶渊明等诗人之中没有热烈的情感——实际上热烈是作为诗人的重要条件,而是说诗人热烈的情感经长久的酝酿之后,在心中已经转变为醇厚和恬静,犹如碧玉燃烧着的火焰,虽燃烧却是沉静的,而形成了平淡的韵味。⑤ 南星的精神与陶渊明类似,在田园的长久浸润和濡染之中,经由自己的身心而显出对田园的亲近与调和。这种温厚的精神是诗

---

① 南星:《SAPPHICS》,《辅仁文苑》1941 年第 9 期。
② 毕基初:《"五十五首诗":刘荣恩先生》,《中国文学》1944 年第 8 期。
③ 吴晓东选编:《中国沦陷区文学大系·诗歌卷》,广西教育出版社 1998 年版,第 9 页。
④ 王凌云:《来自共属的经验》,中国社会科学出版社 2017 年版,第 215 页。
⑤ 顾随:《顾随全集》第五卷,河北教育出版社 2014 年版,第 215—216 页。

人在压抑、痛苦与摧残之中，热烈的情感内转之后，自然而然的结果，是一种将"不得不然"看成"自然而然"，乐天知命、自然而然的结果，也是保存心灵的热量，不至于走向堕落与颓废的重要方式，乃是在困境中的一种积极进取方式。

以温暖的生命情调为基础，南星以倾听的方式，真诚地与自然进行交流，自然与人之间的关系，被南星想象成诉说与倾听的关系。他在《诉说》这样写道：

> 我将对负着白花的老树
> 或新上架的牵牛
> 或久居在我屋檐下的
> 叫过秋天与冬天的麻雀
> 或一只偶来的山鸟
> 诉说我的忧烦与欢乐
> ……
> 用对一个友人说话的声调。①

与视觉等其他感觉相比，倾听具有独到的特点。学者萨克坎德尔有明确的区分："对视觉而言世界总由两极构成；对听觉而言，世界则只为一条溪流。"② 首先，倾听是以人和世界万物的和谐为前提，在与万物的平等关系中承受馈赠。其次，倾听的接纳是全面的，它能使人从四面八方感受到世界所发生的一切，体验到敞开和澄明的存在本性。再次，倾听中的人处在与天地的共在和交流之中，人所听到的世界也在永恒的流动之中。③ 与朝向外在的探求、寻求清晰明白的视觉相比，听觉是弥散性和回旋式的，以主体与外在的一体共鸣为目的。总而言之，倾听是以人与万物的和谐为前提，抑制理性和计算的方式，以敞开的开放姿态倾听万物的本真存在，在人与天地万物的共振交流之中，感受生命不受遮蔽的存在，从

---

① 南星：《诉说》，《水星》1935 年第 3 期。
② 转引自萧驰《抒情传统与中国思想——王夫之诗学发微》，上海古籍出版社 2003 年版，第 204 页。
③ 王珉：《从注视到倾听——关于西方哲学演变的一个思考》，《学术月刊》1998 年第 3 期。

而进入一种澄明境界之中。

以温暖的生命情调作底,以倾听的姿势为方式,南星与周围的自然以素心相交,打破了人与物、人与人之间的壁垒,达至心气流通、不分彼此的一体感受,并在人与物的共感之中达至一体的境界。南星的诗歌也形成了一种独特的审美特色。这并不是一种对自然简单客观化的描写,也不简单是主体情志的表达,而是诗人与世界的交流与共感,所形成的一种"审美—意向"结构。南星在评价富兰克林等诗人时如是说道:"没有哲理的阐发,不寓道德的训诫,也并非科学的观察,只是一种生命与生命的交流,灵性与灵性的沟通。……这境界是宁静的,却不由清心寡欲而换得;这境界是热烈的,却不因世俗的欲望而鼓荡。"① 这同样适合评价南星自己的创作。南星以内向性的倾听,收集外部世界的声响、气息和节律,并与内心的温情、节奏相互激荡与感发,在诗歌中创造了一个丰富的田园时空体。

在对自然物象的倾听之中,南星开拓了一个以庭院为起点、以田野为中介而延伸至宇宙的丰富世界。对于南星而言,庭院是生命定位的基点,也是朝向更广阔空间的开口和通道。南星在《深院》中如是写道:

> 不知从哪一个窗格透出来的
> 人语中似有旧识的声调
> 那不是几个生客么
> 我在他乡度过了多少岁月
> 灯尖已没有踪迹了
> 只有一丛丛的花木仍在
> 它们的黑影是柔和的
> 虽然这季节里充满了严寒②

庭院为生命提供了遮风挡雨的居所,使暂居在世的生命有所依附和栖息;围绕庭院聚集起来的是声音、语调和模糊的影子,这些是生命可供辨认的踪迹,也是生命存在的回响。在《秋晚五章·四》之中,南星也有

---

① 转引自扬之水《关于南星先生》,《梣柿楼杂稿》,上海辞书出版社2013年版,第47页。
② 南星:《深院》,《中国文艺》1943年第9卷第3期。

类似的表达：

> 常常隔窗对人说安静的枣枝
> 在暗色的天空下剧烈地颤抖，
> 而集聚分散的残叶
> 疾跳起来打在人衣襟上，
> 小庭院有了异样的严肃，
> 宇宙间的声音又是恐吓的，
> 且轻轻地退回来吧，
> 放下窗帘再关起屋门，
> 好安心地听枣实敲着土地。①

南星退居至庭院之内，倾听枣实敲落土地的声音，而获得实在安宁之感，用以消解身处苍茫宇宙的恐惧。庭院作为人在天地之间的居所，向内浸入心灵，向外扩展到自然，与南星的身心连为一体，使人在偌大的宇宙之中定位，获得生命的止息，升起私密的幸福感。

与庭院相对的是不远处的田野，南星经常去城市的郊外，沉浸在田野风光之中流连忘返。南星在《呼唤》中写道：

> 我的田野在远处：
> 高大的白杨闪着八月的光辉，
> 紫色的禾稼遮满了全地，
> 从丛草间阴湿的路上，
> 来了骡车的迟缓的轮声。②

田野是处于社会和自然之间的中介，是一个容纳人、自然和万物的空间。在这片生命施展活力的空间之上，集聚了虫的鸣叫与沉默、树木的繁茂与枯荣，以及风的波动与止息。这种种形象汇聚在一起，象征着生命遵时而动的节律。田野的进一步伸展便是旷野，这也是身心更进一步的舒

---

① 南星：《秋晚五章·四》，《中国文艺》1943 年第 9 卷第 2 期。
② 南星：《呼唤》，《文学集刊》1943 年第 1 辑。

展,是心灵向更神秘境地的延伸:

> 广阔的静默伸展在天空之下,
> 微弱的虫声间歇着
> 然后沉下去,沉入土中了。
> ……
> 美好的噼啪之声蜿蜒而来,
> 响尾蛇的游行是不肯静默的,
> ……
> 有屈身在土块中间的人,
> 残梗便聚集成堆了。
> 为什么仍然没有声音呢?
> 风徒然地往来,
> 残梗是僵直而沉重的。
> 那在远处院里的草叶怎样了?
> 是的,是另一个季节了,
> 长久蛰伏着的响尾蛇
> 会到田野间来游行一次么?①

　　这首诗歌令人印象深刻之处在于,蛇这个重要的意象出场了,蛇原本是邪恶阴冷的比喻,但是在旷野的映照之下,它将自身安放在世界原初的混沌托付里,成为原始生命的象征。正是在此原型意义上,蛇所寄生的旷野具有生命诞生和起源的意义,具有蛮荒和文明交融的意味,并暗示出一个广阔的天地。天地并非一个简单的空旷空间,而是关乎世界本质的构造,提供了一种"显—隐"的意蕴和结构。《说文解字》有云:"元气初分,轻清阳为天,重浊阴为地。"海德格尔也说道:"大地承受筑造,滋养果实,蕴藏着水流和岩石,庇护着植物和动物。……天空是日月运行,群星闪烁,是周而复始的季节,是昼之光明和隐晦,夜之暗沉和启明,是节日的温寒,是白云的飘忽和天穹的湛蓝深远。"② 在"天空—大地"所

---

① 南星:《响尾蛇》,《新诗》1937年第4期。
② [德]海德格尔:《海德格尔选集》,孙周兴选编,上海三联书店1996年版,第1178—1179页。

形成的空间中，万物繁荣生长、世界欣欣向荣，构成了一个原初的世界和生命场景，而其中时而出现时而隐没的响尾蛇则是生命情态的彰显和隐没并不仅是旷野之中的普遍场景，而且具有了普遍的宇宙学意味。在庭院、旷野、宇宙的结构空间之中，南星的心灵和视野不断延伸，由有限的空间而通向无限的心灵感触，共同建构出一个起于世俗又超越凡俗的生命世界。

除了感受到自然的空间性，南星还在对自然的倾听之中，发现了物象中保存的丰富时间。南星在《乌鸦》中这样写道：

> 我却忽然看见站在屋顶上的，
> 疲倦而又严肃的，不瞬地注视着我的
> 一只乌鸦，像是也等待了五十年，
> 又像是刚刚经历过一个艰险的长途旅行
> 于是我有所希冀地用力地凝望着它，
> 等待它开口说一声"我从花溪来"。①

乌鸦作为时间的信使，携带着生命的信息，跨越五十年的时空长途与"我"照面，使生命跨越时空流转起来。在一种幻象性的氛围之中，生命随着时间归去来兮、反反复复。南星的《春阴·一》更是一首直接以时光为主题的诗歌：

> 春阴的日子如同昔日，
> 多少昔日的梦，又长又丰富，
> 不要说它们都失落了，
> 因为有你在星光下的花溪上。
> 我们看得见同一的永恒的星辰，
> 虽然你是遥远的和那溪水一样，
> 你不回来，不回来，
> 你不回来过一个春天

---

① 南星：《乌鸦》，《中国文学》1944 年第 3 期。

>　　或者一个春阴的日子，多梦的日子。①

　　那些在眼前消逝的事物，随着时间的轮回而再度降临，给人似曾相识之感。在温暖的回忆和朦胧的语调之中，过去、现在与未来的时间界限泯灭了。

　　这种时间轮回的感觉在南星的散文之中也有鲜明的体现："自己走在一条长长的河岸上，像从一个迷离的梦中醒来，又像是一个疲倦的旅客从千山万水中间回来。但这条河是完全熟习的，如同我们每天相见一样。河水两旁的房屋仍然静静地站立着。它们的容颜和年龄，以及我曾去过的几家院里的景象，也清晰地留在脑中。一切都没有变化。"② 河流正好是永恒回归时间的象征，在河流的两岸，树木的繁枯哀荣见证着时间的流动；同时河流又作为相对稳定的坐标，见证着循环往复的永恒形态。南星的这种时间感觉和思想，令人想起尼采的永恒轮回思想："万物分了又合；同一座存在之屋永远在建造中。万物离了又聚；存在之环永远忠实于自己。"③ 生命的聚散无常，荣枯变幻才是永恒存在的，生命的要义是把握当下的瞬间。正如海德格尔解释的那样："永恒轮回学说中最沉重和最本真的东西就是：永恒在瞬间中存在，瞬间不是稍纵即逝的现在，不是对一个旁观者来说仅仅倏忽而过的一刹那，而是将来与过去的碰撞。在这种碰撞中，瞬间得以达到自身。"④ 这种在永恒轮回之中把握瞬间的感觉，在南星的《静息》之中有深入表达：

>　　那一双手何能再来呢，
>　　它们会让梨树投下它的果实，
>　　让马缨花飘散在窗格上和屋顶上，
>　　让幼年的白杨摇摆而歌，
>　　然后这儿有了清锐的笑声，

---

① 南星：《春阴·一》，《中国文学》1944年第3期。
② 南星：《甘雨胡同六号》，海豚出版社2010年版，第8页。
③ ［德］尼采：《尼采著作全集·查拉图斯特拉如是说》，孙周兴译，商务印书馆2010年版，第352页。
④ ［德］马丁·海德格尔：《尼采》上卷，孙周兴译，商务印书馆2002年版，第304页。

墙外的行人也会愕然止步。①

梨树、马缨花、幼年的杨树等从容安宁的生命，整体上构成了一幅静穆的画面。作为抒情主人公的"我"，为时间的流逝和生命的衰老而深感悲哀，渴望有外力（手）推动庭院中生命的运行。在看似静止的生命状态之下，其实是生命汩汩流淌的气息，蕴含着巨大的生命欢乐，在时间的流逝之中聚集起空间的累积。在植物生命的启发之下，南星从残酷的环境之中超脱出来，而处于安享此时此刻的生命状态，成为自足的生命个体。

南星的这种时间审美意识，是对中国传统的时间意识进行了转化。中国文化以一种时间循环论为基础，形成了独具特色的时间审美意识。第一是通过对时间流变的循环论刻度，将时间之流控制在可把握的范围之内；第二是通过追求不朽而获得基本的自我确证；第三是通过内在的修养获得"与道为一"的最高境界②。中国古典诗人将生命投入时间洪流之中，构成了"生生不息"与"流逝不已"的双重循环。前者引发强健不息的生命情怀，后者引发无限的伤感。堪称神奇的是，南星定位于狭小的庭院之中，在自然物象之中感受到时间之流中的不变性，从瞬间之中体会到其中蕴含的无限精神，从而领悟了二者的结合点——永恒回归的瞬间光华，释放生命流逝引发的焦虑，拓展了中国传统的时间审美意识，使之在现代获得了有意味的重生。

整体而言，南星诗歌中的时空大体上可以分为三类：个人的、社会的和宇宙的。③ 个人的时空与庭院相连，社会的时空与田野和集市相关联，宇宙的时空与旷野相关联。从这三者的关联而言，它们统摄于一种静止与涌动、生与息的节奏；从三者的差异而言，庭院是生命体验的出发点，而社会是生命活动和实践展开的场所，宇宙是生命之流的回归之处，三者构成了一个完整的回流与循环。南星在对自然的感受和倾听之中，打开了一个"切近"与"去远"的世界。所谓的"切近"，即与自然万物的直接感触与亲密感；所谓的"去远"，就是让心灵在投向广阔的宇宙空间之中而依然有所依托和安顿。以这个有起点和终点的节奏化的田园为基础，南

---

① 南星：《静息》，《石像辞》，新诗社1937年版，第60—61页。

② 牛宏宝：《时间意识与中国传统审美方式》，《北京大学学报》2011年第1期。

③ 学者刘若愚将中国诗歌之中表现的时空分为三类：个人、历史与宇宙。参见刘若愚《中国诗中的时、空与我》，刘若端译，《诗探索》1982年第2期。

星试图在诗歌中创造一个万物相融的整体世界。

南星创造的世界并非杂乱无章，而是有规律的变动，最终统一于"韵"和"境"之中，下面将分而论之。

倾听与观看相比，不仅是感官模式的区别，更是存在模式的差异。可见的东西在时间中持续存在，可闻的声音则在时间中转瞬即逝。① 对于敏感的南星而言，倾听这种感觉方式更容易触及事物隐蔽的性质，并深入生命的本体结构。正如南星在散文《安息》之中表达的："安息引领着我们的生命，直到一切暂时的意念都绝灭时，安息便永远与我们同在。"② 南星在声息之中感受生命的静默与喧嚣、涌动与休止，将生命视为有节奏地在时空之中彰显和隐藏、涌动与休止的现象。不仅如此，南星更直接由生命气息，体悟到生命的"有—无"结构。南星在翻译《谈"无"》中明确写道："'无'的确是一切的总合，一切的意义。"③ "无"是生命的根基、源泉和意义所在，决定了生命的实有形态，也是生命最后的归宿。

南星对生命"有—无"结构的领悟，接续了中国传统文化对自然的认识。正如老子所言："无名，天地始；有名，万物母。"在中国传统文化之中，"无"归为一种虚空体——气，它是构成宇宙万物的本质性存在。作为宇宙本体的气，不但是生命之源和生命之归，而且与生命进行着持续的能量交换④。"有"与"无"同出而异名，表明已现实化和潜能之间的关系，二者之间可以相互转化。中国向来以神、气、韵品味艺术作品的审美风格，以"天人合一"描绘文艺作品的最高境界，都与这种对生命和宇宙的理解有联系，它所表征的是有与无相互依存、紧密相连的流动生成关系。

以"有—无"生命结构为基础，中国古典诗画在描绘世界之时，并不是为了更清晰地展现事物，把世界固定为存在或确定为客体，而是据世界赖以存在的呼吸交替——在脱离原初的混沌或重新投入其中来回转换，在"有""无"之间状物，把事物表现得既存在又不存在，既在场又缺

---

① ［德］沃尔夫冈·韦尔施：《重构美学》，陆扬、张岩冰译，上海译文出版社 2002 年版，第 221 页。

② 南星：《散文二篇·安息》，《现代》1935 年第 1 期。

③ ［英］白洛克：《谈"无"》，南星译，《文学集刊》1944 年第 2 期。白洛克（H. Belloc），即贝洛克。

④ 张法：《全球化语境中生命的意义追问》，《中华书画家》2014 年第 11 期。

席，引人进入那乍现还隐的、处在持续转变中的过程，以此展现生命的相互转化与生成，映现出宇宙中普遍存在的生机。[①] 南星也继承了中国传统诗画之中这种表现事物的方法。南星表现生命的"有—无"结构，这种结构在诗文中有规律呈现，则生成了韵。

南星的这种美学理想，在《流水》一诗中表现得非常明显：

> 无断无续的流水声
> 从早晨到晚上，
> 又从黑夜到天晓，
> 在梨树丛的荫蔽间，
> 黄昏的庭院，
> 却没有人来倾听
> 这叠次演奏的古乐曲
> 或无终结的故事，
> 因为梨花开的日子远了
> 月光照到别人家。[②]

首先，流水将时间声音化，并且以循环的节奏将之韵律化，令无形的时间具有了具体的形貌。其次，水的流动与梨花的开放以动作形成通感关联，并且在"落花""流水"的语言构型之中贯穿起来。再次，水之流与梨花之白共同指向远在天空之中的月光，也自然贯穿起大地、人间、天空等多重空间。最后，时间的流动、空间的变换，都统一在古乐曲的韵律之中，象征某种似有若无的宇宙乐音。这首诗看似简单直白，却蕴含着丰富的意味，形成了一个浑然的整体。这种神秘的声音被现代诗哲宗白华称为宇宙的乐音。在时间的维度上，韵体现为一种回旋往复的节奏；在空间的维度上，则体现为由近及远乃至于无限的形态。"神韵"之韵是一种远出的声音，是由所见之物而达至对不可见之物的体会，它呈现为一种内敛的

[①] ［法］朱利安：《大象无形：或论绘画之非客体》，张颖译，河南大学出版社2017年版，第15—19页。

[②] 南星：《流水》，《文学集刊》1943年第1期。

生命情致，又具有超越具体情景之外的悠远感。① 韵所强调的是外物与心源的共振，通过品味世界而体认到存在的终极价值。整体而言，韵所表征的是它与世界既相入又相离的关系，是粘着于世俗又超越世俗的精神象征。

　　南星对韵的感受与表达具有重要的精神意义。学者王杰认为，这种远出的声音可以通过"一唱三叹"的表达程式，对现实生活中的矛盾和苦难进行想象性的解决，也可以打开意识形态镜像深处积淀着的意义集合，从而感受到来自身体的温暖以及幸福生活的召唤。② 韵所表达的审美精神能够引导人超越当下的现实维度，从未来的远景和人类学意义上看待困苦，从而保存内心的温暖与善良，保持对幸福远景的向往。南星自己也说："人类有同一的天性，倘顺其自然，则彼此间不会有不调和或冲突之类的事发生。诗人虽不满意现状，却怀着将来领导全人类过自然的共同生活之念的。"③ 在抗战时期，南星并非没有苦难、挫折、苦痛，而是将苦难转化为温暖的记忆。对于受到限制或囚禁的身体和精神，在历史的必然性成为支配力量的现实条件之下，南星所创造的远出声音——韵，抵抗来自现实的压力，又表现出本真的生命情趣。

　　南星在诗歌中创造出韵的世界，进而表现出既入世间而又出世间的精神境界。对此种精神境界，南星的好友张中行有非常确切的判断："南星……是生于世俗，不粘着于世俗，不只用笔写诗，而且用生活写诗，换句话说，是经常生活在诗境中。"④ 这种境界可以用陶渊明所言的"人境"加以概括。"人境"出自陶渊明"结庐在人境，而无车马喧"，朱良志在解释陶渊明的诗歌时说道：人境有两重意思，一是与物境相对的纷纷扰扰人境，二是回归性分之本初境界，亦即万物一体之境。⑤ 台湾学者蔡瑜对此也有精彩的阐释。⑥ 在这里借助朱良志和蔡瑜的创意，阐释诗人南星对

---

① 钱锺书在《管锥编》中说道："俾由其所写之景物而冥观未写之景物，据其所道之情事而默识未道之情事。取之象外，得于言表，'韵'之谓也。"钱锺书：《管锥编》第四卷，生活·读书·新知三联书店2001年版，第242页。
② 王杰：《审美幻象研究——现代美学导论》，广西师范大学出版社1995年版，第274—275页。
③ 南星：《谈劳伦斯的诗》，《文饭小品》1935年第5期。
④ 张中行：《张中行全集》第一卷，北方文艺出版社2019年版，第313页。
⑤ 朱良志：《陶渊明的"存在"之思》，《北京大学学报》2018年第5期。
⑥ 蔡瑜：《陶渊明的人境诗学》，台北：联经出版事业股份有限公司2012年版。

诗学传统的开掘与继承。"人境"是在天地之中、自然之域定位人间关系，它是比"人间"具有更广阔的视域与更高一层的境界，预设的是"人与人""人与自然"之间的双重关系。"人境"不仅蕴含自然的维度，还包含人的维度。人的精神特征有两面性，一是本真性，就是保持人的本性，防止被世俗异化；二是人间性，即与人有交流的需求。"人境"为人提供了伸展这两种特性的场所。这种"人境"是赵汀阳所言的"近人山水"①，它是一种在世的时空结构，执着于人世间的温情，又能在对生命结构的原初领悟之中，具有超脱世俗的真味。

"人境"作为一种诗歌意境而生成，需要突破人、自然、宇宙之间的隔阂和藩篱。这在以万物气化论和阴阳宇宙论为基础的古典中国，是较为普遍的现象，而在现代诗歌之中则较难实现。学者彭锋在分析前人理论的基础上，对意境的生成进行了总结：意境是主体与客体之间相互渗透形成的生命之境。在其中生命的力量本真地涌现出来，在主客体的交融之中生成一种氛围。② 德国美学家伯梅的气氛美学，也可以帮助我们思考意境的现代重生问题："气氛是感知者和被感知对象的共同实在，因为在对气氛的感知中，他或她是以肉身的方式出场的。"③ 由此可知，意境的生成，需要主客体统一于某种情感氛围之中。在南星那里，温暖是心灵的一种基本情调，也感染着周围的世界。南星以温暖的生命情调，将人与自然统一在一起，为意境的生成创造了基本的情感条件。

主客体统一还只是意境生成的基本条件。蒲震元指出意境生成还有三个特征："一是由大宇宙生命样态的审美走向生命功能的审美；二是在动静合一中形成以气韵为中心的虚境审美心理场；三是以妙造自然为归宿。"④ 与之类似，赖贤宗结合了海德格尔的存在思想，指出意境美学的

---

① "远人山水属于远离社会而人迹罕至的荒野山水；近人山水是可游可居之地，更有生计功能。……近人山水也是人迹稀少的地方，却可居可游，那是渔樵出没之处，也是旁观社会之地，渔樵就往来于山水与社会之间。近人山水两面通达，达于道又通于俗，是看得见历史的山水，因此分享了历史性的品格。近人山水虽也是超越之地，却具有区别于自在超越性的涉世超越性。"赵汀阳：《历史·山水·渔樵》，生活·读书·新知三联书店2019年版，第92—94页。
② 彭锋：《意境与气氛——关于艺术本体论的跨文化研究》，《北京大学学报》（哲学社会科学版）2014年第4期。
③ 转引自彭锋《意境与气氛——关于艺术本体论的跨文化研究》，《北京大学学报》（哲学社会科学版）2014年第4期。
④ 蒲震元：《中国艺术意境论》，北京大学出版社1994年版，第122页。

生成包括三个方面：从艺术体验论的角度而言，艺术作品的根源来自去除遮蔽、显现存在真理的思之体验；从艺术形象论而言，艺术创造出虚实相生的妙象，同时显示了生命的在场与不在场；从艺术真理论而言，艺术创造是对生命存在的本真体悟，并在创作之中的自然流露与呈现。① 意境的生成，可以中国古典山水诗的特征加以详细的说明。在中国古典山水诗歌中，阴阳对偶的宇宙图景、山水的动静变化与诗人外感于物生发的心灵姿态和呼吸节奏，形成了整体的同构性关系，共同置入山水诗的有意味的形式（联对与声律）中，构成了一个浑融完整的"寓目同感，在天合气，在地合理，在人合情，不用意而物无不亲"② 的艺术世界。意境美学的生成，需要一个整体性世界的生成，天地人三者在其中同体共振，并在诗歌之中有恰切的表现。韩林德便指出："意境是那种能深刻表现宇宙生机、世界实相和人生真谛的艺术化境。本体性、时间性和音乐性乃是意境的本质特征。"③ 南星的诗歌大体符合上述条件。首先，南星对宇宙的整体生命有一个基本的领悟，即蕴含着有—无、显—隐等生命结构；其次，南星通过有规律和有节奏的韵律，将这种生命结构无碍地表现出来；再次，南星对生命的领悟与诗歌表现到了自然真醇的层次。由此不难见出，南星的诗歌创造出浑然一体的意境，便在情理之中了。

中国古代有丰富的山水田园诗传统。山水田园诗主要是对陶、谢、王、孟、柳等诗歌创作的指称。它不仅是一种以山水田园为题材的诗歌类型，更代表了一种极高的审美标准和不可企及的典范。从表现的主题而言，它是以淡忘人的社会属性而回归自然为宗旨，以安逸宁静的风光陶冶性情，表现崇尚真挚淳朴的审美理想。从艺术境界而言，山水田园诗重视艺术境界的创造，即以有形表现无形，以有限表现无限，既通过剪裁、提炼、概括等艺术手法再现自然美，同时又能提供最大的想象余地，表现出丰富的象外之趣。④

而在现代性的转变过程之中，这种人与自然交融的味觉方式，让位于制造人与自然对立的视觉模式。在中国新诗开端之处，胡适、康白情等人

---

① 赖贤宗：《海德格尔与禅道的跨文化沟通》，宗教文化出版社2007年版，第227页。
② （清）王夫之评选，张国星点校：《古诗评选》，河北大学出版社2008年版，第184页。
③ 韩林德：《境生象外——华夏审美学与艺术特征考察》，生活·读书·新知三联书店1995年版，第176页。
④ 葛晓音：《山水田园诗派研究》，辽宁大学出版社1993年版，第350—363页。

的视觉观物方式，试图在对世界万物的观看和精细刻画之中确定人的主体性地位。① 这种诗学革命虽然带来了新的生机，却也埋下了危机，造成了人与世界的隔离与淡漠。

为了解决这一场精神危机，现代诗人们创造了两条道路。一条是以下之琳等京派诗人为代表，将外部世界看作自身欲望和形象的投影，以镜子意象为中介实现人与自然的融合，在幻象的层面实现人与外部世界的交流。还有一条是以冯至为代表，在不断观看和沉思之中感受到生命的原初存在，并将这种存在认领为主体与客体统一的基础。这种模式固然创造了现代汉语中"形而上"的观看与沉思，但因缺少宗教的神性之维将主客体统一起来，这种看似统一的基础却存在深深的裂缝，并且这种方式受制于视觉观看的抽象性和理念的纯粹性而缺乏丰富的细节，难以在日常生活之中落实为一种精神实践。理论上还应存在另一种表达形态，即一种内向的倾听，将外部的世界转化为内在的心象，以便将主客体融合起来。以往的文学史对于这一维度揭示得较少，而南星的诗歌写作正好凸显了这一被遮蔽的向度，揭示出这一诗学机制具有重要的文学史意义和诗学意义。南星对倾听的重视和实践，继承了中国传统之中味觉的感受方式，也是对视觉所造成的人与物分立的纠正，重新创造着人与自然的融合。

从一个更广阔的视野来看，陶渊明的田园诗创作达到了平淡天真的境界，这份精神遗产如何进行转化呢？鲁枢元在《陶渊明的幽灵》中指出，陶渊明的诗歌是一种肉身已然逝去，却有着永恒精神力量的传统，它总是像奇妙的幻影一样，在有与无、虚与实之间时隐时现。这个精神幽灵可以作为一份精神遗产，给予今人一种复活的期待，一种对于未来的渴望，成为往古与今昔、来路与前程之间的一种心理张力。② 这启发我们以一种更加开放的心态看待陶渊明的精神，以一种更加灵活的姿态迎接传统精神在我们身上的复生。在人类工具理性发展的过程之中，人与自然关系的疏离似乎难以避免，古典文化的语境也难以重返，现代人所能倾听的恐怕也只能是自然的余韵。如今我们重新思考南星的田园诗歌创作，探究他在现代性处境之中对于田园诗精神传统的会通工作，在感觉方式、精神境界、美学意蕴等方面，所做出的别有成效的探索，这对于我们依然有启示意义。

---

① 万冲：《视觉转向与形似如画——中国早期新诗对风景的发现与书写》，《中国现代文学研究丛刊》2018 年第 8 期。

② 鲁枢元：《陶渊明的幽灵》，上海文艺出版社 2012 年版，第 223 页。

尽管南星的诗歌写作有诸多问题，而他用倾听的方式感受人与自然的同一性，依然给我们留下了很多的启发。对南星田园诗写作的发掘与阐释，能够补充其中一个缺失的环节，完善20世纪三四十年代丰富的诗歌版图，加深我们对于诗歌与现实、现代与传统之间复杂关系的理解，也为我们思考田园诗的现代转化树立了一个典范。

二　生命的决断与"死和变"

冯至的创作起始于20世纪20年代，其《昨日之歌》细腻温婉，被鲁迅誉为中国最杰出的抒情诗人。在他的中年写作中，内容涵盖山水草木、历史人物和哲理思考，《十四行集》便是其中的代表。冯至诗歌得以成熟的原因除了年岁的增长带来的智慧和残酷的战争对生命的磨砺，更重要的根源是来自自然的启示。回顾诗歌创作的历程，冯至认为自然扮演了不可替代的角色："昆明附近的山水是那样朴素，坦白，少有历史的负担和人工的点缀，它们没有修饰，无处不呈露出它们本来的面目：这时我认识了自然，自然也教育了我。……它们始终维系住了我向上的心情，它们在我的生命里发生了比任何人类的名言懿行都重大的作用。我在它们那里领悟了什么是生长，明白了什么是忍耐。"① 纵观冯至的《十四行集》，可以看到一个精神与自然循环类比、自然与社会交融的过程。受里尔克、歌德等人的影响，冯至对自然有着崇高的敬意②，将观察、认识自然视为拓展精神视域、走向生命成熟的必由之路。而在他们的启发下，冯至也获悉了认识自然的方法：在自然面前自觉地退隐，以"裸眼"来观看自然，不以自己的主观情调遮蔽外物，而是深入自然的细节中去发现生命运行的法则和道理。

冯至从自然之中获悉的道理，首先是生命的自主决断，体现于《鼠曲草》中：

　　你一丛白茸茸的小草
　　不曾辜负了一个名称；

---

① 冯至：《冯至全集》第三卷，河北教育出版社1999年版，第73页。
② 冯至在《从〈浮士德〉里的"人造人"略论歌德的自然哲学》等文章中，详细论述了歌德对自然的观察与思考对他思想形成的重要作用。参见冯至《冯至全集》第八卷，河北教育出版社1999年版，第46—60页。

> 但你躲避着一切名称，
> 过一个渺小的生活，
> 不辜负高贵和洁白，
> 默默地成就你的死生。

这些承担了一己之寂寞与艰辛的小草，在忍耐之中，爆发出惊人的创造力。小至昆虫的交媾、蛇的蜕皮、渺小的鼠曲草、朝生暮死的昆虫等，在《十四行集》中交错成一幅繁复的自然图景，它们承担着主体的责任与意志，在自我决断之中完成自己的生命。冯至思考生命的自主性与决断是从确立个体性的角度而言，他的另外一个面向，则是思考个体生命与广大事物的关联：

> 蛇为什么脱去旧皮才能生长；
> 万物都在享用你的那句名言，
> 它道破一切生的意义："死和变。"

在微小的生命中领悟生命的至高真理——"死和变"。个体生命虽然短暂，却能在自我否定与蜕变之中得以成长。瞬刻的生命决断形成的定向生命之流，将个体生命的过去、现在与将来联系起来，使其连接为一个圆满整体，而获得了完整的意义；另外，在"死和变"的生命法则的指引之下，个体完成了生命的使命，与广大的宇宙万物交融联系在一起。这种基于个体生命的决断性以"死和变"为生命法则，与万物沟通融合的生命价值，成为冯至精神的重要支点。他为自我与自我、自我与社会的关系找到了合理并且稳固的解释。从自然之中获得的领悟，帮助他在残酷苦闷的战争环境之中化解了精神危机，提升了自己的精神境界。正如冯至所言："在抗战期中最苦闷的岁月里，多赖那朴质的原野供给我无限的精神食粮，当社会里一般的现象一天一天地趋向腐烂时，任何一棵田埂上的小草，任何一棵山坡上的树木，都曾给予我许多启示……"① 在污秽的社会环境之外，冯至将目光投向了原野那些无名的小草，在这种超脱于社会之

---

① 冯至：《冯至全集》第三卷，河北教育出版社1999年版，第73页。

外的生命秩序参照下，冯至按照生命理想的要求来塑造自己，培养个体持久的独立与忍耐的性格，正如《鼠曲草》所描绘的：

> 我常常想到人的一生，
> 便不由得要向你祈祷。
> ……
> 却在你的否定里完成。
> 我向你祈祷，为了人生。

在这种循环的结构之中，不断按照生命发展的要求来塑造自己；而在对自身境界的提升之中，也不断深入地理解自然生命的高度与深度，慢慢达到与自然合一的状态。正如冯至诗歌《什么能从我们身上脱落》中所体现的：

> 什么能从我们身上脱落，
> 我们都让它化做尘埃：
> 我们安排我们在这时代
> 像秋日的树木，一棵棵
>
> 把树叶和些过迟的花朵
> 都交给秋风，好舒开树身
> 伸入严冬；我们安排我们
> 在自然里，像蜕化的蝉蛾

通过不断放弃和否定自己，冯至以自我朝向未来的成长为目标。生命从肮脏的社会现实之中脱离，回归自身的自然本性。

这是一个从自然之中寻求启示，而渐渐回归自己朴素本性的过程；而冯至诗歌中另外一个过程则是从自然中所领悟的生命理想，来设计人类发展的秩序与远景。冯至并没有如古典山水诗人那样，在与自然的交融之中，消除了主体的意志，一味沉浸在与自然冥合的乐趣之中，而是有着明确的人间关怀和社会诉求。这可以从冯至对杜甫、王维的褒贬态度中见出端倪。"我写诗，情与理融合，自然与社会融合。王维、孟浩然的诗，除个别篇章之外,我不喜欢。因为他们的自然诗,只是吟味和欣赏,大多脱离实际,他们写不出像杜甫'感时花溅泪,恨别鸟惊心'那样的名句。"① 相较于王维那种远离人间烟火、超尘绝俗的田园牧歌,冯至更看重杜甫那种在自然之中寄寓历史兴衰和社会沉浮的山水诗歌。然而,同样值得留意的是,冯至《十四行集》中书写自然的诗歌,大多采取一种超然质朴的语气,描述人与自然交流时获得的感兴与启悟,好像在一个远离社会的场所,沉浸在个体生命成长的悲欢喜乐之中,并没有彼时所处战乱时期的动乱场面。冯至自己所宣称的"自然与社会"的融合体现得似乎并不明显,其中的缘由何在?这可以从冯至对歌德的评价之中找到线索:"歌德在'狂飙突进'时期,要求个性解放,富有反抗精神,在有限中寻求无限……到了魏玛以后,环境不同了,生活方式改变了,在他接触的现实中感到,狂飙突进运动所追求的理想是不能实现的,于是断念、割舍、限制等动词不断在他的诗文中出现……这两种生活态度,前者是扩张,后者是收缩,跟呼吸和心脏的活动一样,扩张到一定限度时需要收缩,收缩到一定限度时又需要扩张,歌德在二者之间经常感到矛盾,他的一生是在限制和要冲破限制的矛盾中度过的。"② 如果结合冯至自身的生命经历,也不难从中感受到冯至自比的况味。在狂飙突进的五四时期,冯至渴望青春生命的张扬,在向外扩张之中实现自己的生命;后来年岁渐长,在北国冰雪寒霜与社会动乱之中,磨砺坚毅的性情和沉稳的性格;及至中年,在严苛的抗战环境之中,砥砺忍耐与决断的自主性,在持续等待与工作之中,爆发出极大的创造力。冯至并没有逃避社会施加给生命的苦难,而是在对苦难的承担过程之中,实现了生命的蜕变与新生。

在自我与社会间存在的潜在对话之中,冯至将动乱的社会图景内化在个体生命的生长之中了。前面已经提及,冯至根据自然的启示,领悟到生命的蜕变、决断与忍耐、死亡与新生等生命法则。在此生命法则的运行之中,社会的艰辛与苦难在生命的蜕变之中得以消化,反而给生命的循环与新生提供了动力,促进生命的成长与完善。这种人与自然的互动关系或许可用狄尔泰所言的人与自然间的互动加以说明:"在这种接触中所发生的,是生活而不是一种理论的过程;它是我们所叫做经验的东西,即压力

---

① 冯至:《冯至全集》第五卷,河北教育出版社1999年版,第256页。
② 冯至:《冯至全集》第八卷,河北教育出版社1999年版,第184—185页。

与反压力,向着可以反过来作回应的事物的扩张,一种在我们之内和围绕着我们的生命力,此生命力是在苦和乐、恐惧和希望、对不可更易的重负的忧伤以及在对我们从外面接受的礼物的欢欣之中所经验到的。所以此我并不是坐在世界舞台之前的一个旁观者,而是纠缠在作用与反作用之中……"① 根据这种辩证关系,冯至诗歌中沉潜谦和语调之中所折射出的,正是一个时代与社会的兴衰沉浮。

冯至以对自身生命的整体观照,洞悉万千生命乃至自然、社会运行的规律——在收缩与扩张、沉潜与超拔、死亡与新生的循环运行之中持续地向前发展。这种精神正是生命生生不息的源泉,社会持续发展的动力。在冯至的目光之所及中,杜甫、鲁迅、歌德等人物无不具有这种精神品性。他们被纳入同一生命谱系之中,作为人类杰出的代表,推动着人类共同体的繁衍生息。在这个共同精神的普照之下,冯至的视野超越一时一地之局限,而从整个民族乃至整个人类的高度思考生命与文明的延续:

> 我们到那时
> 将要拥抱着我们的朋友说:
> "我们曾经共同分担了
> 一个共同的人类的命运。"
> 我们也将要共同欢迎着
> 千百万战士健壮的归来,
> 共同埋葬几千万死者,
> 我们却不愿意听见几个
> 坐在方舟里的人们在说:
> "我们延续了人类的文明。"(冯至:《我们的时代》)

人类善恶之间的分歧得以化解,共同组织到更广阔的人类延续梦想之中。一方面,冯至从人类历史发展的世代序列之中看待自然、自我;另一方面,他通过自觉的意识,将自我认领为这个向前发展进程中的过渡环节,融入人类自然的共同体之中,与天地万物共处于一种和谐的状态。

---

① 狄尔泰语,转引自张世英《天人之际:中西哲学的困惑与选择》,人民出版社2007年版,第203页。

第三节　生命的律动——个体、自然与社会的融合

　　无论是宗白华倡导"生命的流",郭沫若推崇生命的律动,抑或是冯至承担生命的"死和变",共同的追求是探求和捕捉生命的律动,将个体、宇宙自然和社会统合起来,抵达天人合一之境。在宗白华、郭沫若、冯至等现代诗人那里,生命在静止与动态、收缩与扩张、生与死之间产生了有规律运动,而鼓动这一切的乃是强烈的生命活力。从表现的内容来看,他们诗歌中表现的律动可以分为三个层次:一是个体生命的涌动,蕴含个人强烈的情感、意志和理想;二是宇宙自然的律动,包孕着万物循环往复的运动;三是社会的节奏,即社会呈现的周期性发展规律。这三种节奏都统合在强烈的生命律动之下。宗白华、郭沫若和冯至各自以不同的方式感悟与捕捉这种生命律动,并付诸诗歌艺术中,重构了天人合一之境。这种现代的天人合一之境,不是对古典传统的复归,而是有效的创造性转化,对其进行积极的拓展。

　　中国古典诗歌中的天人合一境界,主要是一种指向宇宙秩序的荒寒之境。就角色身份而言,诗人群体主要是传统的士大夫阶层。他们在政治上无物质生活的根基,除政治外也没有自由活动的天地,个性尚未得到独立并伸展。在精神并未独立于君主和现实政治的情况下,他们主要采取儒道互补的方式来调整自己的精神状态,进则施展政治抱负,表现出强烈的实践冲动;而当政治生活受挫之后,则退居自然之中恰然独处,将自然作为生命的保全之所,屏蔽来自社会的干扰。古典诗人顺应着自然的运作,冷却了骚动的强烈情感,抑制了向外的实践冲动,投向渺远的宇宙情怀,达至返璞归真的生命状态,体现出一种与社会隔绝的冷漠心态,而整体上表现为内敛的精神姿态。这种天人合一的精神境界或许可称为一种玄远的远离尘世、崇尚简朴的"荒寒"之境。

　　与之相比较,现代诗人则是相对独立的知识分子,他们有相对稳定的生活来源,在政治生活上保持相对独立的精神姿态。在这个过程中,现代人将以自然或王道政治秩序为本的精神生活,转向以自我为本位的精神生活,转向独立人格的发展与完成,转向创造性的精神力量。这种精神追求的转向,正如学者陈赟指出的那样,现代人将自己作为新的世界的本源与

根据，通过创造一个新的世界来释放主体的能力，在创造的过程中来创造自我。① 这种创造性意识成为现代诗人的共识。宗白华就将生命理解为这样一幅图景：作为一叶扁舟在大海之中奋勇搏击。② 而他诗歌之中处处强烈涌动的"生命的流"便是这种创造性精神力量的体现。郭沫若更将人的奋斗、进取和抗拒精神，提升到一个无以复加的高度，将生命视为一个无限的精神追求过程。③ 他的诗歌中强烈旋动着的梅花意象、蕴含着改天换地能量的天狗等便是这种创造性精神的象征。郭沫若在效仿自然本体的天道运行之上，以一个创造者和造物主的身份，将自我的主观努力与客观事物的发展变化，都纳入天道的运行规律之中。如果说，在宗白华和郭沫若所处的狂飙突进的时代之中，个体生命的创造精神是以一种向外扩充的方式得以彰显；那么在冯至所处的抗战年代，创造意识则是在不断地蜕变与新生之中实现的。冯至将生命的"死和变"认领为生命的最高法则，在承续过去与迎接未来的维度上实现生命的创造性价值。冯至诗歌中朝生暮死的小昆虫，安排自身进入严冬的树木，在忍耐中完成自身使命的鼠曲草等自然物象，都充满了积极向上的人格力量，成为一种忍耐与决断的人格典范，在对艰难时代的忍耐之中获得超越性价值，指向一种旷远的精神境界。与古典诗人根据自然调整、更新自己的价值追求不同，现代诗人根据个体的自主性要求创造生命的价值。

个体生命独立性的另一维度则是社会实践意识。陈赟指出，"由人的角色所构造的社会替代了天下或世界，从而将人的自我确证从未解魅的'自一然'（具有神性的自发秩序的场域）转向分化了的社会及其历史的区域"④，在这种转变之中，现代人确定终极价值的视野，不再仅仅投向渺远的天道秩序或宇宙情怀，而紧紧锁定在蕴含了复杂人际关系的人间社会。现代诗人对自然的认识、欣赏，并不止于怡然逍遥之乐，而是将自然

---

① 陈赟：《现时代的精神生活》，新星出版社 2008 年版，第 9—10 页。
② "我们只要积极地奋勇地行为，投身入于生命的波浪，世界的潮流，一叶扁舟，莫知所属，尝遍着各色情绪细微的弦音，经历得一切意志汹涌的变态。"宗白华：《怎样使我们生活丰富?》，《时事新报·学灯》1920 年 3 月 21 日。
③ "它在不经意之中，无所希图地化育万物。……无目的、无打算地随性之自然努力向完成的路上进行，这便是天行，这便是至善。"郭沫若：《王阳明礼赞》，《郭沫若全集·历史编》第三卷，人民出版社 1984 年版，第 295 页。
④ 陈赟：《现时代的精神生活》，新星出版社 2008 年版，第 8 页。

作为培养入世品格的方式。宗白华就曾有过这样的领悟：在自然界中养成强健坚固的人格，进而在社会的洪流中奋斗。[①] 身处艰苦战争年代的冯至，也将历经磨难而依然挺立的山川，视为忍耐与执著精神的启示。[②] 以强烈的入世精神为依托，他们期待将自然与社会融合起来。正如霍耐特所言："人既被认为是认知秩序的行动的主体，也被认为是自然秩序的实质性的组成部分，就此而言，他是两种秩序的交点，也就是意识到自己的世界的中心。"[③] 与古代诗人将自然视为价值典范不同，现代诗人是自然和社会秩序的认识者和实践者。他们有强烈的个性和主体意识，渴望在社会之中实现自我的价值。虽然他们也常常在顺应自我和迎合社会之间作进退选择，但与古典诗人相比，这种进退选择并非紧紧围绕着现实政治而展开，而是有着更为自觉的选择意志。他们在抗拒残酷社会的侵蚀时，不必像古代隐士那样退居山林，追求一种抽象的不切实际的个性，而是采取不完全避世的超然态度，保持个体独立的精神人格。在自然的启发之下，他们保持健全的个性，并进而按照人性的要求来设计和想象理想社会，对社会未来的发展，保持着灼热的憧憬，有着强烈的现实关怀和人间指向。比如，处于狂飙突进时代的郭沫若和宗白华，以动态精神为自然的本质属性与社会发展的必然规律，表达了对未来灼热而良善的愿望。身处抗战环境中的冯至，虽然生命理想遭受残酷现实的摧残，但依然具有强烈的社会关怀，而转向了一种温暖的生命境界，洞悉了人类历史曲折的发展规律之后，对社会发展有着更为理性的憧憬。整体上，现代诗人书写的天人合一之境，指向的是情感和意志强烈回旋流动的未来世界。

作为一种优秀的文化传统，天人合一之境是诗人追慕的高远境界。但它只是为人提供了一份本体论依据，提供了一种人必须追求的境界，但并

---

① "有人说，我们创造人格的方法是在社会中奋斗。这话也有理由，但是我们还是要先在自然界中养成了强健坚固的人格，然后才能进社会中去奋斗……"宗白华：《中国青年的奋斗生活与创造生活》，《少年中国》1919年第1卷第5期。

② 冯至这样评价杜甫："杜甫由于这种执着的精神才能那样有力地写出他所经历过的山川，那样广泛地描绘出他时代的图像，……我们所处的时代也许比杜甫的时代更艰难，对待艰难，敷衍蒙混固然没有用，超然与洒脱也是一样没有用，只有执着的精神才能克服它。这种精神，正是我们目前迫切需要的。"参见冯至：《冯至学术论著自选集》，天津人民出版社2022年版，第7—8页。由此可见冯至由山水培养入世品格的精神取向。

③ ［德］阿克塞尔·霍耐特：《权力的批判》，童建挺译，上海人民出版社2012年版，第109页。

没有提供一种具体路径及理论依据。作为现代写作者，为了激活和继承这份思想资源，必须在新的时代语境之中，发明新的方法以抵达天人合一之境。

以宗白华、郭沫若和冯至等为代表的诗人，对此做出了卓有成效的尝试。从表现内容而言，他们综合现代科学、心理学与哲学知识，以生命的律动为人与自然相融的基础，令古典哲学中的"气"具体化，使其具有了更为充实的科学基础。从思维方式而言，从宗白华、郭沫若的直觉感悟，到冯至的分析、思辨与沉思，现代诗人发明了一套深入感受自然、体悟天人合一之境的思维方式。

更为重要的是，宗白华、郭沫若、冯至等人的写作实践，以人的主体性精神为基础，以人的强烈情感、意志和人格精神等，为生命注入了坚实的支撑，令天人合一思想具备了积极入世的维度，具有锻造人格精神、建构社会秩序的典范作用。整体而言，以宗白华、郭沫若、冯至等为代表的现代诗人，以生命的律动取代气的感发，重构了天人合一之境，从更基本的生命层次寻求人与自然、社会的统一，超越了中国传统前主客关系的天人合一，建构了现代主客分离之后的天人合一，对于后世的诗歌创作和精神境界具有示范意义。

第四章　生命共同体的建构——生命与自然的深度交织

晚清之际，中国古代的宇宙观受到西方科学的猛烈冲击，人对自然的感受经历了从以"宇宙为中心"到以"人为中心"的转变。现代诗人书写自然时，以个体生命为中心、以自然为媒介表现生命的瞬间感觉与体验，并在自由表现的过程中体现人的创造力量。而在自然书写的当代演变过程中，基于"生命共同体"的完整性和自足性，人与自然有望建立一种新型的和谐关系。在这种新型的和谐关系中，诗人一方面将人和自然作为一个和谐的整体，强调人与自然的感兴交融；另一方面则以人对生命的深刻认识、感受与理解为尺度，完成对自然的深度感受与表现，创建出一个具有内在深度的人与自然共在的精神世界。自然与一种秩序和美对称，以其无穷的变幻吸引着人的感觉，令现代诗人接近这神奇的造物，最终感受到生命的崇高感。新诗的自然书写表现出这样一种倾向：将心性与自然结合而为"心性自然"。

第一节　词语赋形与境界生成

在人与自然日益隔离的现代技术社会，当代诗歌如何书写自然，成为一个重要的诗学难题。西渡的咏物诗写作实践，对此进行了有意义的探索。从观物方式而言，西渡立足于万物一体论，感受万物不可穷尽的内在活力；从写物方式而言，西渡以生命的源头为最终根基，令写物还原为最基本的命名活动，让词与物的意义在运动中相互赋予；从物的境界而言，西渡召唤出物的整体性生命境界，表现出生生不息的生命力量，揭示出个体乃至万物的命运。整体而言，西渡以诗歌之力拯救了物的生命，开辟了当代自然写作的方向。

一　共在：人与物的关系

在 2001 年的夏天，诗人西渡回忆起在初春观看野鸭的情形，书写了《玉渊潭公园的野鸭（一）》，将再寻常不过的野鸭带入人的视野之中：

> 仿佛春天临时租用的格言
> 在漂浮的冰块之间
> 五六个灰褐色的影子
> 移动着，在初春凛冽的寒风中
> 执拗地向公园里的晨练者
> 阐释着雪莱的诗句。
> ……
> 但它们并不理会我的问题
> 把头埋入水中，沉浸在
> 我所不知的另一种境界中。①

有别于中国传统咏物诗，将物作为德性的象征，西渡尝试通过各种方式去感受、描述、表达野鸭之形体与意义，却宣告了这种愿望的不可得——野鸭的神秘最终对人保持了沉默。

相对于天鹅、白鸽等具有丰富象征意味的动物，在生活中寻常的野鸭鲜少出现在诗歌之中。而西渡则为这个弱小的生灵反复书写，整整持续了二十年之久，最终形成了"野鸭传"组诗系列。② 这组诗不仅将诗意的目光集中在微小事物上，更集聚了时间的沉淀与雕刻功力，让词语为物打造了丰富形体与内在质地，展演了一个陌生之物进入诗歌的过程。在西渡充沛的诗歌创作中，或许这组诗并不占据显要的位置，它却可以作为一个典型，引申出这样一个诗学命题：当代诗歌如何咏物，而这组诗也为探讨当代咏物诗写作提供了绝佳的样本。

---

① 西渡：《西渡诗选》，太白文艺出版社 2019 年版，第 112—113 页。本书中所选的西渡诗歌，均出自此书，不一一注明。在西渡的诗集《鸟语林》中，这是两首不同的诗歌。
② 这一系列诗作包括《在玉渊潭公园》（2002 年），《树荫下》（2002 年 2 月），《野鸭》（2019 年 8 月），《疫中迎春》（2020 年 2 月），《野鸭传》（2020 年 6 月），《大水之年》（2020 年 7 月），《秋天的鸭子》（2020 年 9 月）。

第四章　生命共同体的建构——生命与自然的深度交织

面对万千世界的纷杂万物，人类总有将其命名的冲动。人类在意识觉醒的时候，便开始捕捉物的光芒，在词与物最初的碰撞和定形之中，感受生命在词语中诞生的喜悦。从早期的观物取象发而为文，到孔夫子所言的多识草木之名，人们便开始了用词语命名物的旅程；中国诗歌传统中蔚为大观的咏物诗，更是将感觉的纤毫、词语的触角，伸向了自然之中的大千万物。精神与物之间存在的这种深刻关联，被德国文化学者波默表达得非常充分："所有的文化能量都用于将物转化为精神，以便象征地或现实地获得它们；而与此同时精神又想变成物，以便分享物的不朽性。"① 在对物的描绘与书写中，寄托着人们对永恒的渴望。诗人们在对物的描绘之中，或是将其细细刻画而出，而彰显人的观察与描绘能力；或者将物作为托物言志的象征，以物彰显人内心的情志；或是以物为一个可见的中介，去追踪那不可见的理念世界。

即便是经过诗歌革命，古典诗意世界瓦解，现代汉语新诗诞生，现代汉语新诗的创作者，也自然接过了咏物这个永恒的议题，尝试在新的语言和文化环境之中学着以新的方式观看事物，以词语去追踪物的痕迹，让物接受诗意目光的打量与现代汉语的抚摸，试图让物在汉语容器中居住下来。从胡适的《两只蝴蝶》开始，现代诗人便让情思和智慧在物中凝结，重建新的诗歌咏物机制②，书写了大量经典的咏物诗作。③ 令人遗憾的是，这一咏物传统在当代诗歌中似乎并没有贯彻下来。

相比于传统农耕文明时代，在这个"人造物或非自然物狂喜的时代"④，在人造物和数码技术充斥的社会中，人失去了与自然之物亲密相处的经验，语言与自然物之间的亲密关系也崩然瓦解。现代诗人似乎很难找到合适的角度来观看和描写物，在诗歌中进行咏物自然成为一个难题。而在根本的意义上，诗歌是对物的命名。这不禁令人产生这样的担忧：在物的灵韵逐渐消逝的时代，当代诗人该如何发挥词语的效用，建立语言在

---

① 转引自王炳钧《人与物关系的演变》，《外国文学》2019 年第 6 期。
② 颜炼军：《迎向诗意"空白"的世界——论现代汉语新诗咏物形态的创建》，《江汉学术》2013 年第 3 期。
③ 郑颖：《台湾现代咏物诗：从古典咏物，入物质文化之境》，《深圳大学学报》（人文社会科学版）2012 年第 5 期。
④ ［法］马克·第亚尼编著：《非物质社会——后工业世界的设计、文化与技术》，滕守尧译，四川人民出版社 1998 年版，第 9 页。

物面前应有的尊严,当代诗歌该如何建立新的咏物机制呢?诗歌该如何写物,或者说物如何在诗歌中呈现,这个抽象的理论命题,大概可以分为如下三个层次进行思考:诗歌中抒情主体与物之间的关系,即诗人选取何种角度观物的问题;诗歌书写物所运用的语言媒介问题,即诗人如何写物的问题;诗歌书写物所表达的艺术境界问题,即诗人写物时表达内容的问题。

在诗歌写作中,抒情主体与物之间的关系,就其表现形态而言,大概可以分为三个阶段:在古典诗歌中,抒情主体与物融为一体,物作为人的情志象征;而到了现代诗歌之中,抒情主体张扬在物之前的主体性位置,彰显了人对物的感知与描绘能力,对物进行非常精确的刻画①;在当代诗歌之中,过于张扬人的主体性位置,诗人将物作为人的欲望投射对象,而遮蔽了物的本真存在②。

在这种写作境遇之中,西渡的诗歌《玉渊潭公园的野鸭(一)》,让物凸显自身的生命活力,体现出一种新型的人与物之间的关系。下面将在层层分析中展开这首诗歌的丰富层次:

> 仿佛春天临时租用的格言
> 在漂浮的冰块之间
> 五六个灰褐色的影子
> 移动着,在初春凛冽的寒风中
> 执拗地向公园里的晨练者
> 阐释着雪莱的诗句

在这几句诗中,西渡化用雪莱的诗句"冬天来了,春天还会远吗",给出了野鸭出场的形象:顽强抵御严寒的坚强者。这个形象有着冰面的衬托,雪莱诗歌意味的加持,而显得晶莹透明、纯粹无瑕。西渡起初试图以存在于脑海中的理念,去接近和描绘野鸭,令野鸭呈现在人的视野之中。饶是如此,野鸭仅仅作为抽象的理念而存在,并没有具体清晰的形象,因

---

① 万冲:《中国早期新诗对风景的发现与书写》,《中国现代文学研究丛刊》2018 年第 8 期。

② 厉梅:《风景与认同关系析论》,《学理论》2014 年第 23 期。敬文东在《山水与风景》一文中也指出这一现象。参见敬文东《山水与风景》,《琼州学院学报》2014 年第 1 期。

而只是一个模糊的灰色影子。这种描写并没有切近物体丰富的感性细节,用伊格尔顿的话来说就是"概念并不像测量器那样吻合于对象"①,令物落在了"共相或具有普遍性的范围"②。在这种由观念主导的认知型关系之中,人和物隔着一层观念的距离,物的具体存在和感性细节被遮蔽了。

为了接近野鸭的感性存在,诗人西渡转换了观看方式,试图更进一步接近野鸭:

> 我感到好奇,为什么
> 每年总会有一些野鸭
> 留在这里,度过
> 一年中最寒冷的日子

"我"对野鸭的生命处境产生了好奇,由此而引发出同情,而逐渐对野鸭有了亲近之感。一方面,野鸭——这弱小的生灵,离不开水域,无法进行远距离的飞行与迁徙,只能在这片唯一的水域之中,感受生存的艰辛,抵御着生命的严寒。而另一方面,在人类眼中因寒冷而避之不及的寒塘,或许对于野鸭来说,是一个自由自在的天堂。这是对野鸭形象的具体化描写——一个在寒冷的水域中自由游弋的精灵。

经由诗人西渡感情的投入,野鸭从一个理念之物变成了具体的审美对象:

> 它们为什么留恋,
> 这小片寒冷的水面?
> 它们小心移动的样子
> 仿佛随身携带着什么易碎的器皿
> 忍耐而胆怯,生僻如信仰
> 仿佛刚刚孵化出来
> 等着我们去领养。
> 而我也确实感到某种犹疑

---

① [英]特里·伊格尔顿:《审美意识形态》,王杰等译,广西师范大学出版社1997年版,第341页。

② [德]黑格尔:《精神现象学》,贺麟、王玖兴译,商务印书馆1979年版,第72页。

> 是把它们装进我的口袋
> 领回家去，用它们教育
> 我即将出生的孩子

野鸭作为美的形象而诞生了——纯洁、晶莹、需要被呵护。西渡感受到野鸭的美丽，被美的诞生所感染与震撼，并渴望将这种美保存和延续下去。在这种由情感主导的移情型关系之中，野鸭激活了诗人的心理情感状态，西渡也将自己的审美感受和情感寄托在野鸭的形象上。

至此，西渡在描写野鸭的时候，分别从两个层面着手：一是将野鸭呈现为具有诸属性的实体；二是将野鸭表现为个人情感寄托的对象。虽然这两种方式都给出了接近物的方式，但它们都是将个人的意志强加在物之上，用海德格尔的话来说就是，"没有切中物的根本要素和自足特性"①，所得到的不可能是野鸭的素朴自然的本己面貌，只是人为观念和情感的投影。直到野鸭以绝对他者的形象出现，挑战着人的中心位置，它才有可能出于自身的缘故而成为被感知的对象②，正如西渡在诗歌中所写：

> 还是
> 听任预报中的寒潮
> 摧折它们娇弱的翅膀？
> 但它们并不理会我的问题
> 把头埋入水中，沉浸在
> 我所不知的另一种境界中。

这些将头埋进水中的野鸭，沉浸在自己的生命世界里。它犹如一张脸③一样，以一种原初的、不可还原的形象呈现在诗人面前。它作为一个永恒的他者生命，从人的感受和命名之中逃逸出来，消解了之前诗人的感官和触觉对它的意义赋予，按照自己如其所是的样子呈现在诗人面前。作为一个鲜活的生命，虽然它的脸是可见的，但它呈现的是一个"我"所

---

① [德] 海德格尔：《林中路》，孙周兴译，上海译文出版社 2004 年版，第 9 页。
② [德] U. 梅勒：《生态现象学》，柯小刚译，《世界哲学》2004 年第 4 期。
③ 孙向晨：《面对他者：莱维纳斯哲学思想研究》，上海三联书店 2015 年版，第 141—146 页。

不知道的世界，一个无穷的生命世界，一个不可见的无限世界。正如西美尔的诗意描绘，"因为突然变得澄明和透彻而出现在我们面前的东西，我们实际上觉得它是一种陌生的东西和永恒的他者，是由于这种物体本身对于我们来讲永远保持中性，并且可以理解，却又有了一种极其难以捉摸的不透明性"①，因着这种在可解与不可解之间的非透明性，野鸭从人的认知和情感投射之中超脱，成为一个与人平等的生命，对诗人显示出生命的无限潜能与神秘性。在这种人与物的存在型关系之中，物超越了人的中心位置，与人处于一种共在关系之中，共同投入生活世界之中。②

这种人与自然之间互为主体，物自由呈现的美学现象，在中国古典诗歌之中也有所见。如李白在《独坐敬亭山》表现的"众鸟高飞尽，孤云独去闲。相看两不厌，只有敬亭山"，还有辛弃疾《贺新郎》词中的名句"我见青山多妩媚，料青山见我应如是"。人看山，山也看人，而且"相看两不厌"。人与山互为主体观之，最终无分物我。③

在当代诗歌视域之中的人与物互为主体的现象，与中国古典诗歌之中"物自体"的差异何在呢？分析二者之间的差异，有必要探究其中观物方式的转变。梅洛-庞蒂曾经笃定而敏锐地表达："真正的哲学在于重新学会看世界。"套用梅氏的话，真正的诗歌在于重新学会观看世界。在《玉渊潭公园的野鸭（一）》中，西渡依次呈现了三种不同类型的观看。第一种观看，是按照一种模型和理念来看事物，这种观看模式将事物对象化。第二种观看，是倾注自身情感的观看，它所看到的是处于运动与表现中的世界，看到的是事物中与人的情感紧密关联的部分。第三种观看，是倒转地看，即被"对象"看——是幽灵一般的对象，是那"无名的"物在看着我们。它是物自身对"我"的看，对应的是一个可能来临的世界，围绕着世界可能性的发生而展开，物也以自身的方式显现与来临。④ 西渡

---

① ［德］西美尔：《现代人与宗教》，曹卫东等译，中国人民大学出版社2003年版，第89页。

② 现象学家罗姆巴赫说道："根本不存在超越那种世界间差异的裁判机构；另一方面它则展示出，这些世界彼此之间是相互支持的，在其中它们通过成就各自的独立性和自身性而塑造出一种和平的共同存在。"参见［德］罗姆巴赫《作为生活结构的世界》，王俊译，上海书店出版社2009年版，第12页。

③ 叶维廉：《史蒂文斯诗中的"物自性"》，《华文文学》2011年第3期。

④ 夏可君：《可见的与不可见的：图像理论之现象学分层》，《湖北美术学院学报》2020年第1期。

诗歌之中依次展开的观看层次，从观看的效果而言，一步步深入物的核心之中；更深的意义在于，彰显了一种观看的自觉——对观看的反观与反思。

这种反思性的观看，对看本身的观看，意味着一种现代式的观看，与中国古典诗歌中的观看，有着根本差别。敬文东的判断可谓一针见血："和汉语古典诗词一样，新诗也首先得是看—物。但新诗看到的，已经不再是古典诗词能够看到的……和古典诗词仅止于信心爆棚地看—物不同，应和着视觉中心主义的要求，新诗还需要更进一步地看—看。看—看是现代汉语分析性能的集中体现，是现代汉语'切中'事物的关键所在；看—看深谙视觉中心主义对精确性的渴求、对客观性的期待。"① 就观看的对象而言，古典诗词中观看的对象，是农耕时代的经验，透明而直观；而现代诗歌中观看的对象，则是稍纵即逝的，复杂难缠无法被直观的。正如梅洛-庞蒂在区分古典世界和现代世界时指出的那样："古典思想要么就是把人的理性视为不过是一个创造性的理性的反映，要么就是即便在弃绝了所有的神学之后也依然通常把人的理性认作原则上是和物的存在一致的。"② "在现代人这里，则不再有一种原则上向人的认知和行动敞开着的合理性的世界，取而代之的是一种充满了各种保留和限制因而困难重重的认知和艺术，是一种充满了裂缝和空隙的世界形象，是一种不断地怀疑着自身的行动——至少应当说是一种不敢自诩获得了所有人的赞同的行动……"③ 就观看的结果而言，古典式的观看意味着在物中辨认出自我，与物融合为一体。而现代式的观看，则意味着一种有意识的追求：在人的主体性与物的神秘性之间保持平衡，寻求介于冷静旁观与物我合一之间的合适距离，找到一种精确的分寸和尺度，以确保人与物的和谐共在。

由此可以顺理成章地认为：古典诗歌之中的观看，并不在于对物之核心的深入感受与勘查，而是自得于物的透明性和直观性，并且最终沉醉于人与物的和谐自足状态之中；而现代诗歌中的观看，则是对物之核心的深入观察与思索，对人的有限性保持警惕，对物的无穷性和潜力保持敬畏，

---

① 敬文东：《汉语与逻各斯》，《文艺争鸣》2019年第3期。
② ［法］梅洛-庞蒂：《知觉的世界》，王士盛、周子悦译，江苏人民出版社2019年版，第45—46页。
③ ［法］梅洛-庞蒂：《知觉的世界》，王士盛、周子悦译，江苏人民出版社2019年版，第91—92页。

最终坚守着人与物之间的默契与深渊。古典咏物诗先仔细地描摹物，将物作为情感起兴的媒介，令物作为情感和情志的象征，最终达到物我合一的境界；而当代咏物诗则在不断的反思之中生成和行进，以便最大限度地去接近事物，但又意识到这种接近的不可抵达，对事物存在的空白、神秘保持尊敬与沉默。这正是古典诗歌与现代诗歌之中人与物之关系的差异所在。

推而言之，现代诗人面对的一个重要问题，是如何重新观看世界和事物。在中国古典社会，古人以道观之，将事物作为道的形式而显现。① 五四时期的新文化运动，以科学和实体化的眼光来观看自然，试图张扬人在自然面前的主体认知位置，至此中国诗人便在更新观看物的方式。20 世纪 40 年代，受到德国里尔克的影响，冯至等诗人学会了一种观看方式，即采取一种有距离的冷静观看来呈现物性。② 而在当代图像化的时代，物的灵韵和光泽逐渐消失在计算思维的境况中，以西渡为代表的当代诗人，则在建立一种新的观物方式，这是一种深度的观看，不是将物对象化的思维，而是以身体和生命为本体论的观看，并以此为根基感受到一种目光的交错，在看与被看之中，感受到生命原初展开的活力，以及生命不可穷尽的活力与内在性，最终与物共同进入一个神秘世界之中。

二 用词语捕捉物的肉身：词与物之间的相互生成

在诗歌书写物的过程中，如果说诗歌抒情主体与物之间的关系，涉及诗人如何观物的问题；那接下来探讨的则是如何写物，即诗人运用的语言表达媒介。

在中国古典诗歌之中，如何写物似乎并不是一个特别显要的问题，在古代有大量"状难写之景如在目前"的诗歌。究其原因，很有可能与汉语的象形能力与象思维紧密相关。"象"与物之间有紧密的关联，"象"蕴含着物的生机与活力，同时也浸染着人的丰富感情与情思③，故而能表

---

① 贡华南：《中国传统观看方式及其现代遭遇》，《思想与文化》2007 年 12 月第 7 辑。
② 李倩冉：《"物诗"与抒情主体的位置——以冯至、郑敏与里尔克的差异为中心》，《文学评论》2020 年第 4 期。
③ 夏静：《古代文论中的"象喻"传统》，《文艺研究》2010 年第 6 期。

现出人和事物的鲜活性、变动性与生命性。① 而在现代世界，思维方式科学化之后，现代汉语被视觉化②，人们采取分析性思维和语言来感受和表达物。物之中所蕴含的生机与活力，也日益让位给客观性与清晰性。这种状况给当代诗人制造了困难——在汉语被视觉化之后，诗人如何重新用语言去追踪与表达物的肉身性与神秘性？梅洛-庞蒂说道："诗人——按照马拉美的观点——则会用一种会向我们描述出事物本质结构并将我们拉入此结构中的语言去替代那种将事物作为'世人皆知'的东西给予我们的对事物的通俗指称。"③ 诗人的天职正在于用新的语言去命名新事物，恢复词语的能力，给人带来新鲜的感觉。在新的文化处境之中，创造新的语言去命名新的事物，是诗人这个特殊的群体义不容辞的责任。

在创造性的写作过程中，词与物的关系大体而言可分为三个阶段。第一阶段，词与物相互隔离，词与物难以产生应和，词向物迫近；第二阶段，词与物结合，进入同一个节奏之中；第三阶段，词与物再度分离，诞生了一种神秘性，保持着一种张力。在不同的写作阶段，需要解决不同的问题。在第一、第二阶段，首要的是在词与物之间建立起紧密关联，即索绪尔所言的，在能指与所指之间建立起意义联系；在第三阶段，则是克服词语与物之间的框定与限制，而相互敞开出宽广的场域，达到言有尽而意无穷的效果。概而言之，高级的诗歌写作则在于将词与物的关系体认为一个动态的过程。在这个过程之中，词与物在相互摩擦之中互相靠近，在相互靠近之后又相互敞开，共同沉浸在一个巨大的生命意义生成磁场之中。具体到咏物诗歌写作之中，则要求创作者对如下几个问题进行思考：一是如何看待物的本质，并不仅将其视为一个有待命名之物，而且将其视为一个绝对的他者，能不断地从语言和感觉的限定之中逃逸出来，拥有无限的生命活力；二是如何思考语言的性质，解放语言的表达能力，而又意识到语言的局限性；三是对命名行动的重新认识，并不将其视为简单的能指与所指之间的关联，而是视为经由生命的参与，为事物注入灵魂的活动。

经由对《玉渊潭公园的野鸭（一）》的分析，有理由相信，西渡对

---

① 张法：《中国文化中的"象"——从比较文化和比较文论的角度看 Image（形象/意象/图像）（之二）》，《河北学刊》2012 年第 2 期。
② 敬文东：《汉语与逻各斯》，《文艺争鸣》2019 年第 3 期。
③ [法]梅洛-庞蒂：《知觉的世界》，王士盛、周子悦译，江苏人民出版社 2019 年版，第 84—85 页。

上述问题有着清醒的思考,并且进行了卓有成效的实践。野鸭作为生活中的非常普通之物,并不能象征优雅之美与崇高之情的形象,在西渡的诗歌之中却拥有了如此丰富的意味,为中国诗歌史又增添了一个丰满的意象,其中的原因何在呢?除去西渡对物性有着特别的感受与思考之外,更重要的原因在于,他对现代诗歌语言的深入体认与运用,超越了中国古典诗歌奠定的咏物传统与意象思维。西渡如此明言:"去除包裹着意象的现成意义,把意象还原为词语,并在最为积极的意义上恢复词语和存在的亲密联系,让两者彼此敞开、互相进入,达到彼此照亮、透亮的一体共存。"① 这简短的话语中包含西渡对语词物性特性的重视,具有非常重要的意义:一是把意象还原为事物层面的象,让物象重新向自身、向意义敞开,使其成为意义生发的主体和场所,而非传达既有意义的现成符号;二是将物象进一步还原为语词,充分挖掘词语在形声义三方面的意义,并充分利用这个多层面的吸引与牵动作用,去勘探它与个体生存之间的关系;三是在这种联通之中,形成一种词与物之间的联动关系,在上文之中生成词与物之间的动态意义,从而更深切地把握词与物的关联。② 西渡深切明白语言的性质,解放了词语的生成性,能生动地展现人与物在世界之中的存在关系。

西渡对诗歌语言的深入认识,在《玉渊潭公园的野鸭(一)》之中得到了圆满的实践。在诗歌的起首,西渡以灰褐色的影子、不惧严寒的晨练者来指代野鸭,试图赋予野鸭抵抗寒冷的精神,这是从野鸭的外围来命名事物;其次则是从更深刻的层次和更细微的层次来接近物,以刚刚孵化出来的幼体来形容野鸭,用一种外表柔弱而内在坚强的美的象征来表现野鸭;而在诗歌的最后表现野鸭生命的潜力和神秘性,展现野鸭的生命境界。就野鸭的表现形态和空间层次而言,西渡依次展现了野鸭的影、形、神三个不同的层次与维度。影——野鸭在湖面游动的影子;形——野鸭犹如刚刚诞生的美的象征;神——野鸭蕴含着生命的希望与无限的可能性。而就野鸭的生命深度而言,西渡围绕着野鸭在冬天的湖面游弋这一线索,而牵引出野鸭的前世—今生—未来的生命轨迹:野鸭的生命从何而来,而此时此刻是否能够忍受寒冷,野鸭未来的生命走向如何。围绕着野鸭这个

---

① 西渡:《当代诗歌中的意象问题》,《扬子江评论》2017年第3期。
② 胡苏珍:《作为语词的意象:以西渡系列海洋诗为例》,《文艺争鸣》2019年第4期。

核心，这首诗歌建构起一条诗意的线索，全方位地建构起野鸭之物的肉身，呈现出野鸭的形象意义，暗示出野鸭的精神维度。这种意义结构得以成立的基础则是物成为语象，具有意义衍生的能力，并在广泛的脉络之中，建立起意义的链条，从而聚集物的形象和意义。

当然，西渡在认识到词语命名事物的能力，发挥语言的能动性与生成性之后，同时也意识到语言的暴力与强制性，以及物在语言之前的他异性与自主性，令物不断地从词语的限定之中逃逸出来，生成新的形象和意义，牵引着词语意义的生成和更新。在《玉渊潭公园的野鸭（一）》之中，当词（语言）与物（野鸭）的关系固定之后，野鸭（物）又从这种形象和意义之中逃逸出来，而生成了另外一种生命形象，沉浸在自己的境界之中。西渡对语言的意义进行否定，不断擦除语言附着在物之上的意义，以至于留下的只是一种痕迹，保证语言在运动中的潜能与动势，以便去召唤物之中蕴含的神秘性，由一种有形的状态而迈向无形的神秘境界，从而揭开物的神秘面纱。这个动态过程，正如布朗肖所言："词语既是名与物的分歧，也是它们的一致，是它们始终可逆的相属的这种紧张。"① 西渡无疑通晓了词语与物之间的深层次关联，词与物之间的关系就是一种无止境的动态游戏。在这个生成过程之中，词语通过意义的言说，照亮了物的不可见者；而物则通过自身的隐秘性，而消除了语言的暴力。在词与物的关系敞开的地方，虽然词与物的关系再度相隔，但词的指意不再模糊与暧昧不明，而是提供了一种清新而质朴的形象，仿佛这个词语重新被使用一样，第一次照亮了事物，第一次发出了自己的光亮，命名了这个世界的秩序；而物也不再是一种无生命的事物，而最终敞开了自己的存在，朝向生命的根基之处，进入大化流行的宇宙生成运动之中。

在此有必要更进一步追问西渡诗歌之中词与物运作的策略、动力与基础。古典诗歌运用的古汉语具有鲜明的形象性和图画性，在描形绘神方面具有得天独厚的优势；而现代汉语的图画性大大减弱，现代汉语诗人需要寻求新的方法来弥补其缺失。西渡进行了有益的探索，他一方面是提升了语言的发明性，拓展词语的各种性能，以便语言能更精准地命名事物；另一方面则是锻炼自身的视觉想象力，通过丰富的心灵为语言赋予更多的活力。下面试着分而论之。

---

① 转引自朱玲玲《布朗肖的语言观》，《外国文学》2011年第4期。

在《玉渊潭公园的野鸭》等诗歌之中，西渡对词语进行拉伸和缩放，试图去接近野鸭的形、影、神。这个词物相互激发的过程，类似于德里达所言的"延异"。这个由德里达独创的概念，包含着如下几个层次：延宕化——推迟、延缓、迂回；间距化——与他者永远保持差异；补偿作用——在解构过程中对意义进行不断增补；不确定性——悬置在主动和被动、在场和秩序之间，具有难以被穷尽的神秘性。总而言之，"延异"呈现的是"既不……又不……"的句式，在意义链条之中无限地蔓延、播撒。① 西渡的咏物诗歌在"延异"之中，充分激活了野鸭的生命潜能和质地，也令词语在捕捉物的过程之中，增补了新的表意内涵。在古典时代，奠基于天道秩序、德性修养，词与物具有一一对应的关系，而现代诗歌的发生以对词物秩序的破坏为基础，自由的想象被认为是现代诗歌的本质特征之一。经由诗人的自由想象，原来固化的词物关系被拆解，重新赋予词与物之间新的关联。

在这个持续的"延异"过程中，为之提供动力的则是诗人的视觉想象力。卡尔维诺认为人类有一种天赋即视觉想象力。闭上眼睛就能把视域聚集起来，有能力从白纸黑字之中创造形式和色彩。② 视觉想象力的根基在于，心灵具有主动的、综合的能力，能够在对事物的综合性感受之中，创造出新的感觉，进而赋予物与词以新的意义空间。视觉想象力能直观事物和世界的灵魂，并且能创造出先于文字的形象。这种经由心灵的综合而来的直观形象，要求诗人不断寻找词语以表现之，从而决定了词与物的延异过程。在《玉渊潭公园的野鸭（二）》之中，野鸭刺激着西渡的想象，促使他寻求更大的综合以表现这个形象；西渡对野鸭的想象并没有受制于惯常的形象，而是依次以"生活的隐士""非飞行的族类"来命名野鸭，前者属于诗意的视觉想象，后者则是一种科学分析，这二者最终综合和融合在一起，令野鸭成为一种普遍生命的象征。

当然这一"延异"过程在一首诗歌之中不可能无止境地延续下去，而令词与物的关系最终得以确立的是诗人的心性。西渡是一个具有伟大心性的诗人。他在诗歌中有这样的表达："爱才是诗的真正的起源，恨是/

---

① 胡继华：《延异》，《外国文学》2004年第4期。
② ［意］伊塔洛·卡尔维诺：《新千年文学备忘录》，黄灿然译，凤凰出版传媒集团、译林出版社2009年版，第89—90页。

消极的感情,诗人不能被它左右。"① 在一个反讽和否定的时代,西渡执拗地相信爱的力量。西渡怀着对野鸭的悲悯与怜爱,对野鸭的伦理责任,不厌其烦地从各个层面、各个角度不断深化对野鸭的感受与想象,最终以词语命名了野鸭这一生命。由充满悲悯的心灵吟咏出的词语,包含生命全部的秘密,也蕴含对生命的热爱。它一经说出,便径直是对生命的命名和道说。

三 物的境界生成:澄明与遮蔽之间的生命世界

在《玉渊潭公园的野鸭(一)》之中,西渡如是写道:"沉浸在/我所不知的另一种境界中。"而在《玉渊潭公园的野鸭(二)》中也有类似的表述:"它们就会/扇动翅膀,飞起来/飞过你的头顶,飞向/另一片天空,把惊呆的你/留在一片污浊的水塘边。"野鸭在习以为常的活动之外,创造了不可言说的神秘。这个由野鸭开显的难以言明的"境界"和"另一片天空",到底包含着哪些生命的信息呢?

"境界"一词,经徐复观考证,最初为佛家用语,后被引入诗歌评论之中,用于表达诗歌所达到的精神境界。在徐复观的解释里,境界之形成,在于诗人的精神人格对景物的渗透,而形成超越的精神境界。② 朱光潜对诗的境界也有所辨析,"诗的境界在刹那中见终古,在微尘中显大千,在有限中寓无限"③。概而言之,在有限的形象中寄寓着无限的精神,境界方生。这种物我合一的境界,在中国古典社会中较为普遍。大体而言,古典诗人们面对山水田园所组成的世界,遵循"日出而作,日入而息"的自然时序,保持生命与自然之间亲密无间的和谐共振,体会"天地有大美而不言"的宇宙之道,达到"天地与我并生,万物与我为一"的境界。而在现代社会中,在认识、改造、征服自然的现代性图景之中,人类的主体性不断扩张,世界成为被看和欲望投射的对象,浑然一体的自然被肢解为片段,物我交融的和谐境界消解了。④ 在这种人与物的亲缘关系崩解的现代性处境中,物因失去人的情感赋予而失去了整体性,咏物诗所达到的境界何以可能呢?西渡在诗歌中所言的"另一种境界",正是尝

---

① 西渡:《你走到所有的意料之外》,《天使之箭》,上海教育出版社 2020 年版,第 24 页。
② 徐复观:《中国文学精神》,上海书店出版社 2004 年版,第 60 页。
③ 朱光潜:《诗论》,上海古籍出版社 2005 年版,第 38 页。
④ 鲍昌宝:《论现代诗学视域中的"意境"与"意象"》,《名作欣赏》2011 年第 19 期。

试着去言说物所达到的境界。

首先，这个境界是一个尚未被意义化的空间世界，蕴含着原初的生命动力，即现象学中所言的境域。① 在这个本源的发生境域中，主客之间的区别尚未确立，物不受主体价值限制，而在自主自足地运作。它作为一切意义的地基，蕴含着直接经验和生活的可能性，保卫着生命根源处的整体性，从而导出一种无限开放和自由的特征，即海德格尔所言的："让存在，亦即自由，本身就是展开着的，是绽出的。"② 学者张祥龙对此也有颇深的体会："就其不落实处的生发而言，此境域是涌动不息的；就其渊深不可测而言，又是宁静而致远的。"③ 这个原初的生命境域，兼具生发性和神秘性。一方面，它处于混沌之中，拥有不可知的深度与神秘性；另一方面，它一直在涌动不息，成为生命意义的来源，不断地生成着生命的气息。

其次，这个原初的生命境域，蕴含着生命意义的源头，有着不断分化和生成的潜能，在时间的维度上经久不息地运动着。④ 以这种源头性的力量为根基，生命可以向未来和过去拓展，把瞬间拓展为一片整体的境域，以至于在当下片段性的生命活动中，却可以体现整体性的生命世界。

西渡的《玉渊潭公园的野鸭（一）》，便呈现了野鸭在时间性中的多重生命形态。他从野鸭处于冬天这一物理时间，联想到生命之美诞生的心理时间，最终回溯到本源时间——人与自然相遇的源头。在对野鸭生命时间的领悟之中，西渡很好地把握了其中的时机，展现了野鸭在冬春之际、死亡与诞生、可见与不可见等种种转换处的生命形态。这种从时间维度彰显生命的方式，在《野鸭传》中体现得更为明显，西渡选取了2月到6月这段时间，持续地观察和书写野鸭从产卵、啄食、嬉戏、遭难、逃亡、回归等种种生命活动。这首始于怜爱而终于悲悯的诗歌，浓缩了野鸭的生命历程，承担着野鸭的多舛命运，见证着世界的沧桑变化。其中的一些片段值得细细品味：

---

① 宁晓萌：《重建被知觉的世界》，《哲学动态》2012年第7期。
② ［德］海德格尔：《路标》，孙周兴译，商务印书馆2000年版，第217页。
③ 张祥龙：《从现象学到孔夫子》，商务印书馆2001年版，第392页。
④ 著名学者叶秀山有言："进入""时间"是"接近""事物本身"的唯一方式。参见叶秀山《"进入""时间"是"接近""事物本身"的唯一方式》，《学术月刊》2006年第1期。

>　4月10日晚七点路过湖边
>　两只野鸭仍在岸边游弋
>　砉一声，俩黑影在我眼前
>　忽然不见，黑魆魆的湖上
>　只留下几圈水纹；砉一声
>　又在我身旁出现，安静地
>　啄食，似乎要我见证，它们
>　虽然安静，但始终是飞行的
>　高手。

西渡精细地描绘了野鸭嬉戏的生命场景，这虽是一系列微小的生命活动，却呈现出一种整体性的生命情调，就如一个精致的雕塑，表面的姿态皆以内在的生命为依托，从而显示出气韵生动的审美境界。这种审美境界的生成，可追溯至西渡独特的观照生命的态度——"显—隐"之际的整体性生命视野，即在表层生命表象中，领悟生命内在的根源。这种"显—隐"眼光，一方面传承自中国古典阴阳学说，另一方面受惠于海德格尔的观物思想。在中国阴阳学说中，事物由阴阳两面构成，"阳"为呈现于外的特性，"阴"为隐藏的背景和根源，具有负载和支撑物的作用，阴阳相互交通而生成万物，外显之物和隐藏之物相互依托，方成为物的整体①。与之类似，海德格尔强调物的"遮蔽"与"澄明"特征。海德格尔指出物处于世界与大地的争执之中。世界是一种涌现和开启，是物呈现的外部特征；而大地则是一种自行的锁闭，是物隐藏的内在根源所在。外显的部分必须以内在根源为依据，才是对物之本性的彰显——物就在

---

① 关于阴阳之思想，在中国古代文化典籍中非常常见，如《周易·系辞下》以阴阳配于乾坤，说："乾，阳物也；坤，阴物也。阴阳合德而刚柔有体。以体天地之撰，以通神明之德。"《老子》第四十二章有言："万物负阴而抱阳，冲气以为和。"《庄子·田子方》说道："至阴肃肃，至阳赫赫；肃肃出乎天，赫赫发乎地；两者交通成和而物生焉。"董仲舒在《春秋繁露·天道无二》中也提出："天之常道，相反之物也，不得两起，故谓之一。……阴与阳，相反之物也，故或出或入，或右或左。……天之道，有一出一入，一休一伏，其度一也，然而不同意。"现代学者对此也多有阐释，如张世英指出，要理解某事物或照亮某事物，就必须指向、参照不在场的、隐蔽的事物。张世英：《阴阳学说与西方哲学中的"在场"与"不在场"》，《社会科学战线》1998年第3期。

"遮蔽"与"澄明"的转化生成中。① 可以这样说,以"显—隐"的精神图示观物,西渡方在野鸭显性的湖面游弋与隐性的天空飞翔之间形成对照,令隐蔽的生命之源通过在场的生命活动而显现;而呈现的表面生命动作,则以根源性的生命为依托和根基。

再次,这个原初的生命境域,有着不断分化的潜能,在灾难面前有自我修复和复归的能力,能依然保持着生命的整体和活力。如西渡在《疫中迎春》中所写:

> 如湖上刚刚
> 归来的野鸭翅下的
> 新羽;这厮守的一对怎样
> 飞过广阔的疫区,背上
> 驮着江湖的风尘和星光。
> 在月季的枝上,在刺与刺
> 之间,叶芽渗出如血;
> 海棠枝上一粒粒珍珠滚落。
> 在雨中,在霾中,远山的
> 灰影看不见了。一个春天
> 艰难归来。死者也在其中 (2020/2/29)

这首诗描绘野鸭归来的场景。在一片灰暗的色调之中,艰难地孕育着几缕亮色;在舒缓的节奏中,夹杂着坚定的声音;在沉郁的心情中,蕴含着相信未来的力量。因为众所周知的疫情缘故,西渡对野鸭的观察与书写,超越了寻常状态下的生命形态,而是在灾难之中的例外状态,一种向死而生的悲壮情景。而从另一方面而言,这种例外状态便是生命的常态,正所谓生命有旦夕祸福,重点不是生命所处的状态,而是生命在境遇中生

---

① 海德格尔说:"建筑作品阒然无声地承受着席卷而来的猛烈风暴,因此才证明了风暴本身的强力。岩石的璀璨光芒看来只是太阳的恩赐,然而它却使得白昼的光明、天空的辽阔、夜的幽暗显露出来。神庙坚固的耸立使得不可见的大气空间昭然可睹了。"关于大地的特征,海德格尔进一步解释道:"大地是一切涌现者的返身隐匿之所,并且是作为这样一种把一切涌现者返身隐匿起来的涌现。在涌现者中,大地现身而为庇护者。"[德]海德格尔:《林中路》,孙周兴译,上海译文出版社2004年版,第28页。

生不息的精神。这其实暗含了中国传统哲学所言的"生生之谓易"。生命有滋生化育的功能，在时间中展开，表现为生生相续，生生不息；在空间之轴上展开，表现为生生相应；在世界中生命则是一个整体，在生命之间往复回环，无有穷尽。①

综上所述，西渡诗歌中的生命"境界"，大致包含了如下几重信息：一是生命蕴含着不可穷尽的生命力量，具有分化的潜能；二是这种生命之源能够在时间和空间的维度之上展开，而形成一片整体性的生命世界；三是这种生命的潜能能够不断地打开与复归，即便是遇到灾难的打击，也能向着原初世界回归，保持生命的整体性，孕育着无穷的生命能量。

正是对生命的如许领悟，西渡持续二十年书写的野鸭，创造了一个丰富的整体性生命世界——携带着生命潜能，朝向未来展开与拓展，表现出生命的节律，去领会生命自行绽开的整体性世界。这个由野鸭聚集而起的生命世界，在海德格尔那里是聚集天、地、人、神的四重整体世界。而对西渡而言，在一个没有宗教神性的国度里，这个整体性的生命世界，是生生不息的生命力量体现，容纳着个体乃至于整个人类的命运，承担着生命的大道周行，表现出天地之间的仁爱精神。

西渡所言的"另一种境界"，正是这一由物的生命力量生成的整体生命世界。在整体性世界里，显现出来的生命活动，以未出场的生命力量为根源，而最终暗示着天地万物的本源。学者张世英对此有着诗意的描述："这万物一体的境域是一切事物之所以可能的本源或根源，它先于此境域中的个别存在者，任何个别存在者因此境域而成为它之所是。"② 物的可见与不可见，被作为一个整体来呈现，最终进入万物一体的境界之中。在这个沉默的神秘境界之中，有着生动的流动、变化与生长的节奏，有着我们难以道说却可以凭借生命的深度去领悟的境界。

由上所述，在野鸭传系列组诗中，西渡深入野鸭的时间性存在之中，感受到生命的潜力与活力，将野鸭从能激发人感情的心灵领域，逐渐扩大到广阔的生活领域，而召唤出一个混沌的原初生命世界。这种咏物诗写

---

① 《周易·系辞上》有言，"生生之谓易"，孔颖达《周易正义》解释为："生生，不绝之辞。阴阳变转，后生次于前生，是万物恒生，谓之易也。"当代学者朱良志对此也有准确的阐释。参见朱良志《试论中国古代生命哲学——以"生"字为中心》，《传统文化与现代化》1996年第2期。

② 张世英：《哲学导论》，北京大学出版社2002年版，第147页。

作，开辟了当代咏物诗写作的方向。中国传统诗歌中的咏物诗，以天人感应的宇宙论为基础，成于人与自然的感通与兴会，最终进到一种静态关系之中，达到人与自然相契合的状态。在西渡的咏物诗歌之中，人与自然之间的关系，则在持续的行进和生成之中，最终生成一种新的感知视角，深入事物的核心之中，表达出物中可见与不可见的深度，最终呈现出一个整体性的世界，恢复了物在技术世界之中的活力，以诗歌之力拯救了物的生命。正如诗人西渡的自道："命名既是人的一种能力，也是事物的一种能力，它是事物对人的邀请，也是人对事物的应和。也就是说，命名实际上是一种诗的行动。"① 在这个意义上，诗歌写作最终回到了命名这个最基本的动作，它乃是最原初的生命运动，而不是简单地在能指与所指之间寻找意义。在这种命名活动之中，万物和词语因为回归自身而拥有了生命的意义。此物乃一物，一个卓然于天地之间绝对之物。然而，对此物的命名，也意味着对万物的命名，意味着对灌注于万物之间的生命之流的表达与呈现。在这种命名活动之中，诗人将贯注于物之中的生命运动转化为词语的内在动力，发现并呈现了万物之间最根本的关系。

第二节　自然的面容与心灵的境界

在中国文化中，自然和诗歌有着亲密的关系，而在人与自然日益隔离的技术社会和拟像时代，诗歌如何书写自然成为一个重要的诗学难题。李少君将自然作为精神资源引入诗歌之中，试图恢复自然在诗歌之中的崇高位置，并创造了感受和书写自然的成熟方法。李少君以"味"的方式触及自然的元素性，在自然可见的形象之中感觉不可见的"道"；他以"亲亲"的情感与自然之间建立起亲密的伦理关系，并在吸纳海洋元素、扩展时空视野之后，创造出一个广阔的自然世界和生命境域。在现代性境域之中，李少君感受到人与自然相遇与交织的关系，在写作实践中创造出显现"自然面容"的美学法则——融合了消逝与永恒的生成性。更为重要的是，在自然的启示和指引之下，李少君令诗歌写作与心灵修行紧密联系，承续了中国以"心"为枢纽的诗歌写作传统，建立着现代汉语诗歌的内在温度与法度。

---

① 西渡：《诗歌反对索绪尔》，《诗刊》2016年第6期。

素有"自然诗人"美誉的李少君,信奉"自然是中国人的神圣殿堂"①,多年来持之以恒地书写自然,陆续出版了有广泛影响的诗集《自然集》(2014年)、《海天集》(2018年)、《应该对春天有所表示》(2019年),近期又主编了《群峰之上——自然写作十家诗选》(2021年),孜孜以求地渴望"重新恢复自然的崇高位置"②。在生态环境日益恶化的当代社会,李少君的自然写作实践极具现实性和前瞻性。正如法国哲学家朱利安指出的那样:"它(风景)可以把我们吸入其中关联呼应的无穷尽游戏里,用它各式各样的张力激起我们的生命活力;它也可以用其中独特化的事物来唤醒我们对自己存在着的感觉。"③ 自然关涉生命气血的供养与疏通,可作为一种精神资源,濡养人的心灵、提升生命境界;也可作为诗歌的源头活水,激发独特的语言表达和美学境界。夏可君便富有远见地指出,李少君的写作意味着当代诗歌的"自然转向",他重新发现了自然的日常性、神圣性和元素性,建立起自然与诗歌的内在关联;他的写作不仅继承了中国的自然精神传统,而且创造了自然在现代性境遇中的重生,生成着现代汉语诗歌内在的深度和法度。④ 如果对自然书写的古今演变脉络略加疏理,便知夏可君的这一论断并非溢美之言,而是有着精确的指示与前瞻意义。

自然在中国古典诗歌传统中具有重要作用。蔚为大观的中国古典山水诗歌,不仅作为一个诗歌门类,而且被视为中国诗歌的典范;它的审美趣味和精神境界,也作为一种文化传统,成为华夏文化的重要组成部分。古典山水诗歌的如许成就,与传统中国独特的阴阳宇宙论和万物气感论紧密相关。相互转化的阴阳之气是万物的基础,它们在宇宙之间此起彼落、此消彼长地交替,既没有绝对的起点也没有绝对的终点。"山水"所体现的两极之间的相互作用,正是阴阳之气互动关系的象征。在这种传统自然观和感受模式的指引下,古典诗人在"家—国—天下"的伦理体系之中,以"虚静的感悟"之心(包括"体仁""虚静""空观")为尺度,在以

---

① 李少君:《在自然的庙堂里》,《李少君自选集》,长江文艺出版社2011年版,第122页。
② 李少君:《自然对于当代诗歌的意义》,《大家》2014年第5期。
③ [法]朱利安:《山水之间:生活与理性的未思》,卓立译,华东师范大学出版社2017年版,"前言"第1页。
④ 夏可君:《转向自然与境界里的芬芳——论李少君的诗歌写作》,《南方文坛》2017年第2期。

"天下""甲子"为形态的时空模式下感知"山水"①。他们习惯在"山水"的形体中辨认出阴阳对偶的宇宙图式;在山水的云烟流动的气势中感悟生命的生机;在山水的常性变动和恒定不变之中,感知到生命的不断流逝而依凭德性达至不朽的本质。② 最终,人和"山水"都融入宇宙大化的流行之中,从而创造了伟大的"山水"诗歌。而在晚清之际,中国古代的自然观受到西方科学的猛烈冲击,葛兆光曾经用"天崩地裂"来描述这种剧烈的变化。③ 在古典时代的阴阳宇宙论和万物气感论裂解之后,人与自然的感应交融关系也遭到破坏,古典文化中那个混沌的"天下"境域也成为"世界图像"。自然便不再具有自生性和自明性,而是被带入人的认知和分辨状态之中;自然事物存在的依据是知识的真实性;自然生命的意义在于人类对它们的感受、分类定位与情感赋予;等等。

从"天下"到"世界观"的演变,表征了中国人感受自然方式的变迁,也从根本上影响着诗人书写自然的美感机制。以传统中国的自然观为基础,古典诗人主要以"山水"的模式感受和书写自然,创造了蔚为大观的"山水"诗歌;在现代科技的影响下,现代诗人该如何感受自然,因地制宜地发明一套书写自然的方式,确乎是一个至关重要的诗学命题。在这个重要的诗学关口,李少君探索自然书写的现代性转换,就具有非比寻常的意义。本书试图绘制出李少君与自然相遇的精神之旅——开端、进入、栖居与交织——呈现他的感知方式、情感结构、心灵秩序等,揭示出以呈现"自然的面容"为核心的美学方法,进而阐明李少君自然书写的诗学意义。

---

① 敬文东:《皈依天下》,天地出版社 2017 年版,第 34—37 页。
② 钱穆有言:"中国人言身家国天下,进则有国有天下,退则有身有家。亦有进至于天下而忘其国者,亦有退至于一身而忘其家者。……身家国天下,一体相通,进退自如,斯止矣。"(钱穆:《晚学盲言》,生活·读书·新知三联书店 2018 年版,第 236 页)中华民族形成了一个"家—国—天下"的政治结构,形成了与自然和谐的生活方式,中国人基本上保持了顺势而为的自在心态和开阔畅达的心胸,能够在多重视域之内看待自己的生命处境,不必在极度的争执中实现自己的政治理想。在"身—家国—天下"的领域中,能够进退有据。而山水则为这种进退转换提供了一种良好的中介,在乱世之中可藏身于山水,保全生命于乱世;又可以旁观之眼观看天下大势,在适当时机出山以求显达。整体而言,山水构成了一个整体性、超越性的精神世界,具有超越历史和社会的意义,为怀才不遇者,感时忧世者提供了一个回避与归向的整体世界。
③ 葛兆光:《葛兆光自选集》,广西师范大学出版社 1997 年版,第 107—116 页。

一　味觉与自然的元素性

正如诗集名《应该对春天有所表示》显示的，李少君对"春"青睐有加，他的诗歌中满溢着悦目暖心的春景：

> 春风的和善，每天都教育着我们
> 雨的温润，时常熏陶着我们①
>
> 柳树吐出怯生生的嫩芽试探着春寒
> 绿头鸭，小心翼翼地感受着水的温暖②
>
> 樱花是春天的一缕缕魂魄吗？
> 冬眠雪藏，春光略露些许
> 樱花则一瓣一瓣地应和开放③

无论是春风的吹拂、春光的照耀，还是春水的涌动，在李少君的诗歌之中都形成了俯拾皆是的灿烂景象。李少君对春如此执著并非没有缘由。春天是万物复苏、草长莺飞的季节，"暗示了有益孕育和生长的蕴蓄生气"④。千百年来人类虽然改变了自然环境，却难以更改自然内在的节律与生机。朱老夫子对此早有明训："四时之气，温凉寒热，凉与寒既不能生物，夏气又热，亦非生物之时。惟春气温厚，乃见天地生物之心。"⑤ 朱老夫子充满温情的语言，历经千年依然回荡在我们耳畔，激励我们走向自然感受与天地万物的偕同状态。李少君显然对此心领神会，正是把握了春之时机和节律，进入与自然万物共振的频率之中，在自然面前感受到了一个开端——这是季节和生命的开端，也是人与自然相合的开

---

① 李少君：《江南》，《海天集》，江苏人民出版社 2018 年版，第 37 页。
② 李少君：《海天集》，江苏人民出版社 2018 年版，第 80 页。
③ 李少君：《珞珈山的樱花》，《海天集》，江苏人民出版社 2018 年版，第 53 页。
④ [法] 朱利安：《论"时间"：生活哲学的要素》，张君懿译，北京大学出版社 2016 年版，第 35 页。
⑤ (宋) 朱熹：《朱子语类》卷二十，《朱子全书》第十四册，上海古籍出版社 2002 年版，第 694 页。

端。正是如此，李少君在满面春风、满心欢喜的感触之中，直接描写自然的姿态与生意：

> 被对面渡江而来的小船的桨声划破……
> 余音未了，又一条鱼泼剌一声跃出水面①
>
> 在青色的天空下，在越来越开阔的江面上
> 我看见一只白鹭在微波之上缓缓地飞行②

鱼儿跃出水面、鸟儿振翅高飞的姿势，显示出充盈而自足的诗意。李少君不必冥思苦想这姿势背后的深意，也不必用象征手法赋予其精神价值，而是让它们悬在形变之有无之间，如其所是地显示自己的意蕴，便能展现出自然的生机与律动。伽达默尔曾笃定地说过："姿势是一种形体与精神完全同一的东西。姿势不显示在它自身背后的内在意义，姿势的全部存在在于它所说出的东西。"③ 在贴合着描绘自然物象的姿态之中，李少君没有形而上的焦虑与不安，没有从具象世界跃入抽象形上世界的冲动，而是自足地沉浸在自然的当下维度之中。

以这种自足、享受的心态为基础，李少君并不将自然抽象为精神象征，也不沉浸在具体的细节之中，而是集中于与自然相遇的界面，将其领悟为一种元素性。《敬亭山记》和《三角梅》，正是自然元素性的集中表现：

> 我们所有的努力都抵不上
> 一阵春风，它催发花香
> 催促鸟啼，它使万物开怀
> 让爱情发光
>
> 我们所有的努力都抵不上
> 一只飞鸟，晴空一飞冲天

---

① 李少君：《桃花潭》，《海天集》，江苏人民出版社2018年版，第100页。
② 李少君：《金华江边有所悟》，《海天集》，江苏人民出版社2018年版，第63页。
③ ［德］伽达默尔：《伽达默尔集》，邓安庆等译，上海远东出版社2002年版，第508页。

> 黄昏必返树巢
> 我们这些回不去的浪子，魂归何处①（《敬亭山记》）

> 三角梅也最擅长配合春光的变化手段
> 春光变换着万千风姿与各种戏法
> 三角梅就演绎出千娇百媚和无数面相
> 从大红、桃红、樱红、紫红、洋红到粉红②（《三角梅》）

春风和春光为自然万物赋形：灿烂的春光使万物从幽暗的背景跃出，而拥有了层次鲜明的色彩；流动的春风则使万物运动起来，而具有了丰富灵动的声响。光使万物显现，并赋予自然以形体和色彩的差异，塑造了自然的明晰性与秩序性；风则赋予万物以声响和动感，托举了自然的流动性、神秘性和自由度。刘成纪敏锐地指出，风光是一种中介性的存在，向下使自然万物显形，向上指向那不可见的神秘力量——道。③ 李少君通过对自然形体和声响的感知，进而直觉到其后隐藏的风与光，触摸到不可见的生成万物的元素。自然的元素性是形象与本质的统一，是人与自然共同的根基。它亘古永在、无所归属，不落入任何被占有的关系之中，却与生命保持着亲缘性关联，并在变动的不确定之中具有神秘性。李少君这种感觉自然元素的能力，复活了自然的整体性与神秘性。

元素本义为不可分之物，是人类对万物本源的追问与应答。中西古典哲学和诗学之中，均有对自然元素的追问。中国传统文化之中有五行之说，万物按金、木、水、火、土的演化序列形成；在古希腊哲学之中，世界万物是由火、气、水、土四种元素按不同比例化合组成。中西哲学认定的元素虽有差异，但大体上皆认为这些元素相互组合与演变构成了自然万物。而在现代社会里，在科技和计算思维的控制之下，元素被细化为各种化学成分，成为元素周期表中一个个冰冷的符号，不复与自然和生命发生亲密的关联。为了重新确立人与自然的亲密联系，不少诗人、哲学家尝试着恢复对自然元素的感知。法国诗哲巴什拉将火、气、水、土视为人类的

---

① 李少君：《海天集》，江苏人民出版社 2018 年版，第 137—138 页。
② 李少君：《海天集》，江苏人民出版社 2018 年版，第 84 页。
③ 刘成纪：《中国古典美学中的物、光、风》，《求是学刊》2008 年第 5 期。

心灵家园，认为它们能够赋予人类以力量和幸福感①；美国现象学家约翰·萨利斯认为，元素并不仅是构成世界的基本单元，还是一种自然直接向我们显现的方式②；法国哲学家列维纳斯则认为，元素是一种从混沌到有形的力量，以匿名的形式弥漫在我们周围，我们无法占有它而只能感知它，并将其化为生存的基本形式，令自己享受般地沐浴于其中③。上述哲学家和诗人竭力想表明的是，自然的元素性，蕴含着现象与本质、显现与隐蔽的统一；元素与我们形成了一种内在性与外在性兼具的关系——它外在于我们的生命，却构成了我们生命的条件，正如夏可君所言，"元素性打开的是一个感性的先验性，是我们与世界之间的媒介"④。在这里不再过多征用理论家的言论，只需配合李少君的诗歌，再求之于我们自己的生命体验，便可知风光等元素不仅是一种外在的事物，而且作为一种可感知的元素围绕在我们周围：在春风的吹拂和鼓动之下，我们的呼吸与之紧密相关，也感受到身体内部情思的波动；在和煦之光的照耀和抚慰之下，潜藏心间的心思也会自然萌发。

　　李少君是少数几个感受到自然元素性的当代诗人之一。在此之前，年轻的海子也宣称要从风景进入元素之中，在元素之中把握自然与人类的痛苦命运，以拯救即将逝去的农耕文明。⑤ 海子是以一种与血相关的强烈感受力提取风景之中的元素，试图为风景注入神圣的强度；李少君则是以"味"的方式感受元素的柔软性，将其恢复到日常性的维度之上，与人的切身感受与日常生活联系在一起。正所谓"圣人含道映物，贤者澄怀味象"，"味"是调动全身心参与的触觉方式，投入自然的品味之中，沉浸在人和自然相遇的界面上。这种感知方式对事物不出于营求与分析，不执着于前后际与因果缘，而是怀着怡然自足的态度，与物同化、达至内外两忘的状态。"味"并不止于对世界或自然的气味的感知，亦可以感觉自然

---

① 参见巴什拉《火的精神分析》《水与梦》《土地与意志的遐想》等书。
② 孙伟：《什么是自然审美的合适对象？——论约翰·萨利斯的自然美学》，《中国地质大学学报（社会科学版）》2016年第6期。
③ [法]伊曼纽尔·列维纳斯：《总体与无限——论外在性》，朱刚译，北京大学出版社2016年版，第112—113页。
④ 夏可君：《身体：从感发性、生命技术到元素性》，北京大学出版社2013年版，第240页。
⑤ 海子：《我热爱的诗人——荷尔德林》，《世界文学》1989年第2期。

的声气而生"味"。不同的感官皆可得"味","味"成为各种感官、心灵与世界万物相互作用的共同方式。这种以"味"为主的感物方式,将自然世界的特征转变为可供人玩味的味感。这种方式与梅洛-庞蒂所言的"知觉"类似。在梅洛-庞蒂那里,人是一个"身体—精神"的复合体,在知觉事物之时,不是模糊的感觉堆积,也不是纯粹的理性分析和判断,而是从物之中感知包围其中的情感意蕴。① 列维纳斯对此也有敏锐的揭示:"我们并不是认识而是体验感性的质:这些叶子的翠绿,这落日的殷红。"② 当然,不能被西方哲学家深入理解的是,这种"味"的方式最终通达的是"心",即一种"应目会心""目击道存"的方式③。有赖于这种特殊的感受力和生命体验,李少君以体验而非分析的方式触摸了自然的基底,以整体而全面的方式感受自然,在无限小之中感受无限大。如果不是长久地细致体味微小的自然物象,又全身心沉浸在大自然之中,不可能达至这种精神境界。在对自然元素性的品味之中,李少君将自己的"身心"、自然的"形神"恰当地统合在了一起,在现代性境域中创造了感知自然整全性的方法。

在中国传统山水诗歌之中,基于阴阳宇宙论和万物气感论,人其实处于自然山水之间,以气的感发与自然融为一体。而在现代性追求之中,人的主体性高扬,阴阳宇宙论裂解、混沌之气被消除;自然成为实体的物质世界,而臣服于人的分析性目光和思维之下,从而被放逐至一个边缘位置。同时,人又有回归自然的冲动,渴望作为原始感性力量投入自然之中,以使自己无所皈依的心灵得以安顿。现代人的这种精神状态被尼采表达得非常充分:在人性之中存在两种矛盾又相互依赖的激情——求真意志和热爱表象,前者欲以理智探究自然的本质,后者则沉浸在与自然融合的欢娱之中。④ 现代人这种复杂矛盾的心灵状态,以及对统一和谐的渴求,

---

① [法] 梅洛-庞蒂:《知觉的世界:论哲学、文学与艺术》,王士盛、周子悦译,江苏人民出版社2019年版,第25页。
② [法] 伊曼纽尔·列维纳斯:《总体与无限——论外在性》,朱刚译,北京大学出版社2016年版,第116页。
③ 贡华南:《从"感"看中国哲学的特质》,《学术月刊》2006年第11期。
④ 哲学家皮埃尔·阿多在自然概念史巨著《伊西斯的面纱》中对此有深入的分析。参见[法] 皮埃尔·阿多《伊西斯的面纱——自然的观念史随笔》,张卜天译,华东师范大学出版社2015年版,第315页。

贯穿了中国新诗的自然写作之旅。① 在此意义上，李少君的自然书写显得尤为重要，他以特殊的感受性将这两种矛盾的状态弥合起来，探寻着一条回归自然的道路——那就是悬置认知、思考等概念化的活动，以敞开和迎接的姿态接受自然的馈赠，品味和享受自然的元素性，让自然如其所是地展现在人类面前，将自然归还给自然本身，自己也沉浸在自然的怀抱之中。现象学家萨利斯的一段话，可以看作对这种状态的恰切描述："通过将我们自身交付给元素的方式，我们增加了对于我们属于元素的感知，这种感知的意义不可简约为知觉或者本质性的认知。通过与元素性的感知的相遇，一条思考回归自然的道路可能被打开。"②

二 "亲亲"的情感与自然之家

正所谓"物以类聚，人以群分"，任何一种相契相合，都有着内在精神气质的相通。李少君与自然有如此深深的契合，在于他与自然相通的精神姿态——"温"。所谓"言念君子，温其如玉。……言念君子，温其在邑"（《国风·秦风·小戎》），"温"是一种热切的生命情调与精神气质。"温"是李少君与自然万物相交的精神底色，能够感知生命具体的姿态与活力；"温"也是李少君接物的伦理态度，能以温厚的情怀温己、温物③。不同于佛家以空性品味自然，将自然作为参禅悟道的契机，秉持温暖情怀的李少君，对自然的感受则满溢着生机与活力，更显得枝繁叶茂、子孙满堂。在迄今为止的诗歌创作之中，李少君与自然形成了"如父如子"的亲缘关系。一方面，在大自然的滋润与教益面前，李少君实在是恭顺如儿子一般，谦卑地接受大自然的教育和启示：

> 在这里我没有看到人
> 却看到了道德，蕴涵在万物之中
> 让它们自给自足，自成秩序④

---

① 万冲：《现代诗歌如何书写自然》，《写作》2021年第4期。
② John Sallis, *The Return of Nature: On the Beyond of Sense*, Indiana University Press, 2016, p.59.
③ 贡华南：《味觉思想》，生活·读书·新知三联书店2018年版，第266页。
④ 李少君：《玉蟾宫前》，《李少君自选集》，长江文艺出版社2011年版，第91页。

自然以自足的状态和永恒的秩序，成为人类恒久的精神指引与参照。另一方面，接受自然濡养的李少君，又怀着反哺的意愿，在诗歌中为自然孕育子女：

> 我呢，只想拍一套云的写真集
> 画一幅窗口的风景画
> （间以一两声鸟鸣）
> 以及一帧家中小女的素描①

这种至诚的强烈抒怀，是对自然毫无保留的反哺。正是基于哺育与反哺的关系，李少君与自然形成了"我—你"之间的亲缘关系——犹如人间的家庭伦理一样，只是现实中的子女，被替换成了自然万物而已。② 这也正是李少君自然写作独具一格的魅力所在。与众多呼吁将自然作为家园的写作实践相比（一些诗人受到海德格尔存在主义思潮的影响，将自然视为诗意的栖息之地和存在家园，因为缺乏实在的情感体验作为支撑而显得空疏），李少君将自然认领为家庭则显得更为诚挚可靠，充满了人间温馨的情感氛围。只有怀着对自然如亲人般的仁爱，才能以同心圆的方式由密而疏地扩大至对天地万物的仁爱。正是以这种爱的秩序与伦理情感为基础，李少君被广为称道的《神降临的小站》，才摆脱了矫情空疏的嫌疑，而真诚地从心而发，有充实饱满之感：

> 背后，站着猛虎般严酷的初冬寒夜
> 再背后，横着一条清晰而空旷的马路
> 再背后，是缓缓流淌的额尔古纳河
> 　在黑暗中它亮如一道白光

---

① 李少君：《抒怀》，《李少君自选集》，长江文艺出版社2011年版，第4页。
② 李少君也有这样的表述："我就生活在这样的现实中。我们家门前种有木瓜、荔枝和杨桃，甚至还种了黄花梨，后面种有南瓜和辣椒，当然这主要是家里的老人伺候的。但我看着这些，也很有喜悦感和骄傲感，感觉这些都是家里的一部分，那些树木就是家庭成员。经常还有松鼠在其中跳跃。所以我经常在家门口看看这些树。因此，我把自然作为一个参照作为一种价值是自然而然的事情。自然和我的内在是融合的，并没有多少冲突和矛盾。"参见李少君《我与自然相得益彰——答周新民先生问》，《自然集》，长江文艺出版社2014年版，第118页。

第四章 生命共同体的建构——生命与自然的深度交织

再背后,是一望无际的简洁的白桦林
  和枯寂明净的苍茫荒野
再背后,是低空静静闪烁的星星
  和蓝茸茸的温柔的夜幕

再背后,是神居住的广大的北方①

在一个偏远的山间小站背后,无垠的白桦林、苍茫的荒野、静谧的星空、广大的北方,按照秩序依次排开,由周围之物而逐渐接近神秘的天空,它们所对应的是李少君的情感结构和心灵秩序——"亲亲"。所谓的"亲亲",即从最亲近的亲人开始,从中发现"爱"的力量,并由此推衍至天地万物。正如孟子所言:"人之所不学而能者,其良能也;所不虑而知者,其良知也。孩提之童,无不知爱其亲者;及其长也,无不知敬其兄也。"② 这种"亲亲"的原初之爱,可以消除人与自然之间的陌生感,建立起一个和谐互动、温暖如春的世界。③ 这种情感的可贵之处在于,它并没有将自然禁锢在等级秩序之中,更没有滑向人类中心论或自然至上论等偏执之端,而是保持了自我与自然平等的交流与对话关系。虽然人谦卑地感受到自然的神秘性与人的渺小性,但人在自然面前同样具有崇高的位置;人可凭借心灵的修持,即孟子所言的"反身而诚",而达至与自然相通的境界。李少君将自然万物纳入亲密的家庭之中,使之成为与自己照面的家庭成员;又以广阔的天地视域将自我化为大自然渺小的一分子,可谓兼顾了自然的自由和秩序维度。

李少君这种独特的情感结构,或许可以从成长经验中一探究竟。湖南是李少君的成长之地,这个孕育了屈骚的云气弥漫之所,培养了诸多大儒的文教兴盛之地,无疑影响了李少君的感知方式,令他既能以"亲亲"相爱感知自然的亲切与明晰性,又能以万物有灵论和自由的想象感觉自然的幽微与神秘。此后,李少君移居海潮涌动的海南,儒家传统浓厚的北方城市令原先的情感结构更为开阔稳健,进而沉淀为稳定的人格结构和精神境界。更为难得的是,李少君奇迹般地将两种不同气质糅合在一起,形成

---

① 李少君:《神降临的小站》,《李少君自选集》,长江文艺出版社 2011 年版,第 61 页。
② 《孟子·尽心上》。
③ 孙向晨:《何以"归—家"——一种哲学的视角》,《哲学动态》2021 年第 3 期。

了独特的"儒道互补"①精神结构,将"自然的人化"和"人的自然化"进行适宜的调配,使自然拥有了伦理的面目,也有了自由神秘的向度。这种独特的自然景观在诗歌中的表现,正如张光昕指出的那样,"词与物并没有相互触碰和占有,也没有相互躲闪和拒绝,而是既各自安于自身的节奏,又形成了彼此间的自由嬉戏"②。

李少君这种视自然为家的感知和书写方式,为当代诗歌的自然写作树立了典范。虽然中国诗歌有着悠久的山水诗歌传统,形成了成熟与高超的书写技艺,达至人与自然相合的天人合一境界。但是这种重要的诗学传统和人文精神,在现代性的冲击之下难以为继、几近失传,更遑论将其发扬光大了。其中的深刻原因在本书有限的篇幅中难以展开详述,这里只选择与之相关的两条加以论述。一是中国在现代性的过程之中,以凸显人的主体性为旨归,以人对自然的分析、研究、克服为要务,这固然强化了人的主体认知能力,却是以失去自然的丰富性和神秘性为代价。基于阴阳宇宙论和万物气化论的古典自然,形成的充满活力的整体性世界被连根拔起,而变成为机械死寂的物质世界。二是中国向现代民族国家急剧转型的进程之中,现代人的价值追求被锁定在国家、民族维度上,而失去了能超越于此的宇宙和天下向度。原本在古典文化之中帮助文人通达天下秩序和宇宙价值的自然,在新的精神结构之中便不再重要了。正是外在世界和内部情感结构的根本性转变,影响了中国新诗自诞生以来的百年自然写作。中国新诗书写自然的方式基本上沿着两条线索展开。第一条是在自然与个体的关系维度之中,挖掘与拓展自然对于生命个体的价值。在新诗诞生之初,以康白情、朱自清为代表的诗人,强调人对自然的认知、感受和描绘能力,创造出形似如画的美学境界③;稍后,以徐志摩为代表的诗人,受到英国浪漫主义思想的影响,将自然的形体与人的情感精神进行类比,以自然的波动表达丰富的精神世界,创造出人与自然交相辉映的诗歌;在20世纪40年代则以冯至和九叶诗人为代表,以观看和沉思的方式探究人的存在与自然的内在相似性,以象征的方

---

① 所谓的"儒道互补",既看重人际伦理关系和情感价值,又注重超脱人际、与自然同一的自由精神。参见李泽厚《美学三书》,天津社会科学院出版社2003年版,第266页。
② 张光昕:《消逝性小引——读李少君近作》,《创作与评论》2015年第1期。
③ 万冲:《视觉转向与形似如画——中国早期新诗对风景的发现与书写》,《中国现代文学研究丛刊》2018年第8期。

式将人格精神赋予自然，创造出人与自然同一的诗歌。第二条是赋予自然民族国家的价值。在艰苦的抗战年代，艾青将自然和大地作为现代中国的象征，赋予了自然丰富的民族国家内涵；在"十七年文学"时期，服务于特殊的政治目的和意识，以贺敬之为代表的诗人，将自然视为社会主义光明前景的象征；在新时期则是以海子为代表的诗人，将自然视为中华民族农耕文明的象征。

纵观百年来现代诗歌对自然的书写，不难发现，在现代性处境之中，人与自然的关系陷入一种两极振荡的状态之中——要么将自然崇高化，作为一种高居人之上的价值；要么将自然矮化，视为人类精神的附庸。而人对自然的态度，要么服从于热烈的生命激情（如徐志摩、郭沫若等），要么是服从于宏大的民族国家激情（如艾青等），要么是进入冷静的理性观察与沉思（如冯至等）——这些感知方式不是过于激烈，就是过于冷淡，在试图接近自然的过程之中又偏离了自然。这种精神症候的内在根源，在于现代性高扬了人的主体性地位之后，人在自然面前无所适从、徘徊无依的精神状态。与这种情感结构相比，李少君复活了一种我们再熟悉不过却屡屡遗忘的情感结构——"亲亲"（在中国现代化进程之中，有一个重要的维度便是批判家庭束缚以确立个体的自由），他以儒家的"亲亲"人伦为基础，不仅从具体的人伦感情来感受人与自然的亲密关系，而且将这种人伦关系推衍至广阔自由的天道高度，奠定了自然写作的温度、厚度与高度。

三 "有大海的人"与自然的世界性

李少君以"味"的方式触及了自然的元素性，发现了一条回归自然的道路，以"亲亲"的人伦情感建立起一个丰茂的自然之家，他更以对天空、大地、海洋等几种具体元素的感受，表现了自然生成与变化的踪迹，使一个元气淋漓的自然世界得以显形，进而呈现出自然的世界性。在李少君的诗意想象中，大地意味着闭合的有待上升的自然元素，而天空意味着向下开显的力量，二者在敞开与闭合之间形成了一个完整的世界。这在李少君的诗歌中比比皆是：

> 杨柳总是垂下，轻拂大地
> 有时甚至低入尘埃之中

>   而我们的灵魂却逆向超度而上，直抵天空①
>
>   晚钟和尘霭之上升起一轮新月
>   使这古老波斯的宁静更加广大和久远②
>
>   如同空旷的大地上，生长出江山
>   涵养亦如平原，推崇高峻
>   仿佛深空，点缀明月
>   在高楼上看烟花，幻美乍现③

在沉稳的大地与广阔的天空之间，杨柳、明月、山脉等自然意象，在上升与下降的运动之中，作为一种力量的显示，沟通了大地和天空，构造了一个生机盎然的自然世界。在天空和大地敞开与显现的张力运作之中，自然表现出生生不息的力量，成为一个充满意义的整体世界。

在科技昌明的当今社会，人类既能凭借望远镜探索浩瀚宇宙的奥秘，又能借助显微镜使微观的分子世界得以显形。在计算理性和技术手段的帮促下，人类将周围的一切拉至眼前，试图使世界的秘密彰显无遗。但事与愿违，当人类借助仪器将世界呈现给我们时，世界反而离我们远去——这种由仪器带来的感知并不与生命感觉相连，以至于自然世界变成了一个平面化的外部世界。最终，人类以将自然拔根的方式把自然抛弃掉了，以至于令人类自身无地可藏。④对科技引发的生态危机以及招致的恶果，海德格尔早就有所觉察，并且给出了拯救的方案：恢复一个具有丰富意味和内涵的世界。海德格尔如是描绘这个世界的特质："世界并非现成的可数或不可数的、熟悉或不熟悉的物的单纯聚合。但世界也不是一个加上了我们对现成事物之总和的表象的想象框架。世界世界化，它比我们自以为十分亲近的可把握和可觉知的东西更具存在特性。"⑤ 在海德格尔充满诗意的描绘之中，世界是一个聚集了"天地人神"的四重整体。大地是孕育者，

---

① 李少君：《府河边的垂柳》，《海天集》，江苏人民出版社2018年版，第23页。
② 李少君：《新月》，《海天集》，江苏人民出版社2018年版，第38页。
③ 李少君：《境界里的芬芳》，《李少君自选集》，长江文艺出版社2011年版，第27页。
④ [德] 海德格尔：《在通向语言的途中》，孙周兴译，商务印书馆2009年版，第180页。
⑤ [德] 海德格尔：《林中路》，孙周兴译，商务印书馆2015年版，第33页。

能够伸展为岩石和河流,涌现出动物和植物;天空是容纳者,包含着星辰的隐显、四季的轮转、昼夜的交替。天空和大地为人类提供了基本的生命庇护,使人类在浩渺的宇宙中安身立命;天地之间呈现的万物荣枯、生死循环等景象,塑造了人的基本时空感,影响了生命的绵延和超越等诸种感觉。神是一种渗透在天地之间的神圣力量,引领着人类朝向无限进行超越;终有一死的人类,通过自然领会生命的神圣感,感受世界的意义和深度。① 为了表现这个丰富的四重整体世界,人类需要通过艺术或诗歌的方式进行"显示"和"聚集"。所谓"显示"是指"大道"既澄明又遮蔽地把世界开放和呈现出来,让天地万物都如其所是地到场现身;所谓"聚集"即指"大道"把所有存在者聚集到相互面对的"切近"状态之中,使天、地、人、神彼此通达。② 总而言之,不同于现代科技对自然的分析与祛魅,海德格尔渴望建立的是一个"切近"与"指远"的世界。所谓的"切近",即人的感官与自然的直接接触与亲密感;所谓的"指远",即人的心灵在投向广阔的宇宙空间之后,在自然之中依然有所依托和安顿。在这个"切近"与"指远"的世界,自然最终与人的身心紧密融合在一起。

　　因为共处于同一种生态危机之中,这来自异域的深刻思想,有助于帮助我们思考自身的写作境遇——重新审视我们的传统,为未来的突围寻找出路。回顾中国的传统诗歌文化,"山水"就聚集和显现着一个整体性世界。"山水"是描述自然的特殊形态,具有丰富的文化意味。它不仅是对地理状态的描绘,更是一种认识和感受自然的方式。"山水"是自然世界的两个物象,以隆起和下陷的形态存于地表,以静立与流动对举,并逐渐形成了以动与静、流动与固定、阴与阳等二元范畴来描述世界的方式。"山水"的这种内涵与意蕴,与中国古典时代的阴阳宇宙论和万物气感论紧密联系在一起。在这种协同而非隶属式的逻辑之中,同类事物能感应共鸣而交相互动,进而达到一种内在意志的和谐。在这种宇宙论的影响之下,中国古典诗人感受的"山水",不是世界的一隅,而是整体性的世界

---

① 对"天地人神"四重整体形成的世界,海德格尔在文章《筑·居·思》中有详细阐释,参见[德]海德格尔《海德格尔选集》,孙周兴选编,上海三联书店1996年版,第1194—1196页。学者王茜对此有精彩的分析。参见王茜《现象学生态美学与生态批评》,人民出版社2014年版,第89—91页。

② 赵奎英:《论自然生态审美的三大观念转变》,《文学评论》2016年第1期。

部署。天地成为整体作用的框架，"东西"展开为天地之间的间距，该间距产生张力并使天地万物生成。诗人则沉浸在由两极构成的世界里，以其充满变动的活力，参与世界的大化流行之中。

"山水"世界在现代性的冲击之下裂解之后，重新创造一个丰富的自然世界，是当今自然写作面临的重要问题。李少君的重要性在于，他依靠自身的生命体验和生活经验，接纳了对汉语文化陌异的海洋元素，尝试着打开一个新的开端，试图重新创造一个完整的自然世界。[①] 李少君从不讳言大海对他生命的重要性，他多次在诗歌之中直言"我是有大海的人"。这种表达不仅是一种独特的身份意识，更是对源于大海的生命情调的骄傲认领。李少君对大海的崇敬看似玄妙，却绝非孤例，作家迪奥莱也自豪地说过："体会过深深的大海的人不会再重新变成和别人一样的人。……我置身于一种流动的、发光的、摇晃的、浓稠的物质中，那就是海水，对海水的记忆。这一妙计足以让我把一个有着恼人干旱的世界人性化，征服岩石、寂静、孤独和天上洒下的大片金色阳光。"[②] 在发源于黄土高原的华夏文化之中，大海对大部分中国诗人而言还显得比较陌生[③]，却为李少君的生命打上了独特的印记，为他敞开了一个自由的世界：

> 巨鲸巡游，胸怀和视野若垂天之云
> 以云淡风轻的定力，赢得风平浪静
>
> 我是有大海的人
> 我的激情，是一阵自由的海上雄风

[①] 夏可君：《无用的神学——本雅明、海德格尔与德里达》，广西师范大学出版社2022年版，第319页。

[②] 引自［法］加斯东·巴什拉《空间的诗学》，张逸婧译，上海译文出版社2013年版，第267页。

[③] 德国哲学家施密特非常清晰地指出了陆地文明与海洋文明之间的差异。施密特认为，陆地性的存在以住宅为核心，并在此基础之上建立起财产、婚姻以及家庭，进而让自己从属于这个固定的住宅之中。海洋性的存在是以运动的船为核心，并以此为科技工具探索着周围的世界。这两种不同的生存方式塑造了不同的关系模式，前者以静止和固定为准则，后者以运动和探索为要务。参见［德］卡尔·施米特《陆地与海洋——古今之"法"变》，林国基、周敏译，华东师范大学出版社2006年版，第120—121页。

浩浩荡荡掠过这一个世界……①

对于李少君而言，大海至少形成了如下影响：大海的潮汐波动与李少君的心胸形成了一种内在的关联②，使他能够以一种循环往复的节奏感，与自然形成共振的亲缘关系③；处于大地和天空相接之处的海洋，有助于李少君感受天地之间的神秘关联；更为重要的是，处于有限与无限、显现与遮蔽之间的大海，无疑构成了一个形象的中介，帮助李少君从有限的形象之中感受到无限的精神境界。以此为基础，李少君形成了一种与广阔的海洋相匹配的心胸与心性，通过对海洋的感知和书写，将"天地人神"重新聚集在一起，打开了一个广阔的生命空间和境域：

> 海浪一波一波涌来，似交响乐奏响
> 星光璀璨，整个天空为我秘密加冕
> 我感到：整个大海将成为我的广阔舞台
> 壮丽恢宏的人生大戏即将上演——
> 为我徐徐拉开绚丽如日出的一幕④

李少君在太阳的上升与沉没之中，沉醉于大海的涌动之中，更深地感受到生命的韵律，并流溢出一种宇宙的狂喜，参与到自然的构造之中。

李少君这种恢宏的想象力除了是自身的禀赋之外，与时代因素也有紧密联系。在当今的科技时代，事物之间的界限和差异慢慢缩小，科技制造

---

① 李少君：《我是有大海的人》，《海天集》，江苏人民出版社2018年版，第1—2页。
② 巴什拉有言："'通感'吸纳世界的广阔性并把它转化为我们的内心存在的强度。"参见〔法〕加斯东·巴什拉《空间的诗学》，张逸婧译，上海译文出版社2013年版，第248页。
③ 哲学家李泽厚认为，人长久以来由劳动、感知和创造形成的形式感或节奏，一方面维系着人的生活与生命，另一方面又与自然具有的性能相关，因之人与宇宙—自然便通过这些形式力量和形式感而形成了共存共在，人能够凭借这种自由直观与自然相和，这是人与自然同一的奥秘。参见李泽厚《实用理性与乐感文化》，生活·读书·新知三联书店2008年版，第44—46页。
④ 李少君：《夜晚，一个人的海湾》，《李少君自选集》，长江文艺出版社2011年版，第40页。

人造的元素了，以往的关于陆地与海洋、自然与历史的美妙区分都冰消雪融了①，这可能赋予人类一种新的感知视野和想象的力量，一切都可以在一种融合和整体性的视野之中得以理解，这也为突破陆地和海洋的界限和对峙引入了依据。另外，人类通过宇宙技术叩开了宇宙的空间之门，整个宇宙的无限空间正袒露在我们面前；以往看似辽阔浩渺的海洋，如今只是附着在星体之上的小小空间，这种新的时空感对人类形成了一个新的开端和召唤。李少君的海洋诗便是对此召唤的回应，李少君在海洋面前不再有畏惧之感，而是将海洋作为开阔视野和心胸的中介，从而通向更为广阔的宇宙世界。如果对中国诗人书写海洋的历史做一番简要的回顾，便会发现这种海洋书写所表现的深刻意义。

大约在一百年前（1920 年），郭沫若如是书写海洋："啊啊！好幅壮丽的北冰洋的情景哟！/无限的太平洋提起他全身的力量来要把地球推倒。/啊啊！我眼前来了的滚滚的洪涛哟。/啊啊！不断的毁坏，不断的创造，不断的努力哟！/啊啊！力哟！力哟！/力的绘画，力的舞蹈，力的音乐，力的诗歌，力的 Rhythm 哟！"在这首诗中，没有对于浪涛的具体描绘，而是以动态的力量贯穿，白云、太平洋都振奋、奔涌起来，呈现的是一个翻滚的力量世界。郭沫若心中涌动的力量与大海相互激发，形成一种不可遏制的身体痉挛，完全动荡化为一股力量，消弭了自我与大海之间的距离。近乎宗教情操般对自然的颂赞，遨游于天际和宇宙的时空格局，直面宇宙的宏阔感受力，足以令一个人激情昂扬、热血沸腾。但郭沫若还停留在一个狂想的阶段，没有宇宙科技所带来的清晰和理性力量作为支撑，只能表现为身体的痉挛与感情的激荡。公元 207 年，曹操面对海洋发出了这样的感叹："日月之行，若出其中；星汉灿烂，若出其里。幸甚至哉，歌以咏志。"在浩瀚的大海面前，人类只能欣赏大海的崇高，感叹大海的恢宏。由是不难推想，科技的发展塑造了新的时空感，进而对人的感受力和想象力产生深远影响。李少君正是站在这个时间的节点之上，书写一个新世界的开端，感受到新生的快乐和狂喜，创造了一个与新的时空感相贴合的自然世界。

在中国漫长的诗歌史上，自然对于诗人具有重要的作用。如陶潜和王

---

① ［德］卡尔·施米特：《陆地与海洋——古今之"法"变》，林国基、周敏译，华东师范大学出版社 2006 年版，第 111 页。

维在自然之中隐居,以保全生命的活力和生机;杜甫和苏东坡借助自然反思历史命运,以超越时代和历史的局限。正如夏可君指出的那样,这些诗人以自然为迂回而重新进入世界,进而调节生命的气息,调整生命的步调,塑造出坚韧的生命姿态,从而超越时代的局限,打开天地之间的广阔生命空间。① 对李少君而言,这个背靠大海的自然之子,享受天空为自己加冕的诗人,在创造出一个新世界的同时,也以家长的姿态守护着这个新生的世界,犹如守护海平面上那初生的丽日。在人造物和数码技术充斥的社会中,科技以分析的方式抹除自然的差异,将其还原为一系列原子而加以操控的时代,李少君创造了一个新的自然世界,并使自己栖居其间,不仅为人类守护着神圣的自然——一个充满丰富层次、细微褶皱的自然,也保存着人类充沛的感知力和创造力——能够与自然休戚与共与同生共死的能力,以对抗这个日益平面化的技术世界。

四　自然的面容与心灵的境界

李少君对自然之家、元素性和世界性的表现,最终是为了呈现自然的面容。将面容这个日常生活之中的形象引入对自然的描绘,借以阐释李少君的自然书写,实在是再恰切不过。日常经验告诉我们,面容是生命呈现给我们的方式,它是生命的内在质地和外在形象的统一②,它包含了颜值、脸型、五官、肤色等具体特征,又溢出和超越了这一实在的形象,而处于不断的变化与生成之中。③ 学者刘文瑾指出:"面容充满的悖论性,如谜般交错:可见与不可见,现象与非现象,物质与观念,具体与抽象,感性与理性,经验与理论,客观与主观,祈求与命令,脆弱与权威,世俗

---

① 夏可君:《汉语诗歌的第四条岸——哨兵的隐守姿态或自然的面相学》,《长江文艺评论》2018年第4期。

② 齐美尔指出:"脸是这个内部统一体的最表面的尺度。……但是在直观世界上没有一个结构会像人的面容那样,可以将各种不同的形状和大小综汇成感觉上绝对的统一性。"[德] G.齐美尔:《桥与门:齐美尔随笔集》,涯鸿、宇声等译,上海三联书店1991年版,第176—177页。

③ 列维纳斯定义面容:"他者越出他者在我之中的观念而呈现自身的样式,我们称为面容。这种方式并不在于他者在我的目光下表现为一个主题,也不在于他者将其自身展示为构成某一形象的诸性质的集合。……它并不是通过那些性质显示自身,而是据其自身显示自身。它自行表达。"转引自朱刚《多元与无端:列维纳斯对西方哲学中一元开端论的解构》,江苏人民出版社2016年版,第70页。

与神圣,此岸与彼岸……"①自然通过诸多特征将自己绽放出来而显现自身,将自己的面容呈现在人类面前而成为一个在场者。自然的面容充满了无限多的褶皱,正面与反面、内面与外面没有绝对的界限,反而像循环的莫比乌斯带一样,内与外紧密地联系着与变化着,在变化之中涌动着无限的生机。正如李少君在诗歌《三角梅》中所写:

> 三角梅也最擅长配合春光的变化手段
> 春光变换着万千风姿与各种戏法
> 三角梅就演绎出千娇百媚和无数面相
> 从大红、桃红、樱红、紫红、洋红到粉红②

配合着春光变幻、拥有不同形态的三角梅,正是自然面容的化身。除此之外,李少君的《南山吟》可谓描绘自然面容、呈现面容特征的集成之作:

> 我在一棵菩提树下打坐
> 看见山,看见天,看见海
> 看见绿,看见白,看见蓝
> 全在一个大境界里
>
> 坐到寂静的深处,我抬头看对面
> 看见一朵白云,从天空缓缓降落
> 云影投在山头,一阵风来
> 又飘忽到了海面上
> 等我稍事默想,睁开眼睛
> 恍惚间又看见,白云从海面冉冉升起
> 正飘向山顶
> 如此——循环往复,仿佛轮回的灵魂③

---

① 刘文瑾:《"面容"的抵抗:后奥斯维辛的哲学遗产》,《读书》2021 年第 12 期。
② 李少君:《三角梅》,《海天集》,江苏人民出版社 2018 年版,第 84 页。
③ 李少君:《南山吟》,《李少君自选集》,长江文艺出版社 2011 年版,第 33 页。

第四章 生命共同体的建构——生命与自然的深度交织

云是自然之中的再稀松平常之物，抬头即见、触目可及，却与我们有着永恒的距离；云在不断地消散与重聚着，它的形态、位置和颜色也在永不停息地生成着；云不是一个简单的形状，而是表现着自然生成事物的方式，也印证着人类的感受方式。李少君的感觉随着云的运动而流转，并且投身这生命的永动之中，而化解了生命流逝引发的怅惘，表现出一种气定神闲的气度。李少君对云的感受和书写之中，既有着短暂与消逝的生命形式，又有着变化和生成的无限活力。李少君描绘的云是自然面容的呈现，为我们更深入感受和思考自然面容的特征提供了一个重要的契机和入口。

首先，自然的面容表现为日常性。我们与自然随时随地处于照面的亲缘关系之中。自然的面容就围绕在我们的周围，构成了我们生活的基本环境，塑造着我们的感觉方式。其次，自然的面容具有神秘性。虽然自然以裸露的方式呈现在我们面前，但它终究不被我们占有，而是对我们构成了一个永恒的他者。正如法国哲学家阿多所言："自然有两个方面：它将自己显示给我们的感官，表现为由活的世界和宇宙呈现给我们的丰富景象，与此同时，它最重要、最深刻、最有效力的部分却隐藏在现象背后。"[①] 列维纳斯也笃定地认为："凭借外观，那严守其秘密的事物一方面展露自身，同时又封闭在其纪念碑式的本质和其神秘之中；在其神秘中，事物闪耀如光辉，却又并不献出自身。"[②] 值得注意的是，虽然自然的面容拒绝被我们绝对包括与统握，却又与人类同属于一个生命共同体，以它的神秘性和深度不断吸引着人类去揭开自然的面纱。再次，自然的面容融合了消逝性与永恒性。自然的面容处于永不停息的变幻之中，在时间的洪流之中不断变换，前一刻的声音、容貌作为图像存在于我们的脑海之中，唤起永恒的回忆和咏叹。法国哲学家德勒兹对此有明言："没有一张面孔不包含着一片未知的、未被探索的风景，也没有一片风景不被一张爱慕的或梦中的面孔所占据，没有一片风景不展现着一张未来的或已经逝去的面孔。"[③] 最后，自然的面容也表现出超越性与拯救性。自然的面容蕴含着

[①] [法] 皮埃尔·阿多：《伊西斯的面纱》，张卜天译，华东师范大学出版社2015年版，第41页。

[②] [法] 伊曼纽尔·列维纳斯：《总体与无限——论外在性》，朱刚译，北京大学出版社2016年版，第177页。

[③] [法] 德勒兹、加塔利：《资本主义与精神分裂（卷2）：千高原》，姜宇辉译，上海世纪出版股份有限公司、上海书店出版社2010年版，第240页。

无穷的变化，永远呈现为生命的更新与变化，即便是在绝望的处境之中也永不停歇。正如人的面容一样，在裸露之中经受岁月的洗礼和命运的摧残，即便是满脸沟壑纵横，也最终具有愈合的可能性。自然的面容也一样，虽然因在现代化进程之中饱受人类的荼毒与伤害而变得面目全非，却依然具有自我修复的能力，并且以一种远大于人的恒久尺度，向人类表达着更宏大的善良意志，形成了对人类永恒的拯救和心灵的救赎。

自然的面容不仅表现为上述生命的特征，它还象征着人与自然之间的独特关系。在李少君的《南山吟》中，云犹如天空与大地之间自由运动的叶子，是天空与大地之间的沟通，也是人的情感和欲望的赋形——"我"在看云之时，同时又是另一个"我"在天地之间游荡，在与云的不断交流之中净化自身。正如法国艺术史家于贝尔·达米施指出的那样：对云的表现表达了"现代人对既无限定又无边界的开阔空间的口味"①。李少君描绘云的自由运动，赋予云和人自由的意味，在本质上是一个现代性事件。在此有必要对中国漫长的书写云之历史作一番简要的回顾，以便更加清晰地描绘人与自然关系的变化进程，阐释李少君自然写作的现代意义。

在中国的上古时期，人类对天怀有畏惧感，视天为可畏之物，时常对天有怨恨之言，人类社会与自然之间也有诸多隔阂，云并不能与人的情感发生紧密关联，因而《诗经》中的云意象，需要通过"兴"跨越人与自然之间的界限。在中古时期，受道家思想的影响，人类与大自然直接契合，在行云的姿容中感受到与友朋或爱人的别离，因而汉魏南北朝时期的诗人，多由云的飘荡之中引发悲哀之情。②自唐朝开始，尤其是中晚唐以来，诗人身处黑暗时世，常有生命幻灭之感，在诗歌之中寻求解脱。受到禅宗思想影响的诗人，赋予了云以禅意，使之成为闲适飘逸的象征。③

由上述简要的论述不难看出，对云的书写其实关涉诗人的感知方式和精神境遇，其后更深层次的乃是一个时代的自然观、思想潮流以及政治境遇等。在思想状况和科技水平都发生大变的当代，诗人对云的感知和描绘也随之而改变。现代人借助气象学知识，对云的产生、形态等都具有了深

---

① [法]于贝尔·达米施：《云的理论：为了建立一种新的绘画史》，董强译，江苏美术出版社2014年版，第211页。
② [日]小川环树：《论中国诗》，谭汝谦等译，贵州人民出版社2009年版，第48—72页。
③ 葛兆光：《禅意的"云"——唐诗中一个语词的分析》，《文学遗产》1990年第3期。

切的认识，不再有上古时期对自然的畏惧感；现代交通工具缩短了空间距离，由云的流散而触动的感伤离别之情，也失去了得以触发的心理基础。对云之成因的科学分析将之还原为一种平常的自然现象，人能以一种平常心和亲切感看待云的变幻。另外，云的变幻并不受制于科学分析和解释，变幻的形状也不能被人类准确预测。当云摆脱了种种束缚之后，云得以回归到它自身的自在性和自由性。人和自然虽然在某种程度上被客观环境限制，却具有自我选择和自我创造的能力。正是在此感觉和思想的基础上，李少君描绘自由运动的云，也就在情理之中了。

进而言之，现代科技手段和哲学思想昭示我们，在自然中并没有一个超越于万物之上的绝对精神实体，来制造、设计和安排自然万物和人类的生活状态；天地间的万物是生生不息、变动不居的，共同构成了一个永远变动的生命共同体。但这并不意味着否认有一个自然规律和天地生生之大德，只是这种生生之德并不会以人类理性和逻辑的形式表达出来，也不会对人类构成强制性安排，而只会呈现为一种自然而然、不可言说的整体①。这是一种康德所言的"无目的性的目的性"②。正如法国哲学家让-吕克·南希解释的那样，"无目的性的目的性"并非没有目的——它依然表现为对一个目的或终点的追寻，只是这个终点无法被本然地指定或固定。这种目的性延缓或推迟了终点，使一种无止境的追寻具有目的性，并且构成了这种追寻的内在张力③。

在这种生命境遇和思想状况下，人和自然之间形成了一种新型关系。虽然在人与自然之间有着无法弥合的缺口——就像一个橘子瓣开之后再也无法像原来那样密合，但是基于生命共同体的相似性与感通，人能在自然的面容之中认出自己。正如莫罗·卡波内所言："作为一种相遇，它自行发生，穿越那将我们联系于世界之上的差异性组织结构，并通过相似性，甚至是同一性作用在组织整体引起共鸣，在这种情况下，我们将其称为

---

① 吴飞：《身心一体与性命论主体的确立》，《中国社会科学》2022年第6期。
② 在南希的《素描的愉悦》中，译者专门作了交代："无目的的目的性"，即通常所说的"无目的的合目的性"。这里采用了更为字面的译法，以突出南希对finalité和fin之关系的思考。
③ ［法］让-吕克·南希：《素描的愉悦》，尉光吉译，河南大学出版社2016年版，第141页。

'理念'。"① 本雅明认为人有一种制造相似性的能力，能以"天宫图"等形式模拟人与自然宇宙的感通："但人类拥有制造相似性的最高超的能力——或许没有一种更高级的人类机能不是通过'模仿能力'的共同参与来决定的。"② 自然的面容蕴含着时间留存在生命的印记，也显示着命运的风霜施加给生命的刻痕；人在遭遇自然的面容之时，感受着与之类似的生命境遇，蕴藏在心中的沧桑感也涌现出来，从而激活了自身存在的感觉。人和自然基于生命的存在而产生深刻关联，这是一种异于主客对立的关系模式，也是梅洛-庞蒂所描绘的相遇和交织关系。③ 李少君诗歌中自由飘荡的云，正是这种相遇与交织关系的象征。

自然的面容表现的生命特征，象征的人与自然的交织关系，要求一种与之适应的美学法则。在李少君写云的《南山吟》之中，云在自由运动的过程之中，遗留着前一刻的踪迹，享受着现在的形状，并且渴望着未来的变形。在这种持续的运动和变形之中，云不受任何意指和目的的限制，而是沉浸在自己无限的欲望之中。在这种不可完成的欲望之中，云享受着变形和生成的快感，在自己的运动中给予自身、实现着自己。与之对应的是，李少君在诗歌之中呈现云的运动时，也挣脱了现实的束缚、放松了自己的身心，让感觉贴着云变化的形状而自由运动，并在这种运动之中感受生命的愉悦和心灵的净化。在诗人的心灵与自然的面容（云）互动的过程中，自然表现为一种涌现的状态，并向着无穷性敞开着，心灵则表现为一种纯净的状态，并且有向更高的境界迈进的无限潜能。对于李少君而言，所谓的心灵境界便是心灵逐渐摆脱世俗之念和功利考量，消除积郁在心中的窒碍和私意，实现心灵的本真状态，达到与自然万物同一的精神境界。正如李少君在一首径自以《诗》为名的诗歌中所言，"但大海永远是巨大的幕布般的背景/天空，则是人们仰望的方向"④。自然的面容形成了

---

① ［法］莫罗·卡波内：《图像的肉身——在绘画与电影之间》，曲晓蕊译，华东师范大学出版社 2016 年版，第 167 页。
② ［德］本雅明：《相似性学说》，选自本雅明《笔迹学三篇》，马欣译，《上海文化》2017 年第 10 期。
③ 梅洛-庞蒂说道："一切与存在的联系同时是把握和被把握，把握就是被把握，把握就是记载，就是被记载在他所把握的那个存在中。" 参见［法］梅洛-庞蒂《可见的与不可见的》，罗国祥译，商务印书馆 2017 年版，第 340—341 页。
④ 李少君：《李少君自选集》，长江文艺出版社 2011 年版，第 118 页。

永恒的召唤结构，具有无限的生成性，它召唤着人类去揭开它的面纱，并以诗歌去回应这种召唤；而面对永恒变幻的自然，诗人当以永恒的精神修炼，不断地祛除心灵的遮蔽和障碍，一次次与自然进行交流，逐渐达至与自然合一的高度。正是在这种诗学纲领的指引下，李少君的自然诗歌表现出独特的美学特征。一方面，李少君使自然在日常生活之中落地生根，并使之成为围绕在现代人周围的亲切邻人；另一方面，李少君凭借长久以来的文化濡养和精神修行，将自然体认为继承中国传统的文化记忆和指向未来的自由幻象，而使自然具有了超越性的精神意味。李少君的这种自然书写，回应着美学现代性提出的问题。诗人波德莱尔把现代性诊断为短暂有限与无限永恒的二重性，如何弥补这个二元性的断裂构成了现代美学的基本问题。李少君给出的解决方案是，沉浸在永恒的生成行动之中，将未来带至当下的瞬间加以显现，把消逝放置在这种永恒生成之流之中使之化解，从而完全沉浸在与自然面容贴合的当下。

值得一提的是，李少君借助自然而朝向心灵修行的诗歌写作具有重要的意义。《礼记·乐记》有言："诗，言其志也；歌，咏其声也；舞，动其容也。三者本于心，然后乐器从之。"诗本乎"心"是中国传统诗歌的核心教义所在。敬文东便令人信服地分析了"心"在诗歌书写之中的枢纽作用。"心"是感受和思维的核心所在，它是耳目口鼻的枢纽，统一提调人体的各个器官，并且让器官充分地"心"化。以此为基础，中国人以独特的"感思"方式，用全身心热情拥抱和品味万物，以"诚心"为保证而通达天道，从而达到"心统目"而"目击道"的诗性状态。这是中国古典诗歌"以心言道"的重要原因。敬文东进而指出，在现代性转变过程中，中国人强调脑的沉思功能，令"感思"大面积地失效，从而离"心"越来越远，最终失去了内在的温度和法度。现代汉语诗歌面对的伦理任务和严正律令是重新修"心"，以"心"沟通道、智慧和悲悯，达到直通天地的境界。[①] 李少君的写作始于人与自然基于温情的触发与感动，由可见的形象而通达那不可见的"道"；更为重要的是，李少君在与自然的交流之中，通过自然的指引作用，不断地修心以去蔽，渴望达到与自然合一的境界，接过了新诗写作"修心"的伦理任务，恢复了自然这个重要的精神维度。

---

① 敬文东：《味，心性与诗》，《文艺争鸣》2022年第2期。

在感受和书写自然的过程中，最为关键的是重建人与自然的亲缘关系。学者赵奎英颇为精准地指出，在现代性视域之下对自然审美的发生，需要经历三种转变：从关注自然的形式到关心自然的存在，从把自然当作对象到把自然当作家，从把自我当作观光者转变为栖居者。人类需从自然内部经历自然生命的涌动，为自然的内在光辉所照亮，从而获得切近生命存在本源的感动。① 李少君通过心灵感知，使自然的意义绽放出来；自然也对李少君形成了精神召唤，不断地净化着李少君的心灵，最终诗人与自然形成了"你中有我，我中有你"的交织关系。李少君诗歌中所显现的自然面容，虽然依旧是一种图像化的呈现，但这种图像不再立足于自我与自然的分化和对立，而是充分吸纳和融合了生命的感觉，具有形式与本质、存在与显现等诸多层面的丰富内涵，表现为人与自然亲密融合的关系。这种人与自然的关系，类似于列维纳斯描述的"父子"关系："在那种父子关系中，父亲不仅在其儿子的姿态中，而且还在其儿子的实体与唯一性中重新发现自己。我的孩子是一个陌生人，但是这个陌生人不只是属于我，因为它就是我。这是与我自己相陌异的我。"② 在此意义上，李少君创造了感受自然的新方法，实践着书写自然的新美学典范。

在当代社会中，古典时代中那种人与自然建基于阴阳宇宙论和万物气感论的和谐关系遭受裂解，而基于生命共同体的完整性和自足性，人与自然有望建立一种新型的和谐关系，创建一种新型的自然美形态。这种先验的生命的内在深度与神秘性，看似与中国传统的宇宙论相似，却有深刻的内在区别。传统的阴阳宇宙论，是以宇宙中自然生发的大化流行力量为中心，人的认知和感觉等主体力量受到道德伦理和宇宙秩序的压抑；而在现代，人的认识和感受能力得到自由地释放，人在对自然的认识、感受与呈现中，体现了人的创造力量，人和自然成为平等的自我决定的主体，人与自然形成的关系则是一种主体间性。在主体间性中，两个相互主体通过交往、对话、理解、同情融为一体，在其中展开的不是外在的客体性世界，也不是主观化的主体性世界，而是主体与客体融合在一起的主体间性世界，达成了自我与世界的和谐共在。这种主体间性的自然审美形态，并非一味地对古典自然美学的回返，而是充分吸收中国古典美学的共融性的美

---

① 赵奎英：《论自然生态审美的三大观念转变》，《文学评论》2016 年第 1 期。
② ［法］伊曼纽尔·列维纳斯：《总体与无限——论外在性》，朱刚译，北京大学出版社 2016 年版，第 259 页。

学思想和西方的主体性美学思想,一方面将人和自然作为一个和谐的整体,强调人与自然的感兴与交融;另一方面,则以现代情境中人对生命的深刻认识、感受与理解为尺度,完成对自然的深度感受与表现,创建一个具有内在深度的人与自然共在的精神世界。

第三节 自然的空境与历史的救赎

在一篇广为流传的随笔《一些云烟,一些树》中,赵野如是回忆自己的写作生涯:"我知道我要写作另一种诗歌了,那是要真正表现出汉语之美的诗歌,古代的人物和事件,都隐喻般地充满了当代性。而那些古老的意象和词藻,则可以在现代汉语中找到它们合适的位置,并和我们的当代经验融为一体。"① 那是一个充满决定性又无比神秘的时刻,时在1984年,那时距赵野发动"第三代"诗歌运动,不过才两三年的时间,而他也刚到二十岁出头的年纪。赵野凭借早慧的敏锐,迅速从风起云涌的时代撤出,沉浸在深厚的文化传统之中,走上了一条孤寂的远行之道。由于这种持续的专注和沉浸,他的精神境界达到了罕见的高度,并且在一系列诗歌和诗学创造之中,留下了深刻的印记。② 因为这种独特的心性,赵野的生活形象也与诗歌创造形成了对应关系:他隐匿于热闹的诗坛之外,近乎一个诗歌隐士,却秉持君子人格和淑世情怀,参与着社会文化的建设。③ 这种入世又超越的精神姿态,所折射出的心灵结构,正是宏大精神气象的标志。

赵野是少数真正建立起诗人形象、具备人格感召力和气质影响力的当代诗人。对生活磨砺的慨然领受,对文化传统的深厚敬意,对语言(汉字)秘密的高度领悟,对神秘之"道"的默然守护,综合为心性的砥砺与完善,决定了赵野诗歌浑厚博大的气势。赵野的诗歌是美善的心性秩序在语言中的自然呈现,也是对语言的创造性运用与革新,呈现为密实又超

---

① 赵野:《一些云烟,一些树》,《红岩》2014年第3期。
② 赵野陆续出版了诗集《逝者如斯》《信赖祖先的思想和语言》《剩山》等,创作有《伟大的尘世之诗可期写成》等诗论作品。
③ 纵观赵野近三十年的生活历程可以发现,他从事过诸多文化工作,包括主办《环球青年》杂志,筹划《香格里拉》电影,策划诗歌、绘画展览,都产生过或大或小的影响。当然赵野最为看重的还是诗人身份,这点从他将自己的生活履历命名为"赵野诗事记"便可看出。

旷的美学风格。这种诗学方法和美学风格，被古典大诗人广泛使用，以应对于灾变的时代。只不过相对于古代诗人，当代诗人所处的文化境遇更加严峻——古代诗人尚可在山林中隐居，借山水的庇护而旷达超逸；当代诗人几乎完全裸露在现实之中，必须就在实在的境遇之中寻求超越之道。人与现实、人与历史的关系，更表现为险象环生的肉搏——胜负往往就在一线之间。赵野诗歌之中严整的字法、句法和文法，或许正对应于心灵对现实的残酷搏斗，而形成的自我保护与免疫，乃至于蔑视、坦然而自成一体。

奠基于永恒共通的审美体验，赵野的诗歌有极为严密的法度与构造，成就了一种诗歌美学典范——汉字的笔法、诗歌的句法与章法、心灵的秩序融合在一起，这是他的诗歌与其他仿古派的本质区别之一。王夫之用"在天合气，在地合理，在人合情"评价古典诗歌严整的形式和内容，这同样适用于赵野的诗歌；不同的是，赵野的诗歌确立起一种现代法度。赵野以空间的增长容纳时间的变化和生命的动势，这类似于王维的心法与诗法——以空的心胸容纳万物；而与王维不同的是，赵野有着对历史强烈的忧思与批判。历史之痛在诗歌之中留下了纹理，空茫的空间印刻下时代的晦暗。由心性创造的诗性空间，让时代服从于一种慢，进而与时代对峙并超越之。在融合了心性和自然的世界里，赵野认领了历史的图像和自我的形象，并且形成了从容、自在的对话关系，确立了诗人在宇宙天地间的位置——诗人为历史天地之心。

伽达默尔在评价荷尔德林时如是说道："山脉的绵延和河川的流动让我们感到，面对这大地历史的章符我们人类的所作所为多么微不足道。山川告诉我们这些。天与地的连接和沟壑对我们而言是命运的符号。人类的历史，无论是个人的历史还是各民族的历史，不仅仅隶属于构造进自然的命运特征，它自身也是这样一种命运，是人类与诸神的相会，也是诸神的一段历史。"① 这种阐释也同样适合赵野的写作。赵野将自然与历史精神、心性修养联系在一起，令自然山河成为个体精神的象征和民族命运的启示。正如赵野在诗歌《春望》中所言："祖国车水马龙/草木以加速度生长//八方春色压迫我/要我伤怀歌吟唱//要忠于一种传统/和伟大的形式主

---

① ［德］伽达默尔：《荷尔德林与未来》，《美学与诗学：诠释学的实施》，吴建广译，北京大学出版社 2013 年版，第 30 页。

义/要桃花溅落泪水/往来成为古今。"① 赵野并不仅是一个受古典风格影响的诗人，而且深深扎根于文化传统之中，以应对晦暗时代的危机，试图以诗歌恢复文化的力量与文明的生机。正是在此意义上，赵野是文化和文明层次的诗人，探求着文明传统的继承与新生。

一 生命之气与汉字之势

从写作主体的心性而言，赵野是气化的主体气质和人格类型，以气为贯通身体和精神的基础，能够与自然形成深切的关联，令自然的形象和气质显露。正因为如此，赵野才如此顺理成章地写道：

> 在这里，躯体越来越虚空，甚至
> 无力和文字达成平衡
> 灯光雪白，所有的思绪
> 被照亮，眩晕，直至消失
> ……
> 像深海的鱼群，屏息敛气
> 沉着地游过古代的夜晚，又和
> 穿透海水的阳光融为一体②

身体有着对世界的原初感受，与自然保持着感通的亲缘关系。经由身体的感觉，赵野打开了自然这个丰富的场域，并且有着身体之气对周围之物的容纳。这种堪称禀赋的气质，帮助赵野打通了人与自然之间的关联，也塑造了他特独具特色的感受方式，将视觉的逻辑和心感的意会相联系——既有光的感知，又有气的体悟，并且能将二者精确地搭配在一起，既能感受自然的精微纹理，又能领悟自然的博大气象。《在大理》正好是这种感知方式的明证：

> 放眼望去几道山林
> 树木葱郁，有古老的善意

---

① 赵野：《春望》，《剩山》，南京大学出版社2023年版，第63页。
② 赵野：《一间封闭屋子里的写作活动》，《剩山》，南京大学出版社2023年版，第28页。

云在山腰飘过
一只鸟逐云而去
我的目光随鸟飞走
万物皆知我的心思
天空清澈如先秦诸子
流淌出词语，一派光明①

赵野能感受到事物之间内在的关联——树木郁葱、白云飘荡、飞鸟逐云等自然物象的运动，与先秦诸子的精神气质相联系，成为自由和光明的象征。这种感应并不需要过多的机巧，而是直接从感觉之中流淌出来，更是心灵觉悟之后世界景象的朗然呈现。这种特别的感受之道，可以称为"观之以气，成之以势"，将天地自然之象和人心营构之象联系起来，将自然、心灵以及现实贯通在一起，创造出独具特色的意象②。正如赵野所写：

自然有方法论，朔鸟啾啾
应和着庙堂上礼乐一片
飞矢射隐喻，春风秋雨
让说不出的东西失去勾连
教条皆歧义，我孤诣苦心
誓要词与物彼此唤醒
深入一种暧昧，酸性的
阴与阳之间的氤氲③

那一声朔鸟的啾啾声，从自然时空中乍现，不仅是生命的鸣叫，更勾

---

① 赵野：《在大理》，《剩山》，南京大学出版社2023年版，第72页。
② 章学诚有言："有天地自然之象，有人心营构之象。天地自然之象，《说卦》为天为圜诸条，约略足以尽之。人心营构之象，《睽》车之载鬼，翰音之登天，意之所至，无不可也。然而心虚用灵，人累于天地之间，不能不受阴阳之消息；心之营构，则情之变易为之也。情之变易，感于人世之接构，而乘于阴阳倚伏为之也。是则人心营构之象，亦出天地自然之象也。"（清）章学诚：《文史通义》，中华书局2012年版，第31页。
③ 赵野：《剩山·四》，《剩山》，南京大学出版社2023年版，第75页。

连起礼乐、历史和心灵。赵野对此有着神秘的感应,试图从中重振礼乐秩序与心灵秩序。

这种神秘的感应,可以称为"势"。如果说"气"是贯穿事物的本体基础,"势"则是具体的展开形态。从本质而言,"势"是阴阳之气的转化,阴阳转化的关系孕育了阴阳的消长,盈虚消息的运动产生了"势"。从表现形态而言,"势"在有无之间,亦在动静之际,在最细微之处孕育着生命最深厚的潜能与生机。从表现的结构而言,"势"蕴含着生命之中不可更改的必然规律。[①] "势"在中国文化之中是一项非常重要的审美标准——它意味着生命的创造力和连绵的气脉。[②] 著名学者萧驰甚至将之视为诗歌的最高境界:这种诗歌之中的"势",是一种节律上的同步的共振和共鸣,并借此以融入群动不已的宇宙之动态和谐。[③] 而具体在诗歌的行文节奏之中,"势"则表现为连贯的气息,这种气息灌注在意象与诗行之间,令诗歌浑然一体而元气流转。赵野的诗歌具有丰富的心灵空间,也开拓出广阔的外在世界,在身心之间、自然与心灵之间都保持着深刻的交流。赵野通过"势"的感应,捕捉了事物、心灵、历史之间的联系。而"势"的运作,正好是赵野诗歌独特语感和语势的成因。

为了便于呈现这种运作之"势",赵野运用的方式是"象"。"大道"非"常道",通过"象"而显明。章学诚有言:"万事万物,当其自静而动,形迹未彰而象见矣。故道不可见,人求道而恍若有见者,皆其象也。"[④] 这种由"象"悟"道"的方式,是赵野参悟生命奥义的重要中

[①] 王夫之有言:"言理势者,犹言理之势也,犹凡言理气者,谓理之气也。理本非一成可执之物,不可得而见;气之条绪节文,乃理之可见者也。故其始之有理,即于气上见理;迨已得理,则自然成势,又只在势之必然处见理。"(清)王夫之:《读四书大全说》卷九,《船山全书》第六卷,岳麓书社1996年版,第992页。现代哲学家金岳霖如是说道,"情求尽性即势求依于理","势既成,仍依理而成"。金岳霖:《论道》,商务印书馆1987年版,第206、207页。

[②] 在中国古代艺术理论之中,有大量这样的概括。萧绎《山水松石格》云:"设奇巧之体势,写山水之纵横。"唐岱在《绘事发微》中提出:"夫山有体势,画山水在得体势。"张怀瓘《书断》中称:"字之体势,一笔而成,偶有不连,而脉不断,及其连者,气候通其隔行。"学者李溪对"势"的意义进行了精彩的概括。参见李溪《诠"势":意义结构与周易哲学》,《学术月刊》2014年第12期。

[③] 萧驰:《船山以"势"论诗和中国诗歌艺术本质》,《中国文哲研究集刊》2001年第18期。

[④] (清)章学诚:《文史通义》,中华书局2012年版,第28页。

介,也是赵野诗歌重要的方法论。

立"象"不是"模仿",也不是"反映",而是"法象",是随着所立之"象"生化,把自身与万物相互融通,以融入一阴一阳变化不已的"大道"。以"象"为观看和感受方式,表现的不是自然的形体,而是自然的神髓。以"象"为呈示方式,能直观地呈现自然的声色,但又不同于对山水静态的模拟和仿写,而是在"象"的变易和变动中,呈现了自然变动的生机和生趣。在由意象呈现的自然运作的姿态里,诗人的精神姿态和心灵图景也一并呈现了。正因为这种独特的感受方式,赵野的诗歌充满了精神的动势和生命的气势。

这种以"象"观物、悟道的方式,在现代文化中几近失传;而如何将贯通了自然天道、心灵秩序和历史的气象表现出来,同样也是现代诗人面对的困境。有赖于对汉字属性和汉字精神的独特领悟,赵野巧妙地克服了这一语言的障碍,为这种独具特色的表达方式留存了血脉。早在1988年,在《汉字研究》之中,赵野就如是写道:

> 我努力亲近它们,它们每一个
> 都很从容,拒绝了我的加入
> 但服从了自然的安排,守望着
> 事物实现自己的命运
> 炫目的字,它们的手、脚、头发
> 一招一式,充满对峙和攻击
> 战胜了抽象,又呼应着
> 获得了完美的秩序
>
> 生动的字,模仿着我们的劳作
> 和大地的果实,而在时光的
> 另一面,自恋的花园
> 蓦然变成锋利的匕首①

汉字的肉身性与生动性,汉字形体结构与精神姿态的联系,尤其是汉

---

① 赵野:《字的研究》,《剩山》,南京大学出版社2023年版,第14—15页。

字蕴含的民族精神，皆被赵野和盘托出。在诗歌《汉语》之中，赵野对汉字的领悟更进一层：

> 在这些矜持而没有重量的符号里
> 我发现了自己的来历
> 在这些秩序而威严的方块中
> 我看到了汉族的命运
> 节制、彬彬有礼，仿佛
> 雾中的楼台，霜上的人迹
> 使我们不致远行千里
> 或者死于异地的疾病①

　　汉字是一种"三位一体"的文字：一是对日常物、事的描绘；二是与"性—情"相参②；三是对宇宙阴阳之机和历史之势的表征。汉字具有叙事性和图像性，能够呈现出事物的动态和精神的动势③；传说汉字有占卜吉凶、预测命运的功能；汉字蕴含着日常性、抒情性、历史性，在书写之中又有记忆、铭刻、超越的能力。总而言之，作为民族精神的鲜活载体与记忆库，汉字蕴含着民族的过去与未来，也是华夏子民的护身符，为我们提供生命的庇佑。对于一个长期以汉字为书写媒介的诗人，也必然受到汉字特征的影响。汉字对事物的模仿和象形，对性情的表达与规范，对民族命运的关注，都滋养了赵野的精神与人格——汉字和精神有相辅相成的关系。赵野的诗歌在书写层面，有着如毛笔字和山水画的运笔。随着汉字的书写，赵野在诗歌中形成笔势起伏的空间结构。《诗的隐喻》可谓这一特征的典型代表：

---

① 赵野：《汉语》，《剩山》，南京大学出版社 2023 年版，第 21 页。
② 王夫之有"性，道心也；情，人心也"的说法，性为情之本，情为性之动，动静平衡。而汉字的局部动势相互组合，构成稳固的整体结构，这种特征正好与人的性情相参。
③ 正如闻一多指出的那样："因为我们的文字是象形的，我们中国人鉴赏文艺的时候，至少有一半的印象是要靠眼睛来传达的。原来文学本是占时间又占空间的一种艺术。既然占了空间，却又不能在视觉上引起一种具体的印象——这本是欧洲文字的一个缺憾。我们的文字有了引起这种印象的可能，如果我们不去利用它，真是可惜了。"闻一多：《诗的格律》，《闻一多全集》第二卷，湖北人民出版社 1993 年版，第 140—141 页。

> 蹚过冰冷的河水，我走向
> 一棵树，观察它的生长
>
> 这树干沐浴过前朝的阳光
> 树叶刚刚发绿，态度恳切
>
> 像要说明什么，这时一只鸟
> 顺着风，吐出准确的重音
>
> 这声音没有使空气震颤
> 却消失在空气中，并且动听①

　　树的生长、鸟声的厚度、前朝的阳光，皆不可见而转瞬即逝，而赵野却能感应和表现出其中生长的姿态，并且历历在目地呈现出来。赵野拓展了诗歌语言的生长性与空间性。他运用的蓝图包含两个因素：一个是内在的心灵力量；另一个则是自然和宇宙秩序。他使用的材料则是方块字，这些方块字犹如一块块积木，搭建起一个广阔的空间。这种空间性在两个方面展开：一是字与字之间的连接力量，二是由字的势能所形成的巨大空间。赵野频繁运用的两个核心意象——"树"和"风"——可以形象地描绘由字体聚集起来的空间性。"树"意味着坚持固定的位置，能不断地延展与生长，从而确立起独立自足的空间。它所起到的是横向组合的凝聚作用。事物和词语之间以生长的逻辑性联系起来，正如树干与树枝之间的关系，严密而结实地组合在一起。"风"向内对应人的气息和呼吸，向外对应自然和宇宙间的生气，将人引向神秘性和空茫感，创造流动的节奏和韵律。"风"意味着纵向的自由组合关系，词语之间自由而灵动地组合在一起。这两种营造空间的方式都创造了强大的生命势能，前者依据于一种稳定的成长力量（犹如树木的拔根生长），后者则沉醉于一种想象的自由力量。

　　赵野的心性秩序，亦可用"风"与"树"加以描绘。"风"即庄子所言的自然孔窍，以气感应宇宙万物之间的消息，具有自由苍茫的气象；

---

① 赵野：《诗的隐喻》，《剩山》，南京大学出版社2023年版，第34页。

"树"即扎根与生长,在自己所站立的土地之上,有拔节而出的浑厚力量。在生命的姿势之中,"树"和"风"是呼吸与吐纳、吸收与成长的辩证法。在缓慢的起势和漫长的延续之中,赵野将外在的空间形象吸纳入自己心胸,将心灵倾注在自然空间之中,让心中郁积的不平之气得以抒发,令生命的呼吸得以自由地伸展,实现了心灵世界与自然空间的同步生长。

人在空茫的宇宙之中,都有一种强烈的渴望:以心灵将宇宙的蛮荒进行转化,使之具有稳定的秩序,或者是以宇宙的秩序为生命提供参照和定位,令生命有所皈依。在这个转化过程中,心灵所生发的能量越大,也就越能体现出心灵空间的广度与强度。正如杜甫所写:"无边落木萧萧下,不尽长江滚滚来","飘飘何所似,天地一沙鸥",诗圣将时代图像化和自我形象化,并且在这种严整的图像秩序和画面布局之中,蕴含着诗人对时代的体认、怜爱和敬重,他也在时代的图像和自我的图像之中,找到了自己精确的定位,形成了与时代的对话关系——诗人为历史天地之心。赵野也秉承了这一伟大的文化传统,在诗歌中探求生命的秩序和永恒的尺度。

二 天人之际与语言的开显

令赵野的诗歌能够成"势"的关键是广阔的"天人之际"。正是"天人之际"的视野赋予了赵野的诗歌绝对的尺度与流转的气息。

在此有必要对"际"加以初步的描绘,以便更深刻地理解赵野诗歌的方法与意义。"际",据《说文解字》解释:"际,壁会也。"段玉裁如此注解:"际取壁之两合,犹'间'取门之两合也。"[①] 两人形象地说明:"际"既有相际、同一、相通的向度,又有分际、差异、分别的向度。学者刘成纪就认为,"际"是指一个事物与另一个事物之间的接合与连续,同时强调两者相遇的偶成感和瞬间性。这意味着"际"是一个过程性概念,它既不是此事物也不是彼事物,而是存在于事物的彼此之间,是其两相交接的动态化的中间场域。[②] 由此可见,"际"是一种微小又渺远的距离,蕴含了无限的张力与势能;"际"意味着敞开与遮蔽的关系,有着对距离的承认与承担,以及消除此距离的努力,从而提供一种持续不断的动力机制。

---

① (东汉)许慎:《说文解字》,段玉裁注,上海古籍出版社1988年版,第736页。
② 刘成纪:《论中国中古美学的"天人之际"》(上),《文艺研究》2021年第1期。

在中国文化传统之中,"际"通常被放置在"天—地—人"的视野之中。明清之际的大哲王夫之在解释"泰"卦时如是说道:"'裁成'地者,天也。'辅相'天者,地也。天道下济,以用地之实,而成之以道。地气上升,以效用于天,而辅其所宜。"① "泰"源自天地之间的相互作用与交通。天地之间的交通亦往来之"际"也②。在天地之间存在沟通的通道,而天地之际的交通,则依赖独一无二的人。正如王船山所言:"故天地之际甚密,而人道参焉。"③ 人参与天地,人进入了天地之际。人作为沟通天地之间的重要中介保持着自己的独立性。

对于诗人而言,"性情"的修养是沟通"天人之际"的重要方式和动力机制。"性"指人生而有之的先天秉性④,而"情"则常常被看作"性"的表现⑤。"情"即"性之好恶",它"感于物而动",是"性"的具体表现。"性"是先天固有的本质存在,"情"是后天的偶然性存在,属于个人私欲的范围。"性"对"情"构成规范和引导,而"情"作为感兴的状态,能够感物而动,在"物"与"性"之间构成了一个中介。正因如此,中国传统诗学不仅要言"情",还要言"性情",强调"情"不离"性",以"性"节"情",以道德礼义规范"情"⑥。王夫之有言:"情者,阴阳之几也;物者,天地之产也。阴阳之几动于心,天地之产应于外。故外有其物,内可有其情矣;内有其情,外必有其物矣。"⑦ "性情"即天地阴阳变化、心与物感应的结果,是天与人、心与物的同构相通。"性情"还特别强调道德心与社会性的统一性。正如徐复观所言:"一个伟大的诗人,因其'得性情之正',所以常是'取众之意以为己辞',因而诗人有个性的作品,同时即是富于社会性的作品。这实际是由

---

① (清)王夫之:《周易内传》,《船山全书》第一卷,岳麓书社1996年版,第143页。
② 王夫之有这样的说法,"畅言天地万物消长通塞之机,在往来之际"。参见(清)王夫之:《周易内传》,《船山全书》第一卷,岳麓书社1996年版,第142页。
③ (清)王夫之:《周易外传》,《船山全书》第一卷,岳麓书社1996年版,第1064页。
④ 《荀子·正名》有言:"生之所以然者谓之性。"《郭店楚简·性自命出》有言:"性自命出,命自天降。道始于情,情生于性。"
⑤ 正如《荀子·正名》所言:"性之好、恶、喜、怒、哀、乐谓之情。"《礼记·乐记》也有类似的表达:"人生而静,天之性也;感于物而动,性之欲也。"
⑥ 毛宣国:《"缘情"和"性情"——中国诗学"情"之内涵探讨》,《中国文学批评》2022年第2期。
⑦ (清)王夫之:《诗广传》,《船山全书》第三卷,岳麓书社1996年版,第323页。

道德心的培养，以打通个性与社会性中间的障壁的。"① 由此可见，"性情"诗学不仅是个人情感的表现，还是现实忧患、家国情怀和民族情感的抒发，感应天地万物之间的仁爱，以通达更广阔而深刻的道心。

"性情"诗学其实提供了一种诗学境界，既是由人心逐渐趋向道心，由自然领悟天道的过程，也是通达"天人之际"的必由之路。而修养"性情"的枢纽便是"心"。中国文化以"心"感知世界，能够对远与近进行最深切的感知——既能感知周边的自然，又异常敏感于不可触及的虚空。"心"于直立与安息之间，打开了生命屈伸俯仰的空间，令"心"有所寄托——指向不可及的天空与大地的深渊（"及远"），同时让这个"去远"的虚空可以被接纳与安顿（"切近"），并且在这个远和近之间保持着永恒的张力，而生成一种永恒的场域和空间，令生命与自然、历史等保持关联和感应。② "心"的这种本质和特性，决定了诗人的心灵能够与自然产生共鸣，既能对自然的形体细节保持足够的敏感，又能由自然通达不可见的神秘之道。诗人不仅可以与自然产生情感的共振，保持随时而动的感动状态，更能在自然之中保持心性的修养，通达生命和心灵的沉静与悠远。可以这样说，诗人的性情因自然而充实，自然也因诗人的性情而成物——诗人与自然之间相互激荡而成己成物。

对中国文化传统"天人之际"的语义，进行简要的论述是必要的，这构成了理解和阐释赵野诗歌的文化资源与理论背景。更何况，赵野的诗句"丘壑与天命正把这心迹确认"③，也正好是对"天人之际"的确凿体现。赵野异常敏感于自然、气候、时势的变化，但并没有走向廉价的感伤，而是通向了与自然万物感通的"仁"，抵达更高层次的德性修为。正如赵野在《冈仁波齐》中写道：

无尽的力量涌向匍匐的荒野
万物相连，我们有相同的感受

天梯闪着光，是爱推动群星

---

① 徐复观：《中国文学精神》，上海书店出版社 2004 年版，第 3 页。
② 参见夏可君《心性自然主义论纲》，未刊稿。
③ 赵野：《山居赋》，《剩山》，南京大学出版社 2023 年版，第 206 页。

和太阳转动，期待人类证悟①

天地万物之间涌动着仁爱的力量，等待着人类领会这种力量，而与天地万物相感通。"仁"是贯穿于天地万物之间的生生之气，将天地人三者贯穿联系在一起。唐君毅有言："人之仁，表现于人之以其情与万物感通，而成己成物之际。则在生化发育中之自然物，吾人明见其与他物相感通，而开启新事物之生成……"②刘梁剑亦有言："只是因为有了仁这种源始的感通，人与人之间才组成了一个心气相通的'共通体'——这正是'万物皆备于我'的状态。"③人通过"仁"与天地相通④，达至成己成物的境界。

为了避免"天人之际"的空泛，还需要引入一种中介。赵野在诗歌中如是写道：

　　苍山苍凉如故。零度的
　　青山对应着一部青史
　　云烟重重，真相无法看清
　　任渔樵闲话把酒
　　我与天意订个契约
　　出入山水之间，俯仰成文
　　生命终要卸下重负
　　词语破碎处一切皆空⑤

赵野有着这样的雄心：青山见证着青史，渔樵旁观历史变迁，而"我"却不仅旁观，而且要"与天意订个契约"，追索一种超越的形而上

---

① 赵野：《冈仁波齐》，《剩山》，南京大学出版社2023年版，第93页。
② 唐君毅：《中国文化之精神价值》，广西师范大学出版社2005年版，第82—83页。
③ 刘梁剑：《天·人·际：对王船山的形而上学阐明》，上海人民出版社2007年版，第110页。
④ 王夫之有言："仁者，人所固有不忍之心也。""仁者，人心之不容已，感于物而遂通……""天地予我以生，而生生者自然之爱依乎其本，此即仁之全体所自著也。"[（清）王夫之：《四书训义》，《船山全书》第八卷，岳麓书社1996年版，第67、948、848页]皆是此意。
⑤ 赵野：《苍山》，《剩山》，南京大学出版社2023年版，第109页。

之道，为人世提供一种超越视野。正如赵汀阳所言："山水在中国历史中成为了历史之道的观察坐标，也成为以历史为本的精神世界的一个超越视野标识。"① 自然提供了一种永恒的尺度，与超越无形的道相通。赵野的诗歌有一种自觉达于天人之际的历史忧患。这种天人之际的历史感会开拓出一种邈远和空旷的境界。司马迁的《太史公自序》便是这种精神境界的典范。山川风物、满天星斗、先贤精神皆在心胸之中，对权贵（汉武帝）的藐视，独与天地往来的孤绝、高迥，服膺于历史正义的自重，史迁创造了旷远的境界与高贵的汉语。赵野的《读陈子昂》《山居赋》等诗歌，继承了这一文化命脉，也体现出这种旷远感。夏可君对赵野有这样的评价：在赵野的诗写作中，有着历史性与正义性的双重书写。这正是赵野重新唤醒的诗学——"诗言志"，但这个"心志"，乃是历史的隐秘契约，这是带有隐秘诗性拯救的历史观。这就是把"正义"的反思性带入汉语的"抒情"质地之中，不仅仅是"情本体"，还必须是"正义感"，诗性与历史的契约，必须盖上正义的印章，才具有历史的合法性与正当性。② 这非常明确地道出了赵野诗歌的价值所在。赵野的诗歌写作，是对中国传统性情诗学的拓展与延续。"性情诗学"具有深刻的意蕴：从发生学角度而言，强调情感的自由生发；从目的论而言，则由情感抵达性与天道；"性情"内在于心灵的精神结构，向外对应于自然、宇宙秩序以及历史发展之势。进入现代性境遇以来，抒情传统的这一丰富意蕴被削弱，而失去了"天人之际"的向度。赵野对于"性情诗学"的意义在于拓展了性与情之间的关联、心性与历史之间的联系，尤其是对历史正义的持守，将正义引入抒情之中，借助自然对历史进行了深刻的批判与修复。有了这种超越的精神境界，赵野在诗歌中如是写道：

  此心光明，万物不再黯淡
  草木坐领长风，一派欣然
  众鸟返回树林过自己的生活
  我向天追索云烟的语言③

---

① 赵汀阳：《历史·山水·渔樵》，生活·读书·新知三联书店2019年版，第70页。
② 夏可君：《赵野的诗写作：在历史的诗性约定中寻求正义》，未刊稿。
③ 赵野：《苍山下·正午》，《剩山》，南京大学出版社2023年版，第97页。

赵野实现了由人心到道心的抵达，进行了心性与自然、历史、宇宙之间的深层次交流。在此"天人之际"的视域之下，将能更进一步理解赵野的语言形态——语言是对"天人之际"的开显与命名。所谓"天人之际"的语言，是回到最终的命名状态，将事物从混沌带向光明之中，敞开生命存在的力量。① 这种"天人之际"的语言，用中国的话来说便是"谓"，即给予事物一个名称。正是在语言对事物的命名之中，世界与物获得了条理，事物恢复到本然的状态。正如刘梁剑指出的那样："谓之"凸显了人以语言开显世界，"之谓"体现的是语言所开显的是事物的本然。人以语言理天地，天地本有的"条理"使得语言对天地的"分理"成为可能。语言究其本质是本然与使然的统一，是"之谓"与"谓之"的统一。② 由此可以理解赵野诗歌语言中的动态运作过程——语言既为天人之际的开显，人、语言、事物在相互交融中而成一整体。如此才能更为深刻地理解赵野的诗歌，"我向天追索云烟的语言"——语言是对天地之间若隐若现事物的命名与彰显。海德格尔如是认为：语言就是让事物一起呈放于眼前而进入无蔽状态，这一神秘事件蕴含着存在向人的一种本质性遣送。③ 正如本雅明所言：

> 因此，人乃自然之君王，可以为万物命名。只有通过万物的语言存在，他才可以超越自身，在名称中获得关于万物的知识。当万物接受了人——正是由于他，语言自身得以在名称中言说——给予它们的

---

① 王夫之有言："天地之化、天地之德，本无垠鄂，唯人显之。人知寒，乃以谓天地有寒化；人知暑，乃以谓天地有暑化；人贵生，乃以谓'天地之大德曰生'；人性仁义，乃以曰'立天之道，阴与阳；立地之道，柔与刚'。"（清）王夫之：《读四书大全说》，《船山全书》第六卷，岳麓书社1996年版，第704页。海德格尔说道："语言第一次为存在者命名，于是名称把存在者首次携入语词，携入现象。名称根据其存在并指向存在为存在者命名……"参见陈嘉映《在语言的本质深处交谈——海德格尔和维特根斯坦对语言的思考》，《思远道》，福建教育出版社2000年版，第315页。学者刘梁剑对此亦有分析，参见刘梁剑《天·人·际：对王船山的形而上学阐明》，上海人民出版社2007年版，第118页。

② 刘梁剑：《天·人·际：对王船山的形而上学阐明》，上海人民出版社2007年版，第127—128页。

③ ［德］海德格尔：《演讲与论文集》，孙周兴译，生活·读书·新知三联书店2005年版，第225—226页。

名字时，上帝的创造便完成了。①

赵野通过诗歌为事物命名与正名，在混沌与秩序之间保持着永恒的张力。至此，诗回溯到了一种原初的命名现象——语言乃是万物内涵的名称，是对万物精神的显现与照亮。在赵野的诗歌之中，"天人之际"作为一种方法，是沟通"道"与"物"、"天"与"地"之间的中介，是将自然从名制之中解脱出来，重新获得光明与灵韵，抵达生命大道的过程，也是令语言彰显存在的过程。这种诗歌语言对应于事物混沌的秩序，近乎天人之际、生命大道的言说。

三 空无之境与本源之诗

赵野对生命大道的领悟，对诗歌空间的拓展，皆有赖于对自然的品悟。赵野立于苍山，俯仰古今，观视天下，因之有吟：

> 独自凝视苍山，好多词语
> 浮现如陌生真理
> 生命不过一个比喻
> 我们一代代，徒劳报废自己
> 天空空无一物，大地上
> 奔腾着粗鄙的现代性
> 这与我都毫无关系，我原是
> 存活在前朝的镜像里②

因为有着自然山水的庇护，世间万事虽然纷乱如云，却一切都与"我"毫无关系。自然提供了一个隐匿之地，提供了一种观望世界的方式，标识出一项绝对的尺度。正如陈赟所言："因为自然这个词语始终蕴含着生存体验的宇宙视野，这一视野不仅展现了人与万物在其中共生共创的秩序，而人类政治社会的秩序虽然从这个秩序中的跃进，乃至出离，但

---

① ［德］本雅明：《写作与救赎：本雅明文选》，李茂增、苏仲乐译，东方出版中心2017年版，第7页。

② 赵野：《苍山下·独自》，《剩山》，南京大学出版社2023年版，第103页。

从更广的视野来看，这只不过是以人的形式丰富这个宇宙秩序的可能方式。"① 自然为人的自由展开，提供了一个可供实现的场域——这是从人间到社会乃至延伸到宇宙的场域。

赵野的诗歌写作复活了古典山水诗歌传统，但有别于山水文化传统，不加批判地融入自然之中，等待自然的还原与修复，赵野则对此有新的创造，他依凭心性的修养和决断，促成了自然的转化，将自然从喑哑之中拯救出来，重新带入默化和空境之中，也对历史进行修复和救赎。② 这一艰难的诗歌之旅，有着清晰的三个阶段。

首先，赵野发现了自然的衰败和创伤。正如赵野在诗歌中所写：

> 秋风扑面，带着种族幽怨
> 所有吟咏者已绝尘而去
> 那些高蹈姿态，原是
> 滋生在无边血腥里
> 我面对的整个历史犹如镜子
> 照得苍山一片寒冷
> 落叶纷飞，闪耀末世的光
> 赋予诗和美新的合法性③

赵野敏锐地洞悉了自然的创伤，其中携带着种族的幽怨、历史的血

---

① 陈赟：《自由之思》，浙江大学出版社2020年版，第290页。
② 夏可君有这样的看法：中国文化有着对自然的自身表达，无论是人类必须"以自然为性"，还是人性的自然化还原，尤其是自然的拟似性还原，都有着抒情的客观性乃至于命定性，只是过于陷入人与自然的一致性与顺应性，没有认识到自然灾变的可怕，也不承认自然已经被技术化，以至于废墟化了。因此中国文化的自然观也需要更彻底的思考，进入混沌化的自然，进入更沉默的自然，进入残剩化的自然，并且在新的技术中再次生成（参见夏可君《无用的神学》，广西师范大学出版社2022年版，第95页）。这强调的就是以新的方法促进自然的新生。这可为赵野的诗歌写作提供一种参照。
③ 赵野：《苍山·秋风》，《剩山》，南京大学出版社2023年版，第105页。

污、末世的图景。被过度命名污染的自然变得喑哑无言①,但其中又蕴含着希望的闪光和救赎的真理,而诗人写作的使命,就是将这种微弱的闪光捕捉出来。

其次,赵野以心性的修为和对天道的领悟,探寻世界的玄珠——自然的灵根与种子,发现自然修复的潜能。他所采用的方法是激发文化记忆,与诸如谢灵运、陈子昂等先贤对话,进入一个"绝对的时刻"——以山水精神超越残酷的历史,捕捉自然之中蕴含的力量,将自然从喑哑中拯救出来,也对历史进行修复。这依据生命的强力和意志的决断,表现在语言之中则有着金石之音。赵野如此决断地说道:

> 万法山林流云,因此一代代
> 在内心的尺度中,蓦然回首
> 美即自然,自然即美,风啊
> 早已在水上写下天启的颂词②

这种经心性拯救之后的原初自然,未经历史暴力污染的自然,为美提供了一种典范,径直就是美。赵野的这种自然书写,创造了自然时空和精神时空的复合体——剩山。所谓的剩山,是在阴阳宇宙论解体之后,现代诗人重新创造出的天下空间。它既是精神的废墟和人类的废弃之物,同时也提供了永恒的尺度——万古愁和天下忧。正如赵野在诗中所写:

> 这片云有我的天下忧
> 它飘过苍山,万木枯索
> 十九座峰峦一阵缄默
> 二十个世纪悲伤依旧
> 大地不仁,人民为刍狗
> 我一直低估了诸夏的恶

---

① 正如本雅明所言:"在人的语言中,它们却被过度命名(overname)了。在人类语言和万物语言的关系中,存在着某种大概可以被描述为'过度命名'的现象——这便是一切悲哀以及(从物的角度看)一切刻意喑哑沉默的最深层的语言学原因。"参见〔德〕本雅明《写作与救赎:本雅明文选》,李茂增、苏仲乐译,东方出版中心2017年版,第17页。
② 赵野:《宋瓷颂》,《剩山》,南京大学出版社2023年版,第122页。

>   现实还能独自成立吗
>   湛湛青天，请示我玄珠①

面对历史的血污和残暴，自然变得沉默无言，陷入深深的哀悼。而如何激活自然的力量，让其重新开口说话，成为一种见证的尺度，便是诗人苦苦参悟的。以心性的修为将自然修复，激活其中的潜能，又需要令其沉默无言，成为一种绝对的尺度。由此，赵野的诗歌创造了一种独特的境界——"空"境。

"空"是一种综合的精神构造。从思维方式而言，"空"强调通过直觉的体验，感受到自然和宇宙之中那寂然不动的本体。② 赵野体会到的"空"是这样一种境界：非有非无的涅槃境地，即所谓"天地与我同根，万物与我一体"之境。③ 这种"空境"同时蕴含着实有与虚无，能在"空"与实在之间保持着转化与生成的张力，这种能力也是中国文化能在绝境中重生的关键。正如赵野在诗歌中所写：

>   大风吹乱苍山的云
>   吹乱红尘的白发，往世的微茫
>   夏虫吐纳长天，要我们内视
>   在空里把自己活成山水
>   半世狼突，生死都是盛宴
>   觥筹交错间有人高唱
>   "我们每刻都正在死啊"
>   樱花满树碧玉，随风摇曳④

---

① 赵野：《剩山·一》，《剩山》，南京大学出版社2023年版，第73页。
② 葛兆光这样说道："当禅宗式的体验出现后，人们的视境就发生了变化……在他们的视境中，郁郁黄花、青青翠竹，无一不有个禅心在，马祖道一云'凡所见色，皆是见心'，正是这个意思，因此他们并不分别物象与心灵的差异，而是寻求心物的合一。"葛兆光：《禅意的"云"——唐诗中一个语词的分析》，《文学遗产》1990年第3期。
③ ［日］蜂屋邦夫：《道家思想与佛教》，隽雪艳、陈捷等译，辽宁教育出版社2000年版，第14页。
④ 赵野：《大风》，《剩山》，南京大学出版社2023年版，第98—99页。

"空"并不是虚无,而是在与虚无的斗争与克服之中感悟到实在。对"空"的体悟需要经过"既不……也不……"的双重否定,这也是赵野诗歌有着如汉字起伏结构的内在原因。① "在这一'突破'中,人完全从虚妄和痛苦中解脱出来,因而悟到实在。"② "空"是一种动态的精神运动,在痛苦的否定之中达到自由状态。赵野的心境成"空",也以"空"的目光打量世界。在"空"境中,赵野消除了历史的血污,打通了身心之间的堵塞,破除了自然与天道之间的阻碍,令词与物重新缔结新的关系,万物也能自由自如地生长,生命恢复了生机与活力。

在这种"空"的境界之中,人既是具体而鲜活的存在,通过感官与世界进行交流,又是超个体的人,与"宇宙无意识"同一,最终通过一种自我觉悟达到自由的境界,万物自然而然地朗现③。"在禅的自我觉悟中,每一个体存在,不管是人、动物、植物还是物,都如'柳绿花红'所表述的,在其个体性上显示了自身;然而,又如'李公吃酒张公醉'所表述的,每一事物又都和谐地相互交融。"④ 在"空"的境界之中,物尽其性又各有关联。"万物在空中按其本然而存在,而万物同时就是如性。"⑤

在赵野的诗歌中,"空"超越了语言与实在之间的二元对立,探求一种终极的"宇宙无意识"和"无我"立场,引入一种更高的宇宙或历史尺度。这种写作激活了中国山水精神传统,更有着新的创造,即以强力意志和生命的教义,将自然的潜能激发出来,并且令其焕然一新,同时有着对历史的修复与拯救。赵野诗歌中的修复,乃是通过语言重新回到一个默化的世界,令语言与自然、自然与心性重新缔结亲密的关系。赵野在《庚子杂诗》中如是写道:

---

① 阿部正雄指出,"既不……也不……"是指两者对立和从绝对的否定变为绝对的肯定。[日]阿部正雄:《禅与西方思想》,王雷泉、张汝伦译,上海译文出版社1989年版,第188页。
② [日]阿部正雄:《禅与西方思想》,王雷泉、张汝伦译,上海译文出版社1989年版,第188—189页。
③ [日]阿部正雄:《禅与西方思想》,王雷泉、张汝伦译,上海译文出版社1989年版,第89—90页。
④ [日]阿部正雄:《禅与西方思想》,王雷泉、张汝伦译,上海译文出版社1989年版,第27页。
⑤ [日]阿部正雄:《禅与西方思想》,王雷泉、张汝伦译,上海译文出版社1989年版,第242页。

>   太初有道，混沌的世界
>   必要伟大的构思指向那澄明
>   我们终会一死，当众神遁走
>   在词语里留下隐隐踪迹
>
>   诗人背负闪电承接神性法度
>   为贫困的时代重振秩序
>   此刻风从苍山呼啸而来
>   天地之心即诗焉，天地不言①

自然恢复到原初纯净的状态，而重新开口说话；被历史暴力污染的语言，在源头重新获得了更新的能力。夏可君有言："自然是悲伤的，自然因为自身的沉默以及被人过度命名而悲伤，而且陷入了双重的沉默。只有重新命名自然，以自然的方式命名自然，以'纯粹语言'的方式命名自然，给出诗意的命名，才可能让自然幸福。让自然幸福——即是让我们人性中的自然得以安息与幸福；让我们的人性回到人性的自然性……"② 自然提供了一种神圣秩序，令生命有了回归幸福的可能。赵野的诗歌存在一个破名又重新正名的过程，而语言成为心迹与神迹的表现，在有与无之间无限地激活与伸展。赵野最终渴望恢复心灵、事物与语言之间的紧密联系——所看即所感，所感即所说，其中蕴含着"无法之法"亦即"无法即法"的思想。赵野诗歌总的法则是创造一种原初的语言，将自然拯救出来，恢复人与事物的生机，抵达一种最高的道说，回复到生命纯净的状态。在这种原初的生命境界之中，心灵与自然、天道有着自由的交流。正如理查德·沃林所言："通过命名，人类使万物升华，给予它们尊严，把它们从无言无名的命运中拯救了出来。"③ 本源之诗的意义在于对生命现象进行直接呈现，创造一个万物自动涌现的世界，恢复生命在世界中的生机。

这种"空"的精神和境界，在现代汉语诗歌之中几乎绝迹，原因可

---

① 赵野：《庚子杂诗·九十七》，《剩山》，南京大学出版社 2023 年版，第 154 页。
② 夏可君：《无用的神学》，广西师范大学出版社 2022 年版，第 108 页。
③ ［美］理查德·沃林：《瓦尔特·本雅明：救赎美学》，吴勇立、张亮译，江苏人民出版社 2016 年版，第 43 页。

能是天地境界的缺失。在中国古典山水诗歌之中，前代诗人依托山水创造了一个超越的精神空间。当我们失去了传统的文化氛围，这种精神境界依然存在于文化典籍之中，也会神奇地选择某个人在他身上显影，而赵野无疑打开了传统文化朝向现代的转化之路。正是领悟了这种伟大的使命，赵野在文明的层次进行诗歌创造，在堪称一份写作宣言中，如此自信满满地写道：

> 文明会选择托命之子
> 谁是那仗剑佩玉的人
> 受惠于一次秘密的邂逅
> 他登高必赋，代天立言[①]

[①] 赵野：《剩山》，南京大学出版社 2023 年版，第 75 页。

第五章　自由的创造——书写自然的美学原则

现代自我从"家—国—天下"体系之中脱嵌而出，成为孤独的个体，重新寻求家国天下认同。伴随着这个过程的则是个性意识和主体意识的觉醒。随着主体意识的增强，一方面，诗人渴望深入发现自然之中的关系，与之相关的则是比喻的兴起；另一方面，诗人按照强烈的主观情感和意念来组织自然物象。随着主体意识的觉醒，现代诗人对自然的感受是一种矛盾的状态，在诗歌之中的相关表现则是张力之美。在承受这种混杂的矛盾状态之后，现代诗人也渴望消解矛盾而达到融合，但这种与古典时代人融于自然、自我融于社会的原初和谐已大为不同，而是通过自由的创造，化解矛盾对立，确立主体地位而达到更高层次的和谐。

第一节　描写自然：从"呈现"到"发明"

在某种程度上，诗歌艺术的变革与发展，与诗人运用语言的能力以及发明新的表现技艺紧密相关。刘勰在论述一个时代文艺思潮的转变时，将"形似之言"放在重要的位置："文贵形似，窥情风景之上，钻貌草木之中。……故巧言切状，如印之印泥，不加雕削，而曲写毫芥。"[①] 与之相类似，胡适在说明新诗的革新意义时，也从语言现象入手，称其能容纳细致的观察和高深的思想。由此可见，语言的变化确乎可以作为显性标尺，反映感受和表达方式的变迁。本节将从语言角度深入现代诗人对自然的感受与表达。

[①] （南朝梁）刘勰：《文心雕龙·物色》，人民文学出版社1962年版，第694页。

一　引真入美

诗歌的图画美是一个重要的学术议题。它不仅是一项品评诗歌艺术的衡量标准，而且蕴含着中国诗歌的"体物"传统，即在对世界和事物的刻画之中，达到"宛然在目"的精准程度，以此为"缘情""言志"的坚实基础。①"体物"传统与图画美追求，令诗人始终保持对世界的敏感与关注，自觉地锻炼汉语"图形写貌"的技艺，发展语言精细刻画事物的能力，也令中国诗歌不偏执于主观心灵的抒发，而是在对世界声色的描绘之中，让诗人的情志有所依托，从而达到"情景交融""境生象外"的审美境界。②在诗风转变和诗艺更迭的时期，它们还作为一项行之有效的革新方式，从写实的层面强调对世界的重新摹写，以抵制前代诗歌观念和技术的束缚，开创出新的创作局面。可以说，在诗艺发展的过程中，诗歌的图画美具有基础性作用，但是在中国诗歌弃形重神的艺术品级之中，形色层面的图画美所蕴含的重要诗学意义，并没有引起足够的重视与讨论，它们的重要作用往往在发生之后便被忽略了。本书在中国诗歌古今转换的视域之下，重点探讨了早期新诗的图画美追求，分析它所隐含的历史成因、美学经验以及发生学意义，以期引起对这一学术议题的重视。目前学界从节奏、韵律的角度谈论新诗的发生、创建与发展，已经积累了非常丰富的学术成果，却无意忽略了另外一条线索，即从图画美的角度论述新诗的发生与发展。而从根本层面而言，汉语和汉语诗歌不仅具有节奏性和韵律性，还是一种具有图画性的表意系统。理论上，新诗的生成有两条路径，一条是以郭沫若为代表，以强烈跃动的心灵节奏赋予了语言与心声的密切关联；另一条则是以胡适、康白情等诗人为代表，以图画美为追求，赋予了语言与外部世界的关联。深入探究新诗的图画美，对于反思中国新诗的发生，讨论新诗发展过程之中的得失，均具有重要意义。

在新诗的发生和草创期，诸如胡适、俞平伯、康白情等诗人，都将新诗的图画美放置在重要位置，强调运用精细语言描绘世界的重要性。作为新诗吹鼓手的胡适，倡导"言之有物"的诗歌改革方案，强调"诗须要用具体的做法"，并且认为好诗的标准在于"发生一种——或许多种——

---

① 朱自清：《诗言志辨·经典常谈》，商务印书馆2011年版，第40页。
② 韩经太：《诗艺与"体物"——关于中国古典诗歌的写真艺术传统》，《文学遗产》2005年第2期。

明显逼人的影像"①。在这份新诗革命的纲领性文字中，与具体的影像追求相比较，新诗的音节反而被放置在一个次要的位置。

1919年3月，俞平伯也认定新诗的首要条件是"用字要精当、造句要雅洁、安章要完密"，从而达到做"美术的诗"的要求。② 在同年10月，俞平伯再次撰文指出，新诗艺术的首要条件是"注重实地的描写""巩固诗的基础"③。由这种反复的强调与书写之中，不难见出俞平伯对新诗描写能力和图画美的重视。

与上述略显模糊的理论主张相比，宗白华则明确地指出，新诗"用一种美的文字……音律的绘画的文字……表写人底情绪中的意境"，作诗需要"听自然的音调，观自然的图画"，并且认为"优美的诗中都含着有音乐，含着有图画"④。康白情更是直截了当地指出："图画可以使我们底诗里有色；音乐可以使我们底诗里音节谐和……"⑤ 虽然上述各位诗人的表述略有差异，但注重新诗的写实、刻绘要求，强调新诗的图画美效果，则是众多诗人的共同追求。新诗的这一理论倾向，后来被闻一多更深入、凝练地表述为绘画美。⑥

除了在理论层面强调新诗的图画美，早期新诗人也纷纷在实践层面对其加以落实。如傅斯年的诗歌《老头子和小孩子》："远远树上的'知了'声；/近旁草底的'蛐蛐'声；/溪边的流水花浪花浪；/柳叶上的风声辟呖辟呖；/高粱叶上的风声沙喇沙喇；/一组天然的音乐，到人身上，化成一阵浅凉。"⑦ 傅斯年站在某个固定的位置，目光自如地流转与扫视，按照科学透视方法，精确地描绘出一幅声色交错的江南雨景图。当时有论者如是评价傅斯年的诗歌："兹乃堆叠字眼，务求逼肖，精粗并进，卒累芜杂，而诗之体格乖矣。所以致此之。故在其感受科学方法之酲酲影响。以意思分析过细，乃如心理教科，测验记录，以形象刻画太实，乃如游览指

---

① 胡适：《谈新诗——八年来一件大事》，《星期评论》"双十节纪念号"，1919年10月。
② 俞平伯：《白话诗的三大条件》，《新青年》第6卷第3号，1919年3月15日。
③ 俞平伯：《社会上对于新诗的各种心理观》，《新潮》第2卷第1号，1919年10月。
④ 宗白华：《新诗略谈》，《少年中国》第1卷第8期，1920年2月15日。
⑤ 康白情：《新诗底我见》，《少年中国》第1卷第9期，1920年3月25日。
⑥ 闻一多：《诗的格律》，《晨报副刊·诗镌》1926年5月13日。
⑦ 傅斯年：《老头子和小孩子（并序）》，《新潮》第1卷第3号，1919年3月1日。

南，天象报告。而或者谓其写生之妙，常人莫及。"① 这段苛刻的评语，虽然以旧诗的标准指责傅斯年的创作近乎科学报告，但其中的"科学分析""形象太实""写生之妙"等字眼，恰好说明了早期新诗图画美追求的新向度。

俞平伯的《春水船》也表现出与之类似的特征："我独自闲步沿着河边，／看丝丝缕缕层层叠叠浪纹如织，／反荡着阳光闪烁，／辨不出高低和远近，／只觉得一片黄金般的颜色。／……我只管朝前走，／想在心头，看在眼里，／细尝那春天底好滋味。"② 这首诗按照诗人观看视线的变迁和观看角度的变化，展现了一幅有远近层次感、虚实相生的正午时分湖景图。由"我独自闲步沿着河边""我只管朝前走，想在心头，看在眼里""归途望——"等标示出空间的变化，由"想在心头""看在眼里""好滋味"等，暗示出观看者的在场。这首诗处处标示出"我"所看到与所感到的自然风景，形成了一幅层次分明的图画。

即便是深受古典文化熏陶的朱自清，在描写自然时也体现了这种新变。他在《沪杭道中》中这样写道："雨儿一丝一丝地下着，／每每的田园在雨里浴着，／一片青黄的颜色越发鲜艳欲滴了！／……苍茫里有些影子／大概是些丛树和屋宇罢？／却都给烟雾罩着了。／我们在烟雾里，花毡上过着；／雨儿还在一丝一丝地下着。"③ 这首诗可谓早期新诗的佳作，描绘了三幅图画：彩色花毡图、农夫耕田图、烟雾苍茫图。三幅图画又构成一幅浓淡相宜、视觉层次丰富的乡村图画。朱自清落座于高速行驶的火车，由其目光形成一个焦点，将风景自然截取、取舍与框定，以显示风景的色彩和层次，捕捉到茫茫雨幕之中居于一角的清晰风景。

这些描写雨景、春景的新诗，虽然诗意浅显，但足以充当分析的材料，探究早期新诗的图画美特征。上引诸诗充满人称、时间、位置和说明性、分析性的程序。从观看方式而言，从世界中独立出来的诗人，站在某个固定的视点，设定了观看的距离，集中捕捉、描绘自然的颜色和形体。从人与世界的关系而言，诗人既自满于刻画风景的细节，流露出沉浸其中的喜悦，又情不自禁地对自然之后更为隐秘的秩序充满了困惑，并隐约显

---

① 吴芳吉：《四论吾人眼中之新旧文学观》，《学衡》1925年6月第6期。
② 俞平伯：《冬夜》，亚东图书馆1927年版，第3—5页。
③ 朱自清：《踪迹》，亚东图书馆1924年版，第16—18页。

示出形而上的焦虑——自然处于无所依傍的流动性中，成为难以把握的对象。从美学追求而言，真实确切地捕捉、描绘眼前所见之景，达到如在目前的绘画效果，正是中国现代诗人——至少是早期现代诗人——的审美追求。除此创作实践层面的追求，新诗的图画美也成为评价早期新诗的重要标准。例如闻一多如是评价俞平伯的《冬夜》："惟妙惟肖"，"径直是一截活动影片"，"写得历历如画"①。

上述理论创建、创作实践和鉴赏标准都启示我们，诗歌的图画美涉及诗歌创作的重要问题。如果将视野放得更加广阔一点，诸多古典诗论方家，均认为图画美具有奠基性作用。清代诗人李重华便指出："诗有三要，曰：发窍于音，征色于象，运神于意。……何谓象与意？曰：物有声即有色，象者，摹色以称音也。如舞曲者动容而歌，则意惬悉关飞动，无论兴比与赋，皆有恍然心目者。故诗家写景，是大半功夫。"② 诗歌对外在世界的描绘，达到宛然在目的图画效果，是音韵和谐、传神达意的基础。一个值得深入思考的问题是，为什么在新诗的发生期，如此注重图画美呢？被广泛讨论的音韵与节奏，在此时反而处于一个次要的位置，其中到底蕴含怎样的奥秘？图画美对新诗的发生具有怎样的意义？尝试解开这些谜题，对于重新认识新诗的发生具有重要的意义。

具体而言，中国早期新诗的图画美追求，大致有如下几个特征：直接性，图画细微表现了早期现代诗人对世界的直接感受与反应；清晰性，早期现代诗人在描绘世界时，对细节有着严苛与固执的追求；结构性，早期现代诗人在描绘世界时，不仅是镜像似的反映，还表现出有规律地剪裁和构造，反映潜在的创造意识。学者奚密敏锐地指出现代诗歌存在一种普遍的环形结构，便是这种构图意识和创造意图的体现。这在康白情的诗歌《自得》中体现得非常明显。在诗的开篇和结尾，康白情分别以"中夏什刹海底清晨""是一组复杂的音乐""是一幅活的画"③ 为标志，创造了一个具有边界的画框，描绘出包含蝴蝶飞翔图、白鹭捕鱼图在内的什刹海图景，营造出了一种难得的诗意。在创造固定的形式结构之中，康白

---

① 闻一多：《〈冬夜〉评论》，原载《〈冬夜〉〈草儿〉评论》，清华文学社1922年版，闻一多《闻一多全集》第二卷，湖北人民出版社1993年版，第78—79页。

② （清）李重华：《贞一斋诗说》，贾文昭主编《中国古代文论类编》，海峡文艺出版社1988年版，第10页。

③ 康白情：《自得》，《草儿》，亚东图书馆1922年版，第130页。

情表现出把握世界的努力；在对世界形象的图画性描绘之中，自我也得到了稳定的确认。梅洛-庞蒂认为图画是一种连接心灵与世界的结构："因为图画只有依据身体才是一种相似物；因为它没有向心灵提供一个去重新思考事物的各种构成关系的机会，而是向目光提供了内部视觉的各种印迹（以便目光能够贴合它们），向视觉提供了从内部覆盖视觉的东西，提供了实在的想象结构。"① 他的这一判断有助于加深对图画美追求的理解。焦点透视和图画美追求，提供了一种调节机制，令早期现代诗人不仅可以按照目光的指引进行观看，而且可以在看的组合之中表现出创造世界的方法，从而确立了人在世界面前的主体性。

总而言之，自我是在与世界的互动关系之中形成的。② 以透视方式为中心，现代诗人对世界的认知关系得以建构；而在对图画美追求之中，这种关系被明白无误地确认下来，并且令这一动态过程清晰地显现出来。敬文东对新诗的生成有着这样的判断：孤独是新诗的自我打一开始就必须认领的状态。新诗的自我必须在写作过程之中，将自己制造出来以形成自我认同，从而确立自我的诗人形象，以化解这种本质上的孤独。③ 这也就是在新诗发生之时，图画追求被赋予优先性位置的原因。早期新诗的图画美，正是现代诗人建构主体与自我认同的方式。图画犹如现代诗人在自我和世界之间设置的框架，作为诗人与世界接触过程之中留存的印迹和媒介，它一方面容纳现代诗人逐渐增强的认知愿望和追求；另一方面则向内表达诗人的感情，向外表达着对世界的认识，从而成为早期新诗生成自我、表达意义、构建诗意的重要方式。

在新诗的发生期，为了革新古典诗歌形成的陈词滥调，诗人大多倡导自然而然的书写法则，如胡适在《文学改良刍议》中这样写道："吾所谓务去烂调套语者，别无他法，惟在人人以其耳目所亲见亲闻、所亲身阅历之事物，一一自己铸词以形容描写之。但求其不失真，但求能达其状物写意之目的，即是工夫。"④ 郑振铎也说道："我们要求'真率'，有什么话便说什么话，不隐匿，也不虚冒。我们要求'质朴'，只是把我们心里所

---

① [法]梅洛-庞蒂：《眼与心》，杨大春译，商务印书馆2007年版，第41页。
② [德]罗姆巴赫：《结构存在论：一门自由的现象学》，王俊译，浙江大学出版社2015年版，第103页。
③ 敬文东：《自我诗学》，长江文艺出版社2021年版，第67—68页。
④ 胡适：《文学改良刍议》，《新青年》第2卷第5号，1917年1月1日。

感到的坦白无饰地表现出来……"① 所谓的自己铸词以表现亲眼所见、亲身所历之事，"有什么话便说什么话"，其实都是紧紧围绕着观看自由和书写自由而展开的。图画美作为这种追求的结果，要求诗人依据所见即兴地写下所感所想，令"观看—感想—书写"构成一个连贯而自然的过程。

首先，图画美确认了现代诗人观看的自主性，令自主的观看成为书写的前提。中国古人对世界的感受与书写是与阴阳相合、天人合一的文化背景联系在一起的。古人在以"天下""甲子"为形态的时空模式下感知自然山水，他们习惯在山水的形体中辨认出阴阳对偶的宇宙图式；在山水云烟流动的气势中感悟生命的生机。到了五四时期，康白情、傅斯年、胡适等人对世界的发现和书写，则是与人内在的独立性与自主性联系在一起的。他们摆脱了传统儒释道文化精神的负累，以一种独立的姿态和自由的眼光看待世界（世界本身就是这种"看"的产物）。他们以科学精神和启蒙眼光所看到的世界，是一个透明而匀质的等值空间。正如让·斯塔罗宾斯基所言："在空间里，不再有等级；不再有低等的尘世或是高等的天国；高和低失去了它们的引申意义；在宇宙里，任何东西都不再象征着灵魂救赎或是堕入地狱。"② 早期现代诗人以图画美的方式，将世界透明化了，消除了以往的意义负载，令世界具有了与人的心灵产生直接关联，重新生成意义的潜力。

其次，图画美确认了早期新诗书写的自主性。对于早期现代诗人而言，汉语诗歌负载着太多的意义——既有汉字的象形性形成的词语与事物之间的关联，也有在文化传统之中形成的词语与情志之间的紧密关联，以致古典诗歌成为"情生文，文生情"的固化修辞系统。消解其中的意义负载、切断能指和所指之间的固有关联、重新建立一种新鲜有效的意义生成系统成为早期新诗首要而紧迫的任务。在这个过程之中，早期现代诗人找到了有效的策略——图画美，以撬动语言与世界、情志之间的关联。正如德布雷所言："图像，比文字更易领悟、更煽情、更易记住；它冲破了语言的障碍，因载体的非物质化而摆脱了限制……"③ 对于汉字这个独特

---

① 郑振铎：《〈雪朝〉短序》，选自朱自清等著《雪朝》，商务印书馆1922年版，第1页。
② [瑞士] 让·斯塔罗宾斯基：《自由的创造与理性的象征》，张亘、夏燕译，华东师范大学出版社2015年版，第103—104页。
③ [法] 雷吉斯·德布雷：《图像的生与死：西方观图史》，黄迅余、黄建华译，华东师范大学出版社2014年版，第82页。

的表意符号而言，图画比声音、节奏更为紧密，一些诗人注意到这种优先性，将图画美放在首要位置，便在情理之中了。早期现代诗人将观看引入诗歌写作之中，让图画（对世界的认知和感受）具有了本体论地位和优先性位置，令语言汉字去模仿和刻写这种图画性，不是为了词语而寻找与之对应的世界和情感，而是为描写世界而重新寻找词语，以此重新建立起词语意义生成的基础。

康白情的《江南》一诗非常确切地表现了这种书写法则。为了具体地说明这一问题，现将全诗征引如下：

一

只是雪不大了，/颜色还染得鲜艳。/赭白的山，/油碧的水，/佛头青的胡豆土。/橘儿担着；/驴儿赶着；/蓝袄儿穿着；/板桥儿给他们过着。

二

赤的是枫叶，/黄的是茨叶，/白成一片的是落叶。/坡下一个绿衣绿帽的邮差/撑着一把绿伞——走着。/坡上踞着一个老婆子，/围着一块蓝围腰，/咚咚地吹得柴响。

三

柳椿上拴着两条大水牛。/茅屋都铺得不现草色了。/一个很轻巧的老姑娘/端着一个撮箕，/蒙着一张花帕子。/背后十来只小鹅/都张着些红嘴，/跟着她，叫着。/颜色还染得鲜艳，/只是雪不大了。①

这首诗歌描绘康白情在津浦铁路上的见闻，虽然诗意较为平淡，但足以表现早期新诗的新变。从书写方式而言，康白情将目之所见自然而然地书写下来，几乎不受外部价值理念的干扰；从诗歌的内容而言，诗歌之中包含了山水、树木、草色等自然物象，驴儿、水牛、鹅等动物，送信的邮

---

① 康白情：《江南》，《草儿》，亚东图书馆1922年版，第52—54页。"柳椿"疑应为"柳桩（椿）"。

差、砍柴的妇人、放鹅的老姑娘等人物，按照视线的变迁以及事物出现的秩序组合在一起；从词语的选用而言，最为鲜明的则是赭白、油碧、蓝、赤、黄、绿等大量表示颜色的词语，表现了康白情试图以颜色精确描绘世界的努力和追求，希望在一一对应的秩序之中准确地捕捉世界。

康白情等人按照透视法自由地观察世界，以现代汉语自由地描绘世界，其意义已经溢出了新诗的发生这一命题，而具有普遍的诗学意义。在中国古代文化传统中，大自然之中的事物根据相似性建构起来。相似性是天地万物之间的交感，是身心、天地、人神之间的诗性映照关系。这种相似性的文化根基，其实是阴阳宇宙论、万物气感论和引譬连类的思维方式。龚鹏程便指出，《吕氏春秋》《淮南子》《礼记》等汉代文献提出的"气类感应"的关联图式，将个体生命与天地四时置入一个"同气"的宇宙空间，从而将"物我相感"提升为"类固相召，气同则合，声比则应"的宇宙原则，形成了一套感天应地、伤春悲秋的"感物机制"[①]。郑毓瑜更将这种"气类感应"的感物模式，推衍至"引譬连类"的普遍感知方式。这种物类连接方式，基于天地人之间的共感相应，由物类的声气、形象与性质上的相似性，构成一个庞大的物类感应宇宙系统[②]，诗人通过万物共感而通达背后隐藏的"道"。

而在20世纪初期，由于科学技术在中国的传播，古典而原始的相似性思维，被"五四"先贤认为无法打开通向科学的真理，无法把握和建构这个世界的内在秩序，而需要寻找新的感知与表达方式。透视法和图画美便是从人的视角给出的，具有自主性和创造性，这是对古典诗歌世界中阴阳宇宙论和山水（天地）对应模式的变革。从物与物连接的方式而言，它们不再是词与物、物与物之间类比连类的感知与连接方式，而是根据视觉的迁移自然而然自由展开的过程——世界中的事物依照高低、大小等特征被集合在一起，在新的方式中被有序而连续地呈现出来。在这种转变之中，分析取代了类推，事物之间的辨识差异取代了相似。在传统感知型中相互感应的世界，在现代则被视为将物与物并置在一起的清晰空间。

[①] 龚鹏程：《从〈吕氏春秋〉到〈文心雕龙〉——自然气感与抒情自我》，陈国球、王德威主编《抒情之现代性——"抒情传统"论述与中国文学研究》，生活·读书·新知三联书店2014年版，第594—612页。

[②] 郑毓瑜：《引譬连类：文学研究的关键词》，生活·读书·新知三联书店2017年版，第160—166页。

在这种新的感受方式和命名法则之中，世界获得了新的表现形式，而这个过程所引发的诗学变革则是词语与事物的精确对应关系。从词与物的关系而言，词的意义成立的标准首先在于能否以细微的语言刻画出事物之间的差异。例如康白情《日观峰看浴日》这首描写日出的诗歌，按照视觉接触自然风景的时空顺序，特别表现了云彩颜色的细微变化（"黑云""青光""藕色""茄色""红了""赤了""胭脂了"），还有日出时太阳的外形变化（"凹凸不定""扁""圆"）。在这个过程中，诗人深入风景的内部，精确地凸显了风景变化过程中微小的差异，令描述与描述对象精确对应，展现了人的理性认知能力与精细描绘能力。总而言之，图画的追求容纳了外界的秩序，要求词语与之形成一种客观的对应关系，破坏了古典诗歌中引譬连类的感知方式，以及"词—物—意"之间已成惯性的修辞系统，确立了一种新的感受方式与书写法则。

在新诗的发生期，图画美为早期现代诗人确立了相对稳定的经验表达方式。中国新诗的发生，外在的因素是对中国传统诗歌的变革，对西方现代诗歌影响的回应，而内在的依据则是，诗人需要找到独特的文类形式，以表达现代人独特的经验形态。此一时期现代诗人的精神处于过渡状态：一方面因为传统宇宙论的解体和儒释道精神的式微，而感受到形而上层面的意义焦虑；另一方面则是接受新思潮的冲击，而感觉到心灵的解放和意志的涌动。心灵深处涌动着强烈情绪、意志的现代诗人，难以再像古典诗人那样以虚静空无的心境保持对世界的观照，而是转而以一种动态的眼光来观看这个动态化的世界。而如何表现出这种动态的心灵与世界，赋予其一种整体性的意义，正是早期现代诗人的困惑。周作人的诗歌《画家》，便是这种焦虑的表达："这种种平凡的真实的印象，／永久鲜明的留在心上；／可惜我并非画家，／不能用这枝毛笔／将他明白写出。"① 周作人虽然描写了小儿嬉戏图、农民插秧图、市民买菜图，但在诗歌的开头和结尾都反复感慨自己不是一个画家。周作人以诗画为对比，认为诗歌难以像绘画那样表现出人生和社会百态，除了对新诗表达能力的不信任之外，也有对事物组合和构图方式的疑惑，所以在诗歌之中只是将之简单罗列在一起。这其实暗示了早期现代诗人的意义焦虑——如何寻找到一种意义，将事物统摄在一起，赋予其整体性的意义架构。这种意义焦虑表现在诗歌层面，

---

① 周作人：《画家》，《新青年》第 6 卷第 6 号，1919 年 11 月 1 日。

便是如何在局部与整体、动与静、有限与无限之间取得一种平衡。

在古典向现代转变的过程中，早期现代诗人发生了认识论和价值论转向。古典诗歌热衷于模仿世界，但对世界的模仿是以捕捉自然灵动的节奏为要务，并不在于实现对自然深入的认识。① 而现代诗人对世界的审美体验则趋向真实性，即对世界的客观认识达到逼真时所产生的审美愉悦感。这与 20 世纪初视觉技术和科学的兴起有很大的关系。显微镜、望远镜等科学仪器的发现、解剖学知识的实践帮助人认识到世界深层的结构和机理，将以往人们看不见的世界呈现在人类面前；达尔文的进化论学说，描写出物种之间的演化与竞争关系，令人不能满足于仅仅如中国传统文化那样，从引譬连类的感应角度感知物与物之间的亲缘关系，而是要求人从分析性和精确性的角度来看待世界。与之相适应，现代诗人对世界的审美方式也发生了很大的变化。如果说传统诗歌对世界的审美，是以"天地与我为一""游心于物之初"的状态，表现出人与世界相合的心灵自由感；那么现代诗人对世界的审美，发生了引真入美的转变②，即将对世界的精确认识纳入审美的维度。

这种以"真实"为基础的认识论，强调人对世界的精确认识，也孕育出一种与之相适应的价值观。五四时期的诗人对生命的价值追求是"动的精神"。胡适曾信心满满地宣称："从前人类受自然的支配……现代的人便不同了。人的智力居然征服了自然界的无数质力，上可以飞行无碍，下可以潜行海底，远可以窥算星辰，近可以观察极微。这个两只手一个大脑的动物——人——已成了世界的主人翁，他不能不尊重自己了。"③ 胡适表现出对科学的强烈信任，认为人能凭借科技而改造世界，而不只是静态被动地适应世界。宗白华则认为古典时代有圆满的宇宙观，不再有向前的冲动，而应以静为主。但到了现代，这种宇宙观显得虚幻而浅薄，现代中国人必须发挥动的本能，以维持中华民族的存在，新建我们的文化基础。④ 总体而言，这一时期的诗人崇尚人力的奋斗和进取精神，并且认为这种精神是无限的过程和无止境的追求。朱自清在总结新诗第一

---

① 李怡：《中国现代新诗与古典诗歌传统》，北京大学出版社 2008 年版，第 43—44 页。
② 刘旭光：《论"美感"：历史演绎与构成分析》，《求是学刊》2021 年第 4 期。
③ 胡适：《我们对于西洋近代文明的态度》，《现代评论》1926 年第 4 卷第 83 期。
④ 宗白华：《新文学底源泉——新的精神生活内容底创造与修养》，《时事新报·学灯》1920 年 2 月 23 日。

个十年的创作成绩时,便指出诗歌蕴含着"二十世纪的动的和反抗的精神"①。

为了适应这种新的认识论和价值感,一种新的秩序和表达方式有待确立。早期现代诗人建立在透视法之上的图画美,正好提供了一种新的美学形式。对视觉有着深刻研究的哲学家拉图尔指出,透视法是一种非常独特的感知方式:注重事物的时空流动性又能保持恒常性,在动态细节和整体秩序之间取得了平衡;既尊重事物的逼真性,又能在自由的组合之中体现出创造性;能够将不同的时空重新组合在一起,并且从中提取出抽象的理念,将具体感性的形象与抽象的精神理念组合在一起。②透视的感觉方式在图画美之中固定下来,和以往的传统发生了断裂,为新的美感经验生成创造了条件。

康白情的诗歌《日观峰看浴日》,便是依据透视法而描绘日出之景。它的诗意虽然较为简单,却为早期新诗树立了美学典范。康白情以"青色""藕色""茄色""赤""紫金甲""红"等颜色词,描绘日出变化的过程;以"悬着一颗明珠儿""展开了大大的一张碧玉""凹凸不定的赤晶盘儿"等形状词,表现太阳形状的变化;以"燃""汹涌""粘着""浮""波动""动荡"等动词,表现太阳动作状态的变化。除了从太阳本身进行细微刻画,康白情还以时空的变化呈现日出过程。他以"村灯""鸡鸣""山石着色"等表现时序的变化;以"青白的空中""海陆交界处""蜿蜒的小河旁""山石松之上"等表现空间层次的变化。康白情从时空结构、颜色演变、形状变化等角度,非常精细地将日出的过程清晰展现出来,将繁复的细节变化统一在严整的时空结构之中,整体上构成了自足而独立的审美境界。

尤其值得深入分析的是,康白情诗歌中的颜色表现得到了非常高的评价。梁实秋称康白情为"设色的妙手"③。胡适称康白情的长处在于颜色的表现④。废名则进一步指出康白情诗歌中颜色的交响,其实是景色碰到

---

① 朱自清:《〈中国新文学大系·诗集〉导言》,良友图书印刷公司1935年版,第5页。
② [法]布鲁诺·拉图尔:《视觉化与认知:用眼睛和手来思考》,吴啸雷译,唐宏峰编《现代性的视觉政体:视觉现代性读本》,河南大学出版社2018年版,第44—64页。
③ 梁实秋:《〈草儿〉评论》,《梁实秋文集》第一卷,鹭江出版社2002年版,第14页。
④ 胡适:《评新诗集(一)》,《读书杂志》1922年第1期。

心弦之后外化的表现。① 为什么颜色会有如此突出的诗意效果而被单独提出来？正如梅洛-庞蒂所言："质量、光线、颜色、深度，它们都当着我们的面在那儿，它们不可能不在那儿，因为它们在我们的身体里引起了共鸣，因为我们的身体欢迎它们。"② 颜色作为一种重要的元素，不仅发挥着构造事物空间的作用，更能超越事物而指向一般存在，暗示出生命的精神维度，如各种颜色与人的基本情感有着对应关系。③ 简言之，颜色作为一种媒介，沟通着内在心灵与外在世界。颜色能表现客观世界的规律，也能暗示内在的情感状态，从而将主体与客体紧密地融合在一起。康白情由颜色表现出的日出变化，描绘外部世界的变化过程，也自然地将其与心灵的跃动和生命的动态精神相联系。康白情以颜色为基础构造的图画美，沟通了心灵与世界，联结起具体的细节与抽象的观念，从而有效地确立了早期新诗诗意生成的基础。

中国诗歌由古典向现代转变的过程中，以透视法和游观两种不同的感受方式，建立起不同的语法方式和美感经验。古典诗人以心感为基础的游观，用只可意会不可言传的方式，让心胸与山水丘壑的蜿蜒起伏一起游动，感受到世界变化的节律，并与心律进行共振与共鸣，塑造出一个气息流转的生命世界。④ 而早期现代诗人则是以透视法为观看方式，保持目光的聚集与专注，在光线的条件下保持注意力，将目光聚焦事物的变化过程，对于细节有着异常的敏感，对于事物的展开过程表现出高度的关注，在画面上打开具有错觉深度的空间。古典诗人在阴阳对照的构图之中，以"气"这种媒介的起伏，暗示宇宙之气的流动，以虚实结合、空白的方式表达对宇宙的意会，从而创造出一种整体性的节奏感；早期现代诗人则在光线的引导下，以颜色和线条对世界进行构造，组织起稳定的时空架构，连接可见的形象与不可见的精神维度，在对世界的精细刻画之中，表现出

---

① 废名：《谈新诗及其他》，辽宁教育出版社1998年版，第84页。
② [法] 梅洛-庞蒂：《眼与心》，杨大春译，商务印书馆2007年版，第39页。
③ 梅洛-庞蒂认为，颜色能超越自身，一旦成为照明色、场域的主导色，它就不再是一种颜色，而拥有存在论的作用，能够表象所有事物。而颜色这种特殊性与普遍性并不矛盾，它们合起来就是感觉性本身，它既作为某一存在而给出，同时又作为一种维度、全部可能性存在之表达而给出。参见 [法] 梅洛-庞蒂《可见的与不可见的》，罗国祥译，商务印书馆2017年版，第276页。学者张颖对此也有深刻的分析，参见张颖《意义与视觉》，北京时代华文书局2017年版，第192—193页。
④ 夏可君：《书写的逸乐》，昆仑出版社2013年版，第96页。

生命的动态精神。总而言之，早期新诗的图画美，满足了现代诗人对于真实的渴望，也使他们在心灵的跃动与动态世界之间找到了平衡，缓解了形而上的焦虑，创造出独立自足的审美境界。

以往的研究在论及中国新诗的发生时，往往从形式和语言的角度，谈论早期新诗对古典诗歌的破坏作用，而其作为诗的意义并没有得到深入讨论。其实在早期现代诗人那里，看似浅白的尝试之中，反而蕴含着深刻的变革意义。如果我们回望中国诗歌发展史，也能发现类似的发展规律。魏晋时期以谢灵运为代表创作的诗歌，兴起了一股追求形似的诗风，即精细刻画自然山水的风貌，以突破此前的诗歌创作格局。在此之前，中国诗歌在"诗言志"传统的笼罩下，作品大都以抒写诗人怀抱为主，没有倾心于对客观景物的描写，即使诗作中出现了些许自然景物，也仅是作为人物的陪衬背景而已。这种情形对于诗歌艺术的开展，毕竟是一个很大的限制。"形似之言"就是在这种意义上，成为魏晋诗歌极为重要的成分。① 这一诗学追求至少产生了如下诗学效果：在语言描写层面，深入锻炼了汉语描写事物的能力；在诗学观念方面，改变了以往诗歌"诗言志"的诗风——只见志而不见物的写作风貌；在诗歌发展史上，启发了唐代山水诗意境的生成。这一事实也为我们看待诗学发展带来新的视角。诗歌艺术的发展其实是经验寻求表达形式的结果，每一时代都需要产生一种特定的认识论、语言表达方式和美感经验，以便恰切地表达诗人对自我、世界的感受。一种文类秩序的确立，伴随着新的感受和表达方式的确立，一种新的美感经验的生成。早期现代诗人所倡导的图画美，正是对这一诉求的探索与回应。它回应着现代科技和视觉技术的兴起，形成了新的对生命的认识论和价值感。虽然这一图画美追求在时段上非常短暂，并被新诗的节奏和音律追求迅速盖过，但它对于新诗发生的重要意义实在不容小视。更为重要的是，它其实也凸显了诗歌发展过程中永恒的元问题——语言与世界、美与真实的关系，而具有需要不断返回而予以重审的价值。从普遍的意义而言，诗歌写作包含着两个不同的向度，一是对内在心灵的深刻表现，二是对外部世界的精细刻画与描绘，二者不可偏废，且需要将内与外有机地融合起来，这样方能创造一种成熟而深刻的语言艺术。学者刘方喜

---

① 王文进：《咏怀的本质与形似之言——六朝诗歌》，蔡英俊编《中国文学的巅峰之境》，黄山书社2012年版，第84—85页。

指出，汉语诗学中最理想的诗歌应该是"意象"和"声情"高度融合的作品。"意象"（与外在世界有同构性）与"声情"（与内在情感结构有同构性）的高度融合，昭示着人与世界和谐的关系，更为本源地切近世界的本真状况。① 中国古典诗歌所形成的"情景交融"美学传统，或许就与这两方面的探索有着深刻的关联。而现代诗人更倾向于对内在心灵细致入微的表现，描绘外部世界以锻造语言的能力逐渐被忽略，以至于中国现代诗歌的集大成者冯至，在诗歌语言方面也有比较大的欠缺，有过于抽象化和理念化的弊端，这对于现代诗歌与现代汉语的发展有很大的限制。发掘出新诗的图画美追求，探讨其发生学意义和普遍的诗学意义，或许有助于从一个更加宽广的角度来衡量中国新诗实践的得失。

二 写景入微

在新诗草创期，有大量描写自然的诗歌。傅斯年有一首诗《深秋永定门城上晚景》，在诗中，观看者按照视线的流动书写风景的全貌，确实表现出了新诗相对于古典山水诗的某些特质，比如能聚焦某个事物进行深入细致的描绘："转眼西看，／日已临山。／起出时离山尚差一竿；／渐渐的去山不远；／一会儿山顶上只剩火球一线；／忽然间全不见。／这时节反射的红光上翻。"这几行诗准确地描绘出了随着时间的推移，太阳的颜色与形状的细微变化。但综合观之，诗中值得读者期待的精彩部分语焉不详，比如"山那边，冈峦也是云霞，云霞也是冈峦""红烟含着青烟，青烟含着红烟"，这些关键之处已不是精细的描绘，反倒类似语言游戏了。用傅斯年自己的话说，便是"描不出的层次和新鲜"。傅斯年感叹景色美丽的感叹句，恰恰说明新诗在描写物与物的层次感与联动时显得尤为乏力。另外，虽然傅斯年的视点在发生位移，他也试图按照由近及远的时空顺序来描写风景，但这种外在的特点并未表现在诗歌结构之中，以至于其诗歌依然显出凌乱与庞杂之感，缺少剪裁与组织的秩序。

这里并非强行以一种现代标准，对早期不成熟的写景新诗大加指摘，而是为了引出一个值得深思的问题。早期新诗在描写风景时，在结构层次、语言描写、组织意象等方面，均有某些难以避免的缺点，这可能反映

---

① 刘方喜：《声情说——诗学思想之中国表述》，知识产权出版社 2007 年版，第 130—131 页。

出现代汉语的某些共性。若将其放置在与古典诗歌的对照中，或许更能清晰地说明问题。

古典写景诗歌能较轻易地达到"状难写之景，如在目前"的诗意效果。以温庭筠著名的"鸡声茅店月，人迹板桥霜"为例，可以把它分为六个名词性词汇，它们都是平行陈列的听觉意象和视觉意象，互相之间并无直接的关联：鸡声/茅店/月/人迹/板桥/霜。除了第一个"鸡声"之外，平列的五个视觉意象构成了"全景图"，使读者似乎在直觉中就领略了诗境。再如王维的《山中与裴秀才迪书》中一段描写自然的句子："比涉玄灞，清月映郭，夜登华子冈，辋水沦涟，与月上下。寒山远火，明灭林外，深巷寒犬，吠声如豹，村墟夜春，复与疏钟相间。"自然事物的出场，均带着热气腾腾的光华、质感与气息。这种现象，正如张祥龙先生所言："现象本身就是美。"① 除了在对物象的并置之中表现视觉效果，古典诗歌在描写自然的动态变化时也高度传神，如"星垂平野阔，月涌大江流"，"垂"和"涌"字，便精当准确地描绘出天低野阔、江流奔涌的情形，并且在事物的相互辉映之中显出无穷的意趣。

古典诗歌在描述景物时为何能呈现事物的美感与意味，这可以从语言和文化等两个层次加以说明。

古代汉诗是一种空间性很强、逻辑性稍弱的语言，名词、动词和形容词运用较多，具有很强的视觉性，再加上它松散的语法连接方式，很容易达到一种空间结构的叙述效果。正如庞德在比较中西文字的特征时指出的那样："汉字就像一幅幅连缀起来的画面，它无须经由语音便达成意义——而西洋文字却总是隔了一层——并保留着鲜明的视觉印象。"② 汉字作为象形指事的文字，字形与事物有着精确的对应性，易于激发鲜明的视觉效果。而汉字与汉字之间不拘语法的灵活组合，一方面模拟着自然界事物的运动，摄取物象与物象之间力的传递；另一方面，又并未将单个自然物象固定在严密的体系和链条之内，使其能自然而然地挺立。故而古代汉语能呈现独立自足的单个物象，又能展现事物之间相互辉映、灵动活跃的动态美感。

除了古代汉语的表达优势之外，自然事物美感的呈现，还与中国传统

---

① 张祥龙：《为什么现象本身就是美的？》，《民族艺术研究》2003 年第 1 期。
② 庞德语，转引自葛兆光《汉字的魔方》，复旦大学出版社 2016 年版，第 54 页。

文化的特性有关。法国学者朱利安在分析了中国元典《易经》的首句"元亨利贞"后指出：中国文化对事物的关注，不是真理与表象的对立，存在与实有的分裂，而是满足于分别与串联。每一个事物自身便展开自明性，自在流行、自我援引而不引证其他事物。① 叶维廉则是取径道家，认为不受概念干扰的表现活动，呈现了世界的整全性，保存了世界的真实内涵。② 因而，在平面世界中呈现自然物象的立体性，使其活灵活现而不是将自然抽象为本质，便成为古典诗人的追求。汉字的视觉性正好呈现这个自足的自然世界。早期新诗人描写自然风景时面对的难题，正好是古典诗歌所长。

当然，为了挽回这种缺失，不少新诗诗人在努力做出尝试。穆木天有诗行如下："遥对着远远吹来的空虚中的嘘呀的声音/意识着一片一片的坠下的轻轻的白色的落花"（穆木天：《落花》）穆木天努力以象征的方式，尝试着像古典诗歌创作那样，以密集凝练的意象连缀出一个印象的世界，以便在心中激起朦胧的感觉和体验。但古典诗歌中密集化的意象与现实世界之间，仍有某种理致上的对应；它可以征之于外部世界，依然有着某种可读性和可感性。而在穆木天的诗歌中，意象的连缀方式在很大程度上必须依据主观感觉的流动性，与现实世界隔离得太远；过度密集的叠加与组合，反倒对视觉和心理造成了某种压迫感，并不能达到良好的诗学效果。

如果说深受象征派影响的穆木天试图以内心的感觉去组合自然以达到鲜明的视觉效果，那么，深谙古典诗歌传统的林庚则试图在汉语自身特性的层面进行创造，由此带来的得失更有探讨的必要。如林庚《斜倚在……》描写晚霞映照的诗句：

> 斜倚在荒原暮景的山坡，
> 有童子唱着古代游牧之歌；
> 远处的笛声与牛羊的低叫，
> 随晚风流出芳草的深笑。
> 这时正有：一行白鹭；

---

① ［法］朱利安：《进入思想之门：思维的多元性》，卓立译，北京大学出版社2014年版，第27—47页。
② 叶维廉：《语言与真实世界——中西美感基础的生成》，《叶维廉文集》第一集，安徽教育出版社2002年版，第137—143页。

从天边带着晚红，跌入野霞飞处。

　　这些诗句极易令人产生互文性联想，比如，很容易让读者想到"两个黄鹂鸣翠柳，一行白鹭上青天。窗含西岭千秋雪，门泊东吴万里船"，甚至让读者念及"落霞与孤鹜齐飞，秋水共长天一色"。这些联想为古今对照提供了可能，甚至能达到铄古铸今的效果。林庚的诗歌与杜甫、王勃描绘的意境相似，都是白鹭飞翔的场景，但是激发的美感体验却迥然有异。"天边"非常显著地规定了白鹭在时空中的范围，失去了与天地混同一色的混沌感；而"带着"则为表示从属关系的词语，令白鹭与晚霞被框定在单向度的关系之中，失去了古典诗歌中事物相互对照而来的美感与张力；"跌入"则规定了白鹭的动作，将白鹭限制在一个固定、狭小的空间之内，丧失了浑然一体的感觉。在王勃那里，落霞与孤鹜、秋水与长天相互变幻，混融在一起，而作为旁观者的作者本人则共同融入天地境界之中。这种"落霞"与"孤鹜"、"秋水"与"长天"对照的方式，一方面蕴含了中国古典的认识论，即"造化赋形，支体必双，神理为用，事不孤立"[①]；另一方面也符合中国古典美学的对称之美。而与之相比，林庚的诗过于注重事物之间的差异性，仅依凭诗人的智力与巧思，试图将事物的差异弥合，显得尤为吃力。其中的深刻缘由，或许可以追溯至表达媒介的变化。逻辑性和流动性极强的现代汉语影响了林庚观察事物的方式，潜意识地将事物固定在严密的因果关系、从属关系以及逻辑线条之中。

　　由上述多方面的对比不难发现，相较于视觉性和逻辑性较弱的古代汉语，现代汉语逻辑性和流动性增强了。[②] 虽然现代汉语在呈现事物的动态关系时，能力有所减弱，但现代汉语也有自己的优势。因为逻辑词（包括虚词和介词）的引入，现代汉语在描摹某一景物的细微之处时，显得更加活软细腻，更能"抚摸"景物的细部，更能按照主观意愿对自然风景进行选择、剪裁与组合，也更适合表现细腻的情思。康白情的《窗外》是一个不错的例子："窗外的闲月/紧恋着窗内蜜也似的相思。/相思都恼了，/她还涎着脸儿在墙上相窥。//回头月也恼了，/一抽身儿就没了。/

---

　　① （南朝梁）刘勰：《文心雕龙·丽辞》，人民文学出版社1962年版，第588页。
　　② 有论者指出，这一特点使现代诗的作者利用其特性来剪裁现代口语，通过语气的细微变动来营造一种说话的调子，达到一种微妙然而内在的韵律。杨志：《论古今山水诗的衰变》，《中国现代文学研究丛刊》2001年第4期。

月倒没了；/相思倒觉着舍不得了。"康白情充分发挥了现代汉语在描写单个景物时的优势，令语言随着景物转动，景物则随着情转动。将月亮在窗前徘徊流连的客观过程与主观情思融合在一起，令"相思"进入更加精微细腻的层次。与之相比较，古典诗歌中的月亮虽也有相思之意，如"举头望明月，低头思故乡"，则显得较为抽象却又那么直白，难以传达出这种欲说还休的细微情态。

这种差异在朱自清的诗歌中体现得更为明显。下面，将以他分别用文言和现代汉语描写月亮的作品为例加以说明。朱自清的文言诗《宴后独步月下》如下："遥遥离绮席，皎皎满疏林。到眼疑流水，栖枝起宿禽。苍茫浮夜气，踯躅理尘襟。孤影随轮仄，频为乌鹊吟。"朱自清的《松堂游记》中有这样的句子："好了，月亮上来了，却又让云遮去了一半，老远的躲在树缝里，像个乡下姑娘，羞答答的。"

在表现月夜朦胧的氛围时，古典诗歌利用"皎皎"等铿锵有力的词语，由文字激发的声、色、味、韵等，发挥汉语的图画性，由单个字体激发出鲜活的图景。现代汉语则利用逻辑性和流动性、比喻能力，精确地表现了月亮细微的变化状态。

康白情和朱自清等诗人充分利用现代汉语的细腻语气，表现自然风景的细微变化；其他诗人则充分利用现代汉语的比喻性能，发明自然界中的细微关系。在《黄昏》中，闻一多写道：

> 黄昏是一头迟笨的黑牛，
> 一步一步的走下了西山；
> 不许把城门关锁得太早，
> 总要等黑牛走进了城圈。
>
> 黄昏是一头神秘的黑牛，
> 不知他是哪一界的神仙——
> 天天月亮要送他到城里，
> 一早太阳又牵上了西山。

在这首诗中，闻一多将黄昏分别比作迟笨的和神秘的黑牛，暗含多重巧思，形象地描绘了黄昏的形态。在城圈与西山的空间对比中，将黄昏这一形象拟物化，与俗世生活发生了紧密的联系。无独有偶，刘延陵的《梅雨之夜》中也有类似的句子："黑沉沉的夜/抛了锚停在窗外太空底海里，/丝毫也不向前移动。"从这些细微的关联性比喻之中能看到诗人时空观念的变化。将黑夜比喻为抛锚的船只，形象地表现出对夜晚宁静的感受；以夜晚作为连接人间与宇宙的媒介，宇宙便不再是一个陌生、神秘的想象领域，而是一个宁静的海湾和家园。朱大枬则在《大风歌》中这样写道："风神掣转地球一片车轮，/看黑夜影一匹骏马奔腾。"将大风比喻为奔跑的骏马，将地球比喻为一个车轮，这种神奇的想象和雄奇的气概，在古典诗歌中似乎并不常见，它更有可能源自中国现代独有的时空意识，因而得以从一个更加广阔的视角看待自然。

上述诗歌中所用的比喻，尚集中于对自然形象的描绘；闻一多和郭沫若则在大自然中发现新的关系，以比喻表达思想观念。如闻一多的《秋之末日》：

  和西风酗了一夜的酒，
  醉得颠头跌脑，
  洒了金子扯了锦绣，
  还呼呼地吼个不休。

  奢豪的秋，自然底浪子哦！
  春夏辛苦了半年，
  能有多少的积蓄，
  来供你这般地挥霍呢？
  如今该要破产了罢！

对秋之意象的反思，明显偏离了古典诗歌中的悲秋主题，转而将秋天的金黄色彩比喻为一种挥霍，思考收获与挥霍的辩证，更深刻地触及自然与生命的关系。再比如郭沫若的《夕暮》：

  一群白色的绵羊，
  团团睡在天上，
  四围苍老的荒山，

好像瘦狮一样。

昂头望着天
我替羊儿危险，
牧羊的人哟，
你为什么不见？

郭沫若由"荒山"和"云"的形象分别想到"瘦狮"和"绵羊"并进一步联想到牧羊人解救处在危险中的羊，分别从而对生命生起同情与悲悯。这类连接生命的方式似乎绝少出现在强调万物相亲、人与自然平等和谐、以善为美的古典诗歌中。或许只有在晚清民初，达尔文进化论等生命科学知识对诗人的生命观产生影响后，才产生这样的认知理性和审美体验。

综上所述，在表达自然的关系时，现代诗人以巧思与机智设置比喻，在抽象与具象之间建立起联系。相较于古典诗人，现代诗人在对自然的关系发明中，凸显了认知能力与审美感受。这种对自然物象关系的发明，是新诗书写自然的通用方法。朱自清就敏锐地指出：从早期自由诗派较平凡的比喻，到格律诗派奇丽的譬喻，再到象征诗派视比喻为生命，新诗的技艺在不断进步。① 古今诗人在写景时，写景和触发方式均发生了变化，经历了从"兴"到"比"的演变。② 在人与自然浑然不分的古代社会，源于生命原发处的自然原发精神，人对自然的书写源于"兴"——一种油然而起的感兴和生命感通。而在五四时期，人将自然对象化和客体化，将自身的生命尺度应用到自然中，运用比喻手法描写自然，用于表达人对自然的感受、认知与审美。

古典山水诗歌中，诗人连缀自然物象的方式，是以引譬连类和阴阳

---

① 朱自清：《新诗杂话·新诗的进步》，《朱自清全集》第二卷，江苏教育出版社 1988 年版，第 319—320 页。

② 在《诗经》中，"比兴"虽然并称，但"比"其实是从属和服务于"兴"的，因为情志的"感通"才是中国古人所理解的诗的旨归。在中国古诗中，对气象、风骨、神韵、格调的追求压倒了对新鲜比喻和奇异经验的追求，这是中国古人的心性气质、思维方式和诗学态度所致。只有在中国人的生活世界转向现代性之后，由于诗人的才智、爱欲和好奇心的解放，道德意识形态在诗歌中的逐渐退场，西方现代诗的技艺引进对感通诗学的平衡，这时候我们才能在诗歌中看到对比喻技艺的大规模实验和探究。参见王凌云《比喻的进化：中国新诗的技艺线索》，《江汉学术》2014 年第 1 期。

对偶原则为主要依据。而在五四时期，受科学知识影响的现代人，作为一个独立的"类"从自然中脱颖而出；自然界的万物也被人类打上了差异性的印记。古典诗歌中物类的同一性和现代诗歌中物类的差异性，是古今诗人书写自然时面临的本质区别。现代诗人需要在这类具有较大差异性的物类之间重新找到"同"，并使这些事物变形而幻化，建立起新的联系，以此体现人的力量，这就是早期新诗大量运用比喻的深层原因。概而言之，古典诗人在书写自然时，采用观物取象的方式，以具有视觉性的古代汉语为表达媒介，将物象固定在元素层级上，在物与物的组合之中，达到如在目前的效果，呈现出人与自然、宇宙交融的和谐、共鸣状态。而现代诗人经过科学洗礼，以及感性知觉能力的释放，注意到物象之内丰富的感性细节，以引入逻辑连词和虚词的现代汉语为表达媒介，深入地表达单个景物的局部细节，彰显出人对自然的认知和感受过程。

三 情景交融的过程性

诗人大量运用比喻，凸显的是人深入认识自然的意志；诗人也渴望利用自然物象表达强烈的情感，这在现代诗歌中会有怎样的表现呢？先从徐志摩广为流传的《再别康桥》谈起：

> 那河畔的金柳，
> 是夕阳中的新娘；
> 波光里的艳影，
> 在我的心头荡漾。
> ……
> 但我不能放歌，
> 悄悄是别离的笙箫；
> 夏虫也为我沉默，
> 沉默是今晚的康桥！

这首借景抒情的诗歌揭示了人与自然之间的辩证关系。波光里的"艳影"与"心头荡漾"连缀，波浪的波动与心头的情绪形成对应关系。如果说《再别康桥》还有一个游动的视线来组织诗歌结构的过程性，那

么徐志摩的另一首诗《秋月》①,则完全根据想象力的驰骋来体现流动性与过程性:

> 它飘闪在水面上
> 它沉浸在
> 水草盘结得如同忧愁般的
> 水底;
> 它睥睨在古城的雉堞上,
> 万千的城砖在它的清亮中
> 呼吸,
> 它抚摩着
> 错落在城厢外内的墓墟,
> ……
> 悲哀揉和着欢畅,
> 怨仇与恩爱,
> 晦冥交抱着火电,
> 在这夐绝的秋夜与秋野的
> 苍茫中,
> "解化"的伟大
> 在一切纤微的深处
> 展开了
> 婴儿的微笑!

诸如"飘闪""沉浸""睥睨""抚摩"等动作,展现了月亮随着时空的变动而照临万物的过程,形成了如画的感觉。月亮激发了徐志摩的想象力和情感活动,而徐志摩的想象力也赋予了月亮以知觉,随着月光的播洒而触摸事物,参与自然的运作与生成之中。徐志摩为了传递人流动的情感和节奏,发明了一种感觉与自然相融、心灵与物象相互作用的演进结构。这种融合并不是事先存在的,而是诗人的情绪、意念,在与自然物象的相互碰撞与交流过程中,逐渐根据同构相似的原则而发现的。

---

① 徐志摩:《秋月》,《现代学生》1920 年第 2 期。

这种情景交融的过程性并非徐志摩所独创，而是广泛存在于现代诗歌中。如俞平伯的《冬夜之公园》："哑！哑！哑！／队队的归鸦，相和相答，／淡茫茫的冷月，／衬着那翠叠叠的浓林，／越显得枝柯老态如画。／……惟有一个突地里惊醒，／这枝飞到那枝，／不知为甚的叫得这般凄紧？／听他仿佛说道，／'归呀！归呀！'"在这首描写冬夜之公园的诗中，有两条线索明显地呈现了时间的流动与变化。一条线索是月色逐渐变浓加深，从淡茫茫的冷月、闪烁不定的光线，再到夜色完全降临，将天地万物完全笼罩，景物不可辨识；另外一条线索则是乌鸦的叫声，从相互应答的"哑哑哑"声，到满园的鸦雀无闻，逐渐沉寂下来，再到突然一只惊醒打破寂静。与这种变化相对照的，则是诗人的心情从冷寂清冷到凄惨悲凉的变化。景物皆带上"我"的情感色彩，"我"的情感对景物进行了赋值。在上述变化的过程中，可以看到时间的流动性和情感的变化状态，作为一个重要的元素参与、渗透到景物的涌现过程之中。

梁实秋的《海啸》也体现得较为明显：

一轮旭日徐徐地从海边升起，
鲤鱼鳞似的波光远远地在跳动。
……
夕阳像一只负创的金乌，
染了一身鲜血，迅急的下坠。
……
玉镜似的月盘孤另另地高悬，
银箔似的海面平坦坦地凝驻。

引文分别表现了海的呼啸声从早到晚的变化过程。从旭日东升，引发一种孤独的乡愁；到从夕阳的静穆景象之中，触发了一种自觉，整理纷乱的思绪；最后，则在夜间大海的静穆之中，将诗心托付给大海，与大海形成一种共鸣。这种情随景转的写作现象，同样暗含了这样的现象：在时空的变动之中，情感和自然物象纷纷发生了变化。

与上述诗人很不相同，林庚则按照强烈的主观情感来组织自然意象。他在《破晓》中写道：

>   破晓中天傍的水声
>
>   深山中老虎的眼睛
>
>   在鱼白的窗外鸟唱
>
>   如一曲初春的解冻歌
>
>   （冥冥的广漠里的心）
>
>   温柔的冰裂的声音
>
>   自北极像一首歌
>
>   在梦中隐隐的传来了
>
>   如人间第一次的诞生

《破晓》对自然关系作出发明，在巨大的时空切换中，对自然物象作蒙太奇的剪切和跳跃式的表现，将人间种种单纯、充满活力的现象和事件诗意地解释为"人间第一次的诞生"。再如这首诗歌："山后沸腾火红/浸入悄然的热闹里/遂令草色一片的//沙漠上一角的影子/有红的帐篷/与驼背上的人/晚风中锈了的铁翅飞过/展在天际/远处见点点没落的旗帜"（林庚：《夏之昏野》）以视觉"红"为线索，运用通感手法，串联起"帐篷""驼背上的人"等诸多物象，在超时空的组合之中形成一个意象群，极大地发挥了语言的潜能。

在这些诗歌中，林庚按照主观意念和情感来组合自然物象，令自然物象的涌现与感觉的流动紧密、恰当地融合在一起，表现出极大的发明性。与之相比，古典诗人是在"无我之境"之中呈现自然物象的。这种"无我"之境，虽然不是完全否定自我的审美作用，但强调摒弃一切主观意念和感情，形成空旷宁静的精神状态，以求最大程度呈现自然的物象世界。

在中国古典诗歌中，人与自然亲密无间地融合在一起，心灵世界与自然物象互为表里，在直接的呈现与描写中，便可以表达内心的情绪、描绘外界的自然景观。如王维《鸟鸣涧》的"人闲桂花落，夜静春山中。月出惊山鸟，时鸣春山中"。"人""桂花""春山""鸟"等各自独立的意象，形成了一幅完整的自然图景。这些罗列在一起的意象，虽然无一句言情抒意，但依然可以由此体会到诗人沉静清明的心境。诗歌中动词，如"落""出"等，并不为强调过程性，反而是为了突出瞬间静态的感觉。整体上，古典诗歌书写自然是以一种空间并置的方式，表现自然的常态空间，呈现自然物象的共同特征和凝固静止的形态。而现代诗歌之中，人与自然相互分离，人与自然之间的相互贯通性则是在历时的、动态的结构之中完成的，使特定的情感状态与自然物象的瞬间情态相适应，以表达个人独一无二的瞬间感受。

古典诗人书写自然时，大体采取的方式是"以物统情"[①]。古典诗人为了表达自然苦苦锤炼字义，在对自然本然规律的呈现中，加强了汉语的摹写能力，以自然景物的开阔扩充诗人的心胸，在诗歌中形成恢宏的境界[②]。如"池塘生春草，园柳变鸣禽"，既有对自然形态美的把握，又表现了观察者的感情，而对偶的结构也体现了对宇宙阴阳规律和法则的领悟，获得了悦目、悦心、悦神的审美体验。现代诗歌在书写自然时，在"以情统物"的引领下体现情景交融的过程。这种深刻的变化意味着诗人并不满足于在自然物象的表面流连，而是渴望进入自然的内部，展现其中变化的过程，甚至参与自然的创造，以表达内心强烈的感情。在此意义上，自然中的物象不再具有独立自足性，而是通过主体被带入人的认知、分辨与情感之中。

第二节 自由的创造

随着主体意识的觉醒，现代诗人感受到理性和感性的分裂，个体和社会之间的分离。相较于古典诗人对自然的和谐感受，现代诗人以矛盾的感觉体验自然。这种混合着理性与感性分裂的"新感觉"，影响了现代诗人对自然的书写。

一 "新感觉"与张力之美

现代诗人路易士在论述新诗之新时指出："在本质上，新诗之新，依

[①] 如古典诗论讨论情景关系的诗论："情者，阴阳之几也；物者，天地之产也。阴阳之几动于心，天地之产应于外。故外有其物，内可有其情矣；内有其情，外必有其物矣。"（参见王夫之《诗广传》卷一《论邶风》）另有以李仲蒙的言论为证："故物有刚柔缓急荣悴得失之不齐，则诗人之情性亦各有所寓。"（引自胡寅《与李叔易书》）仔细辨别这些言论，大致可以感受到核心便是触物起情，诗人对情的表达，须由物发，服从物的客观性。

[②] "对偶作为一种诗歌艺术在美学上反映了中华哲学中的阴阳相反相成的原则。……可以说对偶用在文学上是助诗人打开一条仰观天地、俯视人间的道路，大大丰富了诗歌的内容。"郑敏：《郑敏文集·文论卷》（中），北京师范大学出版社2012年版，第516—517页。

然是其情绪的新。它应该是'道前人之所未道,步前人之所未步'的。现代人的生活,显然不同于前一二个世纪的。……我们的生活愈更复杂,我们的情绪也就愈更微妙了。"① 对事物感受方式的变迁是新诗之新的根本所在。林庚也表达过类似的看法:"诗的内容,原是取之于生活中最敏感的事物,'春花''秋月'之所以常占有诗中相当的字数,正因为它原是最易感到的。然而这些敏感的事物,久而久之,便会形成一种滥调,一种无病的呻吟。于是新的敏感的事物,便又成为生活中的必要了。'苟日新,日日新,又日新。'新的诗风最直接的,莫过于新的事物上新的感情,这便是诗的不断的追求。"② 林庚敏锐地指出:可由典型的诗歌意象追寻诗歌感受和情感的变迁。在古今转换的视野之内,诗人对自然的感受发生了怎样的变化,是一个有趣的问题。本节根据现代诗歌创作的实际情况,选取月亮这一典型意象来考察诗人对自然感受的变迁。

在中国传统文化中,月亮具有原型意义,透露出怀乡、怀人等情感,表现为和谐朦胧的审美意境,传达出共同体的伦理价值。从《诗经》的"月出皎兮,佼人僚兮"到韦庄的"垆边人似月",月亮以其朦胧细腻的光晕和色彩,提供了一种共时性的想象,代表着圆融和谐美满的感情,常常作为美好人伦感情的象征。这种表达也在现代诗歌中延续下来。何其芳的《关山月》写道:

> 今宵准有银色的梦了,
> 如白鸽展开着沐浴的双翅,
> 如素莲在水影里坠下的花片,
> 如从琉璃似的梧桐叶流到
> 积霜似的鸳瓦上的秋声。
> 但渔阳也有这银色的月波吗?
> 即有,怕也凝成玲珑的冰了,
> 梦纵如一只满帆顺风的船,
> 能驶到冻结的夜里去吗?

---

① 路易士:《新诗之诸问题》,《语林》1945年第1卷第2期。
② 林庚:《诗的活力和新原质》,《文学杂志》1948年第2卷第9期。

在乳白色月亮的笼罩下，白鸽、素莲、梧桐叶等意象交织成一种温馨朦胧的氛围。而这种氛围并未持续，月波冷冻成冰的想象将这种意境击碎，空余一丝丝惆怅与悲伤。何其芳感受的月亮也徘徊在温暖的梦境与冰冷的现实之间。在古典语境中，月亮作为物我两忘契合天机的神秘启示物，使一切独立的事物变得和谐，统合凌乱的世界为完整的世界。如"独坐幽篁里，弹琴复长啸。深林人不知，明月来相照"（王维：《竹里馆》），在朗月映照下，诗人从纷繁的尘世之中脱离出来，感受到澄明宁静的心情，神游于天地一白的境界之中。

方令孺也感受到这种人与自然分离的状态："月光推倒我又扶起——/这甜蜜的，忍心的月光！/我觉得自己沉浸在宇宙的大海里，/与极美的黑夜同在。/但是，我虽舍身给这超绝的欢狂，/有一件惨痛的心思在作弄我：/我伸开我的双臂，/现出这永不得完成的渴望！"（《月夜在鸡鸣寺》）她临窗眺望月光临照的大海，流泻的月光、涌动的波涛、起伏的山峦，都溶解在朦胧的月色之中，从中体会到万物和谐的境界。然而，当她准备推窗更深入地进入夜色之时，过分强烈的主体意识阻碍了生命与自然的相合，因而无法在自然秩序中形成新的和解状态；渴望融入更大的秩序之中而不可得，进而感受到难以排遣的孤独与苦闷。

古典时代的诗人面对亘古的皓月，也会感受到生命的孤独，探寻生命的本质，张若虚的《春江花月夜》最有代表性："江畔何人初见月？江月何年初照人？……不知江月待何人，但见长江送流水。"张若虚在思考生命所来何自、所去何方，但这种孤独和思考，终究不是芒刺在背的焦灼感和尖锐感，也并非在刨根问底的探求之中寻求最终的答案，而是最终释然在朦胧的月色和摇曳的波光之中，生与死、孤独等深刻的命题与朦胧的月色相互震荡，最终消解了这种孤旅哀愁。李白有诗"今人不见古时月，今月曾经照古人。古人今人若流水，共看明月皆如此"，将个体在时空中的孤独，置换为宇宙自然中生命的普遍境遇，令自己处于与古人的对话之中，消解生命在世界中的孤独。

正如卡尔·曼海姆指出的那样，农业社会的理想在于自给自足的梦想，追求一种可靠性。它的目的在于自我确认和再确认，以使人类无条件地接受自身和自己的信仰。而现代社会的趋向则是，不再以不变的、确定的观点来看待自己，而是在不断的超越和重构自我中更新与变化。① 在古典世界里，人感受的自然是整体统一的世界，人通过对宇宙统一规律的体认和对自然规律的信仰，把自我安顿在稳定的整体秩序之中。张柠指出："古典世界是一个静止、凝固、重复、节奏简洁的永恒世界，一个人与自然的整体性尚未破碎的'乌托邦'世界，一个业已消失的典型的农耕文明世界。在那里，人的整体性与自然或世界的整体性合而为一，彼此认同、相看两不厌，拥抱在一起；在动植物身上可以感受到人性，在人身上可以看到植物性和动物性。"② 而在现代诗歌中，诗人对月亮这永恒之物的审美感受，产生了本质性变化，混合了短暂与永恒，普遍与特殊等诸多相互矛盾、对立的状态，而处于变动不居的状态之中。一方面，诗人追慕自然所提供的永恒秩序；另一方面，诗人也感受到主体的崛起与自然永恒秩序的冲突，生命无法整合到自然所提供的价值系统之中。在这种感觉的指引下，诗歌的结构也被分为相互对照的两部分，前半部分表现人与自然和谐的状态，后半部分表现人与自然相离的孤独状态。这种现象所表现的是，个性意识觉醒之后的现代人渴望与自然融合而不得的矛盾状态。③ 赵萝蕤的《中秋月有华》如是写道："今天我看见月亮，/多半是假的，/何以这样圆，圆得/无一弯棱角。//何以这圆满/却并不流出来，/在含蕴的端详中，/宛如慈悲女佛。//岂不是月外月/月外还有一道光，/万般的灿烂/还是圆满的自亮。//静静的我望着，/实在分不出真假，/我越往真里想，/越觉得是假。"赵萝蕤对月而思，那圆满充溢的月亮激发的并非喜悦饱满的情感，而是诗人的质疑——用一种科学的眼光分析月亮的形体大小。将圆月与慈悲的女佛类比的审美感觉，与思辨圆形之真假的理性思维相互冲突，最终陷入感性经验与理性思辨的矛盾中，永远得不到最终肯定的答案。

---

① ［德］卡尔·曼海姆：《卡尔·曼海姆精粹》，徐彬译，南京大学出版社 2002 年版，第 161—162 页。
② 张柠：《感伤时代的文学》，新星出版社 2013 年版，第 141 页。
③ 在中国传统美学中，强调的是美与善的统一，把艺术看成一种成就德性化人格的道路，所以它不要求把艺术作品同具体的客观事物相验证，而是强调"以意为主"。参见高尔泰《论美》，甘肃人民出版社 1982 年版，第 258 页。中国传统美学，在自然中所寄予的善的意志和美好感情，遭遇科学之真和社会之恶的冲击，需要以更高的理想追求、更强烈的意志来面对这种冲击，将其重新统一起来，使其归于和谐。

同样表现出这种矛盾感受状态的，还有徐迟描写都市月亮的诗歌《都会的满月》："夜夜的满月，立体的平面的机件。/贴在摩天楼的塔上的满月。/另一座摩天楼低俯下的都会的满月。//短针一样的人，长针一样的影子，/偶或望一望都会的满月的表面。/知道了都会的满月的浮载的哲理，/知道了时刻之分，/明月与灯与钟的兼有了。"在现代都市之中，月亮和时钟被并置在一起，时钟精确标示的现代时间将月亮也刻度化了，令其成为一个机械的平面，月亮的阴晴圆缺失去了神秘色彩，其所象征的变易循环的丰厚意味也消失殆尽。而在古典诗歌之中，月是用来度量时间的，也正说明了永恒性的周而复始。中国传统哲学中那种穷则思变、死而又生的宇宙生命循环和乐观放达的人生态度与月亮提供的阴晴圆缺而又循环不已的现象紧密联系在一起。

现代诗人感受自然风景时，除了这种情感之美与科学之真的冲突外，还感受到自然的和谐与社会的残酷之间的冲突。穆木天《月夜渡湘江》因之而有吟：

> 正如同这湘江岸上这古旧的城池，
> 变成了血肉交织的瓦砾场一样。
> ……
> 湘江的水今天是阴郁而美丽的，
> 月色朦胧中使我感到无限的兴奋和惆怅。

月色提供了苍茫、朦胧、混同天地物我的氛围，在这人与物两相冥合的意境之中，穆木天暂且搁置艰辛的存在之思，体会到融于自然的兴奋感；而当他转念想起处在阴冷月色映照下的家乡，便有了深深的忧思。残酷的战争场面和和谐的自然之间相互对峙，无法在天意秩序之下获得救赎与抚慰。诗人在与自然相会的乐趣与社会的忧思之间摇摆不定，在审美感受和道德意识之间有深刻的沟壑。

在古典诗歌中，月亮作为一种象征形式，伴随着阔大苍凉的宇宙空间、浩渺悲壮的天问意识、雄浑高古的审美境界，象征着永恒存在的天道秩序。金观涛指出，在中国以道德关怀为终极关怀的泛道德主义文化中，天理代表着一种把宇宙秩序、社会正义和家庭伦理整合起来的东西，代表着一种"天人合一结构"和"道德价值一元论"①。天道把宇宙自然状态和人世间的道德秩序紧密联系在一起，正如刘禹锡《八月十五日夜玩月》中的吟唱：

> 天将今夜月，一遍洗寰瀛。
> 暑退九霄净，秋澄万景清。
> 星辰让光彩，风露发晶英。
> 能变人间世，倏然是玉京。

在永恒秩序的映照之下，刘禹锡从苍茫的时空来审视尘世的苦难，并消解了现实的苦难。而经过心物二分之后，人的心灵和自然、宇宙分成两个互不相干的领域。信仰、理性和道德是一回事，宇宙秩序和自然现象又是另外一回事。在现代诗歌中，月亮作为人间苦难和残酷社会现实的见证，无法提供一种超越性的精神价值，为遭受苦难的人类进行度化。在古典哲学语境之中，基于生命与自然的感通，人在自然秩序的参照下，维持生命的平衡，调整自己的生活状态。或游心于天地与自然相融，心灵感受的至乐得以与自然分享；或在自然的映照下化身为微小的尘埃，生命感受的忧思感愤得以化解。而在现代社会，诗人意识到自己犹如一个单独的原子，不再将自然视为和谐的整体，而是以自身为尺度去感受自然，来调整自我的生存与感受状态。

正如历史学家霍布斯鲍姆所言："今天的人类已经习惯于内心充满矛盾的生活；在感情世界和对情感毫无感应的技术之间，在个人经验及感知的范畴和无意义的庞大之间，在生活的'常识'和造就了我们生活框架的智力活动的不可理解之间，人需要不断地找到平衡。"② 外部世界真善美的分离，都一一体现在诗人对自然的感受和书写之中。一方面，诗人沉醉于自然物象所营造的和谐氛围之中；另一方面，诗人由于无法压抑主体意识的觉醒，而对生命本质产生思索与困惑，由于难以屏蔽来自残酷现实的侵扰，这种种力量相互争执不休，充满对立而又难以调和，因而形成了诗歌结构中的张力美。相对于古典自然诗歌的和谐，张力和矛盾成为一种新的感受和书写自然的原则。

---

① 金观涛、刘青峰：《中国思想史十讲》，法律出版社 2015 年版，第 111—112 页。
② [英] 霍布斯鲍姆：《断裂的年代：20 世纪的文化与社会》，林华译，中信出版社 2014 年版，第 190 页。

二 自由的想象与崇高感

如前所述，在诗歌中形成张力与冲突，是现代诗人书写自然的原则。此外，虽然想象力和理解力的自由，使人离开自然的单纯、真实和必然性，但诗人从来都有寻求统一的冲动，依然有着将自然作为不可分割的整体加以感受的强烈冲动。杜运燮在《月》中写道：

> 科学家造过谣言，
> 说你只是个小星，
> 寒冷而没有人色，
> 得到亿万人的倾心，
> 还是靠太阳的势力；
>
> 白天你永远躲在家里，
> 晚上才洗干净出来，
> ……
> 今夜一如其他的夜，
> 我们在地上不免狭窄，
> 你有女性的镇静，欣赏
> 这一切奇怪的情感波澜，露着
> 孙女的羞涩与祖母的慈祥。

这首诗歌由两部分组成，前半部分是对月亮的讽刺，因为科学对月亮的本性有自己的解释，亦即月光是对太阳的反光，因此，古人负载在月亮之上的种种情感和意蕴都遭受质疑和冲击；在诗的后半部分，月亮依然成为情感的象征与载体：渴望感情的青年，身处异乡、面临死亡的战士，颠沛流离的客居异乡者等，重新赋予了月亮丰富的情感含义。月亮的形象"已经受到一种支配一切的激情或由这种激情所生发出的有关思想和意象的修改……或者已经注入了一个人的智慧和生命，这个生命来自诗人自己的精神"[①]。与其说

---

① [英]柯勒律治：《文学生涯》，转引自余虹《中国文论与西方诗学》，生活·读书·新知三联书店1999年版，第170页。

这是月亮激发了人类的情感，毋宁说这是人类内心深处对情感的强烈渴望移情于月亮的结果。这种将个体生命的强烈情感移情至自然的写作方式并非孤例。如辛笛的诗歌《湖上，又是一番月色》：

> 那一片圣洁的清辉，
> 又一次该为我
> 奏起贝多芬的《月光曲》，
> 正如我当年苦读
> 密尔顿的《失乐园》和《复乐园》
> 光明就顿时来在心中！
> 感谢这一双聋聩人，
> 有多少次啊
> 唤起我通体对光明的膜拜和颂歌！

诗前半部分所体现的"月亮不是"等，化解了中国古典文化中月亮的公共伦理意涵，如与月亮密切相连的阴柔之美和相思之意，而赋予了月亮新的情感意义——对于光明与希望的近乎宗教般的热忱与向往等。月亮的审美情感与意象，由贝多芬等代表人类智慧与创造力的形象所提供。辛笛所感受到的并非由实在的月亮所激发的情感，也不是由文化记忆的积淀，而是来自个体独特而强烈的感情，来源于主体精神的创造性想象。

上述几首寄予月亮以意味的现代诗歌，具有如下共同特征。第一，表现性。诗人通过主观心灵的介入，以个体的激情、理想和信仰为依据，以强烈的情感和想象力，按照自身的理想来塑造外物，从而缩短了物理真实与情感之美的差距，令其成为主观情感和想象的表征。第二，个体性。每个人都以自身为尺度，以仅合乎个人的标准，来感受月亮的意蕴。现代诗人面对月亮的时候，对月亮既成的文化记忆和历史积淀进行了有效的反思和个人化处理，在新的场景之下重新生成月亮丰富的文化和象征内涵，通过自己完满的人性理想创造出新的自然之美。第三，崇高性。在古典时代，人将自然作为一个和谐的整体，亦以一个和谐的整体来感受自然，只需在对自然的模仿与呈现之中，便可以表达和谐的情感体验；而在现代社会，人与自然的和谐就并非以一种事实而存在，而是作为理想而存在，需要通过矛盾斗争和统一对立来获得更高层次的和谐。正如席勒所言："古代诗人用自然、感性的真实、活生生的现实来打动我们,近代诗人用观念打动我们。"① 这种变化体现了表达方式的差异——从呈现到表现的变化。古典诗歌描写月亮时,充满感性细节,如 "月出于东山之上,徘徊于斗牛之间",现代诗人笔下的月亮则是观念型的,不再以客体的性质为依据对其进行精雕细琢的呈现;而是在表现的过程中,展现如何借由自然物象令崇高的感情得以完满表达,从而达到感人至深的审美效果。辛笛在《月光》中有吟:

> 何等崇高纯洁柔和的光啊
> 你充沛渗透泻注无所不在
> 我沐浴于你呼吸怀恩于你
> 一种清亮的情操一种渴想
> 芬芳热烈地在我体内滋生
> ……
> 你不是宗教是大神的粹思
> 凭藉贝多汶的手指和琴键
> 在树叶上阶前土地上独白
> 我如虔诚献祭的猫弓下身
> 但不能如拾穗人拾起你来

辛笛将月亮抽象②为一种崇高神圣之光。这神圣的光广照世间万物,渗透到万物之中,洗涤着万物的灵魂,提升着人的精神境界,赋予人永恒的精神启迪。"诗人将人的全部灵魂带动起来,使它的各种能力按照相对的价值和地位彼此从属。他散发一种一致的情调与精神,藉赖那种善于综合的神奇的力量,使它们彼此混合或溶化为一体,这种力量我专门用了'想象'这个名称。"③ 诗人将自己作为一个创造者,创造了月亮这个无形

---

① [德] 席勒:《审美教育书简》,张玉能译,译林出版社 2012 年版,第 172 页。
② 康定斯基指出:"抽象的精神是一种力量,使人类精神一往无前,永远攀升。"参见 [俄] 康定斯基《艺术中的精神》,李政文、魏大海译,中国人民大学出版社 2003 年版,第 119 页。
③ [英] 柯勒律治:《文学生涯》,刘若端编《十九世纪英国诗人论诗》,人民文学出版社 1984 年版,第 69 页。

之物，令它完全摆脱了感性和物质的界限，将其从一种有限之物提升到一种无限的状态。在这种创造的状态中，诗人在内心深处恢复了统一，感受到一种绝对的自由，将自己提升到一个完满的阶段和境界之中。

为了传达出上述的表现性、个体性与崇高性，现代诗人采用"想象"的方式书写自然。下面将在与古典诗歌的"神思"观念的比较之中，更为详细地说明这种差异。且看张若虚的写月名篇《春江花月夜》：

> 江天一色无纤尘，皎皎空中孤月轮。
> 江畔何人初见月？江月何年初照人？
> ……
> 斜月沉沉藏海雾，碣石潇湘无限路。
> 不知乘月几人归？落月摇情满江树。

遨游天际的宇宙意识，纵览古今的沧桑感，均因月之具体的物理性状而发，并没有创造一个新的月亮。这种书写强调当下经验兴发的直接性，而"思接千载，视通万里"必须以"物沿耳目"为前提，将已然存在那里的自然世界纳入内心并生发相关情感，所呈现的是心物情景原本和谐的关系。雅克·马利坦所言："这种艺术潜心于在事物中发现并力求从事物中将事物自身被束缚的灵魂和关于动力和谐的内原则，即其被想象为一种来自宇宙精神的不可见的幽灵的'精神'，揭示出来，并赋予它们以生命和运动的典型形式。"① 上述书写月亮的诗歌表明：现代诗人以创造性想象以心造物，对原本对立冲突之主客关系加以综合以求创造新的事物；建立对立事物之间的张力关系，而导向辩证统一的心灵力量。简而言之，古典诗人按照物的秩序，在神与物游的状态之中达到人与物的和谐统一；现代诗人则是通过想象创造新的自然事物，在创造与生成之中将自己提升到自由的境界之中。

诗人西渡如是评价诗歌创作之中想象力的重要作用："诗歌的想象主要体现为一种'造形'的能力，也就是根据已知的形象创造出新形象的能力。在这个创造过程中，诗人的心灵就像晶莹的水晶，把诗人通过观

---

① ［法］雅克·马利坦：《艺术与诗中的创造性直觉》，刘有元等译，生活·读书·新知三联书店1991年版，第25页。

察、感觉所获得的具体事物的形象照映其中,并通过其立体的、凹凸的镜面对这些形象进行反复的折射、变形,从而创造出融入了诗人主观的感受、情绪和判断的新形象。"① 这可谓方家之言,对了解诗歌创作之中想象力的运作过程具有重要的作用。张世英如是说道:"审美意识的最高境界在于通过想象,以在场的东西显现出无限的不在场的东西,从而使鉴赏者玩味无穷……"② 通过创造出可见的自然物形象,令心中崇高的感情呈现出来,正是想象力的重要作用。

黑格尔在描述人类文明从盲目到自由的进程时,有如下一番诗意的想象:"试想一个盲人,忽然得到了视力,看见灿烂的曙色、渐增的光明和旭日上升时火一般的壮丽,他的情绪又是怎么样呢? 他的第一种感觉,便是在这一片光辉中,全然忘却了他自己——绝对的惊诧。但是当太阳已经升起来了,他这种惊诧便减少了;周围的事物都已经看清楚了,个人便转而思索他自己内在的东西,他自己和事物之间的关系也就渐渐被发觉起来了。他便放弃了不活动的静观而去活动,等到白天将过完,人已经从自己内在的太阳里筑起了一座建筑;他在夜间想到这事的时候,他重视他内在的太阳,更过于他重视那原来的外界的太阳。因为现在他和他的'精神'之间,结了一种'关系',所以也就是一种'自由的'关系。"③ 当作为一种最高秩序的自然退场之后,人类在自身内部感受到一股同样强烈的力量,人类便在克服自然必然性之后获得了自由。这个过程同样适用于描述中国诗人书写自然过程的转变。现代诗人书写自然时自由创造的原则,与古典诗人压抑主体意志而服从自然必然性的和谐迥然有异。这种自由创造的状态,是当人从与自然的和谐状态脱离而出,意识到人的自由追求与自然必然性的矛盾之后,产生一种强烈的对抗意志,并在对抗之中感受到崇高的力量,进而按照自己的理想和价值秩序来塑造自然。哈贝马斯认为,在前现代,人与世界的统一是通过人与自然的和谐得以实现的,与自然的融合即人与世界融合的方式,因而也被作为人生在世的目标,但是现代性以主体性原则替代了这种和谐的目标,确立了现代文化形态。④ 通过自由

---

① 西渡:《诗的想象与意象》,《中国投资》2014 年第 3 期。
② 张世英:《论想象》,《江苏社会科学》2004 年第 2 期。
③ [德] 黑格尔:《历史哲学》,王造时译,上海书店出版社 2001 年版,第 106 页。
④ [德] 哈贝马斯:《现代性的哲学话语》,曹卫东等译,译林出版社 2004 年版,第 21—22 页。

而有意识的活动,人不仅创造了世界,也创造了他们自身。高尔泰也有着睿智的判断:"创造是对于现实世界的超越,是对于已知的和被认可的世界的超越,是从已经熟悉的一切之中挣脱出来,向着前所未有的、被拒绝的和不可知的世界探索前进的活力。"① 在这个意义上,现代诗人与其说是模仿自然,不如说是模仿自然的创造者。

三 生命的共在与自由的表现

"智者乐水,仁者乐山",中国的文人雅士向来对自然山水怀有深切的爱好与品味,以至于将山水与人的精神修行紧密联系在一起,这体现在大量吟咏自然山水的诗歌中。可以说,自然山水不仅作为诗人常用的书写题材,而且给诗人提供了丰厚的精神濡养。山水诗不仅作为一个诗歌类型,而且代表着中国诗歌的美学特质和精神品格。山水诗的美感意识如何生成,在古今之间又发生了哪些变化呢是一个值得探究的有趣问题。

古典诗人书写自然的方式,往往以梅兰竹菊来比喻刚正不阿的君子,或借空山明月来寄托澄净禅心,或用行云流水来象征道之本质。更深入确切地说,这种书写模式奠基于古代中国独特的阴阳宇宙论和万物气感论。所谓的阴阳宇宙论,即指宇宙间的阴阳对冲之气,是宇宙万物的根本。《周易》"咸"卦有云"天地感而万物化生",一阴一阳之间的往复运动、可见与不可见之间的持续交互作用乃是生命的本质和生活世界的根基。阴阳之道成为中国传统文化中美善的统一体,也是中国古代艺术具有"言外之意,味外之旨"的根本动因。② 所谓的万物气感论,即指古人所处的是一个整体性的气类感应世界。气可以是生理上体动之气,也可以指整个生命的生动之气,乃至延及宇宙间的天行之气,由此人与自然万物从外在的形体到内在的心理、精神生气等各个层面的交流就有了本体基础。以阴阳宇宙论和万物气感论为基础,古人形成了天人合一的思想,强调人与自然之间生命力的感通与融合。

基于天人合一的思想,古人在宇宙不同现实领域之间建立对应关系,将人类世界的各种范畴(比如人的身体、行为、道德、社会政治秩序和历史变化)与宇宙的各类范畴(包括时间、空间、天体、季节轮换)关

---

① 高尔泰:《论美》,甘肃人民出版社 1982 年版,第 38 页。
② 曾繁仁:《解读中国传统"生生美学"》,《光明日报》2018 年 1 月 7 日第 6 版。

联起来。① 那么，这种宇宙、自然和社会之间的内在关联又是如何建立起来的呢？赵汀阳认为，中国传统形成了一套独特的文化坐标体系和意义链"家—国—天下"。② 这个感知体系和意义链以家园感为核心，以国和天下为拓展延伸的形式——家为生活之根基，国是大规模的家政，天下则是万民之家。家—国—天下成为一个连续不断的纵深意义链，并且生成与之呼应的纵深经验，进而作为潜意识化入书画诗词宫宇的经验尺度之中。在这个意义感知链条和经验尺度中，山水被结构在意义感知体系之内，对内富有伦理道德修身意味，对外象征着宇宙秩序，并且令这二者紧密结合在一起，在相互激发之中达到不朽的境界。

为便于直观呈现山水诗的特征，下面将选取谢灵运和杜甫的诗歌加以分析。与宇宙图示和感物系统相适应，谢灵运的山水诗，形成了一种与之相宜的五言诗形式结构，发明了一套"同时的描写"的技术方法。他善用工整对仗的笔法，按照目光的俯仰、山色的阴阳和水色的动静等秩序，水景、山景["舍舟眺迥渚"（水景），"停策倚茂松"（山景）；"侧径既窈窕"（山景），"环洲亦玲珑"（水景）] 错落推进，在严密的组织结构中，将变动互补的自然山水一一呈现③，令平行并置、互补互参的山水风光呈现出"类固相召，声气相应"的宇宙图式。

与在自然山水中体会宏大的宇宙秩序的谢灵运相比，杜甫则以"仁"感受山水，呈现了自然山水与社会、历史相连的复杂内涵。如"玉露凋伤枫树林，巫山巫峡气萧森。江间波浪兼天涌，塞上风云接地阴。丛菊两开他日泪，孤舟一系故园心。寒衣处处催刀尺，白帝城高急暮砧"（《秋兴八首》其一），山水形貌不仅被用来寄托情志，更是诗人"连类无穷"的神秘感应和类推思维的兴发起点。通过连类的共感机制，诗人将包括自然山水与人事、帝国制度、伦理善恶、器官病理、季节方位以及个体经验在内的万事万物对应和组织起来，让自然山水成为规模庞大的关联性宇宙

---

① ［美］王爱和：《中国古代宇宙观与政治文化》，金蕾、徐峰译，上海古籍出版社2011年版，第2页。
② 赵汀阳：《艺术的本意与意义链》，《人文杂志》2017年第3期。
③ 林文月：《山水与古典》，生活·读书·新知三联书店2013年版，第79页。

图示中的一个启示性环节。① 这种自然宇宙、人情物理、政治处境、社会历史层层关联的世界特别适宜表现在律诗这种形式结构中。律诗在各联中透过印象来描述对外部世界的感觉和感情，又在固定的对句结构中将感觉和感情固定并本质化，使其变得极具个人化特征，变成生命的本体，从而构成一个奇特的感情世界，令感情变成人生中的乃至弥漫于世界的唯一令人关心的"真实"。② 在这个独特的情感本体世界里，外部的自然、人事、社会、历史均被感情浸染统摄，达到情景交融的境界。

整体而言，在阴阳宇宙论和万物气感论的文化语境中，古典诗人感受到的自然是一种独特的"天下"境域。作为宇宙和自然的人间形式的天下，因为蕴含有事物的自在自由性，包孕万物涌现的生机，具有无限敞开和生发的潜能。在"天下"境域中，诗人和自然中的生命，有着基于天人一体和伦理共同体的兴发与感通，以此为基础，诗人观照到自然万物涌动的生机，领悟到一种混沌玄远的生命境界。

而在晚清之际，中国古代的宇宙观受到西方科学的猛烈冲击，葛兆光曾经用"天崩地裂"来描述这种剧烈的变化。在古典时代的阴阳宇宙论和万物气感论裂解之后，人与自然的感应交融关系也遭到破坏。古典文化语境中那个混沌的"天下"境域便被清晰地世界化了。正如海德格尔所言，现代是"世界图像"的时代。因此，世界便不再具有自生性和自明性，而是通过主体的认识而被构建出来，被带入人的认知和分辨状态之中，知识的真确性成为自然界中事物存在的依据。自然生命的意义在于人对它们的感受、分类定位与情感赋予等。

从"天下"到"世界观"的演变，表征了人感受自然方式的变迁，也从根本上影响着诗人书写自然的美感机制。古典诗人书写自然的感应基础和价值精神寄托都受到冲击后，自然书写便成为一个悬而未决的问题。现代汉语诗歌需建立书写自然的新的美学法则和规范，赋予自然以新的人文寓意。

学者奚密指出现代汉语诗歌书写自然有两种模式："浪漫主义"和

---

① ［美］宇文所安：《中国传统诗歌与诗学：世界的征象》，陈小亮译，中国社会科学出版社 2013 年版，第 5—11 页。学者沈一帆亦有阐释，参见沈一帆《从比兴物色到引譬连类》，《中国图书评论》2014 年第 2 期。

② 吕正惠：《抒情传统与政治现实》，华中师范大学出版社 2011 年版，第 26 页。

"物本主义"。① 奚密的论述作为对一种整体思潮和美学典范的把握颇有启发性，不过也难免过于抽象和宏观。在思考现代汉语诗歌如何书写自然山水时，或许应该进行更加细致的论述，挖掘更加有效的个案研究。经由对古典山水诗发展历史的追溯，可以获得启示，抽绎出几个基本问题作为中心来展开思索和论述，如诗人如何与自然山水相遇？自然山水如何感发人的情志？自然山水的意义系统如何生成？这都涉及人对自然价值的重新认识与感受。

在古典农耕社会中，在"天—地—人"的三才结构之中，人寓于世界之中，处于宇宙两极之间的能量流动系统之中，人在认识世界万物之前早已与世界万物融为一体，因而人不是事先进行认识，而处于对万物进行感知与品味的状态。受西方科学观的影响，现代性视域下的人与自然的关系，由共融关系转变为主客对立模式。自然是现成的外在的被认知者，主体是现成的内在的认识者，两者彼此外在，形成了一种主客二分的关系。人成为一个外在于世界的孤独个体，这种孤独感犹如基因一般体现在诗人书写自然的诗歌中，如在诗人晴朗李寒的《远乡》那里：

> 白的雪，落在黑的雪上。
> 新的尘埃，覆盖老的尘埃。
> 暮晚的钟声响起。
>
> 万物的骨骼显露出来。
> 一只喜鹊的叫声里，有寒冬的
> 全部清寂。
>
> 城市向着天际陷落，
> 飞雪掩盖了过往的足迹，
> 大地空旷的白，衔接天空的灰。
> 一座座村庄，像孤零零的岛屿
> 浮出海平面。一条条分叉交错的
> 小路，把它们连在一起。

---

① 奚密：《现代汉诗中的自然景观：书写模式初探》，《扬子江评论》2016年第3期。

> 道路仿佛永无尽头，故乡总在
> 远方之远。一个归来的旅人
> 突然驻足，失声痛哭。①

　　天地一白的雪野、清寂的鸟鸣声、孤独的羁旅者，构成了一幅空寒的雪景图。这首诗歌令人不禁与柳宗元流传千古的《江雪》共读，在诗歌创造的空寒诗境中流连。但最后"道路仿佛永无尽头，故乡总在/远方之远。一个归来的旅人/突然驻足，失声痛哭"，将诗人晴朗李寒从柳宗元创造的结晶化空寒诗境中拯救出来，而令《远乡》具有了现代性意味。其中最大的转变是诗人从《江雪》中静止于时空中的垂钓者，变为《远乡》中孤独的没有终点的旅行者。在农耕时代，周被广大的自然山水，以阴阳宇宙论为依托，混沌而没有涯际。古典诗人面对山水世界，感觉自己被笼罩其中而身处无垠的时空中。而一个现代诗人，面对自然的残山剩水，一种边界和局限意识始终存在诗人的心境深处。这首诗歌中的田园世界，须时时与一个外部寂静、喧嚣的世界对抗着，方能显出自己清寂的本质。诗人也时时感受到这个世界和境界的短暂与易逝，诗人面对永无尽头的道路时的失声痛哭，蕴含着在短暂和永恒之间徘徊的无奈与茫然。然而，失去了古典诗歌中完整的空寂世界又何妨呢？在短暂与永恒处，徘徊的人便凸显成为主体，这便是现代诗歌艺术的起点，那痛哭着的人成了一道新的风景。

　　古典时代的诗人在宇宙中感受到大化流行的力量，将自身与自然万物的冥合视为生命力彰显的方式。张灏有过这样的判断：在古代中国的思想中，自我、社会和宇宙是一个富有意义的秩序整体，中国人依靠这些符号锻造作为宇宙认知图式的世界观。他们不仅以此构思整个世界的秩序，而且从中找到自己在其中的位置。② 而现代人则从万物气感论和"家—国—天下"的体系冲决而出，形成一个独立的单子式个人。新诞生的个人成为唯一合法性的依据，从个体内部决定自己的价值。这种个人决定性成为现代性的根基。现代人视自我为一个可以独立于外在世界而存在的实体。

---

① 晴朗李寒：《远乡》，《诗刊》2017年第3期。
② ［美］张灏：《危机中的中国知识分子：寻求秩序与意义》，高力克、王跃译，山西人民出版社1988年版，第10页。

构成自我的并非所选择的价值,而是个人做选择的能力。这种转变也影响了价值体系的变迁,"个人的价值和意义不再是那个天人合一的超越世界,而是回到了世俗社会本身,回到了人自身的历史"①。这个现代性的自我具有认知和创造性的能量,得以突破常识理性的限制,不再将宇宙的大化流行力量奉为圭臬,而得以有可能深入自然的内部,在更深处寻求对自然的感受与理解,赋予自然新的意义,以寻找诗意生成的机制。

在以宇宙秩序和道德伦理为支撑的古代山水诗歌里,自然的意义是直接生成和被直观洞见的。而在现代社会,这种不证自明的道德价值解体之后,现代诗人如何在自然与价值之间建立起联系呢?下面笔者将选取张曙光的佳作《得自雪中的一个思想》来展现这一动态过程:

1.

这场雪突然降临,仿佛/一个突如其来的思想/带来了惊喜,忧伤,或几分困惑/在我的窗外,杨树黑色的枝条/积满厚厚的雪,然后/在风中簌簌地摇落。光线沉重/像大提琴的声音。于是一整个下午/我在另一场中跋涉

2.

一首诗常常耗去我们的/白天和晚上,苦苦地思索/踱步,等待着瞬间的灵感/蓦然点燃整个诗行——/也许最终会被少女捧读/或塑成广场上诗人的雕像/可是在这个降雪的午后/我思索:这一切到底有什么分量?

3.

我想起了童年的那场雪,现在/又在我的眼前,无声地飘落/时间和声音,似乎深深沉入雪里/或下面更暖更坚实的大地/我站在雪中,直到一个猎人从我身边/经过,枪上的野兔滴着殷红色的鲜血/使我惊讶于雪和死亡,那一片/冷漠而沉寂的白色

---

① 许纪霖:《家国天下——现代中国的个人、国家与世界认同》,上海人民出版社2016年版,第372页。

4.

或许诗歌所做的一切，就是/为了使那些事物重新复活/死去的时间和声音，以及/那一场雪，用那些精心选择的词语/或旧事物美丽而温暖的意象/但它是否真的具有那样的魔力/使那只野兔在滴血的枪口/再一次获得生命？

5

雪仍在下着，回忆因死亡而变得安详/也许最终雪将覆盖一切/而我仍将为生命而歌唱/就像一切曾经生活过的人/就像我们的前辈大师那样/在本·布尔本山下，是否也在下雪/那里安葬着伟大的叶芝，他曾在狂风中/怒吼，高傲地蔑视着死亡①

由一场突然降临的雪（像一个思想）激发了思绪——惊喜，忧伤，和几分困惑。雪带来的思想是什么？"突然"表示情绪产生的迅捷和不由自主，必定是触发了某种深层的心理基础和潜意识，由此便设置了悬念。接下来几句诗，诗人并没有去分析这种思绪产生的潜意识结构，而是从视觉、触觉、听觉以及心理体验角度去描述窗外的雪景。正是雪引起的心理体验"光线沉重/像大提琴的声音。于是一整个下午/我在另一场中跋涉"，露出了端倪，使人不得不追问这种感受的心理依据是什么。第二段，诗人开始了对写作过程的审思，似是对第一节末的暗示"我在另一场中跋涉"的回应与承续，也是第一行中"惊喜"情绪的所指，正是这突然降临的雪犹如一个突如其来的思想，带来了灵感，促使"我"开始书写雪带来的情感体验，创造了开启整首诗歌的可能。这也正是惊喜之所由。"在这降雪的午后/我思索：这一切到底有什么分量"，是对写作意义的审视，同时又返回到雪上，思索雪的深层意蕴。第三段，诗人转向对童年记忆中雪的书写。那场童年的雪花，从无声的记忆中转至染着鲜血的雪景，获得死亡的寓意，雪野上滴着殷红色鲜血的兔子，激起雪的死亡的意义向度，雪与死亡的关联，又触发了雪的自然属性"冷漠而沉寂"的死亡意味。正是雪花与死亡的关联，激发了诗人忧伤的情绪。第四节，诗人

---

① 张曙光：《午后的降雪》，重庆大学出版社 2011 年版，第 59—61 页。

在雪花的死亡寓意下，反思诗歌写作是否具有如许的魔力让逝去的生命复活，是对第三节雪带来的死亡寓意的反拨，也是对第二节思考诗歌写作意义的延续。第五节，是一个绾结和延伸，确认了雪的死亡寓意和写作的功能。

纵观全诗，诗歌中有这样几场雪：一是窗外簌簌下着的具象的雪；二是童年记忆中与死亡相联系的雪；三是想象中的叶芝墓地上的雪；四是萦绕在文中的写作之雪。与之对应的则是文本中多个"我"：一个是跟随思绪观察、回忆、想象雪花的"我"；一个是正在写作并对写作过程进行反思的"我"。这多重雪花和多重"我"交织在一起，紧紧围绕着雪花—死亡形成的氛围周围，不断追问雪的深层意蕴。在这个持续深入的过程中，写作主体的情绪也在发生变化和延伸，从最初的油然而生的惊喜、忧伤或几分困惑，到慢慢分析这几种情绪所形成的原因，并在对这种思绪的深层追问中产生怀疑情绪，最后自觉地产生坚韧、肃穆和笃定等情感，来面对死亡。

在对这首诗歌进行细密的分析之后，可以发现这首诗歌具有多重意蕴：一层是对雪引发的思绪的捕捉和解释，对雪花隐喻的死亡寓意的追寻与触及；还有一层是对写作过程和意义的思考。物象"雪"，诗人的意绪与情思，写作（词语的运作过程）相互交织，紧紧缠绕，形成了一个共振体。"雪"在不断地追寻"意"，诗人的意绪和情思，经"雪"激发之后，也在不断延伸，这呈现为一个动态过程，居于其中的"词"在追踪思绪的运行。写作过程就是在尽力弥补词与物之间的距离，让物象和诗人的情思和意绪相互激发，形成饱满形象的意象，展现了"写作中的雪"和"雪中的写作"相互交错而互相推进的过程。

人与自然的相融关系破裂之后，引譬连类的感物和组织方式失效之后，自然物象与情志牢固的对应关系也随之解体。现代诗人得以自由地穿梭时空，运用联想和想象等思维方式，在情感经验、历史记忆和自然物象之间建立起关联，并且这种关联不再以道德伦理和宇宙秩序为依据，而是以自我的生命体验为依据。在这首诗歌中，诗人以自我为中心，从自身的身体感受、心理体验、知觉体验等各个角度出发，迎接自然物象的出场，抓住稍纵即逝的经验，临时赋予物象丰富的情感，而不需要依赖固定的象征图式，依凭自己私密的精神感受和历史记忆，赋予物象以内在的精神质地。

在这种写作模式中，诗人在对自然的认知和感受过程中，更加深入地把握和表现自然，从中彰显个体的生命力（包括认知判断力、感官感受力、想象力等）。正如克里斯蒂娃所言，"诗的言说是主体形成的过程，一个在寻找自我或是在为自己找寻轮廓的过程"①，现代诗人被确立为意义的创造者与生产者，创造与生产成了人的最深层的存在本质，无尽的创造活动成为诗人自我确证的基本方式。所以，现代诗人的创作理想是以主体为中心，以自由、完满地表达主体的感觉和情感为宜，而不必顾忌外部自然的形式要求。诗人对自然的书写模式和价值赋予方式发生了转变：古代诗人依循自然的本然样子，将其表现为宇宙的征象，进而作为道德修身的方式；现代诗人则以个体生命为中心，以自然为媒介表现生命瞬间的感觉与体验，并在自由表现的过程中体现人的组合与创造力量。

而为了进行这种自由的创造，表达的媒介也发生了变迁——从意象到语象。中国古典诗歌的基本表达单位是意象，中国传统文论在言、意、象三者的关系中来讨论意象，《周易·系辞上》所谓"圣人立象以尽意，设卦以尽情伪，系辞焉以尽其言"，王弼所谓"得象忘言""得意忘象"，"象"是传达"意"的工具，有了"意"就可以忘掉"象"。"意象"中本身已有"意"的附着，而不是单纯的"象"。这是古典诗歌意象因袭性的根源②。基于"意象"的表达方式带来的弊端是，"意"的积累令"象"的表达能力减弱，阻碍了诗人表达新的感情。因此，"语象"成为新的表达单位，便显得充分而及时。正如李心释所言："语象是语言符号向内转，把自身当物再度符号化所形成的，意象则是语言符号向外转，使其所指称的具体事物符号化而形成的。"③ 这意味着语象充分注重语言的发明性，充分激活语言的声音、色彩等意义，令语言参与到诗人感觉和想象的运作中来，寻求语言与生命感觉更为深切的关联，为自由的表达提供了便利的语言媒介。

当人与自然的关系从相融走向相离之后，人更有可能以自然为中介表达个人内心的感觉与情感，赋予自然以新的价值意味，但这也须以恰当的

---

① 克里斯蒂娃语，转引自简政珍《台湾现代诗美学》，北京大学出版社 2014 年版，第 152 页。
② 西渡：《当代诗歌中的意象问题》，《扬子江评论》2017 年第 3 期。
③ 李心释：《当代诗歌：语言、语象与意象》，选自王光明编《诗歌的语言与形式：中国现代诗歌语言与形式学术研讨会论文集》，社会科学文献出版社 2014 年版，第 155 页。

尺度为前提。而实际情况是，人类往往将自然工具化或功利化，在对自然的认识或实践中，将其提取为抽象的概念，从而导致自然的感性细节和丰富价值被遮蔽，进而反过来削减了对生命的表达。如何克服人的主体性的过度张扬，表现完整的生命活力，建立人与自然的和谐关系呢？诗人西渡的诗《玉渊潭公园的野鸭（二）》提供了启示：

> 有好几个月我没有看见它们
> 仿佛它们悄悄移出了
> 我的生活。事实是
> 我再没有初春的心情
> 看它们在浮动的冰层间
> 静静游弋。在夏天
> 人们需要另一种火热的生活
> 远离沉思或静观。说到生活
> 我们所拥有的领域
> 不大于这片狭小的水面
> 但更单调。再次见到它们
> 已是夏末。每天增加的泳者
> 把它们赶向一片更狭小的水面
> 它们的个头放大了好几倍
> 一对对在水面漂移，透露着
> 成熟的风采，表明它们
> 和我们一样热爱生活
> 或者栖息在湖心的圆石上，把头
> 埋进翅膀，像退出生活的
> 隐士。有几只爬上了湖堤
> 看它们慢吞吞、笨拙的步伐
> 你会怀疑它们是否仍属于
> 飞行的族类，但如果
> 你想驱逐它们，它们就会
> 扇动翅膀，飞起来
> 飞过你的头顶，飞向

另一片天空，把惊呆的你

留在一片污浊的水塘边①

在这首诗歌中，野鸭在诗人的视野中现身经历了这样的过程：从诗人对野鸭形体的"不见"，到诗人感受到野鸭的成熟风采，再到诗人惊讶于野鸭无尽的生命潜能。野鸭不是被作为一种符号来表达诗人的感情和志向，而具有自己丰沛的肉身、感情和精神内涵。西渡在诗歌中完整地呈现了野鸭的外部形态和精神潜能，尤其是野鸭那充满生命力的振翅一飞，既是生命的潜力向生活的惯常形态发出的挑战，也是生命的必然性和整体性的涌现，更完美地呈现了生命的活力。

在对野鸭的书写中，西渡试图建构一种新型的人与自然的和谐关系：在完整的生活域内，整体的生命形态之间的平等同构关系，而不是主客对立、主次有别的关系。这种人与自然的关系，既不是以人为中心，亦不是以物为中心，而是让人与自然被共置在某种先验的生命形态之中。这种先验的生命形态，用著名美学家李泽厚的话来说，就是"人和宇宙的物质性协同共在"②，一个充溢着生命活力的生命共同体。这个处于本体论地位的先验生命体，具有神秘性和不可解的深度。它不能被纳入理性认知范畴之内而逻辑化，而是一种具有自足性的保持完整性的生命形态。基于这种先验的生命形态，人与自然在本质上是没有区别的生命体，人与自然得以相互激发，达到深度交融。

在现代性处境中，古典时代中建基于阴阳宇宙论和万物气感论的和谐关系遭受裂解，基于生命共同体的完整性和自足性，人与自然有望建立一种新型的和谐关系，创建一种新型的自然美形态。这种先验生命的内在深度与神秘性，看似与中国传统的宇宙论相似，却有深刻的内在区别。传统的阴阳宇宙论，是以宇宙中自然生发的大化流行力量为中心，人的认知和感觉等主体力量受到道德伦理和宇宙秩序的压抑；而在现代，人的认识和感受能力得到自由释放，人在对自然的认识、感受与呈现中，体现了人的创造力量，人和自然成为平等的自我决定的主体，人与自然形成的关系则是主体间性。在主体间性中，两个相互主体通过交往、对话、理解、同情

---

① 西渡：《西渡诗选》，太白文艺出版社2019年版，第146—147页。

② 李泽厚：《从美感两重性到情本体：李泽厚美学文录》，山东文艺出版社2019年版，第254页。

融为一体①，在其中展开的不是外在的客体性世界，也不是主观化的主体性世界，而是主体与客体融合在一起的主体间性世界，达成了自我与世界的和谐共在。

这种主体间性的自然审美形态，并非一味地对古典自然美学的回返，而是充分吸收中国古典美学的共融性美学思想和西方的主体性美学思想，一方面将人和自然作为一个和谐的整体，强调人与自然的感兴交融；另一方面则以现代情境中人对生命的深刻认识、感受与理解为尺度，完成对自然的深度感受与表现，创建一个具有内在深度的人与自然共在的精神世界。

四 自由的创造：生命、自然与形式的统一

从本质而言，新诗中的自然书写，是借助自然这一与心灵密切相关的形体，对生命感觉和生命力量进行赋形，并表现在一定的诗歌形式之中。中国新诗中的自然书写，是在生命力量、自然形体和诗歌形式之间取得平衡的自由创造。下文分别从生命、自然和形式的角度一一论述。

首先是对生命的感受和理解。在本书第三章已经论及，有别于古典诗歌写作传统，将生命理解为"气"之聚散，现代诗人倾向于将生命理解为"生命之流"的创造。著名法国哲学家柏格森对生命有这样深刻的理解："我们生活中的每一瞬间也都是这样，我们自己就是生活的艺人；每一瞬间，每个人，都是一种创造。"② 与柏格森的观念类似，中国美学家高尔泰也说过："生命力是一种从过去向未来突进的力，人类的自由是一种自觉地和有意识地从过去向未来突进的力。"③ 据此有理由认为，生命冲动是一股不尽的生成之流，是一股持续不断的力，是一种永不休止的创造进化过程。生命在创造之中将生命之流形式化，在这一过程之中感受到生命的自由。

对于现代生命而言，形式化的重要特征之一便是节奏。节奏指生命在时间与空间中的运动、展开与律动形式。广义的节奏是指世界上的一切事物均匀反复的运动进程。日升日落、月圆月缺、寒来暑往、花开花落、潮

---

① 杨春时：《中华美学的现代意义及重建之路》，《上海文化》2017年第12期。
② [法] 亨利·柏格森：《创造的进化论》，陈圣生译，漓江出版社2012年版，第13页。
③ 高尔泰：《美是自由的象征》，人民文学出版社1986年版，第48页。

涌潮退、心跳呼吸等现象，均显示出阶段性与连续性相统一的规律性时空运动节奏。正如列斐伏尔所言："一切运动在时间上的组织都叫作节奏，节奏是人们对时间的一种知觉，是客观现象的延续性、顺序性和规律性的反应，节奏在社会时间和空间里展开。"① 节奏几乎无所不在，它是人类社会生活在多维空间中的展开与发展变化的节律。节奏蕴含着三重维度：第一，它表示宇宙或自然的时间性；第二，它关乎体验的绵延性或个人的时间意识；第三，它象征着生命与冲突做斗争而产生的社会形态。苏珊·朗格斩钉截铁地说道："整个结构都是由有节奏的活动结合在一起的，这就是生命所特有的那种统一性，如果它的主要节奏受到了强烈的干扰，或者这种节奏哪怕是停止上几分钟，整个有机体就要解体，生命也就随之完结。"② 总而言之，节奏是生命的核心要素，节奏乃是生命在静止与动态、收缩与扩张、生与死之间产生的有规律运动。从本质而言，节奏是人们对时间的一种知觉，是客观现象的延续性、顺序性和规律性的反映；从范围来看，生命节奏普遍存在于个体生命、自然、社会之间；从表现强度而言，现代生命节奏乃是一种生命强力，并且不同于古代的"气"，具有强烈的创造本能。节奏蕴含着生命的不息创造和进化，意味着"生生之条理"，表现为生命的条理和至动的和谐③。

这种蕴含节奏的生命具有创造的本能，并且在诗歌创造之中具体体现出来。艺术创造是指艺术家突破物质外壳的限制，通过直觉深入"生命之流"中去体验，感受和把握生命内在的节奏和律动，然后通过适当的艺术媒介和载体，将这种生命节奏摄取和呈现出来。苏珊·朗格对此有论述："它就必须使自己作为一个生命活动的投影或符号呈现出来，必须使自己成为一种与生命的基本形式相类似的逻辑形式。"④ 在艺术创造之中，艺术家必须创造与自己的生命形式同构的作品，以使生命与作品达至深层次的统一。

在具体的艺术创造过程之中，自由成为一项重要的美学原则。对于艺

---

① Henri Lefebvre, *Rhythmanalysis: Space, Time and Everyday Life*, translated by Stuart Elden and Gerald Moore, New York Continuum, 2004, p.94.
② [美] 苏珊·朗格：《艺术问题》，滕守尧译，中国社会科学出版社1983年版，第49页。
③ 正如宗白华所言："中国人抚爱万物，与万物同其节奏：'静而与阴同德，动而与阳同波。'我们宇宙既是一阴一阳、一虚一实的生命节奏，所以它根本上是虚灵的时空合一体，是流荡着的生动气韵。"参见宗白华《宗白华全集》第二卷，安徽教育出版社1994年版，第438页。
④ [美] 苏珊·朗格：《艺术问题》，滕守尧译，中国社会科学出版社1983年版，第43页。

术创造的自由，高尔泰如是说道："如果说自由是规律性和目的性的统一，是主体和客体的统一，是内在的精神世界同外在的物质世界的统一，那么同样可以说，美是规律性和目的性、主体和客体、内在的精神世界同外在的物质世界的统一。"① 除此之外，艺术创造的自由，还是一种永不停歇的创造力，能够将生命带入高妙的境界之中。如高尔泰所说："自由是生命力的升华，它通过认识和驾驭必然性，有意识地按照主体的需要而不断创造世界，并在这创造过程中不断地生产出新的需要，新的动力，而这，不也就是人的本质吗？"② 艺术创造就是采取自由创造的方式，将生命的力量表现出来，赋予其恰当的形式，达至对普遍艺术真理的领悟。

衡量这种自由创造的标准，则是对于形式的创造。正如高尔泰所言："形式的意味不来自他所说的'历史的积淀'，而来自自然科学家们所说的、植根于人的自然基础深处的原始生命力。不论来自什么，它都是一种自由的信息。"③ 在艺术创造的过程之中，自由的创造体现在有意味的形式之中。美学家李泽厚也有类似的判断："这种种形式结构和人对它们的感受（形式感），如前所说，一方面与维系人的生存、生活、生命相关，同时又与自然界具有的物质性能相关，因之人与宇宙—自然便通过这些形式力量—形式感而形成了共存共在。"④ 形式之中蕴含着生命和宇宙的共同奥秘，艺术创造便是领悟这种形式，并将之表现出来。美学家宗白华更进一步说道："形式之最后与最深的作用，就是它不只是化实相为空灵，引人精神飞越，超人美境，而尤在它能进一步引入'由美入真'，深入生命节奏的核心。世界上唯有最抽象的艺术形式……乃最能象征人类不可言状的心灵姿式与生命的律动。"⑤ 形式不仅蕴含在生命的潜意识之中，也普遍蕴含在大千世界的生命之中。对形式的追求，不仅是艺术家生命节奏具象化的表现，更是生命境界得以提升的关键。

由此可见，形式是现代艺术创造的关键所在。而现代诗人为何如此青睐凭借自然进行创造呢？对艺术与自然的关系，美国作家爱默生有着敏锐的把握："艺术作品的生产有助于揭示人性的秘密。一件艺术品是世界的

---

① 高尔泰：《美是自由的象征》，人民文学出版社 1986 年版，第 46 页。
② 高尔泰：《美是自由的象征》，人民文学出版社 1986 年版，第 49 页。
③ 高尔泰：《美是自由的象征》，人民文学出版社 1986 年版，第 46 页。
④ 李泽厚：《实用理性与乐感文化》，生活·读书·新知三联书店 2008 年版，第 44 页。
⑤ 宗白华：《宗白华全集》第二卷，安徽教育出版社 1994 年版，第 71 页。

抽象或撮要表现。它是大自然的结晶或表现，却采取了微缩的形式。尽管自然界的事物千千万万，形态各异，但是艺术加工或表达则是相同而又单一的。大自然是一片贮存着形式的大海，这些形式极其近似，甚至是一致的。一片树叶、一束阳光、一幅风景、一片海洋，它们在人的心目中留下的印象几乎是类似的。所有这些东西的共同之处——那种完满与和谐——就是美。美的标准在于自然形式的全部轮回，即自然的完整性，为此，意大利人把美的含义限定为'多数的同一'。"① 大自然不仅提供了丰富的节奏宝库，并且在其中蕴含了统一和谐的理念，提供了"一"与"多"的辩证关系，成为美的标准和典范②，为诗人的灵感激发、经验书写与境界生成提供了完整的参照。自然是处于神秘与遮蔽、有形与无限之间的生命完美统一体③，正好与生命形成了一种内在的对应和同构关系④。对于富

---

① ［美］爱默生：《论自然·美国学者》，赵一凡译，生活·读书·新知三联书店2015年版，第21页。

② 爱默生对此归纳出如下三条规律："人对自然形式的简单感觉是愉悦。……在自然界永恒的宁静中，人又发现了自我。"人在形体的变幻之中感到与自然同呼吸的狂喜。"对于自然美来说，它的完满充分取决于一种更高级的精神因素。那种能够让人不带任何矫揉造作去真心热爱的美，正是一种美与人类意志的混合物。"自然是美与人类意志的混合物。自然作为一种美的典范和精神意志的象征，无时无刻不以其丰富性和饱满性，吸引着人类去接近与靠近它。"自然界的美，除去上述两层之外，还可以通过另一层次进行观照，即把它变成一种智力的对象。自然美除了它们与美德的联系之外，它们也同思想有关。人的智力努力搜寻事物的秩序——天下万物在上帝的心目中井然有序，绝无一点私情偏袒。思想的力量与行动的力量相互接替，其中一种活动的完全实施导致另一种活动的完全实施。……自然美在人的心灵中改造它自己，不是为了毫无结果的沉思，而是为了新的创造。"参见［美］爱默生《论自然·美国学者》，赵一凡译，生活·读书·新知三联书店2015年版，第15、17、20页。

③ 皮埃尔·阿多这样说道："自然有两个方面：它将自己显示给我们的感官，表现为由活的世界和宇宙呈现给我们的丰富景象，与此同时，它最重要、最深刻、最有效力的部分却隐藏在现象背后。"参见［法］皮埃尔·阿多《伊西斯的面纱——自然的观念史随笔》，张卜天译，华东师范大学出版社2015年版，第41页。

④ 正如普林尼所言："世界，或者人们乐于称为'天'的、穹顶覆盖整个宇宙万物的那个整体，必须被认为是永恒的、巨大的和神性的：它没有开端，也永远不会结束。对于人来说，考察它外面有什么东西既不适当，也超出了人的理解能力。世界是神圣的、永恒的、巨大的，完全存在于所有事物之中，或者说它就是万有，看似有限实则无限，在所有事物中看似不确定实则确定，从内外包含一切事物，既是事物本性的运作，又是事物的本性本身。"转引自［法］皮埃尔·阿多《伊西斯的面纱——自然的观念史随笔》，张卜天译，华东师范大学出版社2015年版，第32页。

有强烈生命感觉的诗人而言，自然既是一种有形的形体，又是一种可以无限变化的精神象征。在自由的审美感觉之中，诗人内部的感性和理性融合在一起，通过统一感性形象和抽象的理念，而达到一种万有相通的愉悦境界①。这种审美感觉是诗人与自然发生共鸣与感兴的基础。

其次，自然还为诗歌提供了本体论依据和最高的判断标准。正如皮埃尔·阿多所言："自然现象向我们揭示的并非自然的格言或表述，而是只需加以感觉的构形、草图或象征……"②"真正的文本是宇宙交响乐中悦耳的和弦。"③中国诗人林庚也说道："宇宙永远是无言的，宇宙却又在无言中启示了人们，诗是宇宙的回声，而诗的弥漫乃也正像宇宙是在每一个人的心上……诗是宇宙的代言人，它不讨论什么，不解决什么；它只如宇宙之有着一切……"④符合最高标准的诗，便是倾听和表现宇宙乐音的诗歌。这种诗歌是本质之诗和典范之诗。诗歌为了捕捉自然的神秘声响，创造生动的语言将自然和生命表现出来。现代诗歌形式构造的依据在于，表现生命、宇宙的气息，并且在诗歌的分行之中完美地展现出来。

最后，自然与自由有紧密的联系。借由自然之途，现代诗人领悟了自由创造的奥秘。关于自由与自然的关系，美国哲学家杜威有过深刻的见解："因此，人对自然节奏的参与构成了一种伙伴关系，这要比为了知识的目的而对它们的任何观察都要亲密得多，这迟早会引导人将这种节奏强加到尚未出现的变化之上。……那么，所领会到的自然的节奏被用来将显而易见的秩序运用到人类混杂的观察与意象的某些方面。人不再使自身的必然性活动服从于自然循环的节奏性变化，而是运用这些必然性强加给他的东西来赞美他与自然的关系，仿佛自然赋予他自然王国中的自由一样。"⑤这种形式感的表现，体现为对"度"的把握。"度"是一种合适的规则和秩序，它不仅是人为主观的发明，还是对客观自然的发现，最终表现为一种普遍存在的形式。在对体现为"度"的形式感的把握之中，

---

① 张世英：《美在自由——中欧美学思想比较研究》，人民出版社2012年版，第347页。
② [法]皮埃尔·阿多：《伊西斯的面纱——自然的观念史随笔》，张卜天译，华东师范大学出版社2015年版，第219页。
③ [法]皮埃尔·阿多：《伊西斯的面纱——自然的观念史随笔》，张卜天译，华东师范大学出版社2015年版，第220页。
④ 林庚：《极端的诗》，《国闻周报》1935年12月第7期。
⑤ [美]杜威：《艺术即经验》，高建平译，商务印书馆2010年版，第172—173页。

创作者感受到主客体的融合，创造了规律性和目的性的合一，从而获得了生命的自由感。① 如果说在古典诗歌之中，在对偶的形式结构之中，诗人感受到自然、宇宙、生命的阴阳、浮沉、动静等表现形式，体悟到生命力的扩张与收缩——合于道的秩序；那么在现代诗歌之中，则是在诗歌自由的分节之中，感受到生命自由的呼吸，以及在此基础之上的自律与调适②。

现代诗人通过艺术创造，在形式的赋形之中，领悟了自然和生命之间的节奏，从而在生命与自然的合一之中，感受生命的自由。这便是现代诗歌自然书写的奥秘——在生命节奏、自然以及诗歌形式之中寻求一种平衡。需要补充说明的是，自由感和形式感具有历史性，与人在不同历史处境之中的精神境遇有关。③ 不同时代的人对自然的审美态度不一样，这也是自然审美内在嬗变的缘由，也造成了不同时代诗歌形式的差异。如果说古典诗人的自由体验，体现在按照宇宙秩序、伦理规范来安排自己的生命；那么现代诗人则是以自我生命为中心，表现生命的自我决断和自我观照，这也是新诗形式的内在要求。如果说在中国古典诗歌之中，是在"在天合气，在地合理，在人合情"的形式之中，在格律和平仄之中感受到生命在形式之中的和谐；那么在现代诗歌之中，则创造的是以自我生命的内在感觉为中心，在气息和节奏的自由调整和安排之中，自由地分行、分节，并在这种形式的构造之中感受到生命自由④。

这种自由创造的写作理念，在当代诗人那里有了出色的实践。陈东东

---

① 美学家李泽厚先生对"度"的本体论依据、特征与表现，有深刻分析与论述。参见李泽厚《历史本体论·己卯五说》，生活·读书·新知三联书店 2008 年版，第 8—16 页。

② 敬文东先生便指出，古典诗歌中的自我，言志、抒情是为了与天命相合，新诗之中的自我，则是一个独立的、自由的、自我决定的自我。参见敬文东《自我诗学》，长江文艺出版社 2021 年版，第 104 页。

③ 正如高尔泰所言："美感作为一种超生物的、自由的感觉是和一个时代价值结构的全部复杂性相对应的复合的感觉。美感不只是单一的心理过程。美感是多种心理过程如知觉、理解、意志、想象等以情感为中介的复合，是一种多维的把握能力的'进入本能'并在本能中进行综合的统一过程。人类的自由愈是发展，自然界对于人就愈是广阔，对象世界的价值结构及其象征符号就愈是多样。一种符号的含义愈是丰富，同时也就愈是需要人以一种更多维的能力来把握它。"高尔泰：《美是自由的象征》，人民文学出版社 1986 年版，第 56 页。

④ 正如高尔泰所言："它首先是一种认识，一种意向，一种包含着目的、意识、趋向在内的主体性心理状况。……自由是规律性和目的性的统一，统一的中介，就是人类的实践，即'手段'。"高尔泰：《美是自由的象征》，人民文学出版社 1986 年版，第 44 页。

的诗歌《月亮》堪称新诗书写自然的佳作：

　　我的月亮荒凉而渺小/我的星期天堆满了书籍/我深陷在诸多不可能之中/并且我想到，时间和欲望的大海虚空/热烈的火焰难以持久

　　闪耀的夜晚/我怎样把信札传递给黎明/寂寞的字句倒映于镜面/仿佛那蝙蝠/在归于大梦的黑暗里犹豫/仿佛旧唱片滑过了灯下朦胧的听力

　　运水卡车轻快地驰行。钢琴割开/春天的禁令/我的日子落下尘土/我为你打开的乐谱第一面/燃烧的马匹流星多眩目

　　我的花园还没有选定/疯狂的植物混同于乐音/我幻想的景色和无辜的落日/我的月亮荒凉而渺小

　　闪耀的夜晚，我怎样把信札/传递给黎明/我深陷在失去了光泽的上海/在稀薄的爱情里/看见你一天天衰老的容颜①

在这首充满魅力的诗歌之中，月亮作为一个神秘意象，引发了诗人陈东东敏锐的生命感觉，激发出他对内在生命节奏的感知、倾听与想象，感受到月亮的潮汐涌动与生命节奏之间的内在关联，倾听到虚空与饱满、热烈与冷寂、自由与禁忌等多重交叠的节奏，也感应到宇宙之中普遍存在的坚冷与柔软、黑暗与光明、永恒与瞬间共存的乐音。由月亮激发的细微生命感受，细密地交织成诗歌的纹理和节奏，也成为诗歌分行的依据。这首诗歌分行和节奏的神秘之处在于，每句诗末尾的词语，虽然并不构成一种严格的押韵关系，却有着深层次的内在关联，形成了一种联动的音响效果，即对内在生命节奏的倾听，决定了词语之间的共振与共鸣。犹如一段交响乐的行进与休止，又充满了法度与秩序，构成整体的交响。

与陈东东的《月亮》具有异曲同工之妙的是哑石的《满月之夜》：

　　现在　我不能说理解了山谷
　　理解了她花瓣般随风舒展的自白
　　满月之夜　灌木丛中瓢虫飞舞
　　如粒粒火星　散落于山谷湿润的皱褶

---

①　陈东东：《海神的一夜》，改革出版社1997年版，第113—114页。

> 有人说:"满月会引发一种野蛮的雪……"
> 我想　这是个简朴的真理:在今夜
> 在凛冽的沉寂压弯我石屋的时候。
> 而树枝阴影由窗口潜入　清脆地
> 使我珍爱的橡木书桌一点点炸裂
> (从光滑暗红的肘边到粗糙的远端)
> 曾经　我晾晒它　于盈盈满月下
> 希望它能孕育深沉的、细浪翻卷的
> 血液　一如我被长天唤醒的肉体
> 游荡于空谷听山色暗中沛然流泻①

空静的山谷与沁凉的心胸相对;山谷中的瓢虫飞舞、花瓣舒展与心灵的充盈与翻卷相互激荡。哑石在对自然的描绘之中,突出了心灵和山谷的同构性,生命的气息也会随着山谷的变化而进行盈虚变幻。美国诗人斯奈德有言:"吸气是外部世界进入人体,随着与呼吸同步的脉搏形成人体内部的节奏感。吸气是精神,是灵感。带着声音的呼气发出的是联结宇宙万物的符号。"② 生命气息的呼吸与吐纳,构成了诗歌分行与停顿的基础,形成了诗歌内在的节奏,诗歌之中空格和停顿的依据,其实正是对生命和自然节律的倾听。

值得一提的是,陈东东出生于音乐世家,有极好的听觉修养,能倾听到自然与生命的共鸣之音。而哑石则依据其神秘的精神体验,突破了生命与自然之间的隔阂,领悟生命与自然之间气的贯通和运行。二人都是领悟自然韵律的高手。正是这些独特的体验,决定了这两首诗歌的高妙之处。从表现的主题而言,这两首诗都是在为自己内在的生命力寻求外在的表现,而自然则充当了其中一个完美的中介。从表现的形式而言,这两首诗歌在分行和节奏处理之时,准确把握到生命的节奏——生命和自然在舒放和收缩之中精确的分寸感,是诗歌建行的内在依据。从表现的境界而言,这两首诗歌都触及和显形了生命和自然难以言说的神秘。

有赖于自然和生命的同构,现代诗人创造了高妙的诗歌。高尔泰如此

---

① 哑石:《青城诗章·满月之夜》,《人民文学》2002年第2期。
② 转引自程虹《自然之声与人类心声的共鸣———论自然文学中的声景》,《外国文学》2013年第4期。

说道:"人类所感受到的宇宙的和谐,也就是他们的生命存在的这种形式。所以人对宇宙和谐的心领神会(审美快乐),仍然带有自我观照的性质。宇宙与生命的这种异质同构不是偶然的,这里面显然存在着一种规律性与生物学意义上的'目的性'的统一。"① 现代诗人在对自然的感受和品悟之中,感受到了对生命力量的赋形,获得了自我的参照和显影。自由是这样一种感觉:让人有了自主性和同一性的体验,使人能够使用"主我"这个代词全部完整的意义。② 自我有着成己成物的渴望与要求,渴望作为一个完整的人得以实现,而不是某一部分,诸如身体、意志、行动、激情等。而自然为人的自由展开提供了一种可供实现的场域,这是一种从人间到社会乃至延伸至宇宙的场域。③ 在这个创造的过程之中,生命突破了重重的障碍和内心的限制,探寻着恰切的词语和形式,令生命感觉自然流淌出来,在其中感受到创造的自由和生命的永恒。现代诗人倾听生命与宇宙之间的节律,感受自然与自由的共感,并且将对内在节奏的感应,作为诗歌形式建构的依据,从而创造了生命的自由感。中国新诗书写自然的奥秘便在于此。

---

① 高尔泰:《美是自由的象征》,人民文学出版社1986年版,第51页。
② [美]罗洛·梅:《自由与命运》,杨韶刚译,中国人民大学出版社2009年版,第70页。
③ 陈赟指出:"自由之所以没有与自然断裂,没有被引向与自然隔绝的另一个存在区域,如基于人与人的社会关联而建构的历史世界或政治世界,乃是因为自然这个词语始终蕴含着生存体验的宇宙视野,这一视野不仅展现了人与万物在其中共生共创的秩序,而人类政治社会的秩序虽然从这个秩序中的跃进,乃至出离,但从更广的视野来看,这只不过是以人的形式丰富这个宇宙秩序的可能方式。"参见陈赟《自由之思》,浙江大学出版社2020年版,第290页。

结语　感通于天人之际

在天人合一的传统文化语境中，"天"不仅指自然之天，而且具有神灵之天和伦理之天的内涵，是价值和意义的来源。正如张载所言："乾称父，坤称母；予兹藐焉，乃混然中处。故天地之塞，吾其体；天地之帅，吾其性。民，吾同胞；物，吾与也。"① 以人从天、天人合德是中国古典文学得以产生的文化土壤。"予兹藐焉"的定位，说明人是在一个比人更大的宇宙秩序中确立自身的，天人合一指的是人道向天道的皈依，以人道弘扬天道。由此天人合一构成了人生存的超越维度。整体而言，古代诗人对自然的感受、想象与书写，大体可在一种"家—国—天下"的意义链条之中进行理解。而这种意义感知链条，随着天人关系的转变而发生了变化。

大约在五四新文化运动后，人与自然的关系发生转变。人支配自然、主宰世界的观念催生了人本主义文化的兴起和繁荣，这是中国近现代文学得以产生的文化生态环境。正如学者耿传明所言："人与自然、世界的关系的变化确立了人之于世界的主体性地位，给人性带来了极大的解放，但也使现代性所特有的矛盾和问题凸显出来。在改造人生和世界的现代化进程中，近代人通过对天人关系的翻转，促成了人的基本生存态度的变化，进而推动了文学由传统向现代的转型。"② 现代文化呈现出主体与客体、个人与社会、内在世界与外在世界、真实生活与理想生活等一系列的断裂，将人与世界组合为有机整体的总体性视域消失了。科学无法整合这一系列的断裂，因为它只能提供事实和材料，不能提供意义与价值。

冯至在论述古今"自然"诗歌的差异时指出："一个化身于自然中，好像就是自然的本身，一个却是与自然有无限的距离。"③ 在中国古典诗

---

① （宋）张载：《张载集》，中华书局1978年版，第62页。
② 耿传明：《天人关系与中国文学的现代转变》，《中国社会科学》2013年第11期。
③ 冯至：《冯至全集》第五卷，河北教育出版社1999年版，第268页。

歌之中，基于天人合一的古老思维模式，儒家以社会伦理意义上的人合伦理道德本原之天——"故人者，其天地之德"（《礼记·礼运》）；道家的天人合一则是以人的自然本性合自然之道的"化"。人在自然面前并不感觉到自卑和渺小，也没有从心理上超越自然的优越感，而是达到"天地与我并生，万物与我同一"与物同游的逍遥之境。整体上，古典诗人对自然的欣赏表现为以乐感为中心，以身心与宇宙自然合一为依归的和谐之境①。当然，任何一种文化类型都不会仅表现为单一状态。在中国古典诗歌中，并非没有表现崇高之境的作品，如李白在感叹蜀道难，表现人在山水之中的渺小和无助之余，也有对人类反抗和勇气的赞颂，而体现出崇高的美感。但这在中国古典诗歌长河之中毕竟并非主流。

现代人的生活方式发生转变，人与自然相离，人与自然的和谐之境破碎了，人在自然中感受到压抑和苦闷，难以将自然纳入审美范围之内。因此，于赓虞的下列诗行就有充足的理由：

> 无数，无数的世人儿都说我已疯了……
> 生命——宛如清澈的夏露，生灭自如——
> 蕴藉着宝石似的灵光，看呀，闪耀如群星；
> 赤身，散发，微笑的歌舞与月明，
> 这周郊漫啸着潮音，松风；
> 潮音，松风，
> 大自然的歌吟，歌吟……②

当自我从"家—国—天下"的体系之中脱嵌而出，成为一个孤立的自我，便感受到一种虚无之境，以自我为唯一的价值皈依，而将其他的价值排斥在外。再比如王统照的《山中月夜》：

---

① 李泽厚这样说道："这里没有浮士德式的无限追求，而是在此有限中去得到无限；这里不是陀思妥耶夫斯基式的痛苦超越，而是在人生快乐中求得超越。这种超越即道德又超道德，是认识又是信仰。它是知与情，亦即信仰、情感与认识的融合统一体。"参见李泽厚《中国古代思想史论》，生活·读书·新知三联书店 2017 年版，第 287 页。如王维的"木末芙蓉花，山中发红萼，涧户寂无人，纷纷开且落"则是这种和谐之境的典型代表。

② 于庚虞：《仿佛孤帆在烟波里》，《晨报·文学旬刊》1925 年 7 月 25 日。

你仰看：
松波的颤影，峰尖的峥嵘。
你俯看：
银纹的淡定，横柯的摇动。
这寂静的空山沉入睡境；
这白石的横桥静卧在空明；
你依偎的瘦影无语相并。

浮世中的合遇谁能前定？
静夜中的宇宙是人间的华荣？①

诗歌之中萦绕着一种难以排遣的孤独情绪。以孤寂之身处身于苍茫的宇宙之中，难以形成对自我和自然的整体感受，即便是对明月、树影等自然意象，也难以将其作为优美的对象加以欣赏，而是感受到自然的恐怖、阴森、无目的性。在陌生的自然之中，诗人感受到生命的绝对孤独、渺小与无助。诗人对生命的短暂感到悲哀，对生命的飘忽不定感到无可奈何。这种在自然面前感到渺小、难以将自然人化或者令自我与自然融为一体的情形，在20世纪20年代的新诗作品中很常见。这折射出的是个体生命的文化危机。原先提供自我定位的价值观解体了，提供对自然全面观照的秩序失效了，文化认同和终极意义消失了，造成了精神的空虚失落和情绪的徘徊无主。

个人主义丧失的不仅是他人与社会的视野，而且还有宇宙图景。当世界被个性的建设者作为一种主体性的筹划而被经验时，世界图像与世界本身的分离、自然之人与精神之人的分离，就成了现代精神生活的主体经验方式，这一经验方式中铭刻着的是人的孤独，是人在这个现代宇宙论的物理宇宙中的孤独。这意味着宇宙时空令人恐惧的无限，不只是在比例上的不相称、人在其广袤里的无足轻重，这是"沉默"，是宇宙对于人的渴望的漠不关心，这才是人在万物总和之中的极度孤独；换言之，人的孤独在现代已经被上升到宇宙论—本体论的层面。②

---

① 王统照：《山中月夜》，《王统照诗选》，人民文学出版社1958年版，第17—18页。
② 耿传明：《天人关系与中国文学的现代转变》，《中国社会科学》2013年第11期。

但生命从来就有一种追求更高价值的冲动,不甘心在变幻不定的世界中随波逐流,而是寻求永恒的精神信仰,重新确定自己的精神秩序,寻找自己的价值航标,这在徐志摩的诗歌中体现得异常明显,但即便如此,对自然感到可怖的情形同样出现在徐志摩的诗中:

> 你渺小的孑影面对这冥盲的前程,
> 像在怒涛间的轻航失去了南针;
> 更有那黑夜的恐怖,悚骨的狼噪,
> 狐鸣,鹰啸,蔓草间有蝮蛇缠绕!①

山间充斥着乱石嶙峋、鹰啸狼嗥、惊涛骇浪等种种恐怖,身处其间的人大有不知何所皈依的迷茫,难以欣赏自然之美。与王统照在大自然之中的困顿迷茫不同,徐志摩在陌生可怖的自然面前发现了一种力量,以至于有能力赋予自己勇气和信念,来与可怖的山峰一较高下,体现出超越自我和超越自然的决心,并以此为起点,开启了登山之旅:

> 退后?——昏夜一般的吞蚀血染的来踪,
> 倒地?——这懦怯的累赘问谁去收容?
> 前冲?啊,前冲!冲破这黑暗的冥凶,
> 冲破一切的恐怖,迟疑,畏葸,苦痛,
> ……
> 前冲;灵魂的勇是你成功的秘密!

在恐怖的自然对自我的压抑中,诗人强烈地意识到主体意志的存在,在后退与前进的辩论之中,感受自己的存在之思,最后通过坚强的实践,突破内心的迟疑,突入险境,勇往直前。紧接着是这样的书写:

> 这回你看,在这决心舍命的瞬息,
> 迷雾已经让路,让给不变的天光,
> 一弯青玉似的明月在云隙里探望,

---

① 徐志摩:《无题》,《志摩的诗》,人民文学出版社1983年版,第43页。

> 依稀窗纱间美人启齿的瓠犀，——
> 那是灵感的赞许，最恩宠的赠与！

站在山巅回看之前恐怖的自然图景时，之前可怖、冥暗的风景，阴晴不定难以琢磨的、不可估量的浓云雾霭，变为了形象可掬、玲珑剔透的优美风景，而将之纳入欣赏的范围之内。诗人凭借自己的意志和毅力战胜了自然，将可怖的自然人化了。在这种渺小而又超越的过程中，获得了崇高的审美体验。

> 庭院是一片静，
> 听市谣围抱；
> 织成一片松影——
> 看当头月好！
>
> 不知今夜山中
> 是何等光景；
> 想也有月，有松，
> 有更深的静。①

在徐志摩诗歌中所表现出的那种茫然失措感，未必不是这种人与自然解体之后的茫然感，一种秩序破碎之后找不到出路的迷惘，或许是徐志摩对感情崇拜、将感情作为一种神圣的象征的原因。

如果说徐志摩在自然之中感受到的崇高状态，还集中在对个体力量的证明，那么在冯雪峰这里，大自然的崇高则和群体的力量紧密联系在一起：

> 而晚上，你在星光下朦胧看去，
> 又仿佛有千兵万马在驰驱。……
> 一座不屈的山！
> 我们这代人的姿影。

---

① 徐志摩：《山中》，《诗刊》1931年4月30日第2期。

>一个悲哀和一个圣迹，
>然而一个号召，和一个标记！①

在这首诗歌之中，奇绝险峻的山峰，令人望而生畏的灵山，有着军士为争取民族独立而留下的抗战圣迹。雄伟的山势与人的斗争精神相互映衬，最后变为优美淡然的山峰，成为人类精神的象征。这个将自然人化的过程并非坦途，而是人类实践和抗争精神的象征。正如李泽厚所言："美的本质，如我们所理解，总是体现着某种社会发展的本质、规律和理想的。崇高作为美的形态，是在斗争痕记中体现出这一本质。"②所谓崇高的美感，就是在对立、斗争、超越的艰辛过程中获得统一的过程。

随着诗艺的精进和精神的发展，现代诗人对自然的书写逐渐达到了情景交融的境界。杜运燮在《山》里写道：

>来自平原，而只好放弃平原；
>植根于平原，却更想植根于云汉，
>……
>你追求，所以厌倦，所以更追求；
>你没有桃花，没有牛羊，炊烟，村落；
>可以鸟瞰，有更多空气，也有更多石头；
>因为你只好离开你必需的，你永远寂寞。③

山体高耸入云、云雾缭绕、瀑布高悬、隐士遁迹、困兽长嗥，展现出一幅丰富的自然景观，突出了山摆脱喧嚣尘世的束缚，以及人间俗人的崇拜，以永恒的沉默姿态和向上的精神，执着于自己的精神追求的智者形象。表现了山既容纳一切，宽容一切，又摆脱一切，而向更孤独的自由之境追求的精神风范。全诗将描写、情感、玄思等紧密联系在一起，在对山的具象描写之中表现山的精神质地，所体现的是一个不断超绝自我与外在环境的抗争过程，以此使山成为崇高人格的象征。在古典山水诗歌之中，也有将山作为表现主体的佳作。如杜甫的"岱宗夫如何？齐鲁青未了。

---

① 冯雪峰：《灵山歌》，作家书屋1947年版，第6—7页。
② 李泽厚：《美学论集》，上海文艺出版社1980年版，第216页。
③ 杜运燮：《诗四十首》，文化生活出版社1946年版，第84—86页。

造化钟神秀,阴阳割昏晓"。咏叹山体的庞大高耸,歌颂造化之神奇。再如苏轼的"横看成岭侧成峰,远近高低各不同。不识庐山真面目,只缘身在此山中",描写庐山之灵秀,表达事物相对性之理。这些诗歌虽然以山为表现主体,但只是作为一个手段和中介,借以表达某种自然法则。与古典诗人赞叹高山,感叹宇宙的造物法则不同,现代诗人作为意义的赋予者和自由的主体,赋予高山以意义,在自然之中直观自己的意志和情感,在自然中确证自己的存在。

这种人与自然合一、情与景紧密交融在一起的情形,在诗人冯至这里发展到一个更为圆融的阶段:

>我们站立在高高的山巅
>化身为一望无边的远景,
>化成面前的广漠的平原,
>化成平原上交错的蹊径。
>
>哪条路、哪道水,没有关联,
>哪阵风、哪片云,没有呼应:
>我们走过的城市、山川,
>都化成了我们的生命。①

在这首诗歌中,人对自然崇高的欣赏,并非经历了初始期那种与自然抗争的阶段,而是作为一个崇高的精神主体,眼中所见便是崇高之景。站在高高的山顶,冯至将万物尽收眼底,静观自己的整个生命与自然万物,进入一个更高的层次与境界,回视以前的生命,将一生的变幻尽收眼底,从变幻不定的人生中,抽象出道路、交融等生命的本质,以心溶解万物,并化身为万物,回归到生命之源,最终与天地万物融为一体。

冯至以对自身生命的整体观照,洞悉万千生命乃至自然、社会运行的规律——在收缩与扩张、沉潜与超拔、死亡与新生的循环运行之中,持续地向前发展。这种精神正是生命生生不息的源泉、社会持续发展的动力。

---

① 冯至:《我们站立在高高的山巅》,《冯至全集》第一卷,河北教育出版社1999年版,第231页。

在冯至的目光之所及，杜甫、鲁迅、歌德等人物，无不具有这种精神品性。他们被纳入同一生命谱系之中，作为人类杰出的代表，推动着人类共同体的繁衍生息。在这个共同精神的"普照"之下，冯至的视野超越一时一地之局限，而从整个民族乃至整个人类的高度思考生命与文明的延续。

这种与万物同体的精神境界，与古典诗歌之中的物化之境有着明显区别。古典诗歌表达的是人对宇宙秩序的归向与皈依，它体现为压抑主体意识与万物同化为一体的物化状态。汉语新诗则是以主体洞悉生命和自然的本质之后，体现为一个对自我否定与超越的过程，与自然融为一体却依然体现着主体的强烈存在感。正如桑塔耶纳所言："这种化入对象之中，物我同一的意境，确实是一切美满的观照的一个特征。然而，当在这种自我转化之际，我们升高了，而且扮演一个更高尚的角色，感到一种比我们自己的生活更自由更广阔的生活之喜乐，此时此际的经验就是一种崇高性的经验。这种崇高感不是来自我们见到的情境，而是来自我们所体会的力量……我们可能自比为实在界的最抽象的本质，上升到这样的高度后，竟然藐视我们人性的一切人生变幻。"① 在自我超越之中脱离了日常利害关系，进入更高的境界之中，从另外一个世界的变化，泰然自若地回顾人生的悲剧，并从中提取出更为抽象的不可夺取的生命本质，从而体会到人自身的力量。

现代性是一个这样的转变过程。在前现代，人与世界的统一是通过神得以实现的（而在中国这种情况则稍微复杂一点，以自然世界为本，被作为人生在世的目标），但是现代性以主体性原则替代了这种和谐的目标，并把主体性贯彻到生活的不同领域。可以说，主体性原则确立了现代文化形态。世俗化过程本质上是"神本"（自然）向"人本"的转换过程。一方面，自然进入由人而设定的价值观系列，并显现在由作为主体的人来推动的过程之中；另一方面，由人的角色所构造的社会替代了天下或世界，从而将人的自我确证从未解魅的"自然"（具有神性的自发秩序场域）转向分化了的社会及其历史的区域。

正是在这种现代性视野之中，诗人对自然（山）的想象模式发生了变化：从在天下之间想象山水，到在现代民族国家之中想象山水。当自然

---

① ［美］桑塔耶纳：《美感》，缪灵珠译，中国社会科学出版社1982年版，第167页。

的意味在现代性运动之中解体之后,现代诗人,分别从国家意识形态、人格的象征、情感的内涵等角度,再度征服了高山,使其成为一个重要的精神象征。

上述过程,简要勾勒了现代诗人对自然的审美方式,在古今之变中从和谐到崇高转变的过程。从家国天下体系脱嵌而出,失去了天人合一根基的现代诗人,成为一个在自然中孤独的单子式个人,在对自然进行审美时,便是一个重新将自然人化,重新建立认识和信仰的过程。在这其中充满了抗争,凸显个体人格和意志的伟大,在人与自然的对立之中,意识到人作为一个不同于自然的存在,并在内心唤起战胜自然的力量,从而体会到崇高这种人的内在伟力。这种对自然的审美过程,与其说是对自然的欣赏,不如说是对自我力量的欣赏,正如康德所言:"关于自然界的美我们必须在我们以外去寻找一个根据;关于崇高只须在我们内部和思想的样式里,这种思想样式把崇高性带进自然的表象里去。"①

我们看到了人与自然的斗争过程中,在对矛盾的克服过程中,人与自然在主客分立之后逐渐获得和谐的过程。同时需要注意的是,现代诗人对自然的描写,也表现出一种越来越抽象化的倾向。王统照诗歌《山中腋》中"松波的颤影,峰尖的峥嵘"等,虽没有具体完整的刻画与描写,但依稀可见部分细节;冯至诗歌《我们站立在高高的山巅》中"哪条道路没有关联,/哪阵风,哪片云,没有呼应"等,便完全是抽象的观念表述。这种抽象或许是一个必然过程。当人类意识到自身作为一个偶然的存在,没有外在的价值秩序可以归依时,在一种对必然性和永恒的观照中,摆脱人类存在的偶然性与变动不居,便是强烈而不可遏制的精神冲动。这就不难难解为何冯至将自然抽象化为"生与死""道路交融"等抽象的观念了。② 这个过程虽然可以理解,并且有着发展的必然性,但也有值得反

---

① [德]康德:《判断力批判》上册,宗白华译,商务印书馆1985年版,第85页。
② 在主客分裂之后,诗人有了强烈的自我意识和主体意识,为了使人与自然重新统一,便使用认识的手段,通过感知、思想观念使两者结合,把二者统一起来,从而突出了认识的地位,甚至把认识的方面从情感意志等方面所构成的整体中抽离出来,将其孤立为抽象的道理。袁可嘉便指出了冯至在这方面的缺憾:"我们很早就想指出一般批评《十四行集》者极度重视诗中哲学的危险。冯至作为一位优越的诗人,主要并不得力于观念本身,而在抽象观念能融于想象,透过感觉、感情而得着诗的表现。"参见袁可嘉《诗与主题》,《论新诗现代化》,生活·读书·新知三联书店1988年版,第76页。

思的地方。

人在与世界的对立中,确认自己的主体性位置。在前现代社会,人是融入自然秩序中;而在现代性追求的过程之中,世界和自然成为抽象的图像,而不具有丰富的细节,这是人在确立自己主体性位置的过程中,一个必然的环节,一种不得不承受的代价,需要对此有充分的警觉。

需要反思的是,现代诗人在表现主观情感的道路上一路疾驰,按照自由的想象力和情感表现发明自然中的关系,而忽略了对客观物象的精细描绘,而一种长于表现心灵而弱于表现外部世界的语言,无论如何是值得反思的。① 在这里,艾略特对英语诗人的判断,对英语的反省与忧思,或许值得我们借鉴。在比较密尔顿和莎士比亚之后,艾略特说:"密尔顿看到的不是一个具体的(象华兹华斯那样)耕人、挤奶姑娘和牧童;这些诗行的效果完全是听觉上的,并且同耕人、挤奶姑娘、牧童的概念联接在一起。……只是因为他的句法结构取决于音乐意义和听觉想象,而不是取决于他对实际语言或者思想的追求。在莎士比亚的诗中,听觉想象和其他感觉想象更接近于融为一体,并且和思想也融为一体。……尽管他的作品完美地实现了诗的一个重要因素,我们仍然可以认为他损害了英国的语言,而后者至今尚未从这种损害中完全恢复过来。"② 艾略特提醒我们,一种语言的健康和成熟的发展,有赖于这种语言的使用者综合全面的感觉,其中重要的一项便是对外界事物的经验,并将其有效地转化为语言。

---

① 也有一些诗人对此进行了反思,并进行了有效的尝试。如塞先艾在描写自然景物方面,以求炼字,在呈现自然的时候,也达到了良好的效果。梁启超在看见塞先艾发表在《诗镌》的诗,称赞他能"模写物态,曲尽其妙"。参见塞先艾《我与新诗》,《山花》1979 年第 12 期。塞先艾的《春晓》(《晨报·诗镌》1926 年 5 月 27 日)能体现这种写景之妙。"这纱窗外低荡着初晓的温柔,/霞光仿佛金波掀动,风弄歌喉,/林鸟也惊醒了伊们的清宵梦,/歌音袅袅啭落槐花深院之中。//半圮的墙垣拥抱晕黄的光波,/花架翩飞几片紫蝶似的藤萝,/西天边已淡溶了月舟的帆影,/听呀,小巷头飘起一片叫卖声。"《春晓》是尤其能体现塞先艾写景能力的诗歌,整体上描绘了一幅春晓图。"半圮的墙垣拥抱晕黄的光波",极其富有动感地表现出墙垣拥抱光波的动态美。"西天边已淡溶了月舟的帆影",采用精妙的想象和比喻,将月亮比喻为月舟,将朦胧的月光比喻为帆影,渐渐融入天色之中的朦胧感与动态感。另外有精妙的炼字技术,"啭"继承了古代汉语的象形功能,形象化地表现出声音在庭院中回荡流转的动态美感。着一"溶"字,就形象地描绘出月亮与天空之间若即若离的亲密关系。塞先艾在这首诗歌中,表现出风景如在目前的效果,其核心是注意炼字,而这也正是古代山水诗歌能赋予物理以主观情感的主要方法。

② [英] T. S. 艾略特:《艾略特诗学文集》,王恩衷编译,国际文化出版公司 1989 年版,第 142—147 页。

衡之以中国山水诗歌发展史，古典诗人的情感与自然的关系经历了一个从"比兴"到"物色"再到"情景交融"的过程，而对自然的描写则经历了一个从"形似"到"神似"的过程。尤其是六朝在摹写自然山水时以巧构形似之言，极大地促进了古代汉语的精确性，深深发展了中国人对自然的感觉器官；此外，中国古典诗歌以阴阳宇宙论为基础的对偶和对仗形式，令山水诗拥有了"寓目同感，在天合气，在地合理，在人合情"的恢宏境界。现代诗人在表达自然时，如果仅限于将其作为观念和情感的附庸，而不对自然的客观性和必然性作深入的开掘，强化现代汉语对自然的摹写能力，就会如穆旦所说的"永远是自己，锁在荒野里"①。

随着现代民族国家的建制，自然感受力的变化，语言观念的变迁，当代诗歌之中的自然书写发生了可喜的转变——一方面延续了前人的探索，另一方面有了新的创造。如果说1949年之前现代诗歌中的自然书写是将自然重新引入新诗之中，无可避免地导致了自然的窄化；那么1949年之后尤其是20世纪80年代以来当代诗歌的自然书写，则是重新在自然之中开拓出广阔的天地境界。

骆一禾的诗歌《夜宿高山》，堪称自然书写的代表作：

> 看万物互为建造
> 这垒石通过结构本身
> 夜宿高山是多么幸福
> 而我夜宿高山内部
> 感到无比沉重　并无光线或春阴
> 并无隐秘的岩层露出流水
> 而我夜宿高山内部
> 我必须从这里带来起源
> 使岩石透明②

高山营造了一个空旷的世界，而夜宿高山为诗人骆一禾提供了一个契机，使其深入世界的内部或事物的秘密之中，令生命从外在的束缚之中超

---

① 穆旦：《穆旦诗文集》，人民文学出版社2006年版，第38页。
② 骆一禾：《骆一禾诗选》，太白文艺出版社2019年版，第72页。

拔出来而变得纯粹，令高迈的心灵与空旷的高山相互应和，感受到生命的创造，仿佛回到了生命最初的起源之中。诗歌之中表现出的语气是决断而果敢的，仿佛扫除了一切障碍独自在与世界进行对话。骆一禾以鸟瞰天地万物的豪迈，表现出一种旷远的情怀和空旷的境界。

骆一禾的这种书写并非孤例，可与之进行参照的是西渡书写自然的诗歌《云杉坪》：

>我们中的多数人并非自然的膜拜者
>在这样的时刻来到这样一个地方
>纯然出于偶然的安排。在这样的高度
>我们的态度是否正确，完全取决于
>我们的呼吸。有时候，我们面对的
>是一面镜子，把我们作为一种污染
>赤裸裸地暴露在环境里。有时候
>它是一个我们做过的梦，用一路
>的颠簸，把我们变成它天真的儿子
>有时候它是一种期待，把我们
>变成它白眼球中的黑瞳仁，就像附近的，
>一株云杉，把一对正在孵育后代的
>岩鹰，变成了它临时的双筒望远镜。①

这首诗歌堪称当代诗歌之中书写自然的杰作，它以独特的方式创造了人与自然的融合。西渡善于运用比喻表现人与自然之间的关系，展现生命沉浸在自然之中的愉悦感。黑瞳仁、双筒望远镜等喻象，都暗示出身体融入自然，甘愿充当自然之中独特而有意识的部分。使这种比喻得以成立的是，写作主体从功利之心之中挣脱出来，将自己视为自然的一部分。② 更

---

① 西渡：《西渡诗选》，太白文艺出版社2019年版，第139—140页。
② 爱默生这样说道："大自然是一台背景，它既可做喜庆场合的陪衬，也同样能衬托悲哀的事件。……站在空地上，我的头颅沐浴在清爽宜人的空气中，飘飘若仙，升向无垠的天空——而所有卑微的私心杂念都荡然无存了。此刻的我变成了一只透明的眼球。我不复存在，却又洞悉一切。"（参见［美］爱默生《论自然·美国学者》，赵一凡译，生活·读书·新知三联书店2015年版，第8—9页）为这种纯净的精神状态提供了准确的说明。

为根本的依据在于，自然为人类文明的秩序提供了指引，人类也甘愿以自然为依归。

在骆一禾和西渡的诗歌之中，自然意味着造物的秩序和美的典范，人不仅是自然秩序的一部分，更愿意充当这美与秩序的遵守者。① 法国哲学家皮埃尔·阿多曾经描绘过这种精神状态："首先，留心观察自然形态将使他们窥见自然的运作方式，即关于形态显现的伟大法则。然而，这种对自然的熟悉也可能将他们引向完全不同的体验：把自然的生存论意义上的在场当成创作的源泉。他们沉浸在自然的创造性冲动之中，感到自己与自然是同一的。然后，他们会超越对自然秘密的寻求，对世界的美惊异不已。"② 当诗人融入自然的体系，将自己等同于万物时，诗人感到了迷狂和不可言状的狂喜。③ 骆一禾和西渡领悟自然的创造法则，并且感受到与自然的同一性，在美的体验和对法度的遵守之中感受到人与自然的融合。

在现代性自然审美之中，有意识的人如何融入自然，是一个悬而未决的问题。而骆一禾和西渡的感觉方式和诗歌写作提供了一种典范。这类诗歌引发的崇高感④，是与自然的完美法则联系在一起的，融入一个更高的

---

① 马贵指出："在骆一禾的理解中，自然的各部分不是相互斗争，而倾向于和谐和一致，以一种协调的系统在运行。因为自然是运动和宁静的辩证统一，人也就可以通过使自己的性情符合自然理性，而逐渐克服孤独和焦虑。"马贵：《"自然"的教育——当代诗歌的另一条线索》，《中国当代文学研究》2023 年第 5 期。

② ［法］皮埃尔·阿多：《伊西斯的面纱——自然的观念史随笔》，张卜天译，华东师范大学出版社 2015 年版，第 235 页。

③ 卢梭如是描绘这种狂喜的感觉："我把我的思想从地面提升到自然万物、宇宙体系和那个包容一切的普遍存在。这时候，我的心灵在广袤的宇宙中漫游；我不再思考，不再推理，不再做哲学。我感到一种全身心的愉悦，仿佛被宇宙的重量所窒垮。……我喜欢沉迷于想象的空间中；我的心为各种事物所限，没有足够的空间可以活动；我在宇宙中快要窒息，想要奔向无边无际的太空。我觉得，倘若我真的揭开了自然的一切奥秘，也许我还领略不到这如痴如醉的令人震惊的狂喜。此时的我心花怒放，快乐得不知道如何是好，以致除了有时候大声喊叫：'伟大的神啊！伟大的神啊！'就再也没有什么话可说，也没有什么东西可想了。"（转引自［法］皮埃尔·阿多《伊西斯的面纱——自然的观念史随笔》，张卜天译，华东师范大学出版社 2015 年版，第 291 页）为这种美感体验提供了依据。

④ 正如康德所言："自然界在我们的审美评判中并非就其是激起恐惧的而言被评判为崇高的，而是由于它在我们心中唤起了我们的（非自然的）力量，以便把我们所操心的东西（财产、健康和生命）看作渺小的……"（参见［德］康德《判断力批判》，邓晓芒译，人民出版社 2002 年版，第 101 页）

生命秩序之中。美学家高尔泰曾言:"但西方所谓的和谐主要是指自然的和谐,它表示自然界的秩序。中国所谓的和谐主要是指伦理的和谐,它表示社会和精神世界的道德秩序。"① 在诗人骆一禾和西渡的诗歌之中,强调自然界的秩序对精神秩序和道德秩序的启示,用恒久的自然尺度衡量当下的生活,以修远的精神姿态追慕旷远之境,为中国诗歌的自然书写开辟了一条新路。

与骆一禾和西渡在自然之中,探求更高的秩序不同,诗人昌耀提供了另外一种书写自然的模式,即在生命内部感受到崇高感,并将之赋予自然。在《冰湖坼裂·圣山·圣火》之中,昌耀如是写道:

> 他满怀心事背手牵马从地毯覆盖的山道
> 走向白云喷薄而出的高处。
> 当他这样在心灵设想着脚下并不存在的红地毯,
> 那完全是意味着走向圣山时怀有的庄重。
> 而他随时准备匍匐在地亲吻泥土。
> 在冰湖坼裂的原野,在原野坼裂的冰湖,
> 崇拜的渴望就直接体现为存在的意志。
> 不是所有的人都能走到昆仑、念青唐古拉、巴颜喀拉、冈底斯。
> 不是所有的人都有缘分在茫茫原野邂逅。
> 莽苍之中难得一遇的行旅
> 就这样渴慕地遥向对方靠拢随之交臂远离以至永世永生。
> 不是所有的人都能领有冰湖坼裂。②

这首诗歌之中的圣山,是生命意志逐步提升的象征。与冯至在诗歌之中以顿悟的方式感受生命境界的提升不同,昌耀是在意志的强力提升之中感受生命的崇高性。这种崇高性产生的基础,是对自身生命力量的敬重与崇拜。正如康德所言:"对自然中的崇高的情感就是对于我们自己的使命的敬重,这种敬重我们通过某种偷换而向一个自然客体表示出来(用对于客体的敬重替换了对我们主体中人性理念的敬重),这就仿佛把我们认

---

① 高尔泰:《美是自由的象征》,人民文学出版社1986年版,第291—292页。
② 昌耀:《冰湖坼裂·圣山·圣火》,《诗刊》1991年第5期。

识能力的理性使命对于感性的最大能力的优越性向我们直观呈现出来了。"① 利奥塔也认为："崇高不是简单的满足而是因努力而满足。表现绝对事物是不可能的，绝对事物令人不满足；但是我们知识不得不表现，我们动用感觉官能或想象官能，用可感知的去表现不可言喻的——即使失败，即使产生痛苦，一种纯粹满足也会从这种张力中油然而生。"② 昌耀在生命意志的提升之中，对生命困境的对抗和克服之中，自然产生一种超感官的力量，完成了对自然对象的超越，从而获得了崇高感。在昌耀的诗歌之中，追求生命意志的实现和高尚人格的铸成，创造出高迥的自然之境。

除了借助自然表现强大的生命意志，当代诗歌之中书写自然的另外一途，是表现对自然的细微感觉，在与自然的共鸣之中升起崇高感。吕德安在《群山的欢乐》中写道：

> 这无穷尽的山峦有我们的音乐
> 一棵美丽而静止的树
> 一块有蓝色裂痕的云
> 一个燃烧着下坠的天使
> 它的翅膀将会熔化，滴落在
> 乱石堆中。为此
> 我们会听见夜晚的群峰涌动，黑糊糊一片
> 白天时又坐落原处，俯首听命
> 我们还会听见山顶上的石头在繁殖
> 散发出星光。而千百年来
> 压在山底下的那块巨石
> 昏暗中犹如翻倒的坛子
> 有适量的水在上面流淌——
> 满足着时间。然而用不了多久
> 这些东西都将化为虚无

---

① ［德］康德：《判断力批判》，邓晓芒译，人民出版社2002年版，第96页。
② ［法］利奥塔等：《后现代主义》，赵一凡等译，社会科学文献出版社1999年版，第23—24页。

> 我们苦苦寻觅的音乐就会消失
> 我们将重新躺在一起。①

  身体在自然之中全然敞开，而感受到愉悦感和兴奋感。这种愉悦感也将力量赋予语言，令词语具有了运动的能量，令全诗在和谐的气氛之中稳步推进。吕德安在聚集和扩散的节奏之中，感受生命运动的奥秘，倾听到生命与自然交融的声景②——这是生命不断轮回的声音。它传递着生命涌动生长的消息，表现着生命与自然的深度融合，蕴含着生命与自然宇宙的和谐共存。生命、心灵与自然存在声音的共鸣。美国自然文学作家贝斯顿如是说道："古人有一种奇妙的幻想，即上苍之光，太阳和月亮，移动的行星，井然有序的恒星，当它们在各自的轨道上和谐地运行时，都吟唱着自己的歌，因此使得宇宙空间充满了高贵的音乐。"③ 吕德安以敏锐的听觉，感受到人与自然的共鸣，与宇宙的乐音相通。

  与《群山的欢乐》相比，诗人哑石则将感觉贯通到了更敏锐的层次，用通感写自然之物。在《青城诗章·进山》之中，哑石如是写道：

> 请相信黄昏的光线有着湿润的
> 触须。怀揣古老的书本　双臂如桨
> 我从连绵数里的树阴下走过
> 远方漫起淡淡的弥撒声。一丛野草
> 在渐浓的暮色中变成了金黄
> 坚韧　闪烁　有着难以测度的可能。
> 而吹拂脸颊的微风带来了玲珑的
> 泉水、退缩的花香　某种茫茫苍穹的
> 灰尘。"在这空旷的山谷呆着多好！"

---

① 吕德安：《群山的欢乐》，《适得其所》，重庆大学出版社 2011 年版，第 98 页。
② 学者程虹指出："自然文学作家对于声景的描述旨在通过耳朵这个感官，让我们去捕捉、欣赏并爱惜荒野之声，从而体验人与自然界那种密不可分、血脉相连的归属感。这种归属感不仅是一种生活的必需，而且是情感及精神的渴望与需求。"程虹：《自然之声与人类心声的共鸣———论自然文学中的声景》，《外国文学》2013 年第 4 期。
③ 转引自程虹《自然之声与人类心声的共鸣———论自然文学中的声景》，《外国文学》2013 年第 4 期。

> 一只麻鹬歇落于眼前滚圆的褐石
> 寂静、隐秘的热力弯曲它的胸骨
> 像弯曲粗大的磁针。我停下来
> 看树枝在暝色四合中恣意伸展——
> 火焰真细密　绘出初夜那朦胧的古镜。①

哑石敏锐地描绘出了生命在山谷之中的美感体验。哑石融合了嗅觉、视觉以及听觉，描绘出山谷的气味、形体、色彩等，在一种沁凉的氛围之中，感受到心灵空间与山谷空间神秘的感应与类比。诗歌批评家一行对《青城诗章》有着细致而精彩的分析，指出了其中灵魂与山谷、自我与事物之间的关系，并且是深入元素的层次，有了质料的同构性②。哑石在"光线—触须""胸骨—磁针"的巧妙比喻之中，将自然拟人化，更加凸显出人与自然的相似性，营造出人与自然交融的整体性氛围。在这两首诗歌之中，自然都唤起了诗人丰富的感觉，感应到人与自然之间神秘的关联，感受到生命的愉悦感。爱默生说道："田野与丛树所引起的欢愉，暗示着人与植物之间的一种神秘联系。它们说明我不是孤身一人，也不是不被理睬。它们在向我点头，我也向它们致意。在暴风雨中摇摆的树枝，对我既是生疏的，又是熟悉的。它令我十分吃惊，但又不是完全陌生的东西。它的效果就好比是在我自以为是、沾沾自喜时，突然被一种更崇高的思绪或更美好的感情所征服。然而可以肯定，产生这种欢愉心情的力量并不存在于大自然之中，它出自人的心灵，或者出自心灵与自然的和谐之中。"③

---

① 哑石：《青城诗章·进山》，《人民文学》2002年第2期。

② 一行指出，《青城诗章》所立足于其中的元素论却是中国式的"五行论"和"气论"。木、水、火、土、气这五种元素在诗中的分布是显而易见的：比如第一首《进山》中，"山"即是土，接着就出现了气息、水和草木（"而吹拂脸颊的微风带来了玎琮的／泉水、退缩的花香某种茫茫苍穹的／灰尘"），最后一句中出现了火（"火焰真细密"）。"金"这一元素在诗中出现的方式值得仔细考察。在《进山》中，"一只麻鹬歇落于眼前滚圆的褐石／寂静、隐秘的热力弯曲它的胸骨／像弯曲粗大的磁针"，这里的"磁针"还不能算作真正意义上的金，它还带有石头的性质。参见一行《同构异质，或知觉的修辞学》，远人主编《重回生命之树》，花城出版社2016年版，第222—239页。

③ ［美］爱默生：《论自然·美国学者》，赵一凡译，生活·读书·新知三联书店2015年版，第9页。

除了精神的愉悦感，自然还能提供一种统一的整体感，让生命的诸多感觉被重新聚在一起，令感觉按照心灵的意愿自由地舒展，令生命内外的感觉保持一致，将生命引入美妙的境界之中，给予生命一种再生之感。在自然这个生命场域的召唤之下，生命的本性——对美的追求、对永恒的渴望得以实现。正如爱默生所言："大自然满足了人类的一个崇高需求，即爱美之心。……这便是所有事物的构成之法，或者说是人类眼睛所具有的塑造力量——它使得天空、山峦、树木、动物这些基本形态，都以其自在自足的方式令人悦目赏心；而人的欢愉之情则因为事物的轮廓、色彩、动作与组合油然而生。看上去这是由于眼睛的缘故。眼睛是最好的艺术家。由于它本身结构与光线变化的配合作用，人眼里生成了透视效果——这效果组合起所有物体，不论它们性质如何，将其纳入一个彩色而有明暗反差的眼球，在其中，具体的物都平淡自然，而由它们构成的风景则是浑圆、对称的。正如眼睛是最好的组合大师那样，光线也是最优秀的画家。任何丑陋的物体在强光下都会变得美丽。而它赋予人的感官的刺激，以及它本身具有的那种无限性，就像空间与时间一样，使一切事物都变得欢快起来。"① 自然提供了一个感觉和形式的宝库，令感觉与自然之间相互成全，也符合人类从有形到无限的生命感知与精神升华过程。

总而言之，自然提供了这样一个契机，令诗人在对自然的感受之中，认识了自我的面容，即在自然之中感受到深度自我与自然的应和关系，令生命摆脱了物质外壳的限制，与内在深层的自我相遇，感受到自我的同一性——这个内在自我如此显豁地呈现在我们面前，仿佛跃过了巨大的时空阻隔而相遇，令"我"惊讶与震颤，从而生发出一种崇高感。在哑石和吕德安的诗歌之中，细微的感觉表现了自然丰富的细节，呈现了自然的几微之境。

上述书写自然的诗歌，在某方面都有突出的贡献，诗人赵野的诗歌《苍山》，则创造了一种新的书写自然模式，表现为综合的精神创造：

苍山泪水倾盆，天发杀机
一切重坠黑暗森林

---

① ［美］爱默生：《论自然·美国学者》，赵一凡译，生活·读书·新知三联书店2015年版，第14页。

> 长夜碾压了往圣足音
> 草木犹厌红色兵气
> 异乡人，必得在无明里
> 找回自己的精神记忆
> 因为仁会引领我们上升
> 像爱转动太阳和群星①

从感受方式、美学方法、语言特色和美学境界而言，这首诗歌都堪称自然书写的精品。赵野赋予了自然精神意味，以"仁爱"精神成为人与自然感通的依据，令苍山成为仁爱的象征，寄托着深沉的历史正义——既保持了对现实的敏锐感受，又有超越于其上的批判精神。赵野将自然与历史精神、心性修养联系在一起，令自然成为个人精神的象征和民族命运的启示，为新诗书写自然提供了一种典范。

在中国古典传统世界之中，山水成为超越的精神象征，形成了丰富的山水诗传统。而在现代性之中，如何重新赋予自然以超越的精神意味，并且赋予其一种有意味的形式，容纳诗人的心性修养、历史之道和宇宙之几，成为自然书写需要面对的主要问题。现代诗人在此道路上进行了诸多有益的探索。从百年新诗书写自然的过程来看，新诗对古典山水诗歌有了继承和发展。一是进入感官和知觉的微观层次，感受到人与自然基于元素的相似性；二是在对心灵秩序和历史秩序的求索之中，赋予了自然更为丰富的心灵内涵与历史境界。在阴阳宇宙论解体、天下自然观破碎之后，新诗探寻着将自然纳入诗歌之中，重新以自然开拓出广阔的天地境界。自然被现代诗人视为一种精神质素，奠定了崇高的生命境界，为新诗和现代汉语的发展和成熟，提供了重要的指引和参照。中国新诗中的自然，有望承续古典山水的传统，应对生命的现实和历史处境，而创造一种感通于天人之际的自然书写。

"感通"一词出自《周易·系辞上》："《易》无思也，无为也，寂然不动，感而遂通天下之故。非天下之至神，其孰能与于此。"《周易》咸卦中则有"感应"一词："《彖》曰：咸，感也。柔上而刚下，二气感应以相与。""感通"是一种独特的感受方式，是一种直觉品悟的方式，能

---

① 赵野：《剩山》，南京大学出版社2023年版，第117页。

突破人与自然、人与世界之间的界限与差异，而通达与天地万物同一的状态，感受到人和自然之中丰沛的意味。① 人与万物之间的"感通"，奠基于人与万物之间的亲密关系。在以往的哲学和诗学理论中，有以情感、意志、理性等言感通者②，但这些都略显偏颇，偏执于生命的一端，而未能尽生命的本质特征，需要从一种更具有涵盖力的角度感受人与物之间的关系。

从中国新诗书写自然的实际来看，可选用"造化"来描绘生命的整体现象。"造化"指包含人类在内的天地万物的生命现象③，及其背后的运作规律和根本。其背后的生命依据，则是一种不可言明的"道"——老子所言的玄牝、天地根④等皆属此类。而人与万物之间"感通"的情绪

---

① 台湾学者黄冠闵运用现象学方法，对"感通"有这样的解释："感"是一种直接的感觉，从人对于自己身体、他人身体到其他物的存在，都有一直接对于存在的"感"。至于"通"，则是着重在心与所对的境彼此的关联、交接、有合乎"感"、相应于"感"的往来作用。其次，"通"也涉及不同境界之间的上下、升降、去返等的交通，而反映着心的自通与兼通作用。参见黄冠闵《唐君毅的境界感通论——一个场所论的线索》，《清华学报》2021年第2期。学者贡华南也指出，在"感"提供的经验基础之上，生成了中国哲学重事物的"存在特征"、重质料与形式统一、重有限与无限统一、重实践优先等观念，也生成了内在包含时间、变化、对立性质的特殊范畴"象"。基于这样的认识，在"不变、确定的思维"之中，保持"交易的、存在着的世界"的思想，已成为我们必须面对与承担的使命。参见贡华南《从"感"看中国哲学的特质》，《学术月刊》2006年第11期。

② 人与万物之间的"感通"，奠基于人与万物之间的亲密关系。在以往的哲学和诗学理论中，有以情感、意志、理性等言感通者。唐君毅对此有清晰的梳理："中国儒家之言感通，则所以显性情。道家言感通，则归于物我两忘。西方哲学中以理性言心者，多绌情感轻经验。其以意志言心者，则恒不免于尚力，而罕以性情言心者。英文所谓 Emotion 含激动义。Sentiment 则指一种情感之郁积，而亦常合一非理性之义。Feeling 一字，则偏自主观之所感言。西哲中直至现代，乃有勃拉特雷、怀特海之重 Feeling 一观念。海德格以存在哲学名于现代。其论人之存在颇重 Mood 之观念。而诸人所谓 Feeling、Mood，义皆极特殊。然在中国，则言'理'者，多连性情言，亦恒连经验言，曰生理，曰情理。"参见唐君毅《中国文化之价值》，广西师范大学出版社2005年版，第93页。

③ 在中国哲学原典之中，有诸多这样的句子："今一以天地为大炉，以造化为大冶"（《庄子·大宗师》）；"又况夫宫天地，怀万物，而友造化，含至和"（《淮南子·览冥训》）。也有"造化弄人""功参造化""笔参造化"等词语，指向那流衍不息的天地万物的运作本身，其为至大无所不包，其为"一即一切"。可以将"造化"对应海德格尔哲学中的"存在"一说，表示无所不包的生命现象。

④ 《老子》第六章有言："谷神不死，是谓玄牝。玄牝之门，是谓天地根。绵绵若存，用之不勤。"

基础。作为造化的生命，正是基于生命的恐惧、荣辱等生存体验，与天地万物进行交流与感通。诗歌的自然书写便是对这种神秘本体的感通与回应。

所谓的"通"，就是突破事物之间的界限①，超脱一己的"耳目之所宜"，摒弃对俗世间的差别和是非的执着，以达到"游心乎德之和"的境界。而通达的境界，则是克服事物之间的差异，而通达生命的同一性。在这种与万物的感通之中，也在证成心性的修行和性情的完善。正如唐君毅所言："人诚顺吾人性情之自然流露，而更尽其心，知其性，达其情，以与自然万物及他人相感通，吾人即可由知性而知天。于是此与形上实在相遇之道，非逆道而为顺道。"②

新诗中自然书写的难题和挑战，是如何将"天地人"重新聚集在一起，打开一个广阔的生命空间和精神境域。或许可以从先哲的智慧中寻找启示。受老子"四大"③思想的启发，海德格尔提出"天地人神"四合说。在海德格尔充满诗意的描绘之中，世界是一个聚集了天、地、人、神的四重整体。大地是孕育者，能够伸展为岩石和河流，涌现出动物和植物；天空是容纳者，包含着星辰的隐显、四季的轮转、昼夜的交替。天空和大地为人类提供了基本的生命庇护，使人类在浩渺的宇宙中安身立命；天地之间呈现的万物荣枯、生死循环等景象，塑造了人的基本时空感，影响了生命的绵延和超越等诸种感觉。神是一种渗透在天地之间的神圣力量，引领着人类朝向无限进行超越；终有一死的人类，通过自然领会生命的神圣感，感受世界的意义和深度。为了表现这个丰富的四重整体世界，人类需要通过艺术或诗歌的方式进行"显示"和"聚集"。所谓"显示"是指"大道"既澄明又遮蔽地把世界开放和呈现出来，让天地万物都如其所是地到场现身；所谓"聚集"即指"大道"把所有存在者聚集入相互面对之切近之中，使天、地、人、神彼此通达。总而言之，不同于现代科技对自然的分析与祛魅，海德格尔渴望建立的是一个"切近"与"指

---

① 中国哲学原典之中，有"通于万物"、"通乎道"、"唯达者知通为一"、"通天下一气耳，圣人故贵一"和"通于一而万事毕"等说法，强调的都是人与天地万物相通的境界。
② 唐君毅：《中国文化之精神价值》，广西师范大学出版社 2005 年版，第 328 页。
③ 《老子》第二十五章："有物混成，先天地生。寂兮寥兮！独立而不改，周行而不殆，可以为天地母。吾不知其名，字之曰道，强为之名曰大。大曰逝，逝曰远，远曰返。故道大，天大，地大，王亦大。域中有四大，而王居其一焉。人法地，地法天，天法道，道法自然。"

远"的世界。所谓的"切近",即人的感官与自然的直接接触与亲密感;所谓的"去远",即人的心灵在投向广阔的宇宙空间之后,在自然之中依然有所依托和安顿。在这个"切近"与"指远"的世界,自然与人的身心最终紧密融合在一起。

这种感通于天人之际的自然书写,以全面而整体的方式来对待生命以及万物,突破图像化的世界对人和物的宰制,从而恢复一个人与自然相融相参的世界,有助于人在宇宙世界之中找到定位,从而获得一种稳固的家园感;这更能提升写作者的生命境界,建立一种永恒的生命秩序和意义尺度。正如诗人赵野在诗歌中所写:

> 存在无限敞开,夜积满山顶
> 万物的劳作永不停歇
>
> 一些声音阻着我下坠,那是
> 头上的星空,内心的律令①

---

① 赵野:《庚子杂诗·九十八》,《剩山》,南京大学出版社2023年版,第154页。

附录一 静心、虚待与安时：论王学芯诗歌的自然与时间

　　文史学者周策纵在讨论"诗言志"时认为，中国最早的哲学和诗歌就表现出自我意识的觉醒，对事物的变动和时间的流逝异常敏感，因而最本质的诗歌观念是"心之所向"，即用诗歌记录内心的变动，并令其与自然的变化完全合一，以忘记时间的流逝引发的焦虑，从而达至不朽的生命境界①。巴什拉持相似的观点："记忆与想象的结合使我们在摆脱了偶然事故的诗的存在主义中，体验到非事件性的情景。更确切地说：我们体验到一种诗的本质主义。"②与中国诗人相比，西方诗人更愿意用灵魂的丰沛记忆与想象接近更高更神秘的秩序，达至永恒的生命状态。③总体说来，西方诗人是在灵魂与肉体的对立中，高扬灵魂对那个超越性他者（上帝或理式）的追求；中国诗人则在淡化身心二元论的基础上，强调以道心感知日常生活中的事物，于微末中感受万物变动的生机，体悟生命自然而然的状态。即便如此，将诗歌作为保存生命记忆、抵抗时间流逝、追求生命永恒和不朽的艺术，仍是东西方皆同的真理。

　　如果以此诗歌标准为要求，当下中国诗人的写作际遇则处于严酷的困境之中。一方面，中国古典诗教中经儒释道濡染的道心，渐渐被人遗忘在古旧的文化典籍和博物馆里，西方文化中对神灵的感触之灵魂，在中国缺乏深厚的文化土壤；另一方面，以现代性为后盾的冷冰冰算计原则，日益侵蚀着人、情、物、事，更兼有环境的特殊压力，在这多重内部精神匮乏

---

① 周策纵：《弃园诗话》，世界图书出版公司2013年版，第166—172页。
② ［法］巴什拉：《梦想的诗学》，刘自强译，生活·读书·新知三联书店1996年版，第151页。
③ 夏可君：《平淡的哲学》，中国社会出版社2009年版，第52页。

与外部势力的围剿中,诗人处于卡夫卡所言的身体和精神遭受卡位的时代。① 身处这种困境中的诗人,如何将记忆和生命从历史时间和生物时间的损毁中拯救出来,从而释放充沛的生命活力?这种精神能力无法自动地传承下来,每一代人都必须重新发现和开辟自己的道路。

王学芯很可能会同意"诗出自于心"的判断,并将之作为诗歌写作的内在律令,就像他乐意承认的:"每首诗只是一种姿态。我是为了真诚而作诗。"② 唯有以心为原发起点的诗歌写作,才算叩开了至关重要的诗歌写作命门,才能洞鉴事物和内心的力量,进而发而为言、咏而为诗。《往事的幻象》正是在这一写作律令指导下的实践产物。这些在诗人记忆里的江南物象,笼罩着一层浓淡相宜的生命灵氛,正如王学芯所言:"于是一个街景,一杯酒,或一件织物和一双鞋,就有了偶然的奇迹发生,白纸上的夜也就日趋丰满。"但将烟云般的灵氛归因于江南文化记忆的濡染是不充分的,它更多源自王学芯丰沛的内心,更紧密地与他的精神力量相连,更有可能是他内心世界的体现。《往事的幻象》可称为一组"静心"之作③。

所谓"静心",有两层意蕴:一方面,指诗歌从诗人静谧的内心咏出,凝聚着诗人的心血;另一方面,这些凝聚、见证着生命力量的诗歌,又反哺、供养着诗人的心神,令其达至安静的精神境界。王学芯在《在一首诗里》里透露了这一秘密:

> 成群成群的小山
> 贮存着大量氧气和滴水的光线
> 改善了我
> 对生存的理解。

---

① 卡夫卡讲过一则寓言:一个人走在一条路上,前后各有两个对手。后面的向前推他,前面的对手却帮了他;而当前面的对手挡住他时,后面的对手都帮了他。卡夫卡以此寓言表明遭受前后两种力量截击的精神困境。[美] 汉娜·阿伦特:《过去与未来之间》,王寅丽、张立立译,译林出版社2011年,第5页。

② 王学芯:《偶然的美丽》,作家出版社2003年版。

③ 学者张德明则认为王学芯"二十多年的任何时间,他不为外界各种声音干扰,心平气和地守着寂寞,坚持在沉默中走自己的诗歌之路"。参见张德明《精神弥留之际的写作难度》,《当代文坛》2014年第2期。

更为重要的是,"诗如天上掉落的一个湖泊",令诗歌鉴照自我和万物。这应该是王学芯写作的起点,也应该是他写作的目标。

或许可以将"静如湖泊"作为洞悉王学芯诗歌的密钥。"湖泊"是他在焦躁时代保持平心静气的心灵表征,这里很可能蕴含着道家所谓"涤除玄览"的空明心境。正如明镜有鉴照之意,"湖泊"首先是一种认识论方式,经过湖泊或镜面的过滤和折射,外部事物喧哗躁动的声音被消除了,世俗世界的称呼、权利与欲望被隔绝了,他感受到的,是一个静谧的世界。其次,"静如湖泊"亦是一种价值论指称,正如王学芯所言:"水花变成雪白牙齿/咬着波纹/计数经历一样/溶解所有一切的光芒与远景"(《溪水》),水净化了所有的生命和事物,令它们焕然一新。由此,王学芯"静如湖泊"的心境照鉴的,是一个安静和干净的世界,慢和静成为观察和感受事物的内在律令,干净则成为衡量事物价值的标准。在这个静谧的世界里,生命被敷上了一层薄膜似的灵晕,并幻化为一种邈远的氛围,从被算计交换的命运中逃逸出来。恰如德勒兹所言,写作的最高目标是离开、生成和逃逸,越过一道地平线而进入另一种生命;在生成和逃逸中,写作成为对现存权力的反抗,生命得以从人群、社会的宰制中逃离,从而获得一种自由①。在王学芯的"湖泊诗学"里,"静心"幻化为一个位于高处的清明湖泊,成为精神自由的象征。

以"静如湖泊"的心境为依托,王学芯有望发展出一种观照事物的方式——凝视;这种深切的观照方式也促成和加深了王学芯静谧的心境。凝视是一种聚焦目力的观看,在背后作为支撑的,则是诗人笃定守淡的心志。唯有笃定守淡的心志、优游不迫的心胸,所调配的聚精会神的目光,方可排拒外界嘈杂的声色,将目光集中于和心灵相互激发的事物生机、节奏以及深处的秘密。

在持久的凝视中,主体的心灵与被凝视的客体之间产生了交流和对话。王学芯在凝视事物时的感受也许可以和梅氏的体验相互印证:"山脉和森林/或者田野与河流/被山谷围绕/在我形体之内/变化式样"(《在一首诗里》)他在对自然物象的凝视中,分享着双方的生命形式中蕴含的生机与气韵。

---

① [法]米歇尔·福柯等:《文字即垃圾:危机之后的文学》,白轻编译,重庆大学出版社2016年版,第182—200页。

凝视不仅是主体对事物的观看,从外物返回的目光也击中了观看者的内部。恰如王学芯在《日期或星期》中表达的:"那些拉紧的节奏自然松弛/日历上不再变化的数字/变化着光线/窗外/云彩习惯性地驶过//我以这种变化的名义/用很长时间凝视一杯茶的温度/当水凉了下来/凝聚起芳香/我发现/杯底厚了几倍"在凝视中,主体产生了一种生成于内部和来自外部他者的目光,这种反思性的机制,于生命的成熟和静谧具有重要意义。正如巴赫金所言:"在镜中的形象里,自己和他人是幼稚的融合。我没有从外部看自己的视点,我没有办法接近自己内心的形象。是他人的眼睛透过我的眼睛来观察。"① 亦如齐泽克所说:"只有通过被反映在另一个人身上,即只有另一个人为其提供了整体性的意象,自我才能实现自我认同;认同与异化因而是严格地密切相关的。"② 在这种引发多重异质性关系的凝视中,诗人的生命经历着变动与成长从同质性的镜像阶段到异质性的自觉阶段。

由此可见,在诗人对事物的凝视中蕴含着丰富的意味。其中有生命与生命之间的交流与生机的共享,有生命内部力量的凝定与沉淀,也有生命在外部他者的期待中不断成长的渴望。它包含两种状态:一种是将流动的生命静止凝固,将零碎的生命片段聚集为整体;另一种是静止的生命因内部生长的力量而释放出无限生机。这种生命包孕着一种独特的时间形式,即一个蕴含着动静两面的时间晶体,犹如在静止的纹理中,有活力喷张的血脉的蝶翼;亦如在平静的湖面下,暗流涌动的湖泊。用内心世界的安静和汨汨流动的生机作为供养的时间晶体,一方面对抗着时间的自然流逝,另一方面抵抗着快速、强力的外部世界的侵蚀与压制。

这种"静心—凝视—书写"的精神回路和循环系统,大致上可以认作王学芯的诗歌写作方式。这一过程延缓了他与事物相接触的过程,令他能够深入事物的内部,也能在蓄积了足够的生命力量后再发而为诗。他用凝视收集来自物象深处的光芒,将其贮存在心灵中,与生命的活力相互激发,又将由此产生的生命灵晕倾注在诗歌的词语之中。这种诗歌写作发自静谧的心灵空间,暗示的是诗人在生命旅程中持续进行精神修行的心境。

---

① [俄] 巴赫金:《巴赫金全集》第四卷,白春仁等译,河北教育出版社 1998 年版,第 86 页。
② [斯] 齐泽克:《意识形态的崇高客体》,季广茂译,中央编译出版社 2002 年版,第 33 页。

如果说，在诗歌中，王学芯通过静心与凝视，生成了一种外部凝固而内部流动的时间形式，抵抗着外部世界的侵扰，他更高的追求则是以"虚待"之心，在呼吸的节奏中，生成一种"安时"的时间形态，与世界达成和解，将心灵引向平静之境。

王学芯有诗《拆解姓氏笔画》云："我仔细拆解自己的姓氏笔画/抹去形式上的名字/把角色/一点点从日与夜的颜色中/变成另一空间的存在//我从这极为简单的变化中/松懈任何联系/让一种没有状态的状态/变得宁静/纤细如同草茎。"这种虚化主体意志、摆脱人际关系、安于无名状态的动力来自一种"虚待"之心。"虚待"之心与"成心"或"机心"相对应，它并非源自主体的主动性，也不强调支配世界的认知和意志，而是一种根据情境的召唤而适应与转化的状态，正如虽然脆弱，却保持着极端适应和转化能力的"草茎"一样。[1] 恰如法国汉学家朱利安指出的，虚待"是依据'生命'之连续交互作用的过程自行唤起更新作用的存有"[2]，是发生在一切过程中的更迭与转化过程。

虚待的主体状态产生了一种独有的感思方式——呼吸。呼吸保持着敞开与闭合的气息运转能力，表征着生命自然变化的节奏，蕴含着生命的无尽潜能。王学芯以呼吸的方式感知周围的万事万物：

> 微尘是一种没有声音的呼吸
> 从闪耀的树梢上飘下
> 同我一样
> 在做好思想准备的变化上
> 碰触日落的寂静 （《微尘》）
>
> 夕阳躺在我的眼睛里
> 草地如同我一口呼出的气息 （《躺在草地上》）

王学芯暂时放弃了认识和意志，以虚待之心感受万物，生命便成为一

---

[1] 对"虚待"的论述，参考了法国汉学家朱利安的观点。参见［法］朱利安《论"时间"：生活哲学的要素》，张君懿译，北京大学出版社2016年版，第167—208页。

[2] ［法］朱利安：《论"时间"：生活哲学的要素》，张君懿译，北京大学出版社2016年版，第191页。

缕缕呼吸的气息,"微尘"和"草地"等细小的物象与"我"有了同等的生命。正是在这种生命的拆解与还原中,他有幸触及了生命的本质——一种持续虚化与转换的潜能。

有了虚待之心的引导,呼吸型感受方式的内应,生命产生了一种"安时"的状态。当生命怀着虚待之心,从与万物之联系的束缚状态中解脱而出,它所要追求的不是一个充满希望的未来,而是一种具身自足、安于当下的平静状态。"呼吸"则是这种平静状态的保证和体现。正如朱利安敏锐感受到的,"呼吸"持续地与"安时"保持即时性的联系——"呼"的时刻必然引来"吸"的时刻,反之亦然。"呼吸"是以最原始的方式,基于生命气息运转方式的共通,让"内"和"外"在体内展开交流;它在持续的"往来"的生命表现里,专注于"安时"的精神境界[1]。在这种状态中,没有任何事物超出"呼吸"的交替,仅仅透过生命自身的变动将自身的状态合理化,并时时在"安时"的状态中,体验自身生命的丰饶。

"安时"的生命形态更是一种养生的生命智慧,它并不强求主体的主动构造能力,而是要求生命的反应与转化能力,能够摆脱事物的束缚与阻塞,让宇宙中的生命气息在体内保持自如流转。"安时"的生命形态蕴含着更为深刻厚重的生命哲学——"顺生",即服从自然的生命形态,以自然而然的生命为最坚实的依据。恰如波德莱尔所言:"自然除了事实没有别的道德,因为自然本身就是道德……"[2] 所以"我们伟大且辉煌的杰作便是随顺而活"。这种安时守命、随顺而活的内在反应机制与生命领悟的深浅密切相关,与呼吸气息的深浅相关,乃至与诗歌语调的节奏紧密相关,王学芯的诗歌写作表明:他正走在从"静心"到"虚待"的追求之中。

---

[1] [法]朱利安:《论"时间":生活哲学的要素》,张君懿译,北京大学出版社2016年版,第197—198页。

[2] [法]波德莱尔:《波德莱尔美文论文选》,郭宏安译,人民文学出版社1987年版,第285页。

附录二　寻焦的眼镜与嘟囔的顽石：论桑克诗歌的身体与自然

诗人桑克敏感于身体经验和社会历史境遇之间的互动性关联。有赖于这种独特的身体感知方式，桑克发展出观物体事的两种独特技术，一种是"情绪显微镜"，另一种是"骨质扫描仪"。前者将镜头对准身体内部，将情绪和动作放大呈现，探测心灵的细密纹理；后者记录下自我和周围人群的语言和行为，呈现为一张张风景画似的切片，然后显影这些姿态动作、语言背后的隐形权力机制和隐蔽意识形态。桑克在对身体的情绪图谱和微观动作的记录中，来表征心灵与社会现实和历史境遇遭遇的时刻，既烛照了个体生命最幽微的情绪，又折射出历史的征候。进而言之，桑克主动地运用真确的感知能力和理性判断能力，思考主体是如何被权力塑造成形的；通过有意识地记录、反思、批判这种存在状态，获得超越历史境遇的路径，依然葆有着对自由的渴望和开启新生事物的能力。这便是桑克诗歌中呈现出来的启蒙与希望。

一　作为一个交汇面的身体

诗人桑克在某次诗歌奖颁奖典礼上的一段话，极有可能敞开了其诗歌写作的隐秘通道。"中学住校的时候，早晨吹起床号，晚上吹熄灯号，这些军号声给我带来的深刻记忆，使我现在一听见它们就哆嗦。这种高度管制化的生活对我的影响不次于大学毕业以及之后生活对我的影响。我的心理模式，情感构成，以及将写作作为创伤治疗手段的方式几乎都与这两个时间段落有关。"这段创作自白表明，那种高度管制化的生活模式，已经渗透到诗人的身心之中，影响了诗人的"心理模式和情感构成"乃至诗歌写作的触发机制，使诗人敏感于身体反应、情绪构成和社会历史境遇之间的互动性关联。犹如某种精神印记的身体反应机制，一直伴随着诗人桑克，以至于已年届不惑的桑克，面对镜中的自己，基于身体的视角，为自已描摹了一幅《自画像》：

> 眉毛没什么变化。
> 眼皮略双，眼睛略红，
> 蝴蝶眼镜使它看上去像斗鸡眼。
> 粗粗看脸，比实际年轻，
> 细看，眼角以及鼻翼周围
> 盘旋着粗劣的皱纹，
> 而且千万别扯动嘴角。
> ……
> 但是肚腹仍旧是
> 中年的肚腹，幸亏它掩藏在
> 肥大的衬衣之中。
> 然后是看不见的耻毛，
> 已经白了两根。
> 强烈的欲念归结于克制，
> 归结于秋天的节拍器。
> ……
> 按照钱玄同的说法，
> 这人应当枪毙。
> 按照卡尔·巴特的说法。
> 他已处于下坡的途中。
> 我呢，对他还有幻想：
> 但愿今年不是他生命的顶点，
> 但愿他明日之后更加平静。
>
> 2007.8.30.18：09①

这幅自画像，呈现出精神与形躯、身与心之间的互为表里的关系，眉毛、额头和足部等身体组织的特征和行为动作，其实表征着诗人内在的精

---

① 桑克：《转台游戏》，重庆大学出版社 2011 年版。本书所引用的桑克的诗歌，均出自此诗集，不再一一注明。

神状况。以身体姿势为隐喻，桑克表明了自己独特的精神立场和价值追求——既不像钱玄同等极力倡导新文化运动的知识分子那样，被裹挟进一种强烈的文化激情之中，认为人过四十就要枪毙；也不似卡尔·巴特等神学家那样，斥责身体是低下的堕落姿势，抱有坚定的形而上信仰，陷入一种自我圣化之中；而是让身体固守目前安静的位置，通过稳定的身心修炼，达至平和的精神境界。这种看似保守的精神姿态和价值立场，其实蕴含了桑克的敏锐判断与睿智选择。现代人的精神生活处于摇摆不定之中——要么服从某种外部权威和既定的世界秩序，要么过于笃信自我的力量，桑克的选择即是犹如一个走钢丝艺人，在坚持内部自我和适应世界秩序之间保持一种微妙的平衡。

在"钢丝艺人"桑克那里，身体具有独特的意义。身体不仅是一个维持基本生理动作的物质躯体，是形成感官经验和理性判断的基础，还是内在情志和心境的表征，是生命参与生活实践的基本出发点和最终体现者。

及时性和切身性的身体经验，记录着个体生命面对世界时的最原本与真切的感受，比语言更趋近意义的本源，它不仅构成了人的思想意识核心，而且进一步形成了人对世界的观念图景。而从基本的感知经验到形成观念图景，身体受到社会制度和意识形态的影响。桑克意识到身体与社会制度和权力有紧密的关系，身体经验刻写着社会制度和意识形态的印记，表征着某一历史时期权力运作的踪迹。正如福柯所言："身体是事件被铭写的表面，是自我被拆解的处所，是一个永远在风化瓦解的器具。"[①]

由此可见，桑克自觉地执着于身体的写作策略，不仅是在写作主题和方法上标识了独特的风格，更具有某种独特的精神史意义。桑克在对身体的情绪图谱和微观动作的记录中，表征心灵与社会现实和历史境遇遭遇的时刻，展示自我和群体、自我和社会的关系。进而言之，桑克将身体作为一个自我和权力争夺的场域：通过身体经验去思考主体是如何被权力塑造成形的；通过有意识地记录、反思、批判这种存在状态，表达自我清洁与自我启蒙的希望。

---

① 福柯语，转引自汪民安《身体、空间与后现代性》，南京大学出版社2022年版，第20页。

二 寻焦的眼镜：认知的身体

有赖于独特的身体感知方式，桑克的写作极具灵活性和伸缩性。桑克能对微观的个人情绪进行细致的勘探与描绘，又能将细微的情绪投射到宽广的社会历史领域。由此，桑克发展出观物体事的两种独特技术：一种是"情绪显微镜"，另一种是"骨质扫描仪"。前者将镜头对准自身内部，将情绪和动作放大呈现，探测心灵的细密纹理；后者记录下自我和周围人群的行为与动作，呈现为一张张风景画似的切片，然后显影这些姿态动作、语言背后的隐形权力机制和隐蔽意识形态。诗评家陈超曾提出一种"个人化历史想象力"的写作方式和伦理，即"如何在真切的个人生活和具体历史语境的真实性之间达成同步展示"，"使之既烛照了个体生命最幽微最晦涩的角隅，又折射出历史的症候"[1]。桑克的写作可看成这种写作的典范，下面兹举几首诗例作为说明。

例如《换季》："我从客厅踱到卧室，/从内卫踱到外卫。数数/餐厅壁画上的鱼，究竟有多少条？/我无聊，但朝气蓬勃。"桑克记录下一个困于斗室的人无聊地细数壁画上的鱼情形。这首诗描绘的是读者熟知的日常生活经验，却带来一种警醒和震惊效果，引人深入思考这种行为形成的原因及其所处的社会历史环境。正如伊格尔顿所言，"'距离效果'用观众不熟悉的角度来表演观众熟悉的经验，迫使他们怀疑他们所'习以为常'的态度与行为"[2]，在质疑中，社会的压抑性昭然若揭——社会统治深刻地置于被征服者的肉体之中，造成了某种内化的压抑，人的精神空间急剧地缩减。

桑克还善于观察和描绘人的动作和生活场景，将其标准化、风景化，捕捉其中的戏剧性和荒诞成分，探测到社会制度和意识形态在人的语言和动作中留下的印记。如《社交的启蒙》：

> 但是你不能辨析哪些是她的，哪些是电视的。
> 你自己说的从来都有根有据，出自经典或者文件。
> 也就是说，你说的从来都是别人曾经说过的。

---

[1] 陈超：《个人化历史想象力的生成》，北京大学出版社2014年版，第12、16页。
[2] ［英］伊格尔顿：《马克思主义与文学批评》，文宝译，人民文学出版社1980年版，第71页。

> ……
> 但是有的地方你却退到前天。你懵懂而吃惊地
> 望着墙上阅评小组的报告。我没有提醒你。
> 我只把新近看的书名告诉你。茅海建对晚清的描述，
> 或者阿伦特对我们生活特征的控诉。
> ……
> 明天是不存在的。你仿佛坐在沃尔沃巴士之中。
> 顶灯关闭。窗外的夜色阑珊。你孤独地坐着。
> 我像看一场电影，把自己推离圆桌一尺。

桑克在友人的言谈举止中发现，现代人的感受和认知方式，被一种无形的权力规范和掌控着，并在不同代之间延续着。在这种视权力为最高权威的思维模式中，人容易陷入一种犬儒主义的生活态度中，构建出一套诡辩体系和自欺欺人的圈套，丧失对知识和真理的追求和信仰。他者的生活作为一个镜面，也映照出了自己的生活处境，从而引发桑克深刻的警醒与反省，即在由外向内的观看转化中，实现对自身思想进程的反思与批判。于是以条件反射似的身体反应做出抵抗，"我像看一场电影，把自己推离桌面一尺"。

而在《转台游戏》中，桑克则揭开了控制着我们身体感受和语言表达方式的隐形权威的面纱：

> 雨从敞窗进入。
> 我不理，继续看电视。
> 遥控器在手，仿佛是我控制
> 这个国度。我本该得意，
> 但却没有，而是无聊。
>
> 换台，从汉语到英语。
> 演讲者鬼画符，听众流泪。
> 黎以战火，评论员微笑，
> 将之喻为英超。我愤怒，
> 他脸色突变：不能忘记丧命。

>　……
>　这些隐喻的表面，
>　不靠谱，我看不见深处。
>　实际上，常识更需要追求。
>　仿佛一场雾中审判，
>　原告被告，白发美人。

现实生活中的战争和灾难被风景化、娱乐化，成为一种拟像的风景，被任意涂抹以供人们娱乐消遣；痛苦和死亡的感性内核被剥夺，严肃的生死体验被转化为一种可供人们赏玩的景观。正如耿占春所言："在一个信息与传播的社会，没有进入现代传媒的现实就早已变成非现实了。被制造的景象取代了现实的位置。仿真的世界替代或遮蔽了真实世界。媒介上的图像和信息变成了现实性的合法来源。"① 在事物和词语没有精确实在所指的仿真世界里，人群集体陷入无聊的情绪中，丧失了追求真实的欲望和兴趣，而这背后其实是消费意识形态和全球化的资本技术机制对人的无形控制。"我"最初也陷入这种人造的语言的风景中，所幸的是，诗人经由自我反思而有所警觉，确立追求常识的标准，以人性为判断是非善恶的标准和尺度。

揭开这层隐蔽的意识形态面纱之后，桑克发展出了自己的观视方式——深入芜杂的社会风景之后，洞识其中被遮蔽的真相。如《荒草》：

>　没人注意这些铁路边的荒草，
>　我久久地注视着你们。
>　你们渐渐成为一个帝国，
>　辽远，复杂，波澜壮阔。
>　你们的历史渊源，你们的宫廷阴谋，
>　我能想象你们的每一个细节。
>　那些访客，那些经过的乌云和渡鸦，
>　背对而立的两个人，
>　那群模拟局部战争的孩子，

---

① 耿占春：《在美学与道德之间》，山东友谊出版社2006年版，第220页。

> 我远远地注释着你们，并且毫不客气地
> 提出无中生有的疑问。
> 而你们竟然回答了，借助六音步的风。
> 我久久地注视着你们，
> 一动不动，仿佛一个拆掉提线的木偶，
> 注视着一座充满活力的剧院大门。

诗人从凌乱荒草的自然状态中读出了复杂的宫廷政治阴谋和帝国政治细节。这首诗歌中表现的"注视—注释—注视"的视线变迁，其实是诗人主体意识逐层突破虚拟的表象，不断地深入历史的细节之中，获得历史理性的过程。这种视线变迁过程，其实也是桑克诗歌的一贯特征——犹如一个眼镜，在不断聚焦的过程中，获得清晰的认知与判断，确定主体的位置：

> 在这一生之中，我就是这样胡乱地跑着，
> 我几乎看不清一切。明天上午，我必须配副新的眼镜，
> 请它帮助我清晰地记住会堂门楣之上的旧痕，
> 把那些伪饰的新印剔净吧，那些幽魂
> 或许就能找到家，正如眼镜重新找到它迷糊的主人。（《眼镜》）

眼镜聚焦的过程，即桑克在诗歌写作中处理经验的过程——从感官经验到理性反省再到智慧的领悟，而眼镜所蕴含的知识分子意味也表明了桑克写作的伦理追求。桑克一方面追求生活的常识，用以识破意识形态叠加在日常生活之上的幻象；另一方面，也追求书卷知识引入的宽广历史视野，作为认识和判断现实生活的依据。这种双重的认识框架和视野，能摆脱过度依赖知识，丧失具体的生存经验，而走向一种唯知识论，又能避免历史视野的欠缺，以免让自己过度陷入客观环境中而不能自拔。

在桑克的写作中，写作主体没有先在地被给定一个稳固的主体位置，而是保持身体的敞开和思维的开放，从真切具体的感觉和经验出发，寻求真确的感知体验和理性的认知判断。对主体的祛魅、消解与重建，暗含着一种内审和辩驳的意识，其实形成了一种反抗的逻辑和策略。正如学者宁

晓萌指出："'自我'的形成不仅仅依寓于身体自身存在风格的养成和积淀，不仅仅依于一种主动性的建构，更重要的在于他朝向一个被给予的场域，在其不可跳脱的处境中、在'身体本身'与'感知世界'的悖论性的交织关系中，被塑造成形的个体得以成形。"① 主体所处的场域和处境更多地具有不可更改性，因而主体的建构有着被迫的无奈，一种事先被给定的主体身份和生活方式是可疑的，看似牢固的属于个人主体形象，极有可能是意识形态和制度建构而成，并且这种意识形态已经隐蔽地内化到个体的情感结构之中，而在无意识深处控制着个体行为。桑克的诗歌写作，是将"自我"从自我妥协和意识形态的控制中，救赎出来的自我清洁的行动。

桑克诗歌的精彩和独到之处即在于此。一方面，他从身体的基本感受和情绪出发，记录下了社会制度和意识形态在身体中留下的印记；而另一方面，也在这种自觉的记录和反思中，凸显了主体的自我意识和反省意识，体现了人的尊严。正如学者一行所言："我们每个人都受到历史的制约和塑造，因此对我们自身历史性的反思、意识到我们已经受到污染，是摆脱这种污染的唯一机会。"② 身处具体实在社会处境之中的人，不能在经验与感受层面自外于历史，却可以在对历史的反思和批判之中，获得超越历史的路径。因此，笔者认为桑克的诗歌写作，具有一种自我启蒙③的意味，即不屈从于外部的权威，能够主动地运用自己的真确感知能力和理性判断能力思考我们如何被建构为感受的主体和知识的主体、如何被建构为屈从于权力关系的主体等一系列问题，这最终指向的是：一套怀疑的程序，一场无终结的辩难，一个无限启蒙的过程。

三　嘟囔的顽石：行动的身体

如果说在"寻焦的眼镜"中，桑克通过观察和感知自己的情绪和动作，觉识到社会制度和意识形态在自己身体上留下的印记，集中在自觉的"我知"维度，在这一段"嘟囔的顽石"中，主要论述桑克如何从身体的

---

① 宁晓萌：《表达与存在：梅洛-庞蒂现象学研究》，北京大学出版社2013年版，第92页。
② 一行：《桑克诗歌中的历史书写》，《上海文化》2014年第5期。
③ 福柯将"启蒙"的概念与现代性批判与自我塑造等联系起来，认为启蒙是去思考和探寻是什么将我们构建为现在的主体，并进行自我塑造。[法] 福柯：《主体和权力》，汪民安主编：《福柯读本》，北京大学出版社2010年版，第287页。

行动中，发现生命内部的信仰，实现对外部压抑现实的反抗，对主体内部精神的建构过程，呈现身体自觉的"我能"维度。

众多研究者都注意到，桑克将写作日期精确到秒的独特现象。在这种"日知录"似的书写中，对于日常生活经验和内心细微的情绪变化，桑克表现出精准的感受、捕捉与描述能力，给人一种可信感，从而形成了一种特异的美学效果，即写作和日常生活的边界在消失，令人感受不到那种刻意为文的腔调，让书写成为一种日常修行的实践形式。青年学者茱萸对此有精彩的解释，"既敏感于年轮的转动不息和时间流逝带来的记忆褶皱，又深谙自身的有限性，而试图将一个瞬间变成被封存的瞬间，用节点的方式获得朝向终点的意义"①。更为重要的是，通过对切身性身体经验的记录，对瞬间当下的身体经验的专注刻写与塑造，桑克在这种将自我艺术化的苦行中，让自己面对塑造自己的任务，将自己建构为一个拥有真切感知和理性行动的主体。

除了记录日常生活的方式，桑克诗歌中另外一种建构自我的方式，是在对历史事件的批判和历史人物的情感共鸣之中，建立一个完整的行动与实践空间。桑克的诗歌具有非常明确的历史意识，学者一行对此有缜密的分析②。整体而言，桑克的历史书写，与时代形成了一种阿甘本所言的当代性关系。所谓当代性是指"一种与自己时代的奇特关系，这种关系既依附于时代，同时又与它保持距离"③。桑克对时代保持着疏离、凝视与同情的关系。一方面，他与时代保持了一定的距离，持有一种反省意识，对这个时代保持清醒的认知与理性的判断，不屈从于历史进步论的幻象和作颂歌式的礼赞；另一方面，他对时代的苦难（尤其是历史人物的情感和行动）保持着深刻的同情，意识到时代和自我的局限，保持对道德的坚守和对伦理的关注。这两种态度最终导向的是福柯所言的对历史的考古学式批判。这种批判的目的不是寻求某种普遍的形而上意义，而是深入我们的历史处境中去思考我们之所是和所为的方式。这对身陷于历史困境中的人具有非凡的意义，能够在我们之所是和所为的偶然性中，寻求某种确定性与可能性力量，去发现我们灵魂内在的尺度、道德的地平线以及更广

---

① 茱萸：《诗人桑克的"四个四重奏"》，《作家》2016 年第 2 期。
② 一行：《桑克诗歌中的历史书写》，《上海文化》2014 年第 5 期。
③ 阿甘本：《什么是当代》，转引自汪民安《福柯、本雅明与阿甘本：什么是当代?》，《马克思主义与现实》2013 年第 6 期。

阔的视野,从而为自由的追求提供新的源泉和动力。

在对意识形态建构起来的主体进行反省与拆解中,桑克重新从生命内部寻找着个体存身的依据。桑克可以说是赋予希望的知识分子。他既忠实于外部现实的冲击,又敏感于人存在的内在规律。以一种内在的暴力,为我们防御外在的暴力。桑克的写作竭力把主体从过于强大和隐蔽的意识形态话语的规训中拯救出来,借由诗歌的纠正力量和宽广的历史想象力,反思和批判现实生活,重新规划和塑造着主体。他回归到生命的本源之处——一种基于人性内部的善念和对希望的渴望与责任。这是在历史的浓雾之中,独立地进行自我教育和自我清洁的"顽石":

> 既不自卑也不自傲,忠实地
> 站在雪中,接受寒冷的教育,
> 冷风之中的氧气的教育。
>
> 当代的学徒即是历史的大师,
> 或许什么都不是。
> 当晨雾消散,自身也许
> 连人都不是。只是一块顽石,
> 忧虑着霰弹的哭声。(《清洁》)

桑克于其中寻找着反抗的可能和希望空间,如《雪的教育》中揭示的:

> "在东北这么多年,
> 没见过干净的雪。"
> 城市居民总这么沮丧。
> 在乡下、空地,或者森林的
> 树杈上,雪比矿泉水
> 更清洁,更有营养。
> 它甚至不是白的,而是
> 湛蓝,仿佛墨水瓶被打翻
> 在熔炉里锻炼过一样

> 结实像石头，柔美像模特。
> 在空中的 T 形台上
> 招摇，而在山阴，它们
> 又比午睡的猫更安静。
> 风的爪子调皮地在它的脸上
> 留下细的纹路，它连一个身
> 也不会翻。而是静静地
> 搂着怀里的草芽
> 或者我们童年时代
> 的记忆和几近失传的游戏。
> 在国防公路上，它被挤压
> 仿佛轮胎的模块儿。
> 把它的嘎吱声理解成呻吟
> 是荒谬的。它实际上
> 更像一种对强制的反抗。
> 而我，嘟嘟囔囔，也
> 正有这个意思。如果
> 这还算一种功绩，那是因为
> 我始终在雪仁慈的教育下。
>
> 1999 年 11 月 12 日

这首诗歌中的主体经历了这样的成长过程：从一个表层经验的感知者到审美主体再到伦理道德的承担者。这个过渡过程在诗歌中形成了一个精神得以施展的空间。在这个诗性空间中，诗人得以自由地出入现实和典籍，既与历史和现实保持着紧密的关联，又对现实造成了一种有力的反抗。

桑克采取的反抗方式是嘟囔。嘟囔是独特的个人语法，是个人对时代的总体语法做的反抗与修改，是对宏大的高亢话语的消解。嘟囔的方式，不是一种正面的反抗，而是在一个可施行的道德空间之内对自身的坚持，这种独立化的个人发声形式中，蕴含着生命个体对自我的理解，刻录着自我存在的痕迹。正如学者宁晓萌所言："作为有表达能力的主体，身体本身不再仅是这个世界中默默无闻的普通成员，他的表达动作为其所生活于其中的世界增添了内容与意义，也为其自身在世界中的存在留下了印迹。这个世界由于多了这些印迹和意义，就不再是单纯的无人的自然世界，相应地，身体本身也在这一记打破沉默的表达动作中蜕变为人格的主体。"① 主体借着独向一隅的嘟囔，将自我塑造成为独一无二的必然性个体。正如桑克在一次访谈中所言，"因为有了希望，我们就有了存在的必要性"②。这种存在的必然性意味着，我们从未被外在于我们的力量所决定，例如自然或者历史，也没有被我们内在的东西所统治，例如绝望与异化。我们生而具有自由的能力，具有开启新生事物的能力，这就是生命中的希望。

---

① 宁晓萌：《表达与存在：梅洛-庞蒂现象学研究》，北京大学出版社 2013 年版，第 84 页。
② 桑克、王西平：《与自身的妥协斗争：桑克访谈录》，《山花》2013 年第 1 期。

参考文献

一 作品集

艾青：《艾青诗选》，人民文学出版社1996年版。
毕奂午：《掘金记》，文化生活出版社1936年版。
陈敬容：《交响集》，中国文联出版公司1998年版。
陈东东：《海神的一夜》，改革出版社1997年版。
丁景唐：《星底梦》，湖南文艺出版社1986年版。
杜运燮：《诗四十首》，文化生活出版社1946年版。
冯雪峰：《灵山歌》，作家书屋1947年版。
冯至：《冯至全集》，河北教育出版社1999年版。
郭沫若：《女神》，人民文学出版社1985年版。
康白情：《草儿》，亚东图书馆1922年版。
李少君：《海天集》，江苏人民出版社2018年版。
骆一禾：《骆一禾诗选》，太白文艺出版社2019年版。
吕德安：《适得其所》，重庆大学出版社2011年版。
蓝棣之编：《九叶派诗选》，人民文学出版社2011年版。
路易士：《三十前集》，诗领土社1945年版。
绿原、牛汉编：《白色花》，人民文学出版社1981年版。
穆旦：《穆旦诗文集》，人民文学出版社2006年版。
蒲风：《摇篮歌》，诗歌出版社1937年版。
桑克：《转台游戏》，重庆大学出版社2011年版。
王独清：《圣母像前》，上海光华书局1926年版。
王统照：《王统照文集》，山东人民出版社1982年版。
王亚平：《王亚平诗选》，中国文联出版公司1986年版。
闻一多：《闻一多全集》，湖北人民出版社1993年版。

吴晓东编：《中国新诗总系·1937—1949》，人民文学出版社 2009 年版。

徐志摩：《志摩的诗》，人民文学出版社 1983 年版。

西渡：《西渡诗选》，太白文艺出版社 2019 年版。

郑敏：《诗集 1942—1947》，中国文联出版公司 1998 年版。

朱自清：《踪迹》，亚东图书馆 1924 年版。

赵野：《剩山》，南京大学出版社 2023 年版。

张曙光：《午后的降雪》，重庆大学出版社 2011 年版。

二 著作

[美] M. H. 艾布拉姆斯：《镜与灯》，郦稚牛译，北京大学出版社 1989 年版。

[德] 艾迪特·施泰因：《论移情问题》，张浩军译，华东师范大学出版社 2014 年版。

[英] T. S. 艾略特：《艾略特诗学文集》，王恩衷编译，国际文化出版公司 1989 年版。

[日] 阿部正雄：《禅与西方思想》，王雷泉、张汝伦译，上海译文出版社 1989 年版。

[德] 阿克塞尔·霍耐特：《权力的批判》，童建挺译，上海人民出版社 2012 年版。

[美] 爱默生：《论自然·美国学者》，赵一凡译，生活·读书·新知三联书店 2015 年版。

[俄] 巴赫金：《巴赫金全集》第一卷，钱中文译，河北教育出版社 2009 年版。

[法] 加斯东·巴什拉：《空间的诗学》，张逸婧译，上海译文出版社 2013 年版。

[德] 本雅明：《写作与救赎——本雅明文选》，李茂增、苏仲乐译，东方出版中心 2017 年版。

[美] 本尼迪克特·安德森：《想象的共同体：民族主义的起源与散布》，吴叡人译，上海人民出版社 2016 年版。

[日] 柄谷行人：《民族与美学》，薛羽译，西北大学出版社 2016 年版。

［日］柄谷行人：《日本现代文学的起源》，赵京华译，生活·读书·新知三联书店2003年版。

［法］亨利·柏格森：《创造的进化论》，陈圣生译，漓江出版社2012年版。

蔡英俊主编：《中国文学的巅峰之境》，黄山书社2012年版。

蔡瑜主编：《回向自然的诗学》，台湾大学出版中心2012年版。

陈鼓应：《老子注译及评介》，中华书局1984年版。

陈赟：《现时代的精神生活》，新星出版社2008年版。

陈赟：《自由之思》，浙江大学出版社2020年版。

陈国球、王德威主编：《抒情之现代性："抒情传统"论述与中国文学研究》，生活·读书·新知三联书店2014年版。

张君劢、丁文江等：《科学与人生观》，山东人民出版社1997年版。

［美］杜威：《艺术即经验》，高建平译，商务印书馆2010年版。

［美］段义孚：《恋地情结》，志丞译，商务印书馆2018年版。

［法］德勒兹、加塔利：《资本主义与精神分裂（卷2）：千高原》，姜宇辉译，上海世纪出版股份有限公司、上海书店出版社2010年版。

方东美：《方东美文集》，武汉大学出版社2013年版。

方闻：《心印：中国书画风格与结构分析研究》，李维琨译，陕西人民美术出版社2004年版。

废名：《谈新诗及其他》，辽宁教育出版社1998年版。

［法］米歇尔·福柯：《词与物——人文科学考古学》，莫伟民译，上海三联书店2001年版。

高尔泰：《论美》，甘肃人民出版社1982年版。

葛晓音：《山水有清音》，北京出版社2018年版。

葛兆光：《葛兆光自选集》，广西师范大学出版社1997年版。

葛兆光：《汉字的魔方》，复旦大学出版社2016年版。

（宋）郭熙：《林泉高致》，中华书局2010年版。

贡华南：《味觉思想》，生活·读书·新知三联书店2018年版。

［德］哈贝马斯：《现代性的哲学话语》，曹卫东等译，译林出版社2004年版。

［德］黑格尔：《历史哲学》，王造时译，上海人民出版社2008年版。

［德］黑格尔：《精神现象学》，贺麟、王玖兴译，商务印书馆1979

年版。

［德］海德格尔：《林中路》，孙周兴译，上海译文出版社2004年版。

［德］海德格尔：《在通向语言的途中》，孙周兴译，商务印书馆2009年版。

胡适：《胡适全集》第一卷，安徽教育出版社2003年版。

［英］霍布斯鲍姆：《断裂的年代：20世纪的文化与社会》，林华译，中信出版社2014年版。

敬文东：《感叹诗学》，作家出版社2017年版。

敬文东：《皈依天下》，天地出版社2017年版。

敬文东：《自我诗学》，长江文艺出版社2021年版。

敬文东：《味觉诗学》，春风文艺出版社2021年版。

［德］伽达默尔：《美学与诗学：诠释学的实施》，吴建广译，北京大学出版社2013年版。

［德］伽达默尔：《伽达默尔集》，邓安庆等译，上海远东出版社2002年版。

金岳霖：《论道》，商务印书馆1987年版。

［德］卡尔·曼海姆：《卡尔·曼海姆精粹》，徐彬译，南京大学出版社2002年版。

［德］康德：《判断力批判》，宗白华译，商务印书馆2000年版。

［俄］康定斯基：《艺术中的精神》，李政文、魏大海译，中国人民大学出版社2003年版。

［意］卡尔维诺：《新千年文学备忘录》，黄灿然译，译林出版社2009年版。

李达三编：《中外比较文学的里程碑》，人民文学出版社1997年版。

李怡：《中国现代新诗与古典诗歌传统》，北京大学出版社2008年版。

［美］理查德·沃林：《瓦尔特·本雅明：救赎美学》，吴勇立、张亮译，江苏人民出版社2016年版。

李泽厚：《华夏美学》，生活·读书·新知三联书店2007年版。

李泽厚：《美学论集》，上海文艺出版社1980年版。

李泽厚：《批判哲学的批判》，生活·读书·新知三联书店2015年版。

李泽厚:《人类历史学本体论》,青岛出版社 2016 年版。

李泽厚:《美学三书》,天津社会科学院出版社 2003 年版。

李泽厚:《实用理性与乐感文化》,生活·读书·新知三联书店 2008 年版。

李泽厚:《从美感两重性到情本体:李泽厚美学文录》,山东文艺出版社 2019 年版。

[美] 罗洛·梅:《自由与命运》,杨韶刚译,中国人民大学出版社 2009 年版。

[美] 列文森:《儒教中国及其现代命运》,郑大华、任菁译,中国社会科学出版社 2000 年版。

[法] 伊曼纽尔·列维纳斯:《总体与无限——论外在性》,朱刚译,北京大学出版社 2016 年版。

刘若端编:《十九世纪英国诗人论诗》,人民文学出版社 1984 年版。

刘梁剑:《天·人·际:对王船山的形而上学阐明》,上海人民出版社 2007 年版。

(南朝梁) 刘勰:《文心雕龙》,人民文学出版社 1962 年版。

刘方喜:《声情说——诗学思想之中国表述》,知识产权出版社 2007 年版。

[德] 罗姆巴赫:《结构存在论:一门自由的现象学》,王俊译,浙江大学出版社 2015 年版。

[德] 罗姆巴赫:《作为生活结构的世界》,王俊译,上海书店出版社 2009 年版。

[美] 鲁道夫·阿恩海姆:《视觉思维——审美直觉心理学》,滕守尧译,四川人民出版社 2005 年版。

[法] 雷吉斯·德布雷:《图像的生与死:西方观图史》,黄迅余、黄建华译,华东师范大学出版社 2014 年版。

吕正惠:《抒情传统与政治现实》,华中师范大学出版社 2011 年版。

萌萌:《情绪与语式》,社会科学文献出版社 2001 年版。

[法] 马克·第亚尼编:《非物质社会——后工业世界的设计、文化与技术》,滕守尧译,四川人民出版社 1998 年版。

[美] W.J.T. 米切尔:《风景与权力》,杨丽等译,译林出版社 2014 年版。

［法］米歇尔·福柯等：《文字即垃圾：危机之后的文学》，白轻编译，重庆大学出版社 2016 年版。

［法］莫罗·卡波内：《图像的肉身——在绘画与电影之间》，曲晓蕊译，华东师范大学出版社 2016 年版。

［法］梅洛-庞蒂：《知觉的世界》，王士盛、周子悦译，江苏人民出版社 2019 年版。

［法］梅洛-庞蒂：《可见的与不可见的》，罗国祥译，商务印书馆 2017 年版。

［法］梅洛-庞蒂：《眼与心》，杨大春译，商务印书馆 2007 年版。

宁晓萌：《表达与存在：梅洛-庞蒂现象学研究》，北京大学出版社 2013 年版。

［法］帕斯卡尔：《思想录》，何兆武译，商务印书馆 1985 年版。

［法］皮埃尔·阿多：《伊西斯的面纱——自然的观念史随笔》，张卜天译，华东师范大学出版社 2015 年版。

彭丽君：《哈哈镜》，张春田、黄芷敏译，上海书店出版社 2011 年版。

［法］蓬热：《采取事物的立场》，徐爽译，上海人民出版社 2009 年版。

［德］齐美尔：《桥与门——齐美尔随笔集》，涯鸿、宇声等译，上海三联书店 1991 年版。

钱穆：《晚学盲言》，广西师范大学出版社 2004 年版。

钱新祖：《中国思想史讲义》，东方出版中心 2016 年版。

［斯］齐泽克：《意识形态的崇高客体》，季广茂译，中央编译出版社 2002 年版。

［瑞］让·斯塔罗宾斯基：《自由的创造与理性的象征》，夏燕译，华东师范大学出版社 2015 年版。

［法］让-吕克·南希：《素描的愉悦》，尉光吉译，河南大学出版社 2016 年版。

［美］桑塔耶纳：《美感》，缪灵珠译，中国社会科学出版社 1982 年版。

［美］苏珊·朗格：《情感与形式》，刘大基等译，中国社会科学出版社 1986 年版。

孙康宜：《抒情与描写：六朝诗歌概论》，钟振振译，生活·读书·新知三联书店 2006 年版。

孙向晨：《面对他者：莱维纳斯哲学思想研究》，上海三联书店 2015 年版。

［德］卡尔·施米特：《陆地与海洋——古今之"法"变》，林国基、周敏译，华东师范大学出版社 2006 年版。

唐君毅：《中国文化之精神价值》，广西师范大学出版社 2005 年版。

［法］汪德迈：《中国思想的两种理性：占卜与表意》，金丝燕译，北京大学出版社 2016 年版。

王茜：《现象学生态美学与生态批评》，人民出版社 2014 年版。

（清）王夫之：《船山全书》，岳麓书社 1996 年版。

（清）王夫之：《姜斋诗话》，上海古籍出版社 2012 年版。

王国璎：《中国山水诗研究》，中华书局 2007 年版。

王凌云：《词的伦理》，上海书店出版社 2007 年版。

［德］席勒：《审美教育书简》，张玉能译，译林出版社 2012 年版。

［德］西美尔：《现代人与宗教》，曹卫东等译，中国人民大学出版社 2003 年版。

夏可君：《平淡的哲学》，中国社会科学出版社 2009 年版。

夏可君：《身体：从感发性、生命技术到元素性》，北京大学出版社 2013 年版。

夏可君：《无用的神学——本雅明、海德格尔与德里达》，广西师范大学出版社 2022 年版。

夏可君：《书写的逸乐》，昆仑出版社 2013 年版。

萧驰：《诗与它的山河》，生活·读书·新知三联书店 2018 年版。

许纪霖：《家国天下——现代中国的个人、国家与世界认同》，上海人民出版社 2016 年版。

许纪霖编：《现代中国思想的核心观念》，上海人民出版社 2010 年版。

徐复观：《中国文学精神》，上海书店出版社 2004 年版。

［法］雅克·马利坦：《艺术与诗中的创造性直觉》，刘有元等译，生活·读书·新知三联书店 1991 年版。

叶维廉：《叶维廉文集》第 1—3 卷，安徽教育出版社 2002 年版。

叶维廉：《中国诗学》，生活·读书·新知三联书店 1992 年版。

［英］伊格尔顿：《审美意识形态》，王杰等译，广西师范大学出版社 1997 年版。

余虹：《中国文论与西方诗学》，生活·读书·新知三联书店 1999 年版。

［法］余莲：《淡之颂：论中国思想与美学》，卓立译，台北：桂冠出版公司 2006 年版。

［美］宇文所安：《中国传统诗歌与诗学：世界的征象》，陈小亮译，中国社会科学出版社 2013 年版。

［法］于贝尔·达米施：《云的理论：为了建立一种新的绘画史》，董强译，江苏美术出版社 2014 年版。

［英］约翰·伯格：《观看之道》，戴行钺译，广西师范大学出版社 2005 年版。

张世英：《中西文化与自我》，人民出版社 2011 年版。

张世英：《哲学导论》，北京大学出版社 2002 年版。

张世英：《美在自由——中欧美学思想比较研究》，人民出版社 2012 年版。

张松建：《现代诗的再出发——中国 40 年代现代主义诗潮新探》，北京大学出版社 2009 年版。

张颖：《意义与视觉》，北京时代华文书局 2017 年版。

赵汀阳：《天下的当代性：世界秩序的实践与想象》，中信出版社 2016 年版。

赵汀阳：《历史·山水·渔樵》，生活·读书·新知三联书店 2019 年版。

周策纵：《弃园诗话》，世界图书出版公司 2013 年版。

周作人编：《新中国文学大系·散文一集》，上海良友图书印刷公司 1935 年版。

朱光潜：《西方美学史》，人民文学出版社 2017 年版。

朱光潜：《诗论》，上海古籍出版社 2005 年版。

［法］朱利安：《进入思想之门：思维的多元性》，卓立译，北京大学出版社 2014 年版。

［法］朱利安：《美，这奇特的理念》，高枫枫译，北京大学出版社

2016年版。

［法］朱利安：《山水之间：生活与理性的未思》，卓立译，华东师范大学出版社2016年版。

朱良志：《真水无香》，北京大学出版社2009年版。

朱刚：《多元与无端：列维纳斯对西方哲学中一元开端论的解构》，江苏人民出版社2016年版。

朱自清：《朱自清全集》，江苏教育出版社1988年版。

宗白华：《美学与意境》，人民出版社1987年版。

宗白华：《宗白华全集》，安徽教育出版社1994年版。

（清）章学诚：《文史通义》，中华书局2012年版。

三 期刊论文

［德］本雅明：《笔迹学三篇》，马欣译，《上海文化》2017年第10期。

陈独秀：《文学革命论》，《新青年》1917年2月1日第2卷第6号。

冯仰操：《风景再现与诗歌变革：以新诗确立前后对西山风景的再现为例》，《文学评论丛刊》2012年第2期。

傅斯年：《白话文学与心理的改革》，《新潮》1919年4月第1卷第5号。

贡华南：《论中西"移情说"之形上基础——以"感—情"与"移—情"为中心的考察》，《文史哲》2008年第6期。

贡华南：《从"感"看中国哲学的特质》，《学术月刊》2006年第11期。

葛兆光：《禅意的"云"——唐诗中一个语词的分析》，《文学遗产》1990年第3期。

胡传吉：《现代白话诗与"人的发现"》，《北方论丛》2017年第6期。

胡继华：《延异》，《外国文学》2004年第4期。

黄冠闵：《唐君毅的境界感通论——一个场所论的线索》，《清华学报》2021年第2期。

黄专：《山水画走向"现代"的三步》，《新美术》2006年第4期。

韩经太：《诗艺与"体物"——关于中国古典诗歌的写真艺术传统》，

《文学遗产》2005 年第 2 期。

敬文东：《汉语与逻各斯》，《文艺争鸣》2019 年第 3 期。

敬文东：《味，心性与诗》，《文艺争鸣》2022 年第 2 期。

李怡：《骚动的"松"与"梅"：留日郭沫若的自然视野》，《兰州学刊》2015 年第 8 期。

李倩冉：《"物诗"与抒情主体的位置——以冯至、郑敏与里尔克的差异为中心》，《文学评论》2020 年第 4 期。

刘成纪：《论中国中古美学的"天人之际"》，《文艺研究》2021 年第 1 期。

刘旭光：《论"美感"：历史演绎与构成分析》，《求是学刊》2021 年第 4 期。

刘文瑾：《"面容"的抵抗：后奥斯维辛的哲学遗产》，《读书》2021 年第 12 期。

李溪：《诠"势"：意义结构与周易哲学》，《学术月刊》2014 年第 12 期。

宁晓萌：《重建被知觉的世界》，《哲学动态》2012 年第 7 期。

蹇先艾：《我与新诗》，《山花》1979 年第 12 期。

南星：《读劳伦斯的诗》，《文饭小品》1935 年第 5 期。

林庚：《诗的活力和新原质》，《文学杂志》1948 年第 2 卷第 9 期。

孙向晨：《何以"归—家"——一种哲学的视角》，《哲学动态》2021 年第 3 期。

［日］藤田梨那：《郭沫若新诗创作的历史意义：风景、内心世界的发现与言文一致的摸索》，《励耘学刊·文学卷》2014 年第 1 期。

唐宏峰：《风景描写的发生——从〈老残游记〉谈起》，《艺术评论》2009 年第 12 期。

吴飞：《身心一体与性命论主体的确立》，《中国社会科学》2022 年第 6 期。

吴兴华：《谈田园诗》，《新诗》1937 年第 2 期。

王泽龙：《论朱英诞的诗》，《文学评论》2017 年第 6 期。

王统照：《文学的作品与自然》，《文学旬刊》1923 年第 5 期。

王凌云：《比喻的进化：中国新诗的技艺线索》，《江汉学术》2014 年第 1 期。

万冲：《中国早期新诗对风景的发现与书写》，《中国现代文学研究丛刊》2018年第8期。

万冲：《生命共同体的创建——当代诗歌中的自然书写》，《汉江师范学院学报》2018年第4期。

西渡：《当代诗歌中的意象问题》，《扬子江评论》2017年第3期。

夏静：《古代文论中的"象喻"传统》，《文艺研究》2010年第6期。

夏可君：《转向自然与境界里的芬芳——论李少君的诗歌写作》，《南方文坛》2017年第2期。

夏可君：《可见的与不可见的：图像理论之现象学分层》，《湖北美术学院学报》2020年第1期。

萧驰：《船山以"势"论诗和中国诗歌艺术本质》，《中国文哲研究集刊》2001年第18期。

徐蔚南：《文艺上所表现的自然》，《黎明》1926年第3卷第50期。

杨志：《论古今山水诗的衰变》，《中国现代文学研究丛刊》2001年第4期。

颜炼军：《迎向诗意"空白"的世界——论现代汉语新诗咏物形态的创建》，《江汉学术》2013年第3期。

一行：《桑克诗歌中的历史书写》，《上海文化》2014年第5期。

赵汀阳：《历史、山水及渔樵》，《哲学研究》2018年第1期。

赵汀阳：《渔樵与历史哲学》，《人文杂志》2018年第11期。

赵汀阳：《艺术的本意与意义链》，《人文杂志》2017年第3期。

张祥龙：《为什么现象本身就是美的？》，《民族艺术研究》2003年第1期。

张世英：《阴阳学说与西方哲学中的"在场"与"不在场"》，《社会科学战线》1998年第3期。

赵奎英：《论自然生态审美的三大观念转变》，《文学评论》2016年第1期。

四　学位论文

杨志：《论古今山水诗的衰变》，硕士学位论文，北京师范大学，2002年。

后　　记

　　这本名为《自然与诗境：中国新诗的自然书写》的小书，脱胎于我的博士论文。得益于张洁宇、张桃洲、西渡、姜涛等几位答辩老师的修改意见，我对论文作出了大幅度修改，使论文的结构更加完整、表述更加严谨。后来又因机缘巧合，结识了诗人赵野老师。在与赵野老师长时间深入的访谈之中，我对写作的奥秘有了更深的参悟，又增写了部分章节、改写了结论，使本书具备了如今的样子。

　　感谢文学院的顾金春老师。在南通大学的四年，我完成了从学生到教师角色的转换。顾老师给予我师傅的关心、爱护与提携，让我对学术写作、人情世道有了更多领悟，令我的青椒生活少走了很多弯路。这份恩情成为我出版本书的重要动力。

　　感谢本书的责编慈明亮老师。慈老师耐心细致的编校，特别专业的修改意见，最大限度地减少了本书的错误，使它拥有了特别美好的面目与读者见面。在学术生涯中出版第一本书时，我得遇如此敬业的编辑和专业同行，实在是非常幸运的事情！

　　感谢我的硕士导师王光明先生。在我跨专业考研、求知欲最为旺盛的时候，王老师招收了基础薄弱的我，又悉心指导着我的学业，将我领进了诗歌研究的门槛，至今依然在关切着我的学习和生活。这种温厚而又默默的关怀，常令我生出无限感慨。

　　必须要感谢我的导师敬文东先生。在建立个人生活目标的重要时期，能够跟随敬文东先生学习，耳濡目染地接受先生的言传身教，是莫大的幸运和美好的缘分。文东师眼界卓异、学识广博，既给予了诸弟子自由的探索空间，又能针对每个弟子的困惑提出鞭辟入里的建议。文东师教授弟子有独特的方法。每每有新的思想和写作计划，写作过程中的难关、推进等关节处，文东师都会与弟子们交流分享。在这种毫无保留的示范中，我们见证着文东师精深的思想萌生、发展及圆熟表达的过程，感受着他沉浸于写作和思考中的巨大欢乐。我便是其中的受益者，努力学习着为文的章法与结构。如果说这些年来，阅读和写作之道稍有进益，便得自于这种学习与模仿，以及文东师有针对性的精心点拨。眼前的这本小书，从选题到具体的章节安排，都蕴含着向老师学习的痕迹。虽然这本幼稚的小书，留着笨拙地邯郸学步之举，但我庆幸以自己的方式在接近先生的学问——尽管这可能是一个终生都难以企及的目标。

跟随文东师学习，收获的不仅是学问的进阶，还有生活的教益。文东师熟悉每个弟子的性情，并因材施教、循循善诱，为每个弟子谋划着发展之道。有好几次聚餐时，文东师的某些话好像特意对我而说，虽然采取比较婉转的方式，却又直接击中心坎，令我在如沐春风之中获得深切启发。而私下几次单独畅饮，令我更贴近地感受到了文东师的精神力量——一个身兼学者、老师、丈夫、父亲等多重身份的知识人对亲人和生活强烈的挚爱。文东师虽然没有为弟子们指明具体的道路，却给予了我们强烈的精神感召力量，有勇气和信心探索自己的生活道路和生命方向。文东师，如慈父和长者，亦如朋友和知己，以特有的坦率和真诚，与弟子平等交流生活经验和人生感悟。每念及此，我都产生这样的愿望——将这种温情厚谊一直延续下去，对人世间美好的情谊也充满了信赖与向往。

眼前的这本书，虽然充满了种种缺憾，但我依然选择了出版。首先，我想将之作为一份正式的礼物，献给我尊敬的老师敬文东先生。它记录着我心灵成长的印记，表达着令事物和心灵变得美好的愿望。同时，也送给我尊敬的众多友朋，并期待着获得来自知音的回响！

感谢父母毫无保留的鼓励与支持。希望这本小书，能作为一份成果，带来些许的慰藉！